「さてまア、また８０年代や９０年代について、いろいろダべって行くヨー。というか先輩チャン。その格好は何かナ？」

「あ、今回は水着回？　ということで、水着系のゲームキャラのコスプレ？　みたいな？　題材的には続編で着ているセーラー服でも良かったそうですが」

「僕はどちらの先輩も最高ですが、まず基本として今の格好の先輩が最高です！！
でも、ビキニアーマーとセーラー服となると、続編で随分と世界観が違いますよね」

「ゲームの場合、世界観やシステムも大幅に変わって、主役設定だけ引き継ぐ続編は結構多いよな。SNKのアテナや、ナムコのドルアーガもそれに近いか」

《そうですね。この時代、80年代前半から発展してきた日本のゲームは、続編なども多く出るようになって、質や種類とは別に個々の厚みを増していきます。中でも面白いのは、ジャンルなどが違っても、他ゲームで”立った”キャラが出場する場合が増えた事ですね》

「家庭用のスポーツゲームが顕著だと思います。各社、プロチームを模したチーム群の中に、自社のゲームキャラで構成されたチームを入れるというのがよく見られました。
ゲームキャラが使い捨てやネタではなく不偏化した、ということでしょう」

「なあんとなく、ぼぉくたちの存在いに似ぃているねえ」

「確かに俺なんかもいろいろな媒体に出るようになるけど、お前は普通にポピュラスとかの主人公だよなあ……」

star without gods.

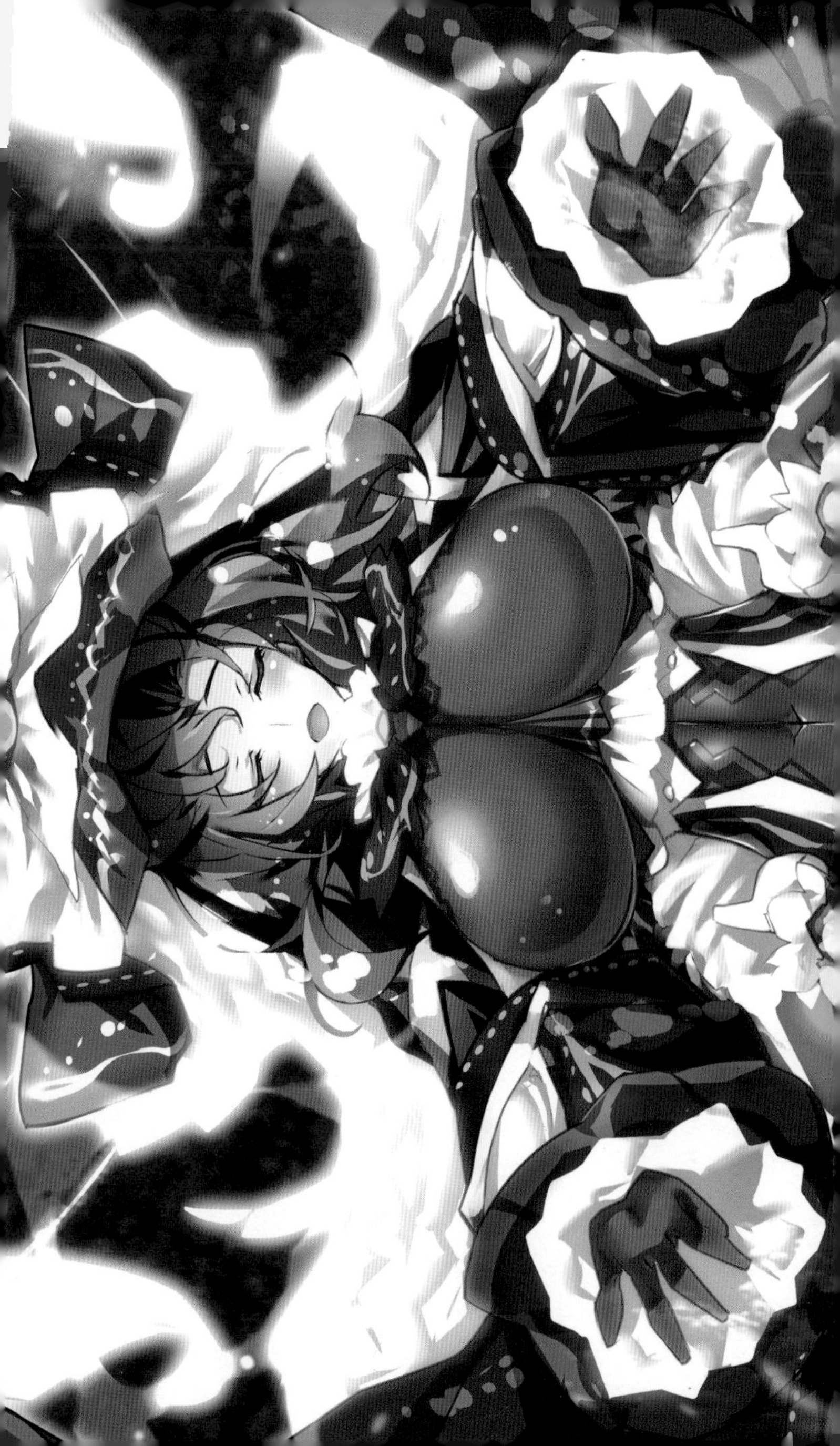

At the

At the star without gods.

バランサー

人類に作られたAIで、30cm四方。現在テラフォームの管理役。しかし実権は神々に大部分移譲しており、管理という以外は結構放任？　住良木と毒舌合戦が多発。解説役でもある。この90年代の世界はバランサーが作った“神界”という情報世界である。

思兼・八意（おもかね・やつい）

高校三年。神界における神道代表。身長170cm。天津神、知識を担当するオモイカネ。図書委員長であり、神道のために暗躍する。し過ぎる。

クビコ・スケアクロウ

高校三年。眼鏡の図書委員で、神道の知識と警備の神クエビコ。身長175cm。国津神レベルだが、思兼の目付役のような関係。巨乳。

菅原・天満（すがわら・てんま）

高校一年。身長150cm。神道における学問の神、菅原・道真であり、雷神、交渉神など結構マルチタレント。

シャムハト

メソポタミア神話の公娼神。元は人。身長160cm。どんなプレイでもお値段次第。意外といろいろ気に掛けてる世話好き。巨乳。

ビルガメス

メソポタミア神話の半神半人。身長190cm。シャツイン。ギルガメスとも後に呼ばれてこっちがメジャー。多種装備をDIYしたり、王様として法律作っていろいろやりつつ、エンキドゥといろいろやった（隠語）。

木藤・円（きどう・えん）

俺巨乳。メソポタミア神話の半神半人エンキドゥ。カイとも呼ばれてる。身長180cm。ビルガメスの相方で実力的にも等しいが、こっちは現在のところ術式系。元は男だけど女体化してる。

江下・伊奈々（えした・いなな）

メソポタミア神話のメジャー神エシュタル。神道テラフォームの監査役で、カラムーチョLOVE。ゆえにムーチョと呼ばれる。住良木を誤殺しており、先輩を恐れている。

デメテル

ギリシャの主力十二神の内、最古株の女神。謎の方言を用いてケンカっ早いが情にも篤い。何らかの理由で水妖を追い、監査として登場。

アテナ

デメテルの姪。ギリシャの主力十二神のメンバー。ゲームや漫画のアレとは別の存在。多分。若手の戦神だが強引路線の叔母に振り回され気味。武神"戦勝女帝"を扱う。

ネプトゥーヌス

ローマの海神。何らかの理由をもって水妖を追っている。水妖の攻撃を食らってゲロったので通称ゲロのオッサン。何やらギリシャ系に目をつけられている。

水妖（すいよう）

よく解らんけど立川近辺に現れる攻撃的な水の精霊。何かいろいろ裏があるらしい？

第二十二章

『ICHIDANT-R』

——たんと　あるのかね?

予定が狂いましたの。

……あらら？

自分の予定では、キャンプ場に来て、それから己とネプトゥーヌスの関係やら何やらを、話せる範囲で話す、と、そうなる筈《はず》でしたの。しかし、テントサイトに荷物を置いて、河原にて一息吐《ひといきつ》くと、自然と、ある事実が。それは、

「……現着が遅れましたね」

キャンプ場の到着が二時十二分。実は全員が、あるミスを犯していました。

「初日の昼食どーすんの!?」

「立川《たちかわ》で食って出ればいいか、と思っていたんだが、昨夜のオリンポス系の介入とかで、急いでこっちに来ちまったからな……」

「ええと、あの？」

真剣な話をしようと、そんな風に思っていたんですの。しかし、

「いやよ！　私の御菓子《おかし》は昼食代わりにならないからね!?　許さないから！」

「え、江下《えした》さん、落ち着いて下さい。誰もカラムーチョでお腹《なか》いっぱいになろうと思ってませんから……！」

「先輩《せんぱい》さん、コイツ、そのつもりだぞ」

「遠足で菓子買い込んで弁当忘れた子供かよ……！」

「駅前の酒屋みたいなスーパーに寄って来れば良かったかなア」

「何の解決にもならないが、昼から焼肉か？」

「夕食は私の担当でしたけど、それまでにいろいろ終わる気がしますのよ？」

それどころじゃありませんわね。

どうしたものですの、と思っていると、手が上がりました。

「ええと、では、私が持ち込んだもので行きますか？」

と、河原にネプトゥーヌスが開けた布袋《ぬのぶくろ》を皆が見ます。

基本的な感想は、

「ゲロのオッサン……、こんな菓子パンと携帯食ばっかだから腹に砲撃食らった時に堪えられないんだよ……」

「加熱を必要としないものばかり、というところですね。夏とは言え、山、特に河川沿いは冷えますから、それだと駄目ですよ？」

「――河原での直火《じかび》を避けた、というところか。荷物に薪がないし、それでいてガス缶系も持ってないようだからな」

「……まあ、そんなところです。川辺の冷え込みは権能として慣れているので」

「どういうこと？　僕が拾ったエロ本と同じような生活してる訳？」

「桑尻《くわじり》チャーン？」

あ、はい、と知識神が前に出ます。

「ネプトゥーヌスはギリシャ神話と習合してから海神となりましたが、元々は河川や湧き水の神なんです。その名前の語源はいろいろ取りざたされていますが、水源、湧き水といったものに関係している可能性が高いとされていますね」

「それはつまり……」

ええ、と知識神が言いました。

「――海の水を地中が吸い上げ、濾過《ろか》して清水とする。それを行っているのがネプトゥーヌスと、そういう役目を担っていたんです」

成程、と同輩さん達《たち》と頷《うなず》く中、ふと、次の手が上がりました。

「すまん。俺、ソレ知らないんだが」

「アー、御免、徹《とおる》、さっき買い物しながらそういう話してたんだよネエ」

「ああ、まあ、そういうことだろうと思った。確認のためってところで。紫布《しふ》が知ってればいいか、とも思うし」

●

「す、すみません、情報のコンセンサスは私の役なので、まとめてレポートして啓示盤に送っておくべきでした」

「ビルガメスはそういうの気にするのかしら？」

「カイが知ってれば問題あるまい」

「コンセンサスはとろうぜ？」

「私と住良木《すめらぎ》君は一緒だったから問題ないですね」

「そうですね！　でもコレがバランサーの野郎がやらかしたんだとしたら、激しく蔑んで闘争状態になりますね！　〝さくせん〟を選ぶとしたら〝こじん　を　こうげき〟ですよ！」

《私の方は〝さくせん〟選ばずそのまま〝えてこう〟を〝こうげき〟ですね》

「グダグダ具合が凄《すご》いですのよ……!?」

「というか私も知らないんですが、気にされてませんね？」

●

いやまあ、と、ちょっとミスを自覚しつつ桑尻は言葉を重ねる。
ネプトゥーヌスに視線を向け、

「河川や水源の神としては、川を汚したり、生態系に悪い変化を与える直火は避けたいと、そういうことですか」

「え？　いや、まあ……」

とネプトゥーヌスが言葉を濁す。すると住良木が彼の荷物を見て、

「コレ、アレじゃないの？　ゲロのオッサン、単に料理出来ないだけで、でも、こっち来て菓子パンとカロリーメイト買ったら味にハマったとか」

視界の中、ネプトゥーヌスが馬鹿に手を差し出し、二人はやがて握手する。

「今、僕とゲロのオッサンの周囲を、こっち向きのアオリでカメラが三周くらいしたからな！」

「いやあ、こっち、美味《うま》いの多いですよねえ。初めて食べましたよこんな凄いの。あ、私が料理駄目なのも正解です」

「アー、買ってる中にヤマザキの〝つぶあん＆マーガリン〟があるのはちょっと理解深まるかなア」

見ると、自分も好きなものがある。

「ローズネットクッキー、いいわよね……。保存食のプレッツェルかと思ったら、硬さそこそこで激甘とか。苦い酒と一緒にすると夜の作業が捗《はかど》るわ……」

「このアップルパイも、学食であるとついつい買ってしまいますよね。懐かしい筈ないんですけど、そんな感じがするのと、菓子パン、という安心感があります」

「あ、ランチパックのピーナッツバターはうちも常備してるぞ……？　豆の練り物？　と思ったら美味くて衝撃受けて、スーパーでピーナッツバター買ったら全然違うもので二度衝撃を受けた」

《ランチパックのはバターではなくスプレッドの方ですねえ。なお、ピーナッツは南米原産なのでメソポタミア組には衝撃だったと思います》

「――俺の好きな〝まるごとソーセージ〟もあるな。コレ、ヤマザキ直営店行ったな？」

「や、やめて下さい雷同《らいどう》先輩、そんな隠語を外で言うのは！　**〝まるごとソーセージ〟**！　それは心のタームー！　いつか先輩に優しく言って頂きたい！」

「まあるごぉとソオセエジ？」

「呼んでねえ――！　すみません！　オスの先輩じゃなくて僕の信仰先の先輩です！」
　ともあれ、と一息吐き、皆がネプトゥーヌスを見た。

「ゲロのオッサン！　ヤマザキ仲間として認めよう！」

「でも、話が進んでませんのよ？」
　やはり合宿ともなると要らんアイテムが増えすぎる。だから、とりあえずはネプトゥーヌスの荷物を見て、

「――個神、なんですか？」

●

　鋭いですわね、というのが、知識神に対する……、よく考えたら知識神が二神いますわね。

「桑尻さん？」

「え？　あ、ハイ、いつも御世話《おせわ》になっております」

「ミョーな緊張しなくていいですのよ？」
　何処《どこ》まで知っているのか、という意味で、己は問うた。

「ネプトゥーヌスの家族について、知っていますの？」

●

「情報として語られぬ処《ところ》は解《わか》りませんが、そうではない処ならば」
　と、己は木戸《きど》に応じた。そして自分はネプトゥーヌスの荷物を見て、

「荷物は個神分。――神話において、ネプトゥーヌスには妻子が居ます。が、そのどちらも実在顕現、または仮想顕現していない可能性がありますね」

「妻子の名は？」

「妻の名はサラーキア。――子の名前はトリトーンです」

●

「……成程、よく調べてますわね」

　と言って、少しの間を置きますの。

　それは、桑尻さんに与えた〝待ち〟としての時間。

　他に情報があるなら言ってみて下さいな、と、そういう〝間〟ですの。

　すると確かに、北欧の知識神は口を開きました。

「ところが元々のローマ神話では、どうもネプトゥーヌスには妻が居なかったようなのですね」

「妄想妻……!?　新ジャンルだなローマ神話！　凄いぜ！」

「いえ、日本も昔から脳内嫁を夢想し過ぎて狂死したり、会ったこともない女性に恋文を〝送るかどうか迷って狂死〟とか本気であるので、あまり他をどうと言えません」

●

「そういえば、日本神話におけるスサノオの嫁取りで、旅していたスサノオが〝川を流れて来た箸に気付いて、上流に住む何者かを訪ねる〟というのがあるのだけど、アレ、よく考えたら山賊か何かと全く変わらない思考だよね？」

「アレで、上流行って八岐大蛇《やまたのおろち》に困ってる家があったからいいですけど、山賊とか地元の領主の拠点があったら大概酷《ひど》いことになってますよね」

「初対面の挨拶代わりに岩を上から落とすとか、牛を叩《たた》き込《こ》むとか、確実にやったろうねえ」

「あの、その変な〝信頼感〟は一体何……？」

「おやおや、恐れているねシャムハト君？　神道のアナーキズムはそんなものでは済まさないよ？」

「凄いわね神道……」

「まあ神道は神話界のアングラだからねエ」

「な、納得したくないけど、荷担してる身として否定出来ないです……！」

よく考えたら先輩さんも無茶カマしてるのだった。

ともあれ、と己は言葉を繋《つな》げる。

「ローマ神話において河川の神であったネプトゥーヌスは、実は更に昔において、海も扱っている神だったようなのですね」

「ハア？　何？　どういう流れ？」

ええ、と己は首を下に振った。

「海も川も治める総合的な水の神であったネプトゥーヌスですが、人々の生活が多様化していく中で、その権能が明確化していきます。

人々は、自分達《じぶんたち》の繁栄や仕事に関係する権能を崇《あが》める訳で、そんな信仰の中でネプトゥーヌスは明確な〝形〟を持っていくのですね」

「本来の、土地に縛られた〝神〟というだけじゃなく、いろいろな精霊達も習合して、大きな地域の〝神〟に神格が上がっていく訳だ」

「その通りです。しかし、やはり海と川は違うということで、信仰が割れてしまいます。結果として、生活に第一となる河川と水源の力をネプトゥーヌスが持ち、海に関する権能は麾下《きか》の精霊達が持つ、ということになりました」

「それがローマ時代の私と、そう言っていいと思うね」

確証が来た。

そして、後にあることが起きる。

「ギリシャが関与し、習合と導入が行われる中で、ネプトゥーヌスの麾下にいた精霊達の内、幾らかが力を増します」

「？　――どうしてギリシャが関与していく中で、一部の精霊が力を増すんです？」

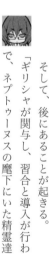

「——時代の変化ですね？」

●

流石《さすが》、と思うくらいには余裕があった。だから自分は、後輩の知識神に言葉を任せた。

するとと彼女は皆に頭を一度下げ、

「文化と文明の変化です。古代において、大したことがない土地や事象を担当していた神が、後の時代ではその土地や事象が重用され、一気に神格を上げる、ということがあります。
たとえば私は学問の神とされていますが、学問の分野で私の神社が隆盛したのは〝受験戦争〟と呼ばれる大学受験ブームが生じた70年代以降で、これは今も続いていますね」

《注釈しますと、受験戦争は二度あります。

一回目は天満《てんま》の言うもので、団塊ジュニア世代の受験戦争。つまり日本の戦後、高度経済成長期において生じたベビーブームの、その子供達世代にそれが生じました。

社会に出る前にもう一段階、学をつける大学に行く、そのための受験という競争でして、これは90年代も続いています。

そして約二十年後あたりから始まる第二次受験戦争は、それとは逆の要因を持つのが特徴です。

ベビーブームの反動としての少子化が進んだ結果、今度は〝良《い》い学校〟に入るだけではなく、〝いつから入ったか〟という競争が生じたんですね。

よって第二次受験戦争としては、大学受験ではなく中学受験が主な競争の場となります》

「ウヒョー、社会の動きとか、面倒くさいなあ……！」

「だとすると、ゲロのオッサンの場合はどうなのだ？」

「そちらの場合は、社会規模の変化です。
古代において、農地の確定や、毎年の収穫の安定すら解っていなかった頃は、河川や水源が大事だったでしょう。しかし集落が安定し、人

口が増えると、年間単位の収穫に止《とど》まる農耕より、大事な経済活動が生じます」

　それは何か、己が視線を向けると、後輩が確かに目を返し、言葉を重ねた。

「――交易です。ギリシャとローマを結ぶ海洋交易。そして欧州各地で採掘される岩塩もですが、海水で手頃に作れる塩なども、人口の安定には大事ですよね。だから――」

　という〝間〟は、こちらに役目を返すものだ。ゆえに己は知識を〝受け継ぐ〟。

「妻子、というところに限定して言うならば、ネプトゥーヌスの権能であった精霊の内、海の要素、その内〝海洋、深海、塩〟を扱う精霊が台頭しました」

　それは誰か。

「サラーキア。Salaciaと表記される名前の内、SalはSaltと同じ語源だとされています。つまり人類が開けた世界を持つ過程で、海洋の精霊が、それまで人類を支えていた河川と水源の神に匹敵する扱いになったのですね。

　なお、サラーキアは海洋神ですが女性。ギリシャの海洋神が雄々しいポセイドンで男性であった事に対し、ローマは違う文化の土地だったと、そう言うことが出来ますね」

●

「あのさ、サラーキアのSalの発音って……」

「あまり言いたくないからSalと表記したけど、音的には〝サル〟ね」

「ふうん……。おいバランサー、お前、僕のことを猿呼ばわりするのって、つまり僕のことを塩のように人類不可欠で豊かなものだと、そういう暗喩だったんだろう？　なあ、そうだよなあ？」

《かなりキモい擦り寄りですが、塩対応のサルじゃないですかねえ》

「お、お前は……！　何故《なぜ》、歩み寄りの姿勢を見せない……!?」

《もし歩み寄ったらどうします？》

「そんときゃ僕が〝べ、別にそこまで距離詰めなくていいんだからね……!?〟って素直じゃない御嬢ムーブして走り去って飽きたらまた戻ってくる」

《ウワア、キモッ、キモッ。あと明らかに無駄な時間ですよねソレ》

ホントに無駄な時間だわ……、としみじみ思いつつ、桑尻はこう思った。

●

……まあ、バランサーの息抜きでもあるんでしょうけど。

そうでなければやってられない。

時間と知識というものは、無駄がないのだ。時間も知識も、無駄であるかどうかは使う者の価値観でしかなく、無駄と言えるならばその者の価値観には無駄なものがあるのだと、己はそう思っていて、つまり、

……この馬鹿、私の中では無駄の範疇《はんちゅう》なのでは……。

深く考えると自分の卑小さを思い知る気がしたのでやめた。というか先輩さんに完敗する気がするけど、先輩さんも神道ですから大概なのよね……。

「――ともあれ話を戻します」

「お前、今、不穏な沈黙を一瞬しなかった？」

やかましい。アンタのせいだわ。

「ネプトゥーヌスが河川と水源、麾下のサラーキアが海洋、そして他の麾下がやはり海洋の諸処を扱うこととなり、ローマ神話時代のネプトゥーヌスはほぼ確定します。しかし――」

ここで、厄介な事が起きる。

「ギリシャ神話の導入と、特にギリシャ文化が欧州から中東にまで浸透したヘレニズムの時代、ある事が起きます」

「それは何かな？」
　当事者だから解っているだろう。だがそれを促しとして、己は言う。

「元々ギリシャは建築や彫像を得意とする文化でした。それが異国の美術と交わることで表現方法が多彩となり、技巧的な彫像が多く作られるようになります。
　それは神話に対しては、〝神々を形にする〟だけではなく、その造形には構図や含意、物語までが付加されることとなり――」
　一息。

「この時代、彫像などを作られたネプトゥーヌスとサラーキアですが、サラーキアがネプトゥーヌスの妻という設定になるんです。一緒に居る男女の神、ということになれば、夫婦であろうと、そういう話ですね」

「アー、まあ、一緒にいると夫婦だよねエ」

「俺らなんか最初から夫婦だった感あるけどな」

「しかし、何？　自分の外に外して出したような権能が、女性になって、将来的に妻になるって、それはどういう自己回収？」

「一種の単性生殖ですかね」
　馬鹿と後輩が握手するのを桑尻は見た。

「今、僕達《ぼくたち》の周囲を、こっち向きのアオリでカメラが三周くらいしたからな！」
　やかましい。だが、今の流れに、関心の腕組みを見せる者がいた。

「――何か思うところがありますか？　部長」

「そおうだあねえ。ぼおくの神話にも、似ぃたようなの、あるからねえ」

その通りだ。

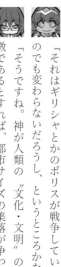

「部長の神話では、人類の始祖となる男女、アダムとイブの内、イブはアダムの肋骨《ろっこつ》から作られるのでしたね」

「マジで!? つまり人類も広義の単性生殖ってこと!? セルフ遊び!?」

「まあこれは単なる相似だと思うけど、文化的に考えて、当時の人々の間では、神々の行いとして、権能や肉体の一部が別の存在となって、また〝還《かえ》る〟ような流れは自然なものであったと、そういうことよ」

「――メソポタミアの古代、都市間で戦争をして幾つもの神が習合していく過程では、分化した都市が再合流するとか、普通にあったであろうしな」

「それはギリシャとかのポリスが戦争していたのでも変わらないだろうし、というところかな」

「そうですね。神が人類の〝文化・文明〟の象徴であるとすれば、都市サイズの集落が争っていた時代、神の分化と再集合には疑問するところがありません。後の世になって、国が確定し、そのようなことが無くなった視点からすると不思議なことかもしれませんが、神話はそういう、失われた時代のあり方を含意しているものなのです」

「このあたり、神道は後発神話らしく、逆にそういうアクションを取り入れまくっていますよね……」

「アレだっけ? 食って吐いたら神が生じるし、食って出したり、生理とか、何やっても神が生じるお祭り状態なんだっケ?」

《ええ。神が一柱いたら三十柱いると思えとか、そんな状態で発生します》

「アングラって言われるわけだよな……」

「いやいやいやいや、何にでも神はいるからソレで正しいんですって……!」

「まあ、古代の神話に比べ、いろいろな生産物や社会的要素が増え、自然の理解も進んだとなると、神の量は増える訳ですね。それを、紙という比較的莫大《ばくだい》なストレージに収めるとしても、紙面の限界がある訳でして、更には天皇から締め切り督促もあった筈で……」

「詰め込みの理由が何か生臭いヨー」

ともあれ、と己は言った。

「長々とした話も、そろそろ終わりです」

「え？　まだあるの？」

「馬鹿ね。アレが残ってるわ。——ローマ神話に対し、ギリシャ神話の乗っ取りとも言える導入と、その結果が」

●

長いと言われたならばまとめよう。桑尻はそう思い、端的に結果を述べた。

「ギリシャ神話を導入した結果、ネプトゥーヌスには二つの変化が生じるわ。

一つは、ギリシャ神話由来の〝物語〟が与えられたこと。

そしてもう一つは、——ネプトゥーヌスが海洋神となったこと。そういうことよ」

●

ンン？　と私は、今の桑尻さんの言葉に疑問しました。

ちょっと迷いました。

「えぇと、ゲロの——」

「何て呼ぶべきでしょう？」

「神道にも吐瀉《としゃ》物から生まれた神がいるんですから、そのままでいいのでは？」

「いやいやいやいや、いろいろ問題ありますよ？」

「？　正式名称のゲロのオッサンで問題なかろう？」

「正式名称じゃないですよ……！」

「い、いやまあ、私の方も住良木君の呼び名を尊重しますので」

「でも意外と言いにくいよねネプトゥーヌス」

「さっきからレポート書いてるんですが、ローマ字変換だとトゥが引っかかりやすいんですよね……」

「ゲロのオッサンで確定か……」

「じゃあゲッサンで！」

「月刊サンデーかよ」

《アレは月刊で出てますけど、実際は〝週刊少年サンデー増刊号〟ですからね？　正式な〝月刊少年サンデー〟は後年に創刊されます》

何の事かよく解りませんが、ともあれ呼び名が決まりました。

「ええと、ゲッサンさんは、元々が広い水の神で、それがサラーキアさん達に海洋系の権能をドっと譲って、御本人はユルめに水源と河川の神ですよね？」

しかし、

「……それが何で、ギリシャ神話の導入で、海洋神になるんです？　サラーキアさん達はどうなるんですか？」

●

そうですね、とネプトゥーヌスは言った。

「単純に言えば、こういうことです。つまり——」

ええ、と北欧の知識神が頷き、両手を軽く左右に広げた。

「ギリシャ神話の〝物語〟は強かったと、そういうことです。ネプトゥーヌスの、オリジナルの神話もありましたが、それらはポセイドンの神話を導入された中で、内容が組み込めるなら組み込む、そうでなければ捨てる。もしくは——、ネプトゥーヌスではなく、地元精霊のエピソードとして残ると、そうなった訳です」

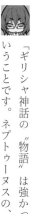

これはどういうことか。

「これは、ネプトゥーヌスが権能を麾下精霊に分けていたことも災いしました。結果としてネプトゥーヌスは自分の神話をギリシャ神話に置き換えられ、本来だったら彼のものだったエピソードは、分化した精霊達のものとなり、……しかしそれら精霊達は神話として語られることも少なく、多くは喪失してしまったんです。

そしてサラーキアについては、海洋神ネプトゥーヌスの持つ海の内、深海や塩を妻が担当すると、そういう解釈になったんですね」

「あの」

呼びかけると、知識神が振り向いた。彼女は〝何？〟という顔をしていたが、ややあってから、

「――あ！　すみません！　当事者がいたんでした！」

私そんなに影薄いですかね？

しくじったわ……、と桑尻は内心で恥を感じる。

北欧系で良かった。酒を飲んで寝れば無かったことに出来るから。否、そんなルールはないけど、そうでなければやってられない。

ともあれ、ネプトゥーヌス本人にどうぞどうぞと促され、己は解説を補足に入る。

やらかした分、なるべくフォローをしなければ、と言葉を選び、口を開いた。

「いいですか？　――ネプトゥーヌスは海洋神として置き換えられましたが、しかし、ローマではそれなりに河川や水源の神としての扱いもありました。元々がそうであったため、ネプトゥーヌスの神殿はローマの中心、テベレ川の畔《ほとり》、あのパンテオンの近くにあったんです」

「パンテオンってアレだよネ？　デカイ柱が何本も立ってる総合神殿。だとすると、いい土地に神殿建ったってことかナ？」

えっと、と言葉を迷っていると、手が上がった。

「やっぱ海洋神になったわけだから、神殿が建つのも海が見える丘とか、そう言うのだったりする訳？」

「……いや、その、それは……」

ええ、とネプトゥーヌスが眼鏡を上げ直し、こう言った。

「パンテオンがあるのは海から余裕で二十五キロほど内地です。海？　見えませんけど？　ちなみに私の専用神殿、広いローマの中でそこ一軒だけですから」

「丘サーファーの不人気海洋神かよ……！　ゲロのオッサン、半端ないな！」

フォローの筈が何でこうなった。

●

「い、一応フォローしておきますと、ローマ海軍が戦勝した際、神殿が大規模に造り直されているので、不人気だった訳ではないと思います……」

「でも海王星《ネプチューン》とか、凄い遠いよね。一番外回ってるんだっけ？」

《惑星で言うと90年では〝水金地火木土天冥海〟とも言いましたが、これは冥王星の公転軌道の歪《ゆが》みが、一時的に海王星の公転軌道の内側に入っていたせいです。

79年から99年までがこの時期にあたり、そして更なる将来、冥王星は準惑星に格落ちするのでこの呼び方もまた変わりますね》

「それってつまり海王星が結局一番遠くなる気が……」

「何かネプトゥーヌス、ツイてなくないかナ？」

「ちなみにネプトゥーヌス神殿のある地域はキャンパスマルティウスという地名です」

天満の平坦《へいたん》な物言いに、皆がネプトゥーヌスを見た。すると彼が、また眼鏡を上げ直し、

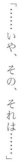

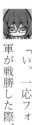

「ええ、その地名の意味は〝マルスの広場〟。――軍神マルスの土地に間借りして神殿が建ってますが、何か？」

「……今夜、川の流れでも見ながら一杯やろうじゃないか……」

「同意だ。飲むべきだ」

「いいねえ、そうしようねえ」

「あ、いや、どうも有難《ありがと》う御座います……」

と、妙な友情か何かが育まれているのを見つつ、紫布は首を傾《かし》げた。

「――何か、スッゴイ流れじゃなかったかナ？」

「そうですね。元々からの流れはこうなります」

・ネプトゥーヌス、本来は海も含めた水の神。
↓
・総合的な水の神として、やがて権能が明確化。
↓
・その内の、海に該当する権能が、キャラ化する。
：ネプトゥーヌス単体の権能は河川となる。
↓
・ヘレニズムの影響で、権能の一つがサラーキアとなる。
：サラーキアはネプトゥーヌスの妻となる。
↓
・ギリシャ神話の導入で、ネプトゥーヌスは海洋神になる。

「無茶苦茶な移り変わりですね……」

「神話を乗っ取られただけかと思えば、出自も無いって感じかア……。コレちょっとキッツイねエ……」

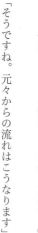

《とはいえ、戦勝で神殿が改築されるように、ローマ神話の神々は自然神で、豊穣《ほうじょう》や祝福を司《つかさど》りました。ゆえにローマは〝神が奨励している〟として、文化が花開き、一気に拡大していったのですね》

「そして拡大した結果、今度は統治が行き渡らなくなっていき、法律とは別の方法で市民の生活を制限、規律、そして統一することとなりました。それがキリスト教ですね」

「やあめときゃあいいのにねえ」

「お前、身も蓋も無いな……」

●

で、と木戸は言った。

「ゲッサンの紹介と事情は解ったとして、私の方の話は、どうしますの？」

「アー、ちょっと木戸チャン、御免、今ので皆、かなり疲れたんじゃないかなア」

「不本意ですけど同意しますわね――」

見れば、雷同さんや紫布さん達が、テントのパーツを布袋から取り出していますの。

既に午後三時前。設営はしておいた方がいい、となると今夜の夕食は自分が担当なのですけど、

「木戸先輩！　設営しつつ、早めの夕食というのはどうでしょうか！」

「いいアイデアですけど、流石にちょっと早いですわね。とはいえ昼食抜きというのもいけないと思いますし……」

と、言いつつ気付く事は一つ。皆が、設営の作業を止め、こちらに対して明らかに期待の目を向けていることですの。

「な、何ですの？　その無言の期待は！」

「いや、木戸チャン？　夕食作るんだよネ？　じゃあ、木戸チャンの分の設営作業とかこっちがやっておくし、とりあえずテーブルとガスコンロ出すからサ。今から何か軽く作ってくれな

いかナ？　ゲッサンの菓子パンと合わせて軽食、ってなるようなものでサ」

「い、言えば出る、ってもんじゃありませんのよ？」

「あ、じゃあ僕、上の酒屋スーパーまでひとっ走り行って、材料買ってきます！」

「設営サボるつもりね、と思ったけど、邪魔にならないからソレがいいわ」

じゃあ、と声がした。

「住良木君と私で、買い出しの追加に行って来ますね？」

「ああ、いいねエ、ソレ。じゃあ、木戸チャンは――」

視線を向けられると、こう言うしかない。

「調理役の私が行かないと駄目じゃありませんの……！」

「あ、じゃあ私も買い出し行こっかなあ」

●

「お前行くなよ、あっちの邪魔になる」

「いや、こっちいても邪魔だな」

「何その意見が違うのにコンセンサスとれてる感じ……！」

「メソポ組、ホント身内に厳《きび》しいなア……」

●

私が住良木君や木戸さんと向かったのは、奥《おく》多《た》摩《ま》駅から街道に出る処。

ここは角地に、半地下の酒屋兼スーパーマーケットがあります。個人営業だけど、地元の野菜などを仕入れていて、

「あまり時間をとってもいけませんから、手早くスープを作りますわね」

言う木戸さんが選ぶ食材は、野菜中心です。立川では**〝草を食うのは偽善〟**という強めの肉食文化に基づき、あまりそのあたりを買ってい

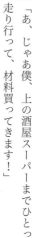

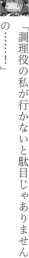

ませんでしたけど、

「タマネギとか、結構買いますね……！」

明らかに、〝人数が居る〟という以上の買い方です。

遅れた昼食のスープ用として見た場合、買い過ぎな気がします。しかし木戸さん、幾つかの野菜を同じような量で手に取り、住良木君の持つバケットに入れていきます。

そして、調味料売り場を見て、口に笑みを作りました。

「――神様らしくないですけど、ちょっと変わった調理をしますわね？」

INTERLUDE

「しかしカレールーもいろいろありますのねえ……」

「ジャワ派かバーモント派で分かれますけど、カレーマルシェもいいですよね」

「リ、リクエストですね!? 憶えておきます!!」

EDGEシリーズ
神々のいない星で
—At the star without gods—

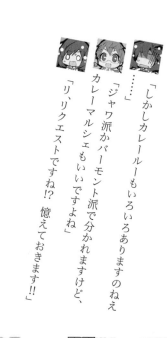

第二十三章

『RAMPART』

——僕らの拠点と兵站を。

……手捌《てさば》きが綺麗《きれい》だねエ。

と、紫布は思った。

木戸チャンの調理だ。

河原に設置した折りたたみ式のテーブルと、俎板《まないた》。ゴミを捨てる袋も近くに置いているが、やはり屋外だ。足場も何も、家で調理するのとは違う。

だが木戸チャンが野菜を断っていく。

姿勢に乱れが無い。否、ある程度の神ならば、周辺の精霊や土地の神々を何もせずとも支配下に置くことが出来るのだ。そうなったならば、足場や大気などの〝土地柄〟は、支配者である神を支える。

ゆえに神格の高い神は、周囲の環境に己を左右されない。

逆に言えば、

「——神の個性が出る訳だけど、木戸チャン、居住まいがいいねエ」

そこからの手捌きが、流れるように続いていく。

幾つかの野菜を割っていたが、今、タマネギを手に掛けたところでそれが〝見えた〟。切るのでも、割るのでもない。あれは、

「繋がりを断ってる、か」

木戸チャンの横。手伝いとして立っている先輩チャンが、その手捌きを不思議なものを見る目で見ているが、アレは、

「え、ええっ……？」

タマネギを切るところでそれが起きた。

木戸チャンの〝手捌き〟だ。

先輩チャンが皮を剝《む》いて手渡したタマネギに、木戸チャンが包丁を横から当て、

「ほう」

紙を切るように、抵抗なく刃が逆に抜けた。
更に、

「――――」

返す刃が、高さを変えてまた対角に抜ける。
そして、

「大きめのカットで宜《よろ》しいですわね」

と、上からまた抵抗なく縦、横に刃を通した。
この間、タマネギの形は変わる事がなく、木戸チャンは先輩チャンに掌《てのひら》を差し出し、

「――はい」

「えっ」

「先輩！　こうですよ！　こう！」

エア巨乳を馬鹿が掌で持ちあげるジェスチャーをするが、神道的に奥多摩の自然が穢《けが》れないのかナ……、とそんな疑問を持つ。だが、

「あの、次のタマネギを下さいません？」

「あ、はい、これです。――ええと、そっちのを――」

「あ」

と、二人が軽く行き違うように手を伸ばし合ったときだった。
木戸チャンが刃を通したタマネギが、そこで下から零《こぼ》れるように堆積化した。

●

「すげえ！　達人の隠れた技って感じです！」

「権術かナ？」

「……私もヒッキー婚活時代に料理はかなり練習しましたけど、刃物選ばずにこの切り方は出来ないです……。どんな権術か教えて貰《もら》えませんか？」

「切り口を綺麗にするだけの権術を憶《おぼ》えても、料理が美味《おい》しくなる訳じゃありませんのよ？」

「そうですよ先輩！　僕は先輩が作った料理だったら何でも美味しいですよ！」

「残飯出されたらどうすんのアンタ」

「何を言ってるんだお前！　先輩が口をつけたものが残飯の筈がない！　皿まで舐《な》めて返す勢いで食うよ僕は！　ああ、想像だけで美味え——！　超デリシャスだよ！」

《流石です猿。立派な狂信者ですね》

「おお、そうかバランサー！　羨ましいか！　お前も巨乳信仰始めるといいぞ！　さあ、まずは雷同先輩の胸囲からスタートだ！　硬いぞー、僕は揉《も》んだことがあるからな！　つまりハードモードだ！　最初からハードになってるとか、メガドラのゲームかお前！　よしじゃあ練習で僕の胸でやってみろ！　ほら！　怖《お》じ気《け》づいたのかお前！」

《誰か》

「安定して何言ってるか解らないぞ」

「その通りですけど、コレ、権術じゃなくて加護ですのよ？」

だろうな、と雷同は応じた。

●

「水か」

「——ええ。私、水を扱う権能持ちですもの。だから——」

と言った木戸が、右手に包丁を、左手を宙に掲げた。

その左の五指から、水が現れて下に落ちていく。そして、

「え？」

水の落下に対して木戸が当てた包丁。その刃

が、水を剥いた。
薄皮一枚。
ロールした紙を引き出すように、等幅の水が薄く剥かれていく。
元となっている落下の水は、空中で散って、弾《はじ》けていく。だが刃が割った薄皮の水はそのまま河原に棚引きながら当たっていき、

「私の加護の応用ですの。水を操作出来る訳ですから水を分けて断ちますのね」

「――じゃあさっきのは、タマネギを切ったのではなくて……」

「タマネギの〝水分〟を刃で断ったんですの」

彼女の言葉に、桑尻が息を一度詰めた。

「桑尻、――勉強になるか？」

「……はい。私達《わたしたち》の神話には明確な専門水神がいませんから。このような技術があると知ることもですが――」

一息。

「専門の神が権術や加護を用いると何が出来るか、という知識の蓄積になります」

「ああ。単に野菜を切っているだけだろう、と言うことも出来よう。だからこの技術で驚くとしたら、先ほどの人類のように、手業と芸当として驚くだけだ」

だが、

「――これを、戦闘に用いるとしたら、どうなる？」

「やっぱそういう発想になるよな」

「実在顕現してるこの身体《からだ》は、水分あるからなあ……」

「え!?　何!?　水分が何だって!?」

「お前一回脱水症状極めてみてさ、カラッカラの状態で断たれるかどうか試してみない？」

「な、何か物騒な話してますけど、水分が少ないと通用しませんのよ？」

「あ、だから先輩に皮剥き頼んだんですね？　タマネギの皮はパサパサですから」

「ええ。水分が無いもの相手だと、私の方はちょっと感覚が鈍りますの。自分の力が通りにくい、というのは、加護や権能だけではなく、物理でも――、錯覚でしょうけどね、でも、ありますのよ？」

　だから、と木戸が先輩さんに視線を向けた。

「貴女《あなた》が〝岩〟の権能を私並に使えるようになったら、私は正しく石を削る水の一滴にしかなり得ませんわ。相性としては貴女の方が上ですのよ？」

「いやいやいや、そこまで至るのにどんだけ掛かるのかと思いますし、そうなったら木戸さんはもっと先行ってますよね？」

「それはまあ……」

　と木戸が言いかけて、止めた。彼女は一息を吐いて、

「……そうであっても、関係無くなる方が安全ですのよ？」

　木戸は、ふと、流されそうになっていた自分に気付いた。

●

……そうですわね。

　自分がいると、出見《いずみ》に悪い事が生じるという予感と事実。

　出見や同輩さん達は大丈夫だと言ってくれますけど、実際にはどうなるか解りませんの。だからなるべく、距離をとっておくべきだと、そう思うのですけど、

「――木戸先輩！」

「ファッ!?　な、何ですの？」

「あ、はい。鍋の方の用意をしていて気付いたんですけど、先に切った野菜でも、茄子《なす》なんか

はそのまま切ってるっぽいですよねコレ。どうしてタマネギから本気パワーを出したんです？」

本気パワー……、と向こうで木藤《きどう》さんが首を傾げますけど、まあそういうものですわね。

ただ、タマネギを断つあたりから加護を使い始めたのは、理由がありますの。

どう言ったものか。子供っぽいと自覚しつつ、感じる照れについては片頬を手で隠すこととして、

「……だって」
言う。

「――タマネギをそのまま切ったら、目にしみるじゃありませんの」

●

『権能の超無駄遣いな気もするけど、スゲー解る……』

『……というか、紫布先輩』

『ンン？ 堪えるのかナ？ 我慢はしすぎるとよくないヨー？』

『あ、いえ、そうではなくて……』

『木戸先輩を見ていると、後輩の私が庇護《ひご》感を得るときがあるのですが、これは私の相対的勘違いで、実はオヤジくさいだけなんでしょうか』

『お、推し！ 推せます！ 木戸さん推せます!!』

『何語かナ？』

●

木戸は、いきなり横から手を摑《つか》まれた。

何事？ と振り返ると、同輩さんがいる。

「す、すみません！ 私、タマネギ切るときに号泣モード入るくらい弱いので、その権術下さいませんか!?」

「いえ、あの、私の加護なので。権術じゃありませんのよ？」

「えっと、じゃ、じゃあ私が木戸さんを信仰するとタマネギ切っても号泣モード入らなくなるって事ですか!?」

《信仰理由としては前代未聞だと判断出来ますね》

「つまりこういうことか！　巨乳の先輩が巨乳＋１の木戸先輩を信仰すると、先輩にも＋１の加護が付くってことだ！」

「何でその台詞《せりふ》を断定形で終えられる訳？」

「馬ッ鹿よく考えろ！　先輩がタマネギ切っても号泣入らない上で巨乳＋１ってことは、えーと、そうだ！　つまり調理がスムーズに行われると言うことは僕に先輩の残飯がスムーズに回ってくる確率が上がって僕がスムーズに皿まで舐める確率がスムーズに上がるんだよ！」

「大丈夫ですか？」

《おっと不慣れですね菅原《すがわら》。こういうとき〝大丈夫か〟と聞くと、相手はつい反射的に〝大丈夫です〟と答えてしまうんです。だからこういうときはこう尋ねましょう。
　　――手遅れですね？》

「オイイイイイ！　そこは〝手伝うことがありますか!?〟だろ？　手遅れって何だ手遅れって！　フ、そうとも、僕は先輩の最高さ加減に手遅れになっている……！　自覚はあるぞ！　今も調理だからとエプロンつけてる先輩の横ハミとか影の付き方とかじっくり観察しているが観察してるだけなので凝視してもあまり気にしないで下さい先輩！　そんな感じで！」

《木戸、野菜が乾くので作業続けましょうか》

「お前……！　お前……!!」

何だか一気に騒がしくなった気がしますけど、とりあえず調理は続けることにしますの。

バランサーと人類が蔑み合っているのを横に、木藤はビルガメスや皆とテントやタープの設営を行っていく。

　昔も野営などはよくやったものだが、

「今のこういう装備は、よく出来てるもんだなあ……」

《90年代に隆盛するアウトドアブームですが、それ以前から日本では定期的に自然回帰ともいえるブームが起きています。アウトドア用のギアは、かなり古くから輸入や開発を経て発展しているのですよ》

「このあたり、北欧神話の方が歴史は古そうですね」

「――欧州最高峰はアルプス山脈のモンブラン。四千八百メートルを超える山だけど、この山脈には、紀元前八世紀くらいからケルト系民族が生活していた記録があるわ」

「しかし――、と言いたげだな」

　ええ、と知識神が頷く。

「アルプスの山々は大規模な降雪と氷河によって、遺跡などが下に流されて残らないんです。ですが――、私の知る限りでは来年、大きな発見がありますね」

《それについては越権もあるので、私が安全な範囲で話しましょう。

　1991年、アルプスはオーストリアとイタリアの国境にある山にて、一体のミイラが発見されます。アイスマン、と名付けられた彼は、古代のものとは言え、衣服も登山道具も狩猟道具も所持しており、戦闘から逃れて山脈を越える途中で息絶えた、というのが解っています。

　しかし――》

「しかし、彼の生きていた時代は、計測によると紀元前三千三百年代よ」

「……俺達《おれたち》のいた時代より古いのか」

《ええ。その頃既に人類は欧州各地に点在しており、――多種多様な文化、文明を発展させつつありました。そして彼らの一部は、高度な石器を道具として、アルプス越えをしようと、そのくらいの力を持っていたのですね》

　成程なあ、と己はタープの柱をビルガメスと支え、呟《つぶや》く。

「……移動、ってことか」

「――私達も、相当、各所に旅をしたものだがな」

「お前は特にそうだ。俺は馬鹿のおかげで冥界くらいだけど」

だけど、

「人類は、俺達以前から、お前が〝全てを見た〟と言えるよりも、もっと遠くに行っていたんだろうな」

　それはもう、これまでの知識で解っていたことだ。だが、自分達が今、野外で、〝外〟を実感出来る状況だと、まるで知識が体験のように感じられてくる。

「人類は無茶する生き物だよな」

「だぁよねえ。すぅるなっつってんのにねえ」

「お前が言うと何か意味が違うものになるぞ……」

　流石だ……、と思っていると、ふと、匂いが来た。

　食欲、という言葉が即座に思い浮かぶ匂い。これは、

「鶏だな？」

「手早くスープが出来ましたわ。一息入れませんか？」

●

　夏ではある。奥多摩の河原とはいえ、やはりそれなりの暑さがあり、設営作業をしているとなると汗が出る。しかし、

「ウオッ、コレは沁《し》みるねエ」

「単に野菜を煮た中にチキンコンソメを落としただけですわ」

薄味だ。匂いはチキンが強いが、タマネギやキャベツの味が前に出ていて、しつこさは無い。

熱いが、だからこそ汗が出て、

「カッと来るけど、逆に涼しくなるな……」

「塩分はコンソメで稼いでますから、口に煩《うるさ》くないと思いますの」

「だねエ。菓子パン合わせでスープっていうと、コーンスープか何かで朝食気分かナ、と思ったけど、コンソメでどっちかっていうと野菜スープだとはネ」

「何となく既視感ありましたけど、昆布茶《こぶちゃ》みたいですね」

ああ、と天満チャンが頷く。

「洋風ですが、出汁《だし》の風情がありますわね」

と、手が上がった。桑尻チャンだ。彼女は石で組まれた竈《かまど》に長い薪で吊《つ》るされた鍋を見て、

「野菜を先ほど切っていましたが、その野菜は何処に？」

「あれはこれから使いますわ」

木戸が小さく笑う。

「これを昼御飯として、野菜とコンソメで出汁を取ったスープを作り、夜は鍋の中に残した野菜と、新しく追加した野菜をカレーで煮込んでカレーライスですわね」

「ウヒョー！　キャンプの定番を初日から行きますね！」

「付き合いが薄いので、皆さんの好みが解りませんもの。だから定番。その代わり、作りはしっかりして行きますわよ」

さて、と木戸が言う。皆がそれぞれ、ネプトゥーヌスも含みで集まってきたのを見据え、

「ようやく、という処ですけど、私の方の事情、話せる範囲で話しますわね」

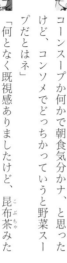

全く……、と屋根下から見える夏の空に、一つの呟きが投げかけられた。

駅舎だ。輸送列車も並ぶプラットフォームの上、白のロングヘアを流して立っているのは、

「デメテル叔母様！　やはりこちらからだと八《はち》高《こう》線とか言う路線を使った方がいいようです！」

「ああ、そうなんか？　何や、今、ここは――」

「八王子《はちおうじ》です！　八王子駅!!　立川から、中央線に乗って西に行くと到着する大きめのハブ駅です!!　連中のいる奥多摩方面とは路線が一本違います！」

アテナは、叔母の勘を信じた己を悔いた。

……何でこんなことに……!?

それは、今日の昼過ぎのことだった。

「……これは――？」

感覚だった。

何やら、テラフォームに関係した人類達が、立川という土地から居なくなっていると、そんな気配を感じたのだ。

気配といっても、単純なものだ。神々が動けば、土地精霊や土地神達も影響を受ける。だから神々が居なくなれば、そういった小さい存在達の動きが変わる。

変わっていた。

どいつもこいつも、明らかに安堵《あんど》。というか呆《あき》れ半分、心配半分な空気で。

……えっ？　アイツらいつも、何してんの？

と思ったが、神なのだ。いろいろやらかすこともあるだろう。

つまり人類達が、立川の外に出ている。

これが勘違いかどうか、一応は確認した。何しろ、彼ら以外にもメジャー神はいるのだ。

学校があり、そこを中心に、彼ら以外の神が多く存在している。

だからとりあえず、エシュタルと連絡を取ることにした。

自分達は、幾ら監査とは言え、神々全員を監視している訳ではない。

今回の件においては、同監査であるエシュタルの啓示盤呼び出し符号を神委側から教えられている。なので、

『おう、エシュタル。今どこおんねん？』

『ハーイ！　いつもカワイく時たまエキセントリックな挙動をとるメソポタミア神話のアイドル、エシュタルよ！　でもハイパー残念！　今、私、気分で何処か行ってるから、用があったらこの後ピーって言うから、そこでメッセージ入れておいてね!!』

デメテルが待った。ややあってから、しかし通話が向こうから勝手に切れて、

「ハア!?　おい！　ピーって言わんか!!」

「コレ、そこの部分を録音し忘れてたんじゃあ……」

「…………」

「阿呆《あほう》が……!!」

しかしすぐにもう一回通話する叔母であった。そしてエシュタルの長い前口上があり、それを叔母はちゃんと聞いて、ピー音が無いのは無視して、

『——あ、エシュタルですか？　デメテルです。今、どこにいますか。これ聞いてたら連絡御願《おねが》いします』

通話だと意外に丁寧な叔母であった。

「……何でこの地域の標準語に？」

「いや、何やまあ、通話は苦手や……」

……普段からこうだといいのだがなあ……。
しみじみ思ったが、連中が何処に向かったか、というのは謎として残った。
だが、それも思わぬ処から答えが来た。やはり通話だ。それは、

『おお、デメテル君？　何やらこちらに入ったそうだね？　――で？　何だい？　うちのテラフォーム施工役が何処で何やってるか、知りたいのかね？』

●

うわあ……、というのがスケアクロウの感想だった。

今、カウンターの前で嬉々《きき》として情報をバラしている思兼《おもかね》がいる。それもオリンポス神話の〝監査〟としてやってきたデメテルに、だ。

『ああ、連中なら奥多摩に合宿に行ってるよ？　キャンプ、解るかね？　ンンンン、解りやすく言うと天幕張った野宿を楽しむ会合だねえ』
流石に情報漏洩《ろうえい》が過ぎると思ったのだろう。カウンターを乗り出すように、情報神が首を傾げてきた。

「大丈夫なのかしら？」

「いや、私に言われても……」
困ったものだ。だが、自分は気付いた。

『奥多摩が解らない？　地図を見給《みたま》え、地図を。東京は東に東京湾があり、その西に二十三区があって、更に西は大体が多摩地区だ。
立川が北多摩、その西が西多摩、そして西多摩の更に西が奥多摩だね。つまり奥多摩は立川から見て一直線に西だよ』

……ンンン？
この説明は大体において正しい。だが、

疑問が生まれた。しかし思兼が言葉を続けた。

『君達《きみたち》は恐らく東京駅から中央線に乗って立川に来たのだろう？　よし、じゃあ立川から一直線に西へと行ってみよう。中央線は立川から西に延びているしね。――三十分もすればすぐ解るよ？』

　思兼はひどく笑顔だ。何が何だか解らない、といった風情のシャムハトとは別で、彼女は意味もなく音声通話の啓示盤に手まで振ってから通話を切った。

　思兼の両肩にいるフェレットも一緒に手を振って、同時に啓示盤が流体光に消える。そして、

「ああ楽しかった!!　――ほらクビコ君！　君は私を非道者呼ばわりするが、私は私で彼らの援護をしているだろう？」

「思兼？　それは援護かも知れませんけど、あとでオリンポス系に思い切り恨まれる可能性がありますからね？」

「？？？　どういうこと？　今の、奥多摩への誘導、何が悪いの？」

●

　そうですねえ……、と自分は啓示盤を開いた。そこに出すのは東京の概要図だ。

「ええと、まず、東に東京駅があります」

「あるわねえ。私もそれ使ったわ」

　でしょうねえ、と己は頷いた。地方を根城とする神々は、立川に来るとき、大体が電車によるルートを使う。飛行機もあるが、〝飛ぶ〟ということに不運がつきまとう神話は多いのだ。走る列車、それも神々の間では無敵の武器である事が多い〝電力〟で動くというのは、何となく興味を引くものなのだろう。だからオリンポス系もそのようにした筈だが、

「東京駅から立川までは、ちょっと新宿《しんじゅく》までで歪みますが、大体は一直線に西方向の線路です。

これが〝中央線〟

「ああ、確かにそんな名前の線路だったわねえ。運行管理ごとに〝線〟が違うと理解してるけど、それでいいの？」

「まあ大体そんなもんです」

言って、自分は東京全図の上、東京駅から立川に至る〝中央線〟を線として引く。

そして、〝中央線〟のラインを、立川からそのまま西に延伸した。

山側。まっすぐ線を引いていく。

「路線図だと、拝島《はいじま》がこのあたりで、青梅《おうめ》がこのあたりで、……このあたりが奥多摩ですね」

それは西側への長い一直線だ。

東京を東から西に、立川を中心に結ぶライン。その東端にある東京駅を、自分は手で軽く叩く。

さて、と前置きし、東京駅から立川までを指でなぞる。

「このラインが、〝中央線〟です」

「ええ、さっきも聞いたわよ？　それで？」

じゃあ、と己は言葉を繋いだ。立川から奥多摩まで、延伸したラインを指でなぞり、

「〝中央線〟は、立川から西へと延びています。——だとしたら、この立川から西に延びて、東京の西側の中央を貫く路線。これは何線でしょう？」

「？　——〝中央線〟じゃないの？」

●

やっぱり、と思いつつ、スケアクロウは応じた。

「残念、これは〝中央線〟じゃありません」

言う。正解は何か。

「中央線に合わせて立川から西に延びている線路。——これは〝青梅線《おうめせん》〟です」

「……は？」

シャムハトとしては、意味が解らなかった。明らかに情報が足りない。そのことを理解の上で、問いかける。

「立川から西に中央線はあるのよね？　それは何処に行ったの？」

問う。すると神道の道標神が地図に手を当てた。

「立川から西に延びる中央線は、こっちにあるんです」

それは立川から西。しかし〝西南〟の方角で、行き先は東京という〝枠〟を超えるラインとなるもので、

「立川から山梨側に向けて、八王子、甲府へと向かう線路。――これが立川から西の〝中央線〟なんです」

「……？　どういうこと？　中央線が、何で東京の中央を通らないで、他の県に向かうことになるの？」

シャムハトとしては、純粋な疑問だ。情報神として、これは面白いと思った。だから視界の中央、スケアクロウが半目で指差す方向を見る。すると、

「聞きたいかね……!?」

こんな風に、全力でカモンカモンとオーラを飛ばす神を初めて見た。だがまあ、

「聞かせて欲しいわ」

「ああ、簡単なことだよ。元々、日本の鉄道として見た場合、先に出来ているのはこの中央線だ。開業は１８８９年。青梅線はそれに遅れる１８９４年の開業だね」

「じゃあ、何故、この斜めにズレる路線が〝中央線〟なのかしら？」

「管区だよ」

言われ、大体理解した。しかしここは自分が賢《さか》しらになるパートではないだろう。

「教えて欲しいわ」

「いいサービスだ鳩子《はとこ》君。――日本の鉄道は、まず日本の太平洋側に敷設されていった。そして管理区分を、県などで分けず、〝日本の何処に敷設されたか〟で分けたのだよ。

だから中央線とは――」

どういうことか。

「東京の中央ではない。――日本の中央だ。そう。だから中央線、正しくは中央本線の起点は東京駅だが、真の終点は立川や八王子などではなく、ずっと西にある名古屋駅なのだよ」

さてまあ、と呟いたのはスケアクロウだ。

「青梅線のこと知らずに、地図的な知識で都内側から奥多摩に行こうとした場合、たまに引っかかる人がいるんですよね……。〝立川から西にまっすぐ行くのが中央線だから、中央線に乗っていれば自動的に奥多摩につくだろう〟って……」

「……さっき思兼、思い切り誘導したわよね？」

思兼は、こう言ったのだ。

『君達は恐らく東京駅から中央線に乗って立川に来たのだろう？　よし、じゃあ立川から一直線に西へと行ってみよう。中央線は立川から西に延びているしね。――三十分もすればすぐ解るよ？』

こちらの路線関係に詳しくなければ、アウトだ。

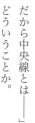

「――立川駅から奥多摩駅に行くには、大体の場合、途中の青梅駅で乗り換えだ。

立川からの奥多摩直行もあるが、まあ今の時間帯は希《まれ》だね。だから立川駅のエントランスに入ったところで〝中央線〟という標識に気をとられ、〝青梅線：拝島、青梅、奥多摩方面〟という標識を見落としてしまうと――」

思兼が、深く吐息した。

「まさかオリンポスのメジャー処が、そんなミスをするとは思いたくないねえ」

「抗議が来たらどうします？」

「オリンポスの監査が、自分達の恥を告白と宣伝してくれるのかしら？」

「うむ！　いい見解だね鳩子君！　――ともあれまあ、どのあたりで気付くかが謎だが、上手《うま》く行けば今日は奥多摩に行くのを取りやめるだろう。だとすればここで一日、時間を稼いだことになる。私に感謝して欲しいね」

ああそうだ。と思兼が言った。

「八王子駅で、八高線トラップに引っかかってくれると嬉《うれ》しいね」

●

「デメテル叔母様！　この八高線という列車、一時間に一本なので今からだと四十五分待ちです！」

「駅馬車か……!?　というか、ここ、東京やろ？　何でこんな過疎路線がトラップのようにあんねん!?　立川戻った方が早うないか!?」

●

「手早く、要点だけ話しますわね？」

木戸は、前置きし、皆に言った。出見がコッペパンの小豆《あずき》マーガリンを縦食いしているのが可愛《かわい》らしいが、

『小動物みたいでいいですよね……』

『そうですわね……』

『オーイ、ソッコで脱線してるウ』

そうでしたわね、と思い、口を開く。

「私の個人的な付き合いになりますけど、――そちらにいるゲッサンの妻、海神のサラーキアと、ちょっとした理由で付き合いがありましたの」

そして、

「……だからちょっと、そこのゲッサンの抱えているトラブルの手助けをしていると、そういうことになりますの」

だから、と再び言葉を作って、自分は気付いた。先を言おうとして、

「――――」

言葉が出ない。何か言いたくて、言葉を選ぼうとするが、何もかもが危険だ。

これ以上を言えない。

……ああ。

無理ですわね、と思う。これ以上、否、これしか言うことが赦《ゆる》されない、と。だが、

「ゲロのオッサン！　じゃあ、ゲロのオッサンは、何しに来たの!?」

●

紫布は気付いた。今の住良木の問いと同時に、木戸がゲッサンに視線を飛ばしたのだ。

……おおウ？

それは、自分の見立てでは〝許可〟だ。任せると、そういう風に見えた。ならば、

「……何処から話したものか」

と、ゲッサンが困ったように頭を掻《か》く。すると、声が来た。

「――木戸さんが話せないこと。それを護《まも》った上で、貴方《あなた》が話せることを御願いします」

木戸は、同輩へと視線を向けた。

すると相手は視線を合わせ、一つ頷きを作る。

大丈夫と、そう諭されたように見えた。こちらの言いたくないことは聞かないと、その部分については護ると、そんな風情で、

……何故？

否、問うまでもありませんわね、と己は思った。
彼女も、同じだったんでしょう。
自分と同様に、隠し事を持っていて、出見に嫌われるかも知れないと思いつつ、しかし、だけど彼を信じて待っていたのでしょう。ならば、

「——ここにいるのは味方ですわ、ゲッサン。だから、彼らに害を及ぼさないと、その範囲まで話して大丈夫ですわよ」

「……ゲッサンで呼び方が確定だよな……」

「場、場がそういう風になってますのよ！」
だが確かに、ローマの海神が頷いた。そして、

「私の妻、サラーキアのことです」
一息の間を持って、彼が告げた。

「あの、人類を襲った水妖。あれは、——元々、サラーキアだったんです」

INTERLUDE

「……ああ、うん、そうだろうな……、って言ったら駄目な処だよな、ここ……」

「**な、何イ——！**　ってやらなきゃ駄目ですよ！付き合い大事です！」

EDGEシリーズ
神々のいない星で
—At the star without gods—

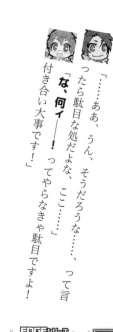

第二十四章

『MEGA-LO-MANIA』

——何処から来て、
何処にでも行ってしまう。

蜩《せみ》の鳴き声が今更強いと、桑尻は感じた。
そろそろ夕刻。だが自分達は河原に座り込み、言葉を交わしている。その内容は、

「多くは言えない。いろいろなものや権益が関わってしまっていて、君達を巻き込めば、多くの迷惑が掛かる」

「オイイイ！　既に僕が殺され掛かっているんですけど！」

「……御免なさいね」

「あっ、木戸先輩が謝る必要ないです！　これは僕とゲロのオッサンの問題です！　だってゲロのオッサン、じゃあ僕に迷惑を掛けないようにどうするかっていうと、僕にとって〝かみのたて〟になろうとして、それでミゾオチに一発食らってゲロのオッサンですからね！　あれに比べると木戸先輩が水の槍《やり》ぶち込んで大勝利の方が格好良いから正解です！」

「正解？」
まあ馬鹿が死ぬと仕事が増える。そういう意味ではゲッサンよりも木戸の方が対応が優秀だと思う。そして、

「あの水妖を、どうすればいいんです？」

「え？」
問い返され、己は迷った。こちらの言葉の意図が通じてなかったのだ。こういう場合、知識偏重型の自分は困る。今の台詞が的確だと、そう思っていたからだ。
己は、こう伝えたかったのだ。

「何か手伝える事があるよネって、話だよネ。桑尻チャン」

「――そうです」

「それは――」

「君達が関わると、君達への迷惑になるんだよ」

「そのことはよく解っています」

かつて、先輩さんの一件があった。

「何が迷惑になるかは解りませんが、神々の起こす迷惑は、場合によってはその言葉以上のクリティカルなものとなり得ます。名前を知れば死ぬとか、そのような事すら有り得るのが私達神々ですから。しかし――」

しかし、

「物事には、いろいろな関わり方があります。視野を狭くせず、考えて下さい。大体、私達は神道のテラフォームを助けるアウトフォーサー。外注です」

「その意味では私達だって既に同様よねえ」

「ガイチューが菓子にタカってるとか、ムーチョ、お前そんな自虐ギャグを……」

木戸と先輩さんが顔を逸《そ》らしたのは、ギャグの沸点が低いのだと思う。

そして手が一つ上がった。

雷同だ。彼はちょっと前屈《まえかが》みになり、皆にだけ聞こえるような声で告げた。

「まあ、いろいろな事情があるわな」

●

たとえばだ、と雷同は言葉を続ける。ネプトゥーヌスを見据え、
「お前達《まえたち》が、〝俺達を巻き込みたくない〟と言う一方で〝俺達を巻き込まない〟とは言わないのには、意味があると思う。――つまり俺達の中に、この水妖事件と言うべきかな、それに巻き込まれる要因がある」
言いつつ、自分は啓示盤を出した。それは日本の概要図だ。まずポイントすべきは関西、兵庫、岡山から呉《くれ》のあたりだろう。
「神州世界対応でギリシャ神話系やローマ神話系が拠点としてるのは、このあたりだろう。だとすると、水妖はこのあたりで生まれ――」
次にポイントするのは、東京だ。概要図は日本全土のものなので、ポイントは正確なものではないのだが、問題はない。

「恐らく、沿岸、そして川を伝ってここにやってきた」

「随分と長旅だな……」

「精霊に近い存在なら、合致する相の中を自在に行き来出来ますから、実在顕現した私達よりも移動力が高いです。――だから水妖の位置をある程度特定出来ても、捕獲には至らないのだと推測出来ますが」
後輩神の言葉に、ネプトゥーヌスが、二拍ほど置いてからゆっくり頷いた。

「……その通りです。サラーキアは水妖となってしまったが、元々は私から分化した権能です。私は彼女の位置をある程度共感？　そのようにして理解出来ています」

「私の方としては、水神の権能と、サラーキアを知る身として、彼女の位置を大体把握していますの」

「神道で言う〝縁〟みたいなものですね」
後発神話は専門用語が強いよな、と、そんなことを思う。
その上で、自分はまず木戸へ、続いてネプトゥーヌスへとそれぞれ視線を送る。

「――アンタが奥多摩駅にいたということは、水妖はこちらにいることが確定だな？」

「……はい。位置的にも、先ほど話したあたりにいるのではないかと」
じゃあ、と自分は木戸に目を向け直す。

「水妖についてだが、――木戸、お前達だけでどうにか出来るんだな？　だから、お前達だけで動いていたんだろうし」

雷同の問いに、木戸は首を下に振った。

「そのつもりですわ。神格として見た場合、私の方が上ですもの」

「じゃあそれはそれでいい。ただ――」

「ただ？」

「想定外の事が生じたら、俺達は動かないと駄目だ。俺達は神道のテラフォームを助けるが、余計なファクターを排除し、護ることもソレには含まれている」

「荒事専門の北欧神話、ってネ」

　雷同さんと紫布さんが言っていることは解りますの。
　こちらとて、完璧ではありません。右の手首には包帯が巻いてありますけど、

「幾度か、逃走を導いて、この様ですものね」

「やるじゃないか」

「えっ？　えっ？　逃走？」

　先輩さんが疑問するのも仕方ないことですの。ちょっと観念含みで、自分は言います。

「私達が行おうとしているのは、水妖となったサラーキアを、オリンポス側に確保させず、しかし本来の姿に戻すことですの」

●

　何故か、ということを言う必要は無い。神々のトラブルにおいて意味を知れば危険だというのは、先ほどの知識神の言葉から理解出来ているだろう。
　ゆえに自分は、これまでのことを結果として言葉にする。

「ちょっといろいろありましたの。だから私、夏休みに入ってから、オリンポス系の方……、地元？　まあ、そんなところですわね。そちらに行って、ちょっと情報を集めたり、注意するべきところは注意して、それでサラーキアの件

を知りましたのね」
だから、

「そこのゲッサンがサラーキアを追っているのに先回りして、この奥多摩に幾つか仕掛けを施してましたの。この上流域の相を安定させて、水妖が落ち着きやすくする、と。

そして導こうとしたら、やはり実在顕現の身だと精霊系の相手は難しいですわね。なかなか捕まりませんで」

「そうこうしている内に、水妖が下に降りてきた、と？」

「――――」

己は答えない。これは、真相に気付かれているかもしれないが、言ってはならないことだ。明言すれば危険な部分。だから、

「何か面倒なら無視していいからネ」

「あー、今のは踏み込みすぎか」

「駄目だなあ謝罪マン！　踏み込みすぎると通路にはみ出して攻撃食らうぞ！」

「何の話ですの？」

「ゲームのことだが、今度部室で実演してやるか……」

《木戸、ここでスルーする勇気が必要です。憶えましょう》

「すまん……」

「いいぞ謝罪マン！　ナイス謝罪で――す！　そして注意だけじゃなくてちゃんとした相手を賞賛出来る僕もナイス人類で――す！　ですよね先輩！」

「ええ。住良木君、切り替えが早くてついてけないときがありますけど、言ってることは間違いじゃないですよ？」

「――木戸チャン？　雑音は気にしなくていいかんネ？」

「え？　あ、まあ、ハイ。それで――」
　話さなくて良いことを話すべきか、迷う時間は過ぎてしまった気がしますの。このメンバーだと、そのあたりがはぐらかされるというか、

……トリックスターの権能持ちはいませんのにねえ。
　いるとしたら江下さんでしょうか。だけど彼女は今の会話に加わっていません。だとすれば、誰がいるせいなのかは明確。
　その人のことを思い、己は言葉を続けます。

「オリンポス系は、水妖としてのサラーキアを捕獲しようとしてますの。しかしこちらは、それより先に彼女を確保し、元の姿に戻したいんですのね。だから私としては――」
　紫布さんに視線を向け、会釈を送りますの。

「貴女達に会ったのは、彼女が捕らえられないように、逃がした後ですわ。
　また、私は神格が高いですけど、サラーキアを元に戻すには、やはりゲッサンの力が必要ですの。なので私だけで水妖を見つけた場合、やはり逃走を促すことになって――」

「暴れる水妖を逃がすのに、負傷って感じかナ」

「そういうの、慣れてるつもりでしたけど、やはり他者となると難しいですわね」
　言って、己は気付きました。今のはフライングですわね、と。

●

　木戸さんが、ちょっと気まずさを抱えたのを、私は何となく気付きました。

　照れとも言えない無言。クールにも見える無表情は、しかし自分が詮索されないようにする壁でしょう。しかし、

……今の言葉の何が、まずかったんでしょうね……？
　そういうのに、慣れていると。
　水の神ならば、荒れた水の精霊を御するのには慣れている筈。

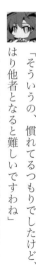

他者となると難しいと言っても、基本、神は自分の支配圏にいる訳で、その中の精霊達は身内みたいなもので。

……何が、引っかかったんです？

あまり詮索はよくないし、これについては恐らくこういうことなのです。

これに踏み込むと、私達に迷惑が掛かると。

つまり、今の言葉を追及すると、

……住良木君に、迷惑が掛かる……？

●

先輩チャンが何か気付いたなあ、と紫布は思った。

何となく、自分の方でも気付いている部分だが、

『対住良木チャン危険センサーがある先輩チャンに任すヨ……』

『い、いや、そんなセンサーありませんよ……！』

『無くて〝それ〟なんですか……』

『あれあれ？　何か違う方向から危険視されてます？』

●

木戸は、言葉を選び直すことにした。

これまでは、話すまいとして、安全な台詞を選んでいた。だが今は少し違う。出見を巻き込まないことを前提として、話せることは話す。

そのつもりで、

「万が一の場合は、やはり貴方達の介入を頼むこととなりますわ。ただ――」

自分は、同輩さんに視線を向ける。

「同輩さん？　出見の担当は貴女なのですから、退避と安全を御願いしますわね？」

「あ、はい！　住良木君は私の方で安全を確保します！」

『アー、でも先輩チャン？　ちょっとその場合、距離とった方がいいと思うかナ』

　という紫布さんの通神に、桑尻さんが頷きますの。

『水妖とはいえ、実際はサラーキア。もしも先輩さんがその権能で水妖を嫌った場合、サラーキアが滅びることとなります』

『あ、そういえばそうでした……』

『大丈夫ですよ！　水妖とガチンコになった場合、僕がロールバックしないようにすればいいだけですから！　僕、頑張ります！』

　出見の言葉に、皆が彼を見ます。元は神だった水妖を相手に随分と勇ましい、と私は内心で微笑しますけど、周囲は皆して、

「お前が頑張るのはやめておけ……」

「頑張った瞬間にソッコでロールバックだよネ」

「二回までならストックあるから我慢するわ……」

「安定の信用の無さだよな……」

「アハハ、バーカ！」

「最後のそれは単なる文句でしかありませんのよ？」

「すまん……」

「と、ともあれ私が安全なところに住良木君を連れて退避と、そんな感じですね」

　その通りですの。

「その上で介入ならば、安全かと思いますの。それに——」

「オリンポスの連中が介入するならば、アテナは私が相手をしよう」

……お？

相方にしては珍しい、とカイは思った。

「どういう思考の流れだ？」

「喧嘩《けんか》を売られたが途中で止まった」

「アー、ゲーセンでコイン入れたら詰まった系」

どういう系だ、と思うが、まあそういうものがあるのだろう。そして、

「じゃあ、やるしかないよなあ」

「そういうことだ。——いいか？」

「お前が売られた喧嘩は俺のものじゃないぞ」

●

「ビル夫チャン、ちょっと良いところ見てみたいねエ」

「大丈夫ですの？　相手は、オリンポスのドォデカテオイの一員ですのよ？」

「ドデカイッテオイッ？」

先輩さんの笑いの沸点が低い。

「ドォデカテオイはオリンポスの十二神をまとめて言う〝十二神〟の呼び方です。ローマ側での言い方はディー・コンセンテスですね」

「——実力が高いのは理解している。あの、武神とかいう面倒な機械もあることも、だ」

「あの巨大だけど巨大ロボって言うと語弊があるようなアレ、何？」

「オリンポス神話は、その物語の中で、初期の時代に先祖格となる巨神達と戦い、勝利しているんですの。実際はその後も一部の巨神達とは共に生きていくのですけどね」

「何か似た話を聞いたことがあるな……」

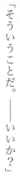

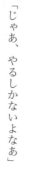

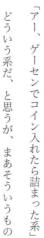

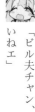

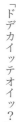

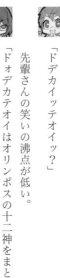

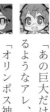

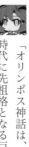

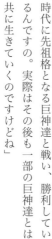

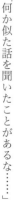

「俺達の北欧神話だ。俺達の方では、最後に巨神達と大戦争して共倒れに終わり、神々の時代が終わる。——というか終わってここに至ってる」

　そうですね、と知識神が言葉を継いだ。

「神話の中にて、古代、もしくは先住の祖として巨大な神や、その集団がいる、というのも多くの神話に共通するものです」

●

　桑尻は、住良木が手を挙げるのを見た。

「巨神っていうけど、やっぱそれって、古代に巨神みたいな存在がいて、戦争したりした訳？」

「そんなのがいたら、世界各地で巨神の骨が化石や遺跡として出てるわ。それが無いっていう意味をよく考えるのね」

　だから、と己は言った。

「これは恐らくだけど、神話の地層なの」

「地層？」

「——はい。多くの神話を見れば解りますが、巨神の存在には大体パターンがあります。それは、

・**現役の神々よりも以前の時代の存在である。**
・**多くは現役の神々に倒される、または譲位している。**

　ということです」

「ええと、だとすると神道の場合は……」

「神道の場合、政治的な〝作り〟が多く入っていますが、天津神《あまつかみ》にその要素が含まれているのではないか、と思います。イザナギやイザナミの国造り神話などを見る限り、あのときの彼らは巨大な存在ですからね」

「私達の神話だと、始祖天神のアンシャルとか、ティアマトとか、その世代かしらねえ」

「だとすると、巨神達というのは——」

「ええ、その多くはやはり自然神であり、大体は概念的な存在です。それを若い神達が倒したり、譲位を受けるということになると、これが古代において宗教が刷新され、旧宗教が何らかの理由で巨神達として物語の中に残った……、という可能性が高いです」

　なお、と己は言葉を重ねた。

「巨神由来の世界を持つ神話は、その多くが第五世代からのローラシア神話系です」

　告げた言葉に、皆が、ン？　と疑問を作った。

　ややあってから、紫布が手を挙げる。

「だとするとさア、……それってどのあたりで出来たことなのかナ？」

　どういうことか。皆が思った疑問は、こういうことだ。

「ローラシア神話って、世界中に拡《ひろ》がって行ってるんだよネ？　それが各地で巨神と現世代神の代替わりの物語を持ってるってことはサ。

――つまり、ローラシア神話が、拡散前に代替わりの雛形《ひながた》出来てないとおかしい、って事だよネ？」

　成程、と己は言葉を作った。

「巨神、彼らが過去の神話の存在ならば、第何世代なのか。

　それを割り出すことが、オリンポス神話の持つ武神達が、どのくらいの神を想定した武装であるのか、という話になりますね」

　脱線になるかと思ったが、これには意味があろう。ゆえに自分は決めた。

「――世界各地の神話に出てくる巨神。彼らが第何世代の神々であるのか。それを割り出して見ましょうか」

　とはいえ、と己は言葉を重ねた。

「―――巨神達の由来について、断言は出来ません。しかし人類がアフリカから出て分化と移動を始める前、その時点で原始的な神話、もしく

は神話観を持っていたのだろう、とは思われます。これが将来、巨神となる神話ですね。

　そして、アフリカ時代に持っていたそれらの神話観は、新天地にて得た文化や文明において刷新しなければいけなかった。つまりアフリカを出た時点で、巨神と現世代神の共存や、倒す神話が生まれていくことになったと、そう判断出来ます」

　それは、どういうものか。

「アフリカを出た時点で生まれたのは、第四世代の出アフリカ神話。その内の一つが、私達北欧神話やオリンポス神話の原型となったローラシア神話の雛形です」
　言う。だが、そこで終わらない。これはまだ、

「その雛形は、巨神達と、新しき神が共にいる神話だ……。巨神達だけの神話ではないな？」
　なかなか鋭い。

「お察しの通りです。第四世代ですら、現世代神と共に巨神達が共存している神話です。では、巨神となるべき神達の神話とは何かというと、もう、お解りですね？」
　皆が静まったのを咎《とが》めるように、自分は言葉を作った。

「恐らく、存在しうる世界最古の神々、パンガイア神話となり得る神々こそが、その前の第三世代です。
　オリンポスの武神とは、それが仮想敵であれ、神話的には第三世代の神を討つことを想定していると言えます」

●

　オリンポス神話の仮想敵とする巨神達とは何か。

　それを告げた桑尻は、逆説的に話を広げることにした。

「第三世代の神、パンガイア神話の神々というのは、概念的な存在であろうということは解っている一方で、それがどのようなものか、見えてはいません」

しかし、

「――ローラシア神話における巨神達が、現世代神より以前の神々の形質を残しているというならば、彼らは第三世代の〝型〟が残した〝跡〟のような存在だと言えるでしょうね」

●

天満は、一つ頷いた。

第三世代。

あらゆる神話の基礎となり、しかし正体不明な神々のことだ。

その言葉に対し、皆が、何となく言葉を作りづらくなっているのを、己は敢《あ》えて無視した。

「文字無き時代、言葉も定かではない時代に信仰したイメージを、しかし人類は何らかの方法で伝え、後々に文化や文明を持った頃に、それらを現場にあった形――、つまり巨神達として復刻した、ということでしょうか」

「そうね。今だとそのように言われているわ」

「じゃあ、巨神ってのは、つまりそういう概念的なものが擬人化されて、古くて偉いから大きい存在になったとか、そういうことなの？」

「巨大なものを倒した現世代神は凄いんだぞ、って、そういう話でもあると思うわ」

「アー、一応聞いておくけど、ゴンドワナ神話にもそこらへん残ってるのかナ？」

「はい。ゴンドワナ神話系も、幾つかのパターンがあり、それがやはり第三世代と繋がるものだと思われます。ただゴンドワナ神話は、社会構造が弱く、重要な〝受け継ぐ〟部分が甘いので、巨神と現世代神の代替わりや上下構造というものが薄いんです」

「――うーん、あまり面白くない結論だな……」

と、自分はそこで手を挙げた。

「じゃあ、巨神伝説について、ちょっとした仮説を与えましょうか」

あら、という風に桑尻が視線を向けてきて、自分はちょっと緊張する。

「日本の知識？」

「――先日、上野の東京国立博物館などを見てきたもので」

「アー、あそこ面白いよネ。帰りにパンダ見るかア、とか思ってたら、徹と一緒にデカい化石とか剥製で無茶苦茶盛り上がって閉館までに全部観《み》られなかったヨ」

「土産のコーナーで貝の化石を買いたかったんだがなあ……」

「いいですよね、あそこ……」

言っていると、先輩の知識神から冷めた目を向けられました。いや、貴女の上役に話を合わせただけなんですけどね？

ともあれ気を取り直し、自分はまず啓示盤に概要図を出した。

それは地中海をやや上に置いた、アフリカと欧州方面の図解だ。

「以前、銭湯〝なむ1975〟でスケアクロウ先輩が行った人類の移動の補足ですね」

言って、己はアフリカの東側に赤いポイントを置いた。

何かと思う皆の視線に、指を一つ立て、

「巨神話《ばなし》の補足として、ちょっと変わった角度から仮説を出しましょうか」

INTERLUDE

「……巨神と見たらジャイアントと読むのはゴーグ派だよね」

「イデ派は〝伝説〟って先につけますからね……」

EDGEシリーズ 神々のいない星で —At the star without gods—

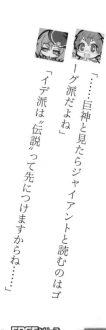

第二十五章

『FLINTSTONES』

——腕白でもいい、
逞しく……、ってお前らちょっと違う。

●

さて、と天満はアフリカの概要図を啓示盤に出して皆に見せる。
その東端に、赤いポイントを一つ、丸の形で打ち、

「巨神神話は、ちょっと見方を変えると、神話の伝来や発生に関係するんですよ」

《――必要でしたら補足しましょう》

「？　バランサーとしても、この話が必要だと、そう思っているということか」

《私がこの神界を作るにおいて、ある程度前提としている部分が入っていますので》

成程、と皆が河原に座り直す。視線を回すと、木戸やゲッサンも同様だ。

「…………」

木戸の感情は自分にはよく読み取れないが、多分、興味を持ってくれているのだろう。

ならば、と触れるのはやはりアフリカの東部に置いた赤いポイントだ。

「――現世人類の祖先は四十万年前にアフリカの東側で発生して、どうも二十万年ほど前に、このアフリカの東側で南北にうろうろしていたようなんです」

「いきなり超過去に吹っ飛んだねエ」

「俺らの時代が五千年前くらいだから、俺らが八代～十六代あれば届くのか」

「それもまた凄い計算ですね……」

世代が違うとスケールも違いますねー、としみじみ思う。
だが吹っ飛ぶ時代観に対し、忌避感が無いのはいいことだ。
己は、アフリカの東岸から、東にあるアラビア半島へと紅海《こうかい》の出口を渡るラインを描き、

「――それが七万年ほど前、地球が寒冷化したことで海面が低くなり、ここらへんの海が渡れ

るようになりました。そこで現生人類はアフリカを出たんですね。続くように北側、エジプト方面から出た大きなグループがいて、中東、イランのあたりで合流します。

　そして、彼らは各地へと移動を始めます」

　これはスケアクロウが以前に述べたことのおさらいだ。

　描くラインは幾つかある。

　中東、イラン方面からインド側に南下するもの、中央アジアに北上するもの。

　そして欧州側に北上するもの、だ。

「中央アジアに移動した大グループが、何かウダウダして出戻ったり散っていったり、他と合流していったりする優柔不断さは、ミョーにリアルですよね……」

《そうかと思うとハジケて一番遠くまで行きますからね、このグループ》

「――ともあれ、このあたりが、前に話のあったローラシア神話とゴンドワナ神話を持つことになる人類が、それぞれ分かれていった時期、ってことだな」
　雷神の言葉に、あれ？　と疑問が生じた。
　手を挙げたのは馬鹿……、じゃない、人類だ。桑尻先輩の物言いが染みついていけない。人類。あれは人類。猿の進化形ですが、今は人類。じんるーい。よし、

《何でしょう馬鹿》

「――そうですね馬鹿、……じゃない！　何ですか人類先輩」

「お前！　お前……！　僕と同じTSキャラで後輩で理知的とか美味しい位置にいて、同じようにTSキャラで理知的な僕のキャラをガリガリ削っているように見えるが、僕は狭量だから赦さないときは赦さないからな！　一生憶えているがいい……！　いいか、一生だぞ！」

「住良木君、そのあたりで」

「あっ、ハイ！　赦します!!　よーし帰っていいぞ！　また明日な！」

無言でバランサーを見ると視線を逸らされたので、話を続行することにする。
ともあれ今、話として大事なのは、欧州行きのラインだ。

「――人類が欧州へと入ったのは、四万年前です。しかし、この頃、欧州と西アジアを中心とした各地に、人類の先輩格が入って生活をスタートしていました」

告げて、自分は皆に指を二つ立てる。

「一方は、旧人であるネアンデルタール人。これは身長百六十センチ強の人類で、現世人類より一世代古いタイプの人類です。
そしてもう一つが、現生人類と同じ〝新人〟であるクロマニヨン人。アフリカから出た現生人類と同じ種なので、兄弟みたいなものですね」

一息。このクロマニヨン人が、大事なのだ。

●

いいですか、と己は啓示盤に二つの人影を出す。

大と小。背丈の差は頭一つ以上違う。

「こちらの大きい方がクロマニヨン人。――彼らの身長は、平均で百八十センチ以上ありました。体格も屈強です」

一方で、と自分は、小さい方の人影を出す。
線の細い姿は、

「これ、何の影だと思います？」

「――今の流れでは、ネアンデルタール人の方かい？」

「いえ、残念ながら違います。――こちらの背が低い方が、当時の現生人類です」

えっ、と声が上がった意味は解る。両者の大小の差だ。

「頭一つ以上違うぞ？」

「ええ。当時の現世人類の平均身長は百五十センチ強。これは平均値同士ですから、最大差で考えると五十センチ差というケースはざらにあったんじゃないでしょうか」

図で、偏差から求められる幅を幾つか表示する。

　よくある、という範囲には六十センチ差くらいまで入っていて、

「俺が百九十五センチで住良木が百六十五センチだが、それ以上の差だな」

「あっ、身長で言われても解らないです！　先輩の胸囲で御願いします……！」

「俺が百三十二センチで住良木は七十五くらいか……？」

「ぼおくが百ぅ五センンンチだぁから全ぁく駄あ目だねえ」

「えっ？　えっ？　そっちの先輩の胸囲でいいんですか？」

「良くない！　良くないですよ！　今度身体測定の時にでも御願いします！」

「まさかそのときは私の出番なのか……」

「呼んでねえ――！　オスの先輩は検便やったら帰っていいです！」

人類無駄にやかましいです。

「でも、何でそんなに背丈の差があるんだ？」

「遺伝的なものもありますが、基本は食事の差ですね。

　クロマニヨン人が欧州に入ったのは十六万年前、現生人類に十二万年先行してます。

　現生人類がその間、サバンナで肉食動物に追われながら獲物を狩っていたり、獲物が少ない中東時代を過ごしていたのに比べ、欧州は森も水質も豊富で、獲物や採取物に恵まれています。つまり高カロリーとタンパク質。

　これによって身長が伸びるのは日本でも同様で、縄文時代に日本にいた縄文人の身長は百五十センチ弱でしたが、渡来人との混血が生じ、米食が普及していくと百六十センチを超えるようになります」

　そして、

「このクロマニヨン人は、現生人類が出会う頃には、住み処《すか》にしていた洞窟を絵画で飾り、骨

で作った装飾物を持って楽器まで作り、優れた石器や道具を持つなど、文化や文明を爆発させていました。

　交易も行い、呪術なども持っていたわけですね」

　一方で、現生人類は、どうであったか。

「現生人類は、アフリカを出るまで生活が固定化されていて、石器の発展も未熟でした。ゆえに彼らはアフリカを出て、先輩格達に会って、いろいろ学び、教えられたと考えられています。実際に、交雑の証拠も遺伝子的に残っていますから」
　さて、と己は言った。

「クロマニヨン人達《じんたち》は、主に欧州、西アジア、そしてアフリカ北岸に住んでいました。しかし人類が長く時間を掛けて移動したように、それ以外の地域にも点在していたでしょう。
　人類は移動の初期で、彼らに会っている可能性が高いです。
　そして彼らと現生人類が交雑した結果、現在の欧州や西アジアに住むコーカソイド系の基礎が出来たと言われています。
　結果として彼らは一万年前あたりで消えていき、現生人類が唯一残った〝新人〟の人類となりますが、――どういうことか、解りますか？」

「巨神か」
　その言葉に視線を向けると、雷神が追加で台詞を作った。

「人類は、神話が生まれていく初期の時代において、先輩格の〝巨神〟に会って、いろいろな技術や考え方を教えられ、しかし彼らは消えていった。
　――そういうことか」

「ほーい、疑問。改めて、さっき流された疑問をもう一回」

《何ですか猿。――おっと、今、現生人類の話をしていたのでした。じゃあ言い直しましょう。

何ですかエテ公》

「イエー！　猿からエテ公にレベルアップだ――！　え!?　何!?　バランサー、ひょっとして僕が人類のことを勉強しているっぽいから御褒美くれたの？　じゃあ僕もお前のこと、喋《しゃべ》る画面って言うのやめてあげる！　そうだなあ、――喋るトリニトロン管の未来形」

《技術的に根本から違いますよ馬鹿》

「というか何ですか人類先輩」

ああ、と住良木が首を傾げた。

「何か、無茶が無い？　前に聞いた話だと、神話は、――祖語？　今の言語の基礎になる言語をもって、各地に広まっていったんじゃないの？　ということは、その頃から祖語があったってこと？」

●

猿にしてはなかなか記憶力がいい、とバランサーは思った。

「住良木君、よく憶えていましたね！　偉いです！」

「ええ、何か先輩と風呂入ったとか、そのあたりの記憶はキープしてます！」

「本能強えな……」

「ちょ、ちょっと、一緒に入浴とか、一体……！」

「この前あったように、安全な議論の場として使用しただけですよ」

「――そうですの」

「御理解頂けて幸いですけど、意外とアッサリ受《う》け容《い》れますね木戸さん……！」

「あの議論の場の空気だと、卑しいことは起きないと納得出来ただけですのよ？」

「つまり僕はKENZEN……！　よしバランサー！　オチがついたから喋っていいぞ！　何か言いたいんだろ？」

心底説明したくなくなったが、とりあえず祖語について補足する。

《現在の言語の祖。――祖語は大きく分けて二種類ありますが、その一つである印欧祖語は、約九千年前には中東方面で話されていたとされています》

　だとすると、

「体系化されていないローカルの言語は、どれだけ昔から生まれていたのか解らないですね。いきなり九千年前に印欧祖語が出来た訳ではありませんから。
　実際、それらの祖語の更なる原型となる基礎言語についても、仮説が立てられており、人類の言語は更に古く遡るものとなると考えられています」

「でも、四万年前？　そこでは流石に言語とか、無いだろ？　教科書で見たことあるけど、洞窟で生活して、獲物狩って元気にやってんだよな？」

　いえ、と己は応じた。

《四万年前、遺跡などを見る限り、既にクロマニヨン人達は、高度な言語を用いていたとされています。そして現生人類においても、アフリカを出て、本格的な移動を始める五万年ほど前には今に通じる複雑な言語を持っていたと予測されています。
　――つまり人類がアフリカを出て、移動を始める頃には、各地で、意思を伝え、継承することが出来た、とされているのです》

●

　僕は、周囲を見た。
　皆、先輩も、こんな顔をしている。

「…………」

否。部長はいつも通りだし、木戸先輩も、普通だ。というか木戸先輩はこういうときにあまり表情を変えない気がする。
　ただ僕は、先輩に問うてみた。

「どう思います？」

「いや、バランサーが〝有り〟って言ったら〝有り〟になるんでしょうけど、ちょっと想像がつかないというか……」

「だよなあ。――ホントに言葉を話していたのか？　大体、第四、第三世代とか、神話無き時代の神話とか、そんな扱いだろうに」

《ではちょっと、前提から話をしましょうか》

　と、バランサーが啓示盤を出す。そこに映っているのは、

「はじめ人間？」

「最近、再放送しなくなったよな……」

「夕方の、〝何度やるんだボルテスV……〟とか、そういうの最近減ってきましたよね……」

「啓示盤見なさいよ馬鹿、アンタが映ってるんだから」

「いや、僕こんな原始人じゃないぞ……！」

　言葉通り、そこに映っているのは、人だ。だけど僕などとは大きく違う。日に焼けて、髪は手入れ無く、腰に毛皮を巻いただけの、

「人類の祖先。現生人類が新人ホモ・サピエンスなら、その一つ前、原人ホモ・エルガステルの復元図です」

「馬鹿にそっくりね……」

「お、お前、そのネタに随分と拘《こだわ》るな……!!」

《まあ直系かつ直近の御先祖ですからね。
　――このホモ・エルガステル、二百五十万年ほど前に発生したホモ・エレクトスという原人の一派で、四十万年前に彼らの中から現生人類が発生しました。
　このエルガステル系、元のエレクトスや他系とはちょっと違った特質があります。それは何だと思いますか？》

「ホモ・エレクチオン系……。おっと今笑ったヤツはスケベマンだからな！」

「…………」

「い、いや、この笑いは、住良木君が楽しそうで幸いです、ってそういうイノセントな笑いです！」

「というかこの言い訳出来てる時点で駄目なのでは」

「神道がイノセントとか、どの口で……」

《神話界きってのアングラですけどねえ》

「ハ、ハイそこ！　話を続けて下さい……！」

「イノセントな先輩、最高です!!」

「有難う御座います！　有難う御座います！　神は信者の信頼によって成り立ちます！」

「選挙演説ですの？　――というかバランサー、続きは？」

《はい。元々は猿だった人類は、直立したとき、首に支障を抱えてました。つまり本来は地面を這《は》っていた動物なので、直立すると首を九十度曲げないと前が見られないのですね。ゆえに喉が曲がっていたのですが、このエルガステル系にて、喉の形がしっかり通るものとなり、――声を出せるようになったのです》

●

他にも、とバランサーが言うのを、天満は聞いた。

……ノってますねえ。

この神界や自分達を作ったAIは、テラフォームや神々に対して中立だ。だからこういう、知識を開示する〝介入〟は、刺激的なのかもしれない。

今、バランサーが宙に出すのは、二重螺旋《らせん》の

模造だ。遺伝子か、という声が雷神からあがるが、その通りだと思う。そして、このようなものをバランサーが出した意味は、

《言語を理解するには、特定の遺伝子の変異が必要だと言われています》

「……喉が出来て頭が良くなれば喋れるようになる、というものじゃないんですか？」

《ええ。そのように〝身体〟が出来ても、それらを結び、連動させる神経系などが出来てなければいけません。そしてそれらを人体に構築するのは、やはり遺伝子の為《な》すところです》

「ぼぉくらは、そのあたりを〝生物を作る権能〟で済ませてしまっているわけだあよねぇ」

《つくづく、神々とは規格外な存在ですよ》

「——で？　その遺伝子とは？」

完全に興味本位で聞いてしまう。横に座る北欧知識神の半目が向いてくるが、とりあえず気にしないこととする。すると、

《その遺伝子の名前はFOXP2。この遺伝子が変異している必要があります。これは脳と肺を結ぶもので、つまり発声と言語の理解を司る遺伝子なんですね。
そして現生人類を含むホモ・サピエンスは、これを五万年前までには獲得していたとされます》

「すげえ、早口だ……」

《やかましいですよ猿。——なお、この遺伝子は現生人類だけではなく、ネアンデルタール人や、他にも魚や鳥なども持っていますが、言語を獲得する条件であるとされる一方、やはり骨格などが発声用に出来ていて、また、それを必要とする環境でなければ言語獲得には至らないと言われています》

「骨格がＰＣで遺伝子がＯＳで、ソフトとして環境というか、作業が必要という処か」

《そうです。そして先ほど話題にした骨格ですが、これは現生人類になってからもう一ランク

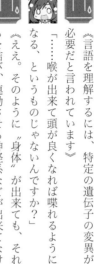

上がりました。

　喉の骨格が直立向きになったため、それまでの人類よりも現生人類の喉仏は下に位置するようになったんですね》

「喉仏……？　それの位置が何か意味があるんですか？」

《はい。喉仏が下にあると言うことは、つまり、喉が前後に広くなったということです。それによって、何が生じますか？》
　何だろう、と思った瞬間。メソポタミア組から手が上がった。

「――歌唱能力ね。口の中が広いということは、つまり私みたいなのが歌を歌うとき、声を喉で遠くまで反響させて飛ばせる、ということよ？　更に言うと、舌も長くなるから、様々な音を出す事が出来るようになるわ」

《チョイと外れてますが、アタリでいいでしょう。――そう、現生人類達は、遺伝子的に言語を理解出来る上で、喉が声を発し、様々な音を出すのに向いていたのです》
　そうなるとどうなるか。

「あとは、環境ですね。言葉を必要とする環境が、あるかどうか」

《はい。――一人では、言語は発生しません。しかし二人以上が存在した場合、伝達の意図と、相手のことを想像することによって、言語や感情表現が発生します。
　実際、幼児は生後しばらくの後、言葉を知らないが故に独自の〝表現〟をもって親にコンタクトをしますが、それが発展すれば、言語となるでしょう》
　ゆえに、とバランサーが言葉を重ねた。

《先ほどのクロマニヨン人ですが、彼らの描いた洞穴絵画には、七万年前のもので、既に原始的な数の概念が表現されています。
　また、装飾を施して埋葬を行い、祖霊や狩りのために呪術を施していた彼らは、喜びや悲しみという情動を理解していました。集団生活によって社会を作り、身分によって生まれたシャーマンが〝祭〟を行い、〝長〟の指揮の下、交

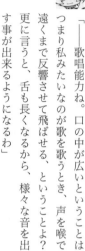

易や、集落間抗争などをしていたのです。

　そして、彼らが作った骨製の笛や彫刻などは、それが一定のパターンを用いたプロダクトであることも解っています。つまり何らかの目的があり、製作を行った訳ですね》

「もはや言葉だけだと今の社会と変わりありませんわね……」

《そうですね。当時の人口を予測すると、まあ計測方法で幅はありますが、全ての人類を合わせると全世界で最大百二十万人はいたと、そう言われています。
　世界は広いですが、しかし、狩猟生活を出来る土地は限られていますから、思った以上に〝出会う〟世界であったと判断出来ますね》
　成程、と己は合いの手を入れた。

「それだけの文化的活動や交流があるとする場合、様式やルール、設計などを伝達し、継承しなければなりませんが、——時制や人称、身分や数、気象を含めた複雑な言語が必要となりますね」

●

「四万年以上前、か……」

　カイは、遥《はる》かな昔を思う。

　話されていた言語は、ローカル色が強いものだろう。

　だが人類は、恐らく交流して、それを束ねていったのだ。

　そして一万年前あたりには、祖語の基礎語が出来ることとなると、

　……うわ。
　ありかなあ、と思ってしまった。
　無茶苦茶だ、と当初は思っていたが、この莫大なタイムスケールに自分が慣れてしまったのだろう。

《現生人類は、同じホモ・サピエンスであるクロマニヨン人達に比べ、アフリカ脱出がかなり遅れました。そんな風に、変化の無い環境で過

ごしていては、折角の骨格と遺伝子があっても言語の獲得や発展が遅れます。

　アフリカを出た時点で、先行していた先祖のエレクトス系や、ネアンデルタール系と併存したり揉まれたりして、自分達を発展させて行ったのだと思いますが、先輩格のクロマニヨン人達はその先に到達していたでしょう》

「そのクロマニヨン人達は、神話や宗教を持っていたのか？」

《宗教の成立には、何が必要だと思いますか？》

「ハイ！　巨乳！」

「あ、有難う御座います？」

「いやいやいやいやそれはどうかナ？」

「というかそこの人類はそうだよな……。うん。幸せでいいよな……。そのままでいてくれよ？」

「というか私が神じゃいられなくなるんだけど、とりあえずの解答を言うわ。
　宗教の成立に必要なのは、真理と儀式。つまり――。

- **宗教真理：その宗教が信者に与える〝事実〟。**
- **宗教儀式：その宗教の真理を信者として表現すること。**

　こんな感じでどうかしら」
　と啓示盤に書かれた言葉を見て、自分は疑問した。

「神話は、真理なのか？　儀式なのか？」

「儀式を成文化したものです。逆に、――真理は言葉である必要がありません。〝悟り〟などあるように、イメージが先にあり、それを成文化することが〝教え〟となりますから」
　ならば、というタイミングで、バランサーが画面を一度下に振り、こう言った。

《言語より先に、宗教真理は発生出来ます》

「その継承は、でも言語が必要じゃないのかナ？」

《言語を必要としない継承は、無い訳ではありません。

たとえば作業。それを見せ、実践させることで動作的に継承していきますね？

また、貴方達が司る自然。天体運行や、気象や風景、季節というものは、人類が行うものではありませんが、回数を重ねることで記憶され、擬似的な継承をされます》

そして、

《そういった積み重ねの中から言語が生まれ、古代において原始的な宗教のようなものが獲得されていったであろうことは、解っています。

洞窟絵画などは、獲物が豊穣であった時に書かれ、後にそれを奉って豊穣を祈ったり、描き加えて〝報告〟にしたりと、そのような事を行っていたフシもあります》

「さっき、埋葬の習慣があると、そんな話もあったな」

ならば、こういうことなのだ。

「豊穣を祭り、願い、そして死者を悼むことで、生死に興味を持っていた、か」

《あとは、歴史が重なれば、豊穣はその祈り先に神を見るでしょうし、祖霊はやはり神となって行きます。

〝巨神〟達の話として見るならば、アフリカよりも複雑な環境へと先行した〝巨神〟達は、後追いの現生人類よりも高度なものを持っていた可能性が高いです。――〝巨神〟達のこのような文化を、移動を始めた人類は吸収していった筈ですね》

《私が神界を作るときに想定している流れは、次のようなものです》

●

・人類がアフリカで原始的な言語を得て、自然という環境や豊穣という概念を理解していく。
（第三世代神話の発生）

←

・人類がアフリカを出て、先行した人類の文化や社会を吸収しつつ、各地に移動する。（第四世代、ローラシア神話とゴンドワナ神話の雛形を持って移動。各地で土地に根付いた原始的な神話が出来ていく）

←

・祖語を獲得後、初期に成立した集落で発生した神話が、人の移動や文化の移動として各地に散って行き、刷新や影響を与える。（第五世代神話の伝播《でんぱ》→以後の世代の成立と伝播）

「巨神達が組み込まれるとしたら、第四世代か、第五世代以降か……」

「こうして見ると、ローマ神話なんかは、第四世代に元々該当していたのが、後に第五世代から生まれた第七世代のオリンポス神話に刷新された訳だな」

《なお、ゴンドワナ神話は、社会性や物語性が薄いので、巨神や代替わりという内容を持たないものが多いです。しかしこれも、クロマニヨン人のような高身長の人類が主に欧州や西アジア方面にいて、南には進出していなかったと、そう考える事が出来ます》

一息。バランサーが天満に視線を移し、天満が首を下に振った。

「ローラシア神話における〝巨神〟とは何か。——それはかつての文字無き時代にあった自然信仰の擬人化、という説が有力ですが、このように、先行人類との合流と文化の吸収が、古き言語で伝えられて残ったと、そう見る説も可能性として有り得る。

そういう話でした」

……攻めるわねー……。

若い！　というのが桑尻の感覚だ。

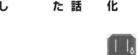

バランサーが言っているのだから、これは世界のルールだろう。だから何となく、結論ありきで知識を振り回しているようにも思える。
が、その一方で、バランサーというジャッジがいるならば、〝安心〟して語れる内容でもあろう。自分としても、このように推測などノーブレーキで進めていく話はなかなか面白い。

……だとしたら〝かつての自然信仰の擬人化〟というものを持論に据えてしまったのは、ちょっと立ち回りとして下手ね。
と、思っていると、手が上がった。先輩さんだ。彼女はバランサーと後輩知識神の出した啓示盤などを見ながら、

「ええと、どっちなんでしょう？」

「？　どっち、とは？」

「いや、神話の巨神が何であるかについて、いろんな説があるナー、とか思ってたら、コレ、ちょっと面倒だよネ。特にビル夫チャン」

「謝るべきか？」

「早い早い早い早い」

という遣《や》り取《と》りで、自分は気付いた。そうだ、

「巨神の正体を探ることは、オリンポス系が使う〝武神〟の仮想敵を割り出すことにもなるんでしたね……」

「――オーライそういうコト。つまり今、〝武神〟の仮想敵が、

- **かつての文字無き時代にあった自然信仰の擬人化。**
- **先行人類との合流と文化の吸収の歴史。**

って、二つ出てきちゃってんだヨネ」

「この二つ、比べるとどういう差になる？」

「メぇテオストぉライクで同あじ結果かなあ」

「それ何に対しても同じ結果になるからやめろ真正《しんせい》」

●

木戸は、顎に手を当て、紫布が啓示盤に書いた二つの文字列を見る。

やや考えてから、言葉を作る。

「巨神の正体が自然信仰の擬人化の場合、武神は巨大な神を相手にするためのものとなりますわね。恐らくは武装として加護や術式的なパワーを発揮する、というものですの」

そして、

「巨神の正体が先行人類との歴史であれば、これは技術系の塊。武神とは、物理系の速度や攻撃力、または機械式で加護や術式効果を叶《かな》える武装だと、そのような相手になると思いますの」

「？　――これって、バランサーに聞けば解ることじゃないの？」

《私としてはどちらでも出来るように世界を作っています。ゆえに人類はアフリカから出るときに第三世代のイメージを持って出ましたし、欧州では先行人類と出会うようにしました。

――あとは、現実をオリンポス系がどう解釈しているか、です》

「どちらを選ぶかで、術式系と物理系で分かれる、って感じだな」

あの、と手が上がった。

「何か、私としてはいろいろ補足などもしたいんですが、今は話が長くなるのでやめておきます。ただ、この〝どちらの解釈だろう〟というコレ、――人類を相手にしているみたいですね」

「あ、私もそう思いました」

「どういうことです？」

これは何となく解る。人類の意味。それを思うならば、

「神話を作れるのは人類だけということですわね？」

「はい」

頷き、彼女が言葉を続けた。

「武神が何を仮想敵としているのか、それを決めることが出来るのは、ここで議論している私達ではなく、オリンポスの連中なんです。——ここの一点において、彼らは自分達のことを自由に決められる。

私は保守的な見方として〝巨神とはかつての自然信仰の擬人化である〟という説を押すけど、実際は彼ら次第。——厄介ですね」

●

「面白い」

ビルガメスは、考え込んだようにうつむき気味の知識神に告げた。

「厄介と、気に病むことは無い、知識神。

神か、人か。権能か物理か、だ。

そして、私の装備は、神より預けられ、私達がまた作り直したもの。半神半人の武装はやはり神であり人である」

ならば、

「どちらが来ても、——私が勝つ。そう考えておくといい」

「お前さあ……」

不意に、横から声が来た。振り向くと相方が苦笑していて、己は言葉を付け加える。

「当然、手伝って貰うぞ、カイ」

「だからお前はそういうところがアレなんだよ……！」

何を言われてるのかよく解らん。

●

成程、と木戸は息を吐いた。皆を見渡し、

「……結論としてみれば、オリンポスの神々が介入しようとしたならば、止めると、そう言うんですのね？ 対策も充分だ、と」

「ああ。それ以上の戦闘押しが来たら、俺が対応だな。――俺の雷神剣だって基本的には対巨神用。つまり雷神剣が武神と同等ってんなら、俺は〝イェールングレイプル〟と〝メギンギョルズ〟の分、有利だ」

「私も手伝えるなら追加だねエ」

言う紫布さんが、小さく笑います。そして、だとしたら、決まりなのでしょう。

「――もし交渉が発生した場合は、私が出ます」

一年生の知識神が、胸に手を当てました。彼女は雷同さんと紫布さんの方を見て、

「何となく解りました。私が巻き込まれたのは、遊びではなく、そのためですね？　――北欧神話の貴方達は、この合宿が鉄火場になると予測していて、自分達の役目ではない交渉役と、神道の責任範疇を上げるため、私を組み込んだんでしょう」

「ンー、俺、基本的に戦神だからそこらへん解らないな――」

「私もそこらへん、戦神の嫁だから全然解らないかナア――」

酷いしらばっくれ方ですの。

だが、もう、既にこうなることは定まっていたのでしょう。

「えっ？　えっ？　つまりこの合宿って、戦闘前提なんです？」

何かよく解っていなかった同輩さんが、逆にこちらを安心させますの。だから己は、一息を入れて腰を上げ、

「スープのおかわり、いる方はいますの？」

第二十六章

『COOL SPOT　02』

——思った以上に予想外。

ああ、何だっけ。

ちょっと頭が働いてない。否、心が回らないと、そう言うべきなんだろう。だって私、頭が無いようなもんだし。

でも、だとしたら、何で頭云々《うんぬん》なんて思ったのかしら。

頭は無いようなものだけど、目はある。

息。

息って何だっけ。私、それを必要としてないけど、それをしてないと、何だっけ。

死ぬんだっけ？

でも私、息、してないし。どうしてそれが必要だと思うんだっけ。

私、何だろう。

目。

目はある。眩《まぶ》しい。

うわ。凄い。痛いくらい明るい。やだやだもーどーなってんのこんな明るいとか。

でも私今、明るくないところにいる。岩があって、水が一杯あって、そこに私沈んでて、上にある水面が明るくて。

ああ、夜じゃないんだ。

寝てたんだ。何で起きたんだろう。ああ。そうか。声が聞こえる。水を通して揺れた声が幾つも届いてくる。

子供達だ。

そうか。子供は明るい時間に外で遊ぶ。

いいなあ。

元気なんだろう。見ているだけで、嬉しくなる。自分の子供じゃなくても——。

私の子？

何だろう。いたの？　いや、いない？　いたけどいない？　いないけどいる？　あれあれ、何でこんなことで考え始めてるんだろう私。


「——」

あ。音がした。影が差す。

ここは深み。私が眠る場所。その上に、一つ影が落ちてきた。

　子供だ。

　もがくでもなく、驚いて硬直してる。上から声がする。驚き、悲鳴のようなものも聞こえる。

　この、沈んでくる子は、――誰の子？

●

　木戸は、視線を上げた。

　今、気配のようなものが通ったのだ。

「これは――」

「えっ？」

　正面。スープの二杯目を受け取る同輩さんがいます。彼女は、視線を上げたために凝視してしまっている自分の胸を、両腕で寄せ、

「きょ、興味がおありですか？」

「そういうことじゃありませんのよ？」

「あ、はい！　そういうことは僕の担当です！」

　出見が背面で足下に滑り込んできて、そのままスムーズな流れで鍋を掛けてある竈に頭から入りましたの。

「あちちちちち！　巨乳信仰も命がけだな!!」

　大丈夫ですの？　と思い、動こうとして、踏みとどまります。代わりに同輩さんの差し出していた器を手に取りますの。するとその時にはもう既に、

「だ、大丈夫ですか住良木君！　治療術式掛けますね？」

「あ、どうも有難う御座います！　出来れば膝枕！　アー！　最高です膝枕！　先輩そのままちょっと前屈みになってくれたりすると圧迫感があって更に御得！　今なら窒息も我慢出来ますよ僕は！」

「ええと、他、治療する処ありますか？」

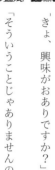

《頭ですね……》

「脳と断言していいんじゃないかしら……」

「人格は無理だろうな……」

「き、厳しいですわね……！」

「アハハ！　バーカ！　馬鹿は死ななきゃ治らないんだっけ？」

「お前、不治じゃないか……」

「私、馬鹿じゃないわよ!?　誰も頼らなくても切符とか買えたもの！」

「ウヒョー！　ムーチョ偉いな！　単なる馬鹿から切符買える馬鹿にクラスチェンジだ！」

「コルァアアア！　馬鹿にしてんの……！」

その通りでは？　と思うが、言わないでおきましたの。でも、

「――蝉が鳴き止《や》んだねエ」

川の流れを見ていた紫布さんが、こちらと、ゲッサンに視線を寄越します。

「何かあったかナ？」

●

「……サラーキアです」

ゲッサンの言葉に、紫布は川の上流を見た。

ここはまだ川幅の広い場所だ。上流では、石の河原が細くなり、川は主に岸壁に挟まれた岩場を流れるようになる。こちらから見て、左、西南側にカーブする上流側は、岸壁によって見えないが、

「上流の何処かで手頃な場所を見つけて眠っていたサラーキアが、何かの理由で目覚め、動いたんです。

今のサラーキアは夜を好むタイプの水妖なの

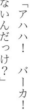

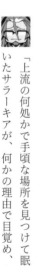

で、昼の時間に動けば、相として異質。それが周辺の精霊達に伝わり、反応が生じたものかと」

「――今はどうだ？」

「――――」

　ゲッサンが首を横に振り、木戸チャンの方を見る。対する木戸チャンもしかし、先輩チャンにスープの器を渡しながら、

「――もう何もありませんわ。また眠りについたみたいですわね」

「昼だと相として異質だから目立つけど一瞬しか解らなくて、夜だとよく出てくるけど相として合うから解りにくいってかア……。ちょっとやりにくい相手だねエ」

「〝水〟から出て動き出してくれれば、やはり相としては異質になるので、大体はつかめますの。それを頼りにするんですわ」

　そういうもんかナ、と応じたときだ。ふと、声がした。

《おひさしだわ――》

●

《あいさつだわ――》

「オオウ、挨拶だわア」

「え？　何？　何？　こっちの川精霊？」

《――にがてだわ――》

「何その反応！」

「ムーチョ、やっぱムーチョ菌とか持ってんの？」

「住良木君？　幾ら江下さんでもその言い方は酷いと思いますよ？」

「〝幾ら〟ってどのくらいセーフだと思ってるのかナ？」

「いやいやいやいや！　言葉の綾《あや》で！」

「――というか、恐らく手とかについた香辛料ですわ。苦手というのは」

《だめだわ――》

「え!?　何!?　私から〝カラムーチョ〟や〝わさビーフ〟を取り上げようっていうの!?　何のための野外合宿よ！」

「手ー洗って来いって、そういうことだろ」

「水なら出しますのよ？」

●

ともあれ、と集まってきた川精霊と先輩チャンが和んでるのを見つつ、己は思う。

「ホントに水妖が近くにいるんだねエ。この川精霊、多分、水妖の気配にビビって下りて来たんだと思うしサ」

《なんかいるわー》

「なんですわー」

《たっぷりですわー》

「巨乳……!?」

「住良木チャン、先に結論ありきになってないかナ？」

ともあれ日中は出てこない、というのは、有益な情報だ。

また蟬が鳴き出したナ、と思いつつ、その音に不意の暑さを感じもする。

夏なのだ。

学校や、自分達の部屋では、暑い暑いと扇風機やクーラーを回していたものだったが、

「ア――」

「どうしたんですか？　紫布さん」

「いや、いきなり、唐突だけどサ。——夏なんだなア、って思ったノ」

　そう思った原因は、解っている。

　見知らぬとも言える場所。かつての自分達ならばホームとしていた野外で、今の自分達が都会で感じている季節を実感した。

　蝉の鳴き声が有り、川の流れる音が響き、

……ああ、そうだネ。

　ここは作り物の神界だ。だが、人類が自然の中に神を見るように、

「——現実なんだなア、ってサ」

●

　センチメンタルだねエ、と自分は思った。

　以前の星、自分達のテラフォームの時は、こんなことを感じなかったろうに。

　それはでも、多分、当事者だったからだ。世界を作り、自分達のいた環境に近い領域を作り、そこで徹や皆とハイタッチもしたものだったが、

……でもあれは私達の〝作り物〟だねエ。

　何故、その世界が〝そうなっている〟か。創造主は理解しているのだ。

　ここは違う。

　バランサーが作り上げた地球の、しかし自分達が生きていた頃よりも数千年後の世界だ。

　だがここにも、自然環境があり、北欧では貴重だった夏があり、川の流れがあり、蝉が鳴き、そこで暑さを感じる自分の肌と汗に湿る髪、そして足裏を押す小石の河原は、

……同じだねエ。

　自分達が作り、再現しなくても、かつて失ったものがある。

　これを、何というべきか。

　何だろうネ。

上手く言えない気がするヨ。私、馬鹿だねエ。こんなセンチメンタルな気分、まず無いってのにねエ。

瞬間。全てを消すように、声が来た。

「――何だか、懐かしいですよね」

●

木戸は、過度なスキンシップを見た。

河原というか、川に足首まで突っ込むような位置で、紫布さんが同輩さんを抱きしめていますの。それもただ抱くのではなく、頭を撫《な》でたり、身体の形を確かめるように寄せたり、顎を乗せて自分を擦《なす》りつけたりするようなもので、周囲の川精霊が見てるのも気にせず、

「いやア！　やっぱ先輩チャン、いいねエ！　欲しいものをいきなりくれるヨ！」

《くれるわー？》

「えっ？　えっ？　な、何かしました私？」

「いいからいいからサ。狙ってないのがいいんだからサ。いやあ、カワイイわア」

《かわいいわー》
と、気付けば出見が河原に正座して紫布さんと同輩さんを拝んでいますの。

「アリガタ！　アリガタ！　人類は宇宙に進出して、遂《つい》に巨乳神がお互い揉んだり圧《あっ》たりする姿を拝むことに成功したんだよ！　おい！　桑尻！　見ろよ！　視線を逸らすな！　出来る事なら僕は間に挟まって両方からの加護でバーストしたいがコレは胸がバストだからバーストってんじゃないぞ！　僕にとって胸は英語でKYONYUUだからな」

「ローマ字を使うとは、ローマ神話の信者になりたいんですか？」

「呼んでねえ――！　じゃあ僕これから全部平仮名でひょうげんするよ！　おい！　げろの

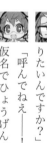

おっさん！　よんでねえええええええ！」

「――平仮名って言うけど、〝！〟は米国生まれの記号よ？」

「ざああああああんねえんでしたああ！　〝！〟以外に〝「」〟もありまああああす！」

《おやおや猿。言っておきますが、「」は日本発祥ですよ？》

ン？　と皆が反応しました。

「――そ、そうなんですの？」

《――はい。日本では古来、人の発言を示す場合は文頭に山ダレ型の庵《いおり》点をつけていました。〝へ〟に見えるアレですね。それが他との区別をつけ、発言を解りやすく囲むために「」という形になったのです》

へー、という皆の視線の中、知識神が出見に首を傾げますの。

「――で？「」もあるから何だって？」

「く、くそ！　勝ち誇りやがって！　いいか桑尻！　それは元々、僕がお前に勝ち誇ろうとしたネタだぞ！　それを奪ったら価値が下がるからお前が僕に勝ち誇るのはありえません。さて、このとき、桑尻さんが持っている「」のネタはどのくらい目減りしたでしょうか。小数点以下切り上げで解答して下さい」

「住良木君！　住良木君！　落ち着いて！」

何言ってるか解りませんの。

と、声が掛かりました。雷同さんですの。彼は四文字《よもじ》さんやビルガメスさんと手を挙げ、

「テント設営出来たぞ。あと、タープと竈。それと、食事や話し込んだり出来るスペースを整地して――」

「おおウ、凄いねエ、お疲れ様だねエ、徹ゥ。平たいスペースあると確かにいいねエ」

「ゲーム部っつったら、やっぱ遊べるスペースが大事だからな。あと、コレ作ってみた」

コレ？　と自分は仮の竈のスペースから雷同

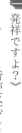

さんの示す方を見ます。それは二つ並んだテントの横で、

《こにちわー》

「水路!?」

●

「また本格的にやりましたわねえ……」

「あ、水路の方はちょっと手伝いました」

彼らが何やら時間を掛けて作業しているのは解っていましたの。

今、自分が鍋を掛けている竈も、テント側に新しく三つほど設けられ、こっちは予備の竈になるようで。

そして整地した共有スペースには、川に面した位置に焚《た》き火《び》台。中央にはテーブルと言った塩梅《あんばい》になっています。

随分と本格的に設営しますけど、

「水路まで作るとは……」

「ちょっと浅瀬があったから利用した。冷蔵も、保冷剤だと限界あるから手軽に冷やすなら、野菜なんかはジップロック入れて水の中だな」

「ジップロック？」

「あ、コレコレ。輸入品のコーナーにあるんだよネ」

と紫布さんが、制服のポケットから厚みのあるビニル袋を出します。中に入っているのは、

「権術が相に縛られないように発動するための触媒だヨー。私の場合、鉄とか麦だから、湿度に弱くてサ。――で、コレ、口の部分が圧着で密閉出来るのネ」

「便利なものがありますのね……」

「何か米国の便利商品っぽいヨ？」

《――ジップロックは、元々が１９５１年に米国で発売された事務用のビニルパックですね》
「お、来た来た解説。ってか輸入品にまで解説入るとか、お前、どんだけ……」
《いいから聞きなさい。――元となった商品は、ビニル袋にプラスチックファスナーをつけていて、バッグの中に入れて書類を護る……、というつもりでしたが、ファスナーからの浸水がありまして》
「？　この、圧着密閉のコレじゃなかったノ？」
《ええ。――しかし書類よりも、保存容器としてこれを使う需要があることに気付き、米国側が密閉方法を思案。そこで一つの特許に気付きます。
　――それが日本で発明されていた〝チャック袋〟。今も続く包装メーカーである生産日本社、現〝セイニチ〟が作っていた、その圧着ファスナーに目をつけたのです。そして米国側は権利を得て、この圧着ファスナーにミニグリップという名前をつけて販売、後に改良を加えて大ヒット商品となりました》
「……何かえらい由来を聞いた……」
《聞いてみるものでしょう？　日本でジップロックが販売されるようになるのは来年ですね。１９９１年、旭化成《あさひかせい》が権利を得て発売します》
「輸入品なのか日本製なのかよく解らんネ……」
《なお、〝セイニチ〟は現在でも〝チャック袋〟をユニバーサル規格として、ユニパックなどを出していますが、多種多様。特殊なものとしては葬儀用や大型荷物用に2.3メートルあるパックを生産しています》
「ホームセンターで見たことあるアレかな……」
「な、何だか便利商品の紹介みたいになってきましたわね」
　ただ、と雷同さんが手を挙げました。そして指差すのは、

《かわわー？》

「水路は、上流側から水引いて、下流側に流してる。網を仕掛けておけば魚を追い込んで捕れるし、こうして川精霊が訪ねてくることも出来る」

ただ、と彼が言った。

「さっきの話を聞いてる限りだと、水妖がここを伝って接近する可能性がある。夜には入口と出口を塞いでおいた方がいいと思うが、どうだ？」

●

そうですわね、と己は応じた。

いつのまにか水妖や水系の物事についての顧問みたいになっているが、仕方ない。ここでの判断が出来るとしたら、自分かゲッサンなのだ。だから、

「川精霊が同輩さん達に懐いているようなので、開けておいた方がいいですわ」

そうですね、とゲッサンが頷く。

「夜であれ、川精霊達は動いています。ちょっと停滞気味ではありますが、相に対しての危険が迫れば動きます。だから――」

「何かあったらどうするんですわー？」

《くだるわー》

下流へ行く。つまり逃げる、ということでしょう。それは当然、この水路を使いもします。ならば、

「彼らが騒ぐのが伝わるのですから、水路は開けておいて問題ありませんの。水妖が来るとしても、先に川精霊が知らせてくれますわ」

「寧《むし》ろ水路を閉じて川精霊を遠ざけると、知らせが届かない場合がある、か」

「さっき水妖が少し動いただけでこうして姿を見せるわけですから、夜であれ、水妖が動き出したら危険を教えてくれそうですね」

頷き、自分は担当している鍋を指差した。

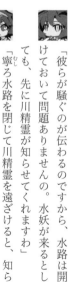

「ちょっとコレ、そちらの正式な竈に移動させて下さいません？　そろそろ夕刻、カレーの仕込みに入りたいと思いますの」

●

あ、一息だ、と僕は思った。
設営が終わり、テントの中に荷物を入れる。
そして改めて河原というか、自分達の野営スペースに出てみると、

……これから二泊三日、ここで過ごすのかー。
寝床が出来ると、実感が湧く。もう既に日は西の山にかなり傾いていて、思い切り遊ぶ、という時間じゃないように思える。
でも夕食はまだ先だ。今また、今度は桑尻を横に置いて木戸先輩が調理を始めているが、それが終わって食事になるのは、午後六時くらいだろう。今は四時半だから、一時間半は空くんだなあ、と思って先輩に振り向く。
何かちょっと話でもしようかと思ったんだ。先輩は岩を扱う自然神だから、今みたいな河原の環境はどうなんだろうと。すると、

「――住良木君？　立川だとまだ日は高いと思いますけど、やっぱり奥多摩は西の山が近いから、日がもう沈みそうになってますね」
言う先輩が、西日を浴びている。
髪が風と同じになって、色の付いた光の庭に立っているように見えて、何と言うか、もう、悪いことなんて何も無いように感じて――。

●

桑尻は、馬鹿がいきなり先輩に土下座したのを見た。

……いきなり何を……。
あ、いや、この馬鹿が先輩さんにセクハラ紛《まが》いの信仰を向けているのは知っている。先輩さんはいろいろズレていて甘々《あまあま》だから許容しているというか気付いていないが、ＨＡＮＺＡＩなケースもあるように思う。ここで土下座はいい判

断だろう。

……でもそうじゃないだろうな……、と思ってしまう自分が嫌だわ。

「あの、桑尻さん？　飯盒《はんごう》に水入れたいのですけど、大丈夫ですの？」

「あ、ええと、すみません！　要らん考え事を……！」

●

「ちょ、ちょっと住良木君、いきなり何を？」

周囲で皆がざわめく。

「やらかしたか……」

「臨界点を超えたかナ？」

「我慢の限界を超えたって事ですかね……」

「実は腹痛で腹を抱えてる」

「そういう時はカラムーチョ！　胃痛にもスーっと効くわよ！」

江下さんは後で注意しようと思いました。ええ。ですけど、

「先輩、最高です……！」

住良木君が頭を深く下げたまま言います。

「改めて実感しました！　僕の合宿における最優先タスクは先輩のナイスショットを脳内にたくさん収めて家帰って深夜に思い出すことにしたので、何か突然凝視したり〝ショットオ！〟とか叫んだりローアンになっても気にしないで下さい！　重要なタスクです！」

「何て誠実なＨＥＮＴＡＩだ……」

「いや、ちょっとちょっとちょっと、住良木君、顔を上げて」

「あ、ハイ」

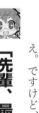

「うわ切り替え早っ。――というか、どういうことなんです？」

ええ、と住良木君が河原に正座して一度膝を打ちました。

「何と言うか、ちょっと〝慣れ〟があったと思うんですね？」

「慣れ？」

はい。

「先輩って、身近にいて、いつも親しく接してくれて、アットホームな感じあって、それでいて完璧じゃない部分が結構あって、隙が多くて無防備だったり、特に巨乳の死角部分が甘々で胸の合わせが空いてても気付いてなかったり、先輩が横で立ち上がった時とか、僕も立ち上がろうとして下半球の立体にフッと気付いて裸眼ズームしたりするわけですけど」

雷同さんが啓示盤に〝**誰か**〟と書いて見せてくれますが、戦神にしてはそれ凄く曖昧じゃないですかね……。

「というか私、そんなに無防備ですか……？」

「…………」

「紫布さん！　紫布さん！　その無言は何です!?　違う反応するところですよここは！」

「いや、打ち合わせ無しでそんな無茶振られてもサア……」

今度から段取りを組もうと思いました。

ただ、住良木君が言葉を継ぎます。何となく、という感で一回頭を下げ、

「ふと、僕、先輩が、先輩なだけで、女神なこと忘れるんですよね」

「私、そんな威厳が無いですかね……？」

「…………」

「木戸さん！　木戸さん！　その無言は何です!?　ここはフォローするところですよ普通！」

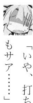

「いえ、すみませんの。私、不慣れなもので……」

慣れて貰うしかないですね、と思いました。

しかし、自分としては、住良木君の土下座の意味が解りました。

●

「住良木君」

「あ、ハイ！　何でしょう！」

「私が女神であることを忘れるというのは、それはそれでいいと思いますよ？　だって、変に緊張されててもこっちがやりにくいですし、それに――」

言う。

「――いつか、住良木君は――」

私を人として、共に地球に行くので、と言いかけ、言葉を止めました。

……コレ、あの岩屋の中での話なんでした!!

皆には伝わっているのかどうか解りませんが、伝わってない場合、ここで暴露したらいけない気がしました。だから何か誤魔化そうと思って、

「い、いつか住良木君は――」

どうしましょうか。ええと。今さっきの話の流れだと、

「――そのショット集めて、私の写真集とか作るんですよね？」

●

「――」

「――」

「――」

「う、うわ、沈黙痛ぁ――!!」

「こういうところが無防備だったり威厳だったりという処なのでは……」

「言って治ることだけ言った方が良いですよ、知識神先輩」

「な、何気に後輩キツイですね!!」

「――大丈夫です！　ガチガチに緩い僕がいます！」

そうです、と住良木君が言葉を重ねました。

「とりあえず、将来はまず、先輩の写真集とCDを出して、握手会で僕が整理券の一番をとるのが夢です！」

「ぜ、全部セルフ？」

「当たり前です！　先輩に関するいろいろは、僕が信者として可能な限り独占したいし、一番の消費者が僕でいたい！　当然です！　でもこれはストーカーじゃありません！　純粋な信者の行いです！」

「純粋な信者のストーカーか……」

「ハイそこ厳しい事言わない！　ですけど、ええと、先輩！　先輩が親しみやすくて、無防備だったりして、女神じゃないように感じさせても、でもだからこそ……」

言われました。

「ふと見せる女神の姿が、僕には**最高の先輩の、更に最高です！**」

●

木戸の視界の中、酷く啓示盤が散って、レベルアップのファンファーレが多重に鳴る。

その中で先輩さんが出見の手を取って立ち上がらせ、

「――だったら、そうしましょうね。いえ、――そうしていきましょうね」

聞こえる言葉に、自分は安堵します。

出見はいい女神を信仰しましたのね、と、素直に思いますの。構えることなく、その思いが胸に落ちて納まる感。

　嫉妬のようなものがあったらどうしようかと、そんなことも予感したんですのに。ですけど、

「……良かったですわね」

「木戸チャン」

「何ですの？」

「――だったら自分がいなくても大丈夫、とか、そんなナメたこと考えたら駄目だヨ？」

「そんなこと思ってませんし、ナメるとは……、どういうことですの？」

　アア、と紫布さんが一回髪を手で梳《す》きましたの。それは豊穣神として、金の髪を、それこそ植物の育つ夏の風に通し、

「――住良木チャン、こっちが必要とか、要らなくなったとか、そういうの、カンケーないかんネ？」

「どういうことですの？」

「――子供なんだよネ」

「……え？」

「アア、いや、誰の子供とか、そういう意味じゃなくてサ。――寂しいの嫌だっていうんだヨ」

　どうだろうねエ。

「私達サ、神話で、世界が滅びたりしたじゃナイ？　現実の方でも、信者居なくなったり、国滅びるの、見てきたじゃン？　全部、結局、御《お》別《わか》れしかないのかナって思ったらサ。神話作った人類って、そういうもんかナ、って思ってたらサ。

　――寂しいの嫌だって言うんだよネ」

　あのサア。

「――だったら神話も信仰も、国も、そうしてくれてもいいじゃんねエ」

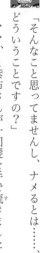

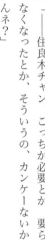

木戸は、紫布の言葉に頷いた。

「……人類は、何においても、神々の手を煩わせて、困らせますわよね」

言う。そして気付くと、紫布さんがこちらに向かって右手を挙げてますの。

「？　何か？」

「アー、そうじゃないヨ？　手を挙げてサ」

「こうですの？」

と問うた瞬間。その手を紫布さんの手が拍手するように叩きました。

「ハイタッチィ」

「ちょ、ちょっと、乱暴ですわよ！」

「そりゃまあ、言葉無しでするジェスチャーだからねエ」

「意味は？」

「ああ、うン。――実はコレ、明確なのが無いんだよネ」

「――無い？　どういうことですの？」

「横で見ているのも何なので言いますが、ハイタッチは１９８０年に米国にてその名称が定義され、翌年には動詞として認められました。英語ではHigh-fiveと言います。

　しかしコレ、スポーツで成果を上げたときに行うのが主ですが、実は挨拶や自賛表現のときなどにも用いられ、〝定型な言葉で代用出来ない〟行為です」

《先ほど言語云々で話したことに通じますが、この現代において、言葉無しで何となく意味が通じる〝代用言語〟が発生し、使われているというのは、興味深いものです》

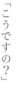

「そうですね。言葉無しで意思は疎通出来ると言える一方で、これ以上を伝えたかったり、距離が空いてる場合など、代わりになる行為や、それこそ言語が必要になる、とも言えます。ともあれ――」

と、桑尻さんが切り分けた野菜を俎板に積んでいましたの。そして右手を挙げ、

「――」

こういうことですのね、と、自分はハイタッチ。

●

背丈差があって、ちょっと低めのハイタッチを、雷同は苦笑気味に見る。

『何ていうか、既に〝来て良かったな〟って感覚』

『自画自賛だけど同意するねエ。――徹、これからどうするのかナ？』

『そっちはいろいろ仕込みだろ？　こっちはそうだな、ちょっとアレやるか。

――対話試合』

●

先輩と、河原の石を拾って、それぞれの色の意味などを聞いていたときだった。

不意に雷同先輩が、声を上げた。

「ちょっと面白い試合やっか。――ビルガメス、相手出来るだろうから、ちょっとテーブル挟め」

「え？　いきなり試合で訓練ですか？」

「？　――戦闘の準備はいるか？」

「要らん要らん。ゲームみたいなもんだ。ただ、頭は使うぞ。

――三本勝負で、ちょっと夕食前に頭の運動として殴り合いだな」

第二十七章

『BATTLE MANIA』

――向かい合ったらシステム開始。

天満は文化系の自覚がある。何しろ生前、本が読みたくて出仕を蹴ったことなど何度もあるし、ぶっちゃけ政争というか内裏関係でのマウンティングとか超面倒だった。やる気がなくても実績あればいいか、と思っていたら、

……傍目《はため》と物理的には、やる気のポーズしか観測出来ないんですよねぇ。

　そういう意味では、傍目と物理の体育会系はちょっと苦手なのだが、〝これ〟は違う。

　何しろ今、夕刻のキャンプサイトで、テーブルを間において座っているのは雷神と英雄神だ。傍目と物理の体育会系だが、実績が伴ってるというか、これ以上の実績ある存在はなかなか無いだろう。

　文化系で、実績重視で傍目は気にしなかった自分に対し、彼らは実績も傍目も充分だ。

　それがどのように〝試合〟をするのか。方法も含みで興味がある。

「どのように？」

　問うた。すると、先に西側に着席した雷神が、軽く両手を広げてこう言った。

「イメトレだ。但し、――二人で、行う」

　遊びだ。

　雷同としては、これは昔によくやったものだった。

「お互いが、自分の行動を交互に宣言して、戦闘する」

「――ホワイトスウォード、と言えば放った事になる、か？」

「そうだ。ただ、――時間単位は最小で0.01秒、その単位で出来るのは一行動、としておく」

「ほう……」

　何となく通じたらしい。

「厳密ではないのだな？」

「そうだ。一行動に0.01秒かかる術式を受けたか、そういうフィールドで戦っている、そんな風に考えていい」

「どういうこと？」

そうだなあ、と思っていると、神道の知識神が手を挙げた。

「前に出て殴る。――これは、二つの行動です。前に出る（0.01秒）＋殴る（0.01秒）。だから0.02秒掛かる、ということですね？」

「お？　解ってるねエ」

「その区分に入れにくい行動はどうする？　また、同時に行われる行為などは」

「重い行動は0.02秒掛かることもある。また、軽い行動は0.01秒を割れないので、たとえば次の行動への介入がされない。――同時に行う行動の場合、次の行動には姿勢制御とか、ペナルティが無いとは思えんだろう？」

「了解だ。場所の想定は？」

「そこでいいだろ？」

と、ビルガメスが整地されたスペースを示す。

そして、

「間合いは？」

「五メートル？」

「先手は？」

「そっちでいい」

うむ、とビルガメスが頷いた直後。紫布が啓示盤を開いた。ゴングの鐘が映っているそれを彼女が指で弾くと、いい音が響いた。

試合開始だ。

ビルガメスは、腕を組み、ふと気付いた。

……この腕組みは〝一行動〟にはならんのだな。

当たり前だが、大事なことだ。

実際の動きではなく、イメージと、判断。そして口頭による表現こそが大事なのだ。

言葉にしたら、〝決まる〟。つまりこれは行動ではあるが、指揮だ。

ならば、と思って、己は言った。

「見る」

相手の出方を確認する。

何しろこの〝試合〟、自分は不慣れなのだ。だから様子見をするつもりでそう言った。

直後に、雷神が嫌味の無い顔でこう応じた。

「膝蹴りで跳び込む」

「おいおいおいおい、いきなりだな！」

「相手との距離は五メートルですよね？」

「俺なら余裕」

「言ったもの勝ちねえ」

「出来ないと思うかナ？」

「余裕でしょ？　一歩で大地割って、蹴りを放てば空が割れる。神の全力ってそのくらいはあるもの。でもまあ、――今はとりあえず、そこのスペースを自由に使えるくらいには落としているんだろうけど」

「――その台詞で、お互いの行動に制限を掛けましたね？」

「――場外の駆け引きも当然ありですよ」

「では――」

「今あの雷ぃ同君んの攻撃、重ぉいよねええ」

●

唯一神の言葉に、ビルガメスは気付いた。
重い行動は、ペナルティが掛かる。
そしてまた、自分は〝見た〟のだ。ならば、

「――その膝蹴り、見切っている」

「クッソ、真正が悪い知恵をつけやがった」

雷神が笑う。ならば、自分の行動として、

「膝蹴りをガードする」

「両腕か？」

「両腕だ」

じゃあ、と雷神が言った。

「上げた膝から下――、あ、悪い、右膝ってことにしてくれ」

「徹ダサーイ」

「悪い悪い。――じゃあ当たる」

当たった。
想像する。向こうは勢いが付いていて、こっちはガードのまま後ろにノックバック。

「当たる、というのは一動作としては短いですね」

場外からの援護だ。ならば次はこちらの番。

「踏み堪える」

「上げた右足から下を使って、直《ちょく》蹴り」

踏み堪えるべきではなかったか。ガードに直

蹴りが当たることになる。だが、

「――腰を落とす」

「直蹴りは頭の上を通過な？」

カイの場外アシストが来た。

このままだと、雷神が右の膝裏から、腰を落としたこちらの左肩に激突する。

「腰を落としてお前の左肩に右の膝裏を落とす」

「前に進む勢いがあるので、そのまま股間チャージ……！　これはダメージが重い！」

人類やかましい。というかちゃんとイメージがついてきているのは偉い。

ともあれかなり密着する。相手はこちらを、左肩に乗せた右脚への重量で押し倒すつもりだろうか。

後ろに倒れれば馬乗りになられて危険だ。だから、

「左肩に乗ったそちらの右脚を、左腕で下から抱える」

重量と、こちらに進む勢いを止める。堪える。

雷神も、危険を感じたのだろう。

「軸足を踏んで勢いを止める」

停《と》まった。ならば、

「立ち上がる」

相手の右脚は左肩に担いで抱えたままだ。雷神は右足を高く持ちあげられ、

「バランスを崩すか？」

直後に、言葉が来た。

「軸足に残していた左脚を蹴り上げる」

「――？　両足が地面から離れるぞ？」

「それでいいんだよ。狙いはお前の顔な？」

どうするべきか。

軸足の無い空中蹴りは、食らってもダメージとして弱い。だが食らうのは、相手に起点を与えることになる。だから、

「抱えていた脚を前に捨てながら下がる」
相手の蹴り上げた左脚は空振り。だが、

「蹴り上げた脚の勢いと、お前が捨てた脚の勢いを使って後方に一回転。手はついておく」

「重い動きだな」

「着地でしゃがむように姿勢制御してるから見逃せ」

「見逃さない。――着地した雷神の顔面に右でキック」
結構容赦ねえな！　というのが感想だ。だがこちらも、

●

「ガード」

「ガードにヒットしたな？」

「した」

「そのまま雷神の右手側、こちらから見て左に回る」

「ガードで受けたダメージを後ろに逃すため、立ち上がりつつ後退」

「並ぶか？」

「並んだ」

「ガードの下に右の直蹴り」
あ、クッソ、と思ったのは、誘導されたからだ。
並んだ方が距離が詰まっているので、短い攻撃しか出来ない。そうなれば食らっても堪えら

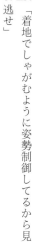

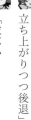

れるだろうと、そう考えたが、

……並んだ方が失敗か！

「ビルガメス先輩なら、その距離から直蹴りをノーモーションで出せますね？」

「桑尻チャーン？　どっちの味方？」

言ってやれ言ってやれ。

というか、ビルガメスの実力を読み間違えた訳ではない。

並んだ方が攻撃が来なくて楽か、と判断していたのは確かだ。

だが、今の、彼の超短距離で放つ直蹴りについては、それを聞いた時に「ああ、有りだな」と素直に認められたのだ。

つまり実際を前にしたとき、自分の中の想定のビルガメスを素直に覆せた。

これは、自分の中で、ビルガメスのことを、想定以上に高く評価していたということだ。

ならば、

「まあいいや、一発食らっとく。ダメージ逃すのに逆方向にノックバック」

む、と小さな声が漏れたのを、ビルガメスは自覚した。

超短距離の直蹴りは、ダメージが乗りにくい一発だ。だがガードの下、無防備な脇腹を蹴り抜いた。それでいて、

「……効いた、と、言い切れぬな」

不意打ちに近い一発だったが、この相手にはさほどダメージではあるまい。

攻撃を入れたというのに、そんな確信がある。

……成程。

と己は思った。自分は恐らく、この雷神の事を、内心で高く評価しているのだと。

だから、

「直蹴りの右脚から、右にステップしてもう一度直蹴りを蹴り込む」

「流石に脇腹には届かないぞ？」

「雷神のガードを蹴る」

「肩で弾く」

弾かれた自分が想像出来た。なのでその反動を利用して、

「後ろに低く跳ぶ」

距離が空いた。恐らくお互いが考えているのが、五メートル。

スタートの状態に戻った。

●

あ、と僕は今更ながらに気付いた。

「コレ、ストライクランクシステムだ！」

「――――」

「ストイクラクンクン……、何です？」

「先輩！　今の笑顔からのギャップボケ、良い感じです！　もう一回御願いします！」

「――――」

「……こ、こうです!?」

《誰かさっき威厳がどうとか言ってませんでした？》

「馬ッ鹿、先輩はサービス精神旺盛な女神なんだよ！　解れって！」

「先日まで深刻事情抱えたヒッキー女神が今はハジケてサービス旺盛で余所《よそ》のベランダから降ってくるとか、紫布さんチョイと心配になるヨ……」

「ハイッ、ハイッ、いいからストライクナンタラの説明です……！」

「ＴＲＰＧの戦闘システムです。ルーンクエストですね」

「？？？」

《深く解説すると面倒なのですが、戦闘という行為をデスク上で再現し、遊ぶためのルールの一つです。米国、ケイオシアム社が発表した〝ルーンクエスト〟という古典ＴＲＰＧでの戦闘に採用されているのが、その〝ストライクランクシステム〟という訳ですね》

「アレ、慣れないと難しいんだよなあ……」

「そうなんです？」

《戦闘における多種の行動に、ＳＲＭ《ストライクランクモディファイア》という時間コストが計上されているんです。つまり武器を振ったり、前に出たりするには、指示されたＳＲＭが掛かる、というもので。——当然、複雑な行為をするとＳＲＭが累積されます。そして戦闘はＳＲ1からスタートし、1ずつ経過していって、プレイヤーは先に行動宣言して算出されたＳＲＭに応じたＳＲが来たら、その行動を順次行う、というルールです》

「……リアルタイムでの戦闘再現、という感じね」

《後の世で言うアクティブタイム系のバトルを、アナログで、更に高度にしていたデザインですね。重いのですが、戦術性が高く、発想的にはオーパーツじみたものだと判断しています。
　なおこのルーンクエスト、多神教と唯一神教の戦乱を描いた複雑な世界観を持っており、海外では販社を変えつつ長く続くシリーズとなります》

「こっちのは、即座の行動指示が可能で、ＳＲＭがどれも0.01秒縛り、という感じだなあ」

「前に出る」

「右前に出る」

「左の裏拳を左に振り切る」

「身を低くして回避」

「振り切った動きを利用して右のキックを雷神に放つ」

「キックに対し、立ち上がりながら下がる。——いいか」

「構わん。——キックを止めて前に踏み込む」

「下がりながら右のローキックで、踏み込んできた足首を刈る」

「受けて前に出る」

「右足を引いて下がる」

「左足を前に踏み込んで右ストレート」

「下がりながら見切る。右ストレートの内側に入る」

「右の拳を引くと同時に左のアッパーを打ち込む」

「右の肘を上からチョッピングでそのアッパーに叩き付ける」

「当たってビル夫チャンのアッパーが押し負けるかナ」

「姿勢が下に崩れますね」

「そのまま膝を着く」

「あ、くそ。——まあ仕方ない。左のアッパーカットを打つ」

「ビルが膝を着いたからその頭上を空振り」

「引き終えた右の手を広げて前に掌打」

「左足を前にキックして掌打と相殺」

「その反動で後ろに立ち上がる」

「面倒だからそのまま踏み込んで追う」

「右の掌を前に出して受け流し専念」

「左の拳は？」

「肘を打ったダメージが抜けていない」

「じゃあ打ち込む。ラッシュ入る」

行った。

●

「左のジャブを打ち込む」

「右手で外に弾きつつ下がる」

「下がる位置に向けて右のストレート」

「下がりつつ右の手首を当てて右外に弾く」

「そのまま右のストレートを肘打ちに変更」

「右手首から右肘を這わせて右外に押す」

「肘を凌《しの》がれたので、背を張って震脚でぶち当たる」

「相手をせず下がる」

「連続が全く入らないか」

「この喋りは換算するのか？」

「しない」

「では来い」

「じゃあ遠慮無く」

　そしてこちらの攻撃を、ビルガメスがやはり受けていく。

……右手一本で、よくやるもんだ。

　下がりながら、しかし狭いフィールドを回るようにして、ビルガメスがこっちの連打を凌いでいく。
　右の打撃を放てば左外に弾かれ、左の打撃を打てば、やはり左外に弾かれる。常にこちらから見て右を空け、そちらの方へと下がっていく。
　距離はかなり迫っているが、打撃で攻め切れない。間合いの管理において、実力がこちらと同等。もしくはそれ以上と言うことだ。これはつまり、

……格闘術や剣術か。

　自分と体格の近い相手と、やりあった経験だろう。
　そしてビルガメスにとってのそういう相手と言えば、

「よーし、下がれ下がれ下がれ……！」

　木藤だ。
　ビルガメスの神話において、木藤は元々が野において暴れる野人だった。ビルガメスはそれを諫《いさ》める代わりに、何日にも渡って殴り合い、共に理解し合ったのだという。ならば、

……自分と似た体格の相手とは、相当に訓練積んでんな……！

　剣術、打撃中心の格闘術。組技もやっているだろう。後、残ってる方法と言えば、

「まずはコレか」

「――右のジャブを打ち込む」

「――左外に弾く」

「左のストレートを打ち込む」

「右に下がりながら、右腕で左外に弾く」

「右のジャブを打ち込む」

「――左外に弾く」

「今ので距離を測った」

「どうする」

「――左のフックを打ち込む」

「あ」

カイの気付きと共に、ビルガメスが告げた。

「……右腕でガードする」

「ようやく当たったネ……！」

捌かれること無く、当たった。これは、

「どういうこと!?　コンティニュー積んだ!?」

「まだミスってもないぞ」

紫布先輩が苦笑して、僕の方を見る。

「〝距離を測る〟ってのはネ？　同じ右ジャブに見えるけど、スイッチしたって合図なんだヨ」

「スイッチ!?　アー、ハイ！　スイッチョンって、アレですね!?　つまり秋の虫の――、って、くっそ！　つまらないネタだって僕も解ってる

よ！　言うんじゃなかったって思ってまーす！　何だ桑尻、その目つきは！　僕をつまらない男だと、そう思っているのか!?　や、やめろ！　その目つきを！　僕は今、攻撃を受けている……！」

「先輩さん、この被害妄想に何か言ってやって下さい」

「住良木君、次はいけるネタかどうか考えてから噛《か》みにいきましょうね？」

「ハイ！　そうします！」

「思った以上に過保護が来たヨー」

「というか、どういうことなんです？　いきなり攻撃当たるとか」

「アア、徹が攻撃の左右を変えたんだヨ。――徹、トールハンマーが基本的に両手持ちだから、左右両方で構えられるようにしててネ。それは打撃とかでも同じ。攻撃中に右利きと左利きを交換出来るんだよネ」

だからサ、と紫布先輩が、木藤先輩に歯を見せた。

「いつも同じ相手と訓練してたり、または武器持ちで、武器とシールドを持つ手が決まってるとか、そういう相手にはかなり有利だネエ」

「クッソ、よく気付いたもんだなあ……」

「あ、そうか。左利きってリザードマンだけだっけ。対戦経験そりゃ少ないわ」

「……何の話です？」

「ともあれビルガメス先輩が不利です。この勝負のルール、攻撃フェイズと防御フェイズが分かれていないので、防御行動から攻撃に切り替えるときは、方法が限られます。

- **相打ち覚悟で攻撃行動をとる。**
- **動作が重くなること覚悟で、回避や防御を絡めた攻撃行動をとる。**
- **相手の攻撃を空かして、相手に防御行動をとらせる。**

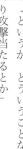

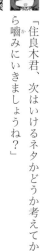

しかし雷同先輩は両利きでいけるので、実質、攻撃の速度が上がります。
一方のビルガメス先輩は片腕しか使えないので、限界があります」
ならば、という視線の先で、雷同先輩が言った。

「左のジャブを〝先に〟叩き込む」
右にスイッチしたのだ。

●

打ち込む。ジャブを起点に、相手の動きを牽《けん》制《せい》し、下がる足を止めるように、逆にスイッチして、

「右のフックを叩き込む」

「右腕でガードする」
ガードされる。解ってる。だからこうする。

「既に距離は測ってある」
ならば、

「左のフックを叩き込む」
これまでジャブ＋ストレートもしくはフック、というコンビネーションだった。
だがこれは、フルスイングコンビネーションだ。
今まで、数度は放っている。しかし今回のものは違う。

「左利きにスイッチ」
利き腕を即座に変えてのフルスイングだ。

「――右手の掌打で受ける」
当たった。それが解る。ならば、

「右利きにスイッチ」
足のスタンスも組み替え、ステップを踏むよ

うにして、

「右のストレートを打ち込む」

「――右手の肘で受ける」

当たる。弾かれる。だがこちらのスイッチ交換は、それこそ足のスタンスの組み替えを踏み込みへと変えて、

「左右にスイッチしつつ、連打で前に押し込む。左ストレート」

●

打ち込んだ。

連打が入り、余分なものが無くなっていく。打撃動作は左右の振りをコンパクトとして、

「距離が詰まってるだろ。フックはショートフックに、ストレートは振り被《かぶ》りを無くしたノーモーション系に変える」

一気に詰めた。対するビルガメスも受けるが、

「右肘を前に出したまま、手で受ける」

肘を牽制に、凌ぐ。

だが守り一辺倒ではどうしようもない。圧力として雷神が押し、宣言した。

「左のショートフックで、相手の右肘を内側に打つ」

「ガードで凌ぐ」

「押されます」

その通りだ。策の無いガードでは押し切られる。そんな判断を、雷神が見逃さなかった。

「顔面狙いで右のノーモーションストレート」

「内側に振られた肘から手を伸ばし、それを外に弾く」

「弾いた」

凌いだ。だがこの姿勢は、一つのミスを示す。

「ビル夫チャンの右腕が、顔の前に翳《かざ》されてるねエ」

「手の死角、下から左のショートレンジアッパー」

「お互いが立って正対した状態からアッパーカットを雷同先輩が振るうのは、これが初めてです。これまで、正面と左右から攻撃を振っていて、ここで初めて真下からの一発となります」

当たる。

当たれば意識を飛ばすような一発だ。

防ぎようが無い。ビルガメスの腕は弾かれ、視界は手で防がれている。身体は今の打撃で、左肩を後ろに引くように回っていて、

「あ」

と紫布が気付いた瞬間だった。ビルガメスがこう言った。

「左後ろ、下段に振りかぶった左拳を解禁する。——そこから手で隠した死角に、左拳をスマッシュする」

一息。

「ショートレンジアッパーを打つため、こちらに密着しようとしている雷神にとって、下からのカウンターだ。対しこちらは、腕を振る反動で上半身を後ろに反らす」

回避する。そして、振り抜いた左の拳は、ダメージを持っているが、

「当たるな？」

●

当たる。当たった。直撃だった。だが、

「踏み込みを深くして、——額で受ける」

激突した。

骨と骨が当たるイメージに、場外の者達が引き、小さく声を上げる。

「雷神はショートレンジアッパーどころじゃないだろ」

不発だ。
直後にビルガメスが言った。

「雷神の頭に、掲げていた右肘を落とす」
告げたと同時に、雷同が宣言した。

「更に身を低くして、ビルガメスの胴体を抱える」

「クリンチ？」
何をするのか。ビルガメスが一瞬で反応した。

「腰を落として、足を後ろに踏む」

「構わず立ち上がる」
現状。どうなっているか。

「ビぃルガメえス君の足いが浮いいたあねえ」
そして雷同が言った。

「フロントスープレックス」

広場に脳天から叩き付けられ、ビルガメスは倒れた。
整地してあるとはいえ、石の河原だ。

「——試合だ。これ以上やる必要は無いな。動作不能としてくれ」

「——こっちも一発食らって強引な返しだ。起き上がっても続行不能だな。続けたところで持久力任せの泥仕合にしかならん」

「では引き分けですね」
その言葉に、自分は想像から意識を切り離す。前を見る。テーブルに肘をついて、嫁神からスポーツドリンクを受け取っている雷神を見据え、

「こちらが不慣れだったため、立ち技に限定していたな？」

「最後に派手に決めるつもりだったから、そうしてただけだ。甘くは見てない」

「……何が悪かった？」

「もっと左拳を先に使って良かった筈だ」

「俺が左右の切り替えを始めた時点で、そうすべきだよな。——片手だけでも前に出しておくとか、それだけで左右の切り替えを牽制出来る」
言われる通りだ。頷くと、正面から声が来た。

「ビル夫チャンから見て、徹の悪い処ってあるかナ？」

「……姿勢をすぐに低くする癖が無いか？」

「あー」
思い当たる、という口調で、雷神が告げた。

「戦闘経験として、巨神相手が多いんだよ、俺。つまり中距離とか遠距離とか、スタンディングからスタートって感じ。
でも巨神相手の場合、近距離になると、足の近くに踏み込むとか、身を低くして跳び込むと安全度高いとか、そういうのあるから、近距離戦では無意識に出てるかも」

「習慣、出るなあ……。まあ、ビルも、俺との訓練とか武器の持ち手っていう習慣を見切られていた訳だけど」
その通りだ。そういう意味では、

「思った以上に有意義だな」

●

これは、あれか。

「身体の動作の内、口に出来るほど思考に即座に上がってくるのは、やはり何度も行った技や、印象に残っている技だ。だから習慣性が露《あら》わになりやすい」

「戦闘では意外な発想ってのも結構大事だからな。——イメージトレーニングは、一人でやってると、その習慣性を強くしやすい。だから、こうやって、対人や多人数でイメトレやる訳だ」
手を広げて説明し、雷神が笑う。

「まあ、元々は暇つぶしだ。俺達の住む北欧は何だかんだで雪に沈む期間が多くてな。物語を語っても、ゲームをしても、飽きが来る。
　そうなると、蛮族由来の荒っぽい俺達だ。こうやって誰が強いか、また、頭が働くかを競って、お前のそれはありえないとか、卑怯《ひきょう》なことすんなとか、騒ぐんだよ」

「実際の殴り合いに発展するときもあるけど、まあ、大体はこの〝試合〟に強いと、素で殴り合っても強いよネ」

「俺なんかも出来るか？」

「円《えん》チャンが出るなら、私が相手しよっかナ？術式とかも有りだからサ」
　じゃあ、という流れで、席を交代する。

「ええと、第二ラウンド、です？」
　寿命神が啓示盤に寺の鐘を出し、音を響かせた。

「何か夏の夕暮れ感増したかナ……」

●

……皆、争うのが好きですわねえ……。
　テーブルの二人と、場外も含め、ああだこうだと、それはありだとか無しだとか、さっきの一戦目よりも皆が慣れたため、白熱していて。
　子供、という言葉が浮かんだのは流石に失礼ですわね。というか気付くとゲッサンも加わっていますの。

「その一発は堪えられないんじゃないですか？」

「ウーン、先輩チャンが高所から落ちたのを受けとめ損なったのと、どっちが重いかなア」

「ひ、引っ張りますねそのネタ……！」
　自分の中における同輩さんのキャラが、ここ数日で明らかに変わった気がしますの。ただ、

それは悪いものではなく、

「――あ」

　カレーの下準備として、野菜が煮終わりました。先に煮ていたものはヘラで潰して、粗いながらもペースト的にし、底に沈めますの。
　カレールーを入れたら、この野菜ペーストが混じって、一気にボリュームを上げる、という段取り。
　そして新しく切って入れた野菜達が歯ごたえなどを与えると、そういう作りなのですけど、

　……野菜が甘すぎますわね。

　季節柄でしょうか。それとも奥多摩駅前の酒屋スーパーの品が新鮮過ぎたのか。
　買ってあるルーは中辛だが、これでは明らかに野菜に負け、甘くなる筈。自分の勘として、中辛と大辛を2：4くらいで入れると丁度いい塩梅になるでしょう。だとしたら、

「――すみません。ちょっと上に、ルーの買い足しに行って来ますわね？」

「あ、じゃあ僕も行きます！」

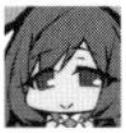

「ええ。私も一緒に」

　一気に釣れましたわね？　と何となくおかしく思う。が、

「鍋は見ておりますので大丈夫です」

　そうも言ってくれるなら、問題はないでしょう。テーブルの方は白熱していて、紫布さんがこちらを見ないままに軽く手を挙げただけですの。しかし、

「――行きましょうか。本日何度目、という感ですけど」

　この方達と一緒なら、それもいいですわね、と。そう思える程度にはなっている。

第二十八章

『DOUBLE SWITCH』

——次から次へと次から次に。

夕食はバランスが良かった、というのが紫布の感想だった。
カレーだ。

「カレーだネ」

結構好きな料理だ。自分の中のジャンルではシチューの一種で、肉も入るが野菜の方が主という料理、という感覚があった。だが、

「肉押しで行くとはねエ」

「どう考えても皆さんの肉食具合が強めですもの。ちょっと思案しましたわ」

そうして出て来たのが、コレだ。

「無水に近い水量で、御肉中心。最初にスープとして使った野菜を潰して、そのペーストで煮込むイメージですわね。なお、御肉については余分な脂身を除去した上で串を刺して軽く炙《あぶ》り、一緒に煮込んでますわ」

「見た目以上に無茶苦茶ボリュームあると思ったら、そうか、無水調理か……」

「野菜の甘みが出るので、カレーのルーは辛目を使用。御肉の脂身を除去するのは、御肉を大量に入れるので、そうしておかないと、ルーの脂を阻害するからですわね」

「ええと、私でも意外と食べやすいのは……」

「単純な話で、カレー自体が野菜ベースなのと、御肉を炙ってから煮込んだので、装《よそ》うときに御肉を判別しやすいからですわ」

「アー、解る解るゥ。私なんかは装うときに肉拾いに行くけど、先輩チャンはそれやらないで適量で収めるから、野菜メインになるんだネ。あと、肉の方は、炙ると香ばしさみたいなのが入るし、形が保つからクドくないねエ」

「鉄板で焼かず、串を打ったのは何でだ？」

「鉄板で焼くと、鉄板の〝面〟で均等に熱が通り、その部分が硬くなりますの。

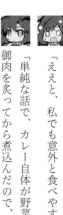

串を打って炙った場合、御肉の継ぎ目や隙間に火が入りますから、御肉の形に熱が通りますの。後者の方が御肉の個々の形が保たれるので、例え鍋の中で千切れたり崩れても〝塊〟感が残りますわよね」

成程ねエ、と頷いて眼前を見る。

カレー皿は紙製だ。装い方はいろいろあるが、自分の場合は米が右寄せでルーが左。だがルーの方から米に乗り上がっている肉塊がある。

火が通っていて、焼いてもあるから、繊維に合わせてスプーンを入れると割れる。

その割れ目のポイントが、確かに歪《いびつ》だ。何処からでも割れるわけじゃなく、赤身と筋膜の隙間など、そういったところが主となっている。

肉に味が染み込むには、煮込み時間が足りない。だけど、

「辛口の野菜カレーが合う、って訳だねエ」

「味が足りない場合は、ソースか御醤油《しょうゆ》で調整して下さいな」

「え？　――醤油？」

「ええ。――関西では御醤油で調整する派が多いんですのよ？」

《関東などではソースで調整、という派が多いですが、関西、主に大阪《おおさか》ではカレーに醤油という派が多いです。日本全体では7：3でソース派と醤油派が分かれますね》

「ソースだと香辛料の味と匂いが鋭く立つようになって、御醤油だと味が濃く、丸くなりますわね」
ああ、と住良木チャンが頷く。

「――以前、カレーを作った時に隠し味でコーヒー入れるといいんだ、ってのを試したんですよ。で、インスタントコーヒー持ってきて、じゃあ入れるか、と思ったら手頃なスプーンが無い。だからとりあえず瓶傾けてチョイと入れようと思ったら、何かちょっと勢い入ったのかドサっと出まして」

「た、食べられましたのソレ？」

「いやあ、何か、匂いがカレーなんですけど、口に入れた瞬間、すぐにカレーから甘苦いような何かに変わるって言うか。明らかに〝あ、コレ、身体に悪い〟って感じがする味でしたね」

《カフェイン入りのカレー食ってりゃ大概は身体に悪いですよ猿》

「お前の作った記憶だよ……！」

ホントかなア、と、ちょっと疑う。

●

あ、御醤油イケる……、と言うのが発見でした。

好みはあると思うんですが、御蕎麦《そば》屋さんのカレーと言われるアレが、コレに近いんじゃないでしょうか。確かに濃く深く、という感じで、

「隠し味っぽく振るだけで、結構和食っぽくなりますね……」

「カレー自体が辛《から》すぎない方がいい……、と思いましたけど、同輩さんのは野菜中心でしたわね。ジャガイモなどと頂いてると、濃いめの肉ジャガ感出ますわよね」

確かにそうです。しかしコレ、野菜が大量で、御肉もあって、スパイスは〝薬〟なんでしたっけか。だとすると、

「一種の完全食ですね……！」

「カロリーちょっと高めですけれどね。初日は身体を整えるためにも、こういう方がいいと思いましたの」

と、横の住良木君が声を上げました。

「あ、ホントだ。醤油、有りですね……！　先輩の言う通り、深くなります！」

「――そうですよね？　コレは発見です」

「ふふ、良かったですわ。私、御醤油派なので」

そういう木戸さんが、こちらと住良木君の手

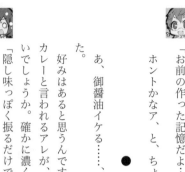

元、器の状況を見て腰を上げます。

「おかわり、宜しいですの？」

●

「……醤油最強説が、私の中にちょっとあるんですが、それが補強された感ありますね」

「醤油は欧州には無いのよね。大豆が欧州の土地だと結実しないから」

「醤油自体が、比較的新しい調味料ですからねえ」

「そうなのか？　スーパーなど見ていると、随分と古来からのもののようだが」

　そうですね、と天満は頷いた。

「世界各国、共通して存在した調味料は、塩でしょう。そして塩による〝塩漬け〟としての保存法が確立していくと、自動的に長期醗酵《はっこう》物が生まれます。それは基本、ペースト化やソース化しますが、塩辛や味噌《みそ》がソレですね。これを古来〝醤《ひしお》〟と呼んだ訳です」

「うちらの地元だと、魚介とバッタを塩漬けにして、その発酵ソースを使ってたな」

「バッタ……!?　日本でも、イナゴを佃煮《つくだに》にしたりしますけど……」

《昆虫食、と考えることも出来ますが、ソース原料として考えた場合、タンパク質と香ばしさを追加するので、それこそ醤油のベースに近い味を生む材料ですね》

「いろいろありますねえ……」

「なお、日本では、古代から豆を塩漬けにし、それを水分多めの半液体状にして調味料に使っていました。今の味噌の原型ですね」

「日本では、古来より、それから醤油を抽出してた訳？」

「いえ、長らくはこの古代味噌のままです。これが半液体状であったためか、新しい〝ソース〟の需要が無かったと考えるべきでしょうか。

　しかし生産力なども上がっていくと、段々これの豆率が増え、ペースト状になっていきます。

十世紀くらいには、味噌を肴《さかな》に酒を飲んだりしてますね」

「……今度試してみるわ」

そう来ましたか。

今、ひょっとすると、醤油の話ではなく、酒飲みの肴について話しているのだろうか。ともあれ知識神の一角としては、段々と皆の視線が集まっている事を気にしつつ、言葉を重ねる。

「そのようにして味噌がペースト化していくと、自動的にその表面部分が大気にある酵母で発酵し、液体化します。これが〝たまり〟と呼ばれる醤油ですね。諸説ありますが、日本では鎌倉時代あたりに発祥し、十六世紀には調味料として普遍化していました。

十七世紀に、これを酒と同じように作れると気付いた人達《ひとたち》が大量生産に入り、今に続きます」

「酒と同じ、……ってので思い出したけど、日本の醤油はアルコール発酵だから、酒が駄目な神や宗教は駄目なんだよな」

「先述の〝たまり〟はアルコール発酵をしてないので、大丈夫です。必要ならそちらを使うのがいいかと思います」

しかしまあ。

「私が生きていた時代は、ぎりぎり〝たまり〟が無かったんですね。でも中国での発祥が五世紀あたりなので、遣唐使やっていれば向こうでの醤油に出会っていただろうなあ、と」

「インドア派は知識を得るけど体験を得られないねエ」

「その通りです。唐は落ち目の段階でしたが、文化とは受け継がれていくものです。全く惜しいことを、と、こちらに来て思いますね。何しろ、日常、それも生きていくのに必要な食の部分で、〝知らないが、機会があれば触れられたもの〟が、これだけ普遍化しているのですから」

「それで醤油好きという訳？」

「後発調味料だけあって、洗練されているのがズルいですよね」

「どういうことなんです？」

「日本の醤油は長期熟成で、濃度の高い塩水に大豆の風味と麦の甘さを馴化《じゅんか》させたものです。長い時間を掛け、シンプルな味同士を馴染《なじ》ませ、一つにしています」

しかし、

「他国の醤油は、短期熟成や、含有物が多いんです。つまり、原料が同じでも、複合的な要素を短期圧縮している。これは結構差が出まして、日本の醤油が〝醤油〟という一つのものであるならば、他国のものは幾つもの素材をミックスした〝タレ〟という感があります」

「欧米のウスターソースなんかもミックス調味料の発酵で複雑な味を楽しむものだから、日本の醤油はちょっと異質だねエ」

「これはどちらがいい、というものではありませんが、日本の醤油は、塩などと同様に相手を選ばない調味料ではあると思います」

《なお、アジア圏では醤油のバリエーションが多いです。これは世界各地の醤油、という訳ではなく〝醤油〟カテゴリの話でして、例えばレモン醤油とか化学調味料の入った醤油とか、そういう〝料理ごとの醤油〟が出ていたりします。

中国では味つけ用の醤油を〝生抽《シンチョウ》〟、色つけのための醤油を〝老抽《ラオチョウ》〟と分け、前者は薄口、後者はカラメル成分が高めのものとなっていますね》

「――日本から見て、そういった特殊な御醤油も全て〝醤油〟カテゴリですから、中華料理の煮込みものの味も何も、向こうでは普通に〝醤油〟味と表現しますのよね。

こちらで考えると〝醤油＋何か〟の味ですけど」

「ウスターソースと中濃ソースの差みたいなもんかな。そういうのはそういうので、面白そうだなあ……」

「海外のお醤油は、分野ごとにあるようなものなので、集めていくと楽しいですわね。

一方、日本の御醤油は、ストレートな作りなので、今回の話だと、調味料としてカレーにも普通に合わせられますの。

カレーに対して考えると、——ソースを合わせる場合は複雑な味と酸味を、御醤油の場合は塩ベースの匂いと風味を加えることになりますの」

「ソースと御醤油、何となく似てますけど、合わせる意味が違うんですね……」

などとソースと醤油談義が始まる中、桑尻は川を気にしていた。

川面《かわも》。川精霊達がたびたび顔を出しているが、その頻度が下がってきたのだ。既に夕刻は終わり、夜になっている。

何かあれば川精霊は動くだろうが、さて、夜だとどうなるのか。日本の川精霊の気質はどのようなものなのか。大体、このあたり、流石に知識が無い。気になる。

すると、川と別で、小さなものが視界に入った。

白い獣。イタチ。

「イタチ？」

「神格ある生物だな。警備のために張った結界に引っかかってる」

という雷同が、啓示盤を出す。その時にはもう、皆がソースと醤油の話をやめ、こちらがみるものと同じ方に視線を向けていた。

「いやあ、天麩羅《てんぷら》は醤油派なんですけど、何故かサツマイモの天麩羅だけはソースじゃないと駄目なんですよね……！」

馬鹿はずっとその話をしているといい。

だが、雷同が張っている結界に踏み込めず、うろうろしているそれに、気付いた者がいた。

「あれは、恐らく、——思兼先輩のシタハルです」

天満が急ぎフェレットの方に向かうのに対し、紫布は一つ手を打った。

「天満チャーン？　それ、思兼チャンからの極秘？」

「その可能性がありますので、情報の開示は私の担当とさせて下さい」

そういうことだ。だからこっちはこっちで、

「じゃあ向こうは向こうで、今の処は無視だねエ」

「神道が、何でしょうね、一体」

「無視って言ったヨー？」

すみません、とゲッサンが苦笑で頭を下げる。

「まあ、ここに来た目的がある者だ。いろいろ気になることばかりだろう」

「俺らもさっき役目貰ったけど、基本、何も無ければ肉食って寝てるだけでいい訳だからな……」

「じゃあ、チョイと野外合宿らしい話題を提供しようかナ。――風呂、どうしよっカ？」

「――え!?　まさか、この状況から御風呂パーティ出来るんですか!?　でも何処に風呂があるって言うんですか!?」

《一応言っておきますが、奥多摩は東京都内で珍しく温泉が湧く地域で、それなりの浴場を持った施設が幾つかあります》

「解りました！　掘ればいいんですね!?　雷同先輩！　僕の御風呂パーティのためにそこのスコップで河原掘って下さい！　――あ！　何ですか雷同先輩、その顔！　紫布先輩の露天風呂風景とか見たくないんですか!?」

「見たいがソレとコレは別だろう」

「――言うねエ！」

ちょっとテンションがアガった。そして立食状態だった皆の中から手が上がる。

「つまり今夜、風呂が無い訳ですね？」

「私、水を呼んで自分の身体や髪を洗うのは出来ますけど、皆様は？」

「サウナがフィンランドの神話だからねエ。うちは何処の神話にもある簡易な洗浄術式かナ」

「私の処だと沐浴《もくよく》が必須ですね。うちは自然系で、職能はあまり特化していないので」

「うちなんかは乾燥術式？　上手く言いがたいけど、湿度を下げて祓《はら》う、みたいな方法使うな」

「私、カワイイ系の神だから風呂とか入らなくても大丈夫よ？」

「オイイイイイ！　少なくともカラムーチョ食ったら手を洗え……！　うちのゲーム部は結構レアなゲームあるし、部室のゲーム機のコントローラ握ったときに〝ムムウ？　このヌルっとしたのはムーチョオイル？〟とかいうのは避けたい！」

「ハア!?　私そんなオイリーじゃないわよ！　しっとり肌なんだから!!　モチモチ女神肌よ！　寝て起きたら美容オッケー！　私はそういう女神なの！」

「円チャン？　コレ、江下チャンって敵多くなかったかナ？　特に他の女神からサ」

「うん。——で、コイツがまた煽《あお》るんだ。相手の都市の女神に向かって〝なあに!?　戦争前で緊張して寝られなかったのが顔に出てるわよ!?　**ババアなの!?　肌年齢が死んでない!?**　あっ、御免ー！　将来ミイラ志望なのよね！〟とか。エスカレートして向こうの女神が最初からフルパワーで来るから、俺達の都市は超大変」

「短時間決戦でいいじゃない！　午後で戦争終えて夜は私を奉りなさいよ！」

「わあい……、わあい……、って感じかナ？」

「酷い戦勝の女神だ……」

「すまん……」

だったら、と手が上がった。先輩チャンだ。

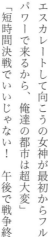

「神道は禊祓《みそぎ》が得意技ですから、私の方で禊祓術式《じゅつしき》を出しますよ？」

「正式には神社などの泉を使用しますけど、術式でも充分可能です。権術を何かメモ帳に書き込んで渡しますから、それを身体や髪に当てて貰えれば、禊祓します」

　これは神道の得意技だ。禊祓においては、別に、符に限らない。

「他にも方法ありますから、符とかが肌に当たって反応するとか、そういう場合は言って下さい。紙垂《しで》や榊《さかき》で祓う方法もありますからね。いざとなったら祝詞《のりと》で祓うことも可能です」

「……神道、そういう術式なのか？」

「穢れを祓う、ということに特化しているという意味では、世界唯一の宗教です」

「被征服者の魂から恨みを祓う、という征服者の宗教がベースですからね。普通の穢れなどを禊祓するのは簡単な事です」

「最後発に近いのに、汎用系じゃなくて特化型なんだよねエ」

「何事も穢れに見立てて祓える……、という見方をすれば、最適解を見つけた特化型万能系ともいえますね。とはいえ出来るのは〝難きを祓う〟ことであって、直接的なパワーアップなどは出来ない、ということです」

「？　どういうこと？　ＳＴＲアップとか、〝ちからが5上がった！〟みたいなのは出来ないってこと？」

「神道の禊祓は、対象に掛かっている穢れを祓うことしか出来ないんです。

　だから例えば住良木君の腕力を強化したい、という場合、住良木君の腕力をアップするのではなく、住良木君が腕力を発揮するのを阻害している要因……、たとえば装備の重さとか、心の問題などを取り除く、と言うことになりますね。

　言い方を変えると、――本来の実力を出せるようにする。それが神道の基礎です」

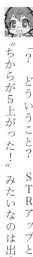

「えっ!?　じゃあいつも先輩の近くにいる僕は、つまり常にキレイキレイされて邪念も何も無いってことなんですか!?　つまり神道的去勢の極に僕はいる！　だから僕が先輩の巨乳を拝んだり下から見たりするのも、僕のキレイな行いなんですね！」

「神道の禊祓に優《まさ》る邪念ね……」

「先輩チャンがレベル上げたらキレイに出来るかな？」

「君、いつもそうなの？」

「く、くそ！　意外にゲロのオッサンがいい一発をくれやがる！　ああそうだよいつもそうだよゲロのオッサン！　僕の巨乳信仰に恐れ戦《おのの》いて恐怖から泣き叫ぶといい！」

　桑尻さんがゲッサンさんに近寄って何か耳打ちしました。

　ややあってからゲッサンさんが頷き、

「成程……」

「オイイイイイ！　その変な理解をやめるんだ！　目の前にいる僕を見ろ！　いいか、真実はここにしかない……、ってセミナーか何かかこれは！」

「あの、住良木君、落ち着いて」

「――あ、ハイ。落ち着きました」

「うわ切り替え早っ！　というか――」

　と、私は視線を横に振ります。皆がいる場所の外。そちらにいた天満さんが、手を挙げてこっちに戻って来たからです。彼女は河原の石を踏んで鳴らしながら、

「すみません。ちょっと思兼先輩からの報告で、周辺の状況を確認してました」

「言えるか？」

ええと、と天満さんがちょっと迷います。

「日中、水妖の気配があったと思いますが、基本、何も問題なかったそうです」

「基本、ねエ？」

紫布さんが振りますが、天満さんは軽く頭を下げただけです。だとするとこれは思兼さんの方からの沈黙指示があったということでしょう。だからなのか、紫布さんがまた手を一つ打ちます。

「じゃあ、やっぱここは先輩チャンの術式かナ？」

「え？　御風呂無しで、男女それぞれのテントの中で術式を使いますか？」

「いやいや、――風呂じゃないけど、あるんだよネエ。ちょっとした仕掛けがサ」

「シャワールームか!!」

これが仕掛けだ。

夕食の片付けの後だった。

「片付けと洗い物は、私の権術で済ませます

ね？」

洗い物に、川は使えない。だからまず、食器や鍋などを持ってキャンプ場の流し場に行く。

そこで、先輩の術式が凄かった。

どのくらい凄いかと言うと、

「タワシに符を差しただけで、こんなにキレイになるのか……!?」

「はい。禊祓で汚れが完全分離出来るので、削り落とすようにキレイに出来ますね。あと、鍋の方は最初に水を張って符を浸けておくと、その中で〝鍋にとっての穢れ〟が分解されますから――」

見ていると、鍋を浸す水から流体光が、散って行く。代わりに、中に入れた符が黒く腫れたように膨らみ、

「これが穢れで、さっき散って行った流体光は、食材の中にあったハレの力です。分解されたの

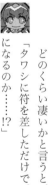

で、キレイな力はこの世界に戻っていったんですね」
　と、先輩が黒くなった符を取り出し、紫布先輩の差し出すゴミ袋に落とす。

「固形物も分解してますから、私の水質浄化よりも強いですわね……。私のがスクリーニングだとしたら、同輩さんのはディスアセンブリですもの」

「そういう差だと思います。ただ、木戸さんの方が軽くて早いので、飲み水がすぐに必要だったり、液体の浄化なら、そちらがいいと思います」

「コレ、例えばステーキ肉が一個残ってたとか、そういうのだとどうなるの？」

「そういう場合は駄目ですね。それ自体が〝型〟を保っていますから、穢れとして認定するには、たとえば腐ったりしないと駄目です。今回の場合は、カレーと鍋という〝型〟があって、カレーとしてみたら既にその〝型〟を保てないものになっていて、鍋から見てもカレーというより残った残滓《ざんし》ですから、穢れ認定出来てます」

「ああ、良かった！　僕が風呂入ってるときに風呂に禊祓掛けたら、僕が消えるとか、そういうことは無いんですね!?」

「お前別に風呂の中じゃなくても符を貼られたら消えるだろ」

「徹ゥ、雑音は意外と穢れ認定されなくないかナ……？」

「糞虫《くそむし》にも一分の魂と言いますからね……」

「ハ、ハイそこちょっと厳しいことを連打で言わない！　加減しろよ加減を……！　糞虫が死んだらどうするんだ！」

「私の仕事が増えるわ」

「うんそうだね、としか言えないことを何でお前は言うの？」

　などと、そんなことをやった後で、紫布先輩が連れて行ってくれたのが、流し場から山側、

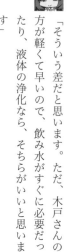

ロッジなどのバーベキュー場がある方だった。
　車で出入りも出来る場所に、小さな洗い場や炊事場と共にあるのが、

「シャワールームな？　三分二百円って仕掛けで、二人用それぞれ個室」

「野宿と聞いてましたけど、随分違いますのね……」

《東京都のキャンプ場はバンガロー式の場所が多く、テントサイトを併設していないことも多いです。寧ろテントサイトのみの場所の方が少なくなっていますね。
　これは雨天時の対応や、管理のしやすさ、事故の発生率の低さなどを考えても妥当な判断ですが、アウトドアブームの起きた90年代とはいえ、やはりテント一式を所持している家庭は少なかった、ということでもあります》
　確かに自分も天幕などを持っている訳ではありませんの。紫布さん達も装備は借りてきたと言ってましたし、

「アウトドア、という言葉そのものですのね。つまり屋外。それ以外にはルールは無いから楽しめる、と」

《趣味や娯楽は、緻密であっても厳密ではない方が楽しめるのです》

「おい！　桑尻！　どういう意味!?」

「アンタの巨乳信仰、上限幅がかなりあるでしょ？　そういうことよ」
　出見が同輩さんを見てから、こちらを見て、視線を桑尻さんに戻しましたの。

「桑尻！　お前の言う通りだな！　確かに〝おっきい！〟方だと許容範囲も〝おっきい！〟けど、お前には全くピンと来なかった。つまりお前の言ってることは正解だ！」

「誰がこっちを巻き込めと」

「そうですよ住良木君、桑尻さんを巻き込む意味が無いですよ？」

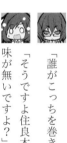

「あの、先輩さん、それかなりダメージありますので手加減を……」
　何だかんだで仲がいいようで何よりですの。
するとシャワールームの右のドアが開き、

「アイヨー！　あーサッパリしたねエ。温水いいヨー」

「どうでした？」

「先輩チャンの術式、使いやすいねエ。洗剤で泡だと、髪で室内かなり埋まるから無理だったんじゃないかなア」
　と、先に出ていた雷同さんが声を掛けます。

「――良かったか？　キレイになったな」

「アハハ、御免、調子乗って千円使ったヨ。待ったかナ？」

「紫布がキレイになる時間だったら、俺にとっても大事な時間だからそれでいい」

「そんな事言っても何も出ないヨー？」

言ってる間。周囲の林や草群から流体光が淡く昇り始めましたの。これは、

「……紫布先輩の上機嫌に釣《つ》られて、〝豊穣〟に引っかかった草達が活性化してますね」

「そ、相に対しての影響力が凄いですね……！」

「何だかんだで支配圏それなりに高いからな、俺達」
　じゃあ、と雷同さんが下の河原を指差しました。

「メソポ組とネプトゥーヌス達が先に行ってるから、俺達も行くわ。そっちは――」

「これから私と住良木君で、最後が木戸さんと桑尻さんです」

「使い終わった後、軽く掃除しておきますわね？　私の〝水〟の方がここは適役でしょうから」
　では、と先輩さんが権術の符や着替え、タオルを持ってシャワールームのドアを開けます。出見も隣のドアを開け、

「先輩！　僕は横で拝んでますんで、一丁キレイになってやって下さい！」
そういうものなんですの？

温水シャワーは三分で二百円。小銭は今の処五百円分ありますから、最初の三分でしくじっても大丈夫です。

「大体、禊祓の術式符がありますから、シャワーの水は〝気分〟ですね」
言って気付くと、周囲に啓示盤がレベルアップ報告を出しては消えていきます。

「隣で拝まれてるんです？」

僕は全裸でシャワーを浴びつつ、先輩に対して手を合わせていた。
このシャワールームは二室構造。入口入ってすぐが、脱衣場で、奥のここがシャワーを浴びる水場だ。
隣のシャワールームとは、並んだ形というか、一体型だ。壁一枚を隔てているだけ。

「つまり薄いプラ板の壁を隔てた向こうに、ハダカの先輩がいる……！」
拝むパワーに気合いが入る。

「下に水着を着てきちゃうとか、ちょっと浮かれすぎでしたね」
ここまで新型制服なので、下に着ていた。新型制服については、ここで脱いで、

「バランサー？　ここからクリーニングに出せますか？」

《プライバシーのためにドア隔てたところから答えますが、可能です。ここも神界なので私の平均的ルールが通じますので》
だとすれば楽です。水着も、替えを持ってきているので、今着ているのは出て着替えるときに脱いで、ここからはアウトドア用に買った私

服で行きましょう。

「住良木君、どんな反応をするでしょうか」

　寝間着も用意してありますけど、住良木君はバナナ食べて女子テントに来るんでしょうか。だとしたら、

「推しと一泊……！」

●

「……何か今、酷い邪念のようなものが漂いませんでした？」

「私、そういうの専門じゃないんですけど、確かにあったような……」

●

　落ち着きましょう。落ち着くんですイワナガ。貴女は婚活失敗したヒッキー岩石女神。推しが出来たからと言ってハシャいだら穢れが増して、恨みを持っていたとされる逸話が事実になりかねません。

「ハイ、落ち着いて深呼吸――」

　息を吸って、周囲にレベルアップの啓示盤が散るのを確認。つまり住良木君は、こちらに向かって拝んでいる訳です。

　住良木君が真面目にやっているのに、こっちが推し云々とハシャいでいるのは無しですよね？

　うん。無し。無しです。御ハシャギタイム、これで終了です。壁の向こうにいる住良木君にすまないじゃあありませんか。

　ええ。壁の向こうでは、今、住良木君が全裸でこっちを拝んでいる筈で、

「ゴクリ……」

　間違いありません。英語で言うとノーミステイク。そう、壁一枚。壁一枚の向こうに住良木君がいるわけで。いや、住良木君はこっちを真面目に拝んでるのだから、変な想像しちゃいけ

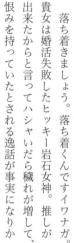

ません。そう、変なイメージは禁物です！　えぇと、住良木君の背丈が大体このくらいで、身体の幅がこのくらいだから、そう、そう！　この範囲の中に全裸の住良木君が立っているということになりますね！

《プライバシーのためにドア隔てた所から言いますが、貴女今、おかしなこと始めてません？》

「し、失敬な！　まだ始めてないですよ！」

《まだ？》

自分の頬を自分で打っておくことにします。

ともあれ住良木君が真面目にこちらを拝んでいる訳ですが、主神としてはどうすべきか。

「たまには御褒美した方がいいんでしょうか？」

でも御褒美って？　えっ？　いや、あの、どうするんですか、ね……。

前に部室に置いてあった漫画雑誌の冒頭、グラビアありましたよね。確かアレとか、胸寄せて、右上の方に何かポエムが、

「——夏の日差しの中、君はまさにサマーシャイン！　あっ、キラっと笑顔がまぶしいね……！」

《プライバシーのためにドア隔てたところから言いますが、あの手のポエム、エログラビアなんかにも多用されてる一方、ランダムで単語並べてるんじゃないかと思うほど無茶苦茶ですよね。あと、今のは内容的に、見る側の台詞なので、貴女が言うのはおかしいのではないかと思いましたが、まあおかしいのは通常ですか》

「い、いらん添削を……！　というか多重に失敬ですね!?」

と、そこでふと気付きました。

「……シャワーが停まった？」

《かわわ——？》

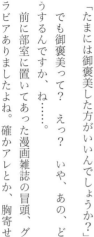

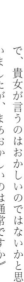

「ん？　何だ？　どうした？」

「うむ。さっきからちらほらと出てくるんだが、何か首を傾げていてな？」

「サラーキアが来ている……、にしては切迫感が無いですね」

《かわわ――》

「うーん……、コイツらにも解ってないっぽい？　ちょっと警戒しとく？」

●

「あれ？　水切れ……、って、そんなことあんのかな？」

温水とは言え、水垢離《みずごり》感覚を得ることは先輩を拝むパワーを上げる。実際にそうかどうかは知らないが、とりあえず大事なことだ。

だけど、シャワーが停まった。

「あれ？　蛇口が……」

《猿のプライバシーは気にしないのでそのまま言いますが、水量調節するためのソレは蛇口ではなくてハンドルです。蛇口は水が出るパーツのことです》

「ハア!?　知ってたよ！　ウッカリ間違えたんだよ！　蛇口は水が出るパーツ！　知ってるよ！　じゃあ僕の股間についてるパーツも蛇口か!?　そうなのか!?　このネタあまり面白くないな。じゃあ何で勝手に入って来てんだよお前！　僕のこと好きなのか!?　そうなのか!?　でも御免な？　僕の全ては先輩に捧《ささ》げているんだYO……」

《ウワア、久し振りにキモさの上限を更新しましたよ。おめでとう御座います！》

褒めるな褒めるな、と手を前後して、とりあえず蛇口――、ハンドルを確かめる。

眼鏡を掛けて、〝出―停〟とある表示の内、〝出〟の方に回すが、もう既に限界まで回してる。

つまり湯が出ない。

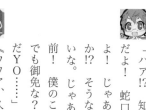

あれ……? と思っていると、啓示盤が開いた。誰かと思えば音声通神で、

『ええと、住良木君? お湯、停まってます?』

『ウワアー! 先輩! 先輩の方もですか!? 何てことだ! 先輩の身体が冷えてしまう! 僕はお湯になりたい!』

《今すぐお湯になってそこの排水溝から下水に流れていいですよ?》

『ここじゃないよ! 水道管の方だよ! 水道管にお湯として流れて先輩の冷えた身体を温める! あっ、先輩の御身体、御流ししますね? 痒《かゆ》いところありますかー?』

『あの、落ち着いて下さい、住良木君』

『あ、ハイ、落ち着きました。しかし何ですかね? 何か詰まったんですかね?』

言った瞬間、シャワーから水妖が流れ出してきた。

『——』

『ウワア——!?』

●

桑尻は、馬鹿が全裸でシャワールームから飛び出して来たのを見た。

己は即座に啓示盤を開き、

『すみません、青梅警察署ですか』

「おい! ポリス早えよ! もうちょっと受け答えしない!? 会話しようぜ!」

『——あ、はい、全裸の猿がコミュニケーションを強要してきてまして』

「オイイイイイイイイイイ! 僕の罪を重くするな!」

と、上役から通神が来た。

『——おい、桑尻、川精霊がざわめいてるけど、そっち何か変なこと起きてるか?』

『あ、ハイ、住良木が全裸で路上に飛び出して来まして』

『住良木チャーン？　もうちょっとフォロー出来る範囲でしてくんないかナ？』

『野人かよ』

『出禁になったらどうする気だ』

『アハハ！　バーカ！　着るもの無いならカラームチョの袋使う？』

『言いたい放題だな！　あと最後、カラムーチョの袋に穴開けて穿《は》いたら香辛料で腫れ上がると思うぞ！』

「ちょっと、出見！　ハダカのままじゃ駄目ですわよ！」

木戸先輩が、馬鹿に自分の上衣であるサマーコートを掛けて寄越す。

「あ、有難う御座います！　もう少しで青梅警察署の世話になるところでした！」

白の長衣《ちょうい》を馬鹿が羽織った。その光景は、

《全裸が全裸コートになりましたね》

『――あ、ハイ、特徴は、身長百六十五センチの痩せ形、全裸の上にコートです』

「オイイイイイ！　木戸先輩の良心を無駄にするな！　びろーん。おっと今のはお約束のギャグだからＨＡＮＺＡＩじゃないぞ！」

「というか出見？　何がありましたの？」

あ、ハイ！　と馬鹿が応じた。

「シャワーから水妖が出て来たんですよ!!」

●

「……何でソレを早く言わないの？」

「お前！　お前……!!」

言った直後に、ドアを跳ね飛ばしてそれが出て来た。

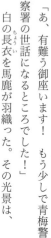

『――!』

「ど、どうしたんですか住良木君!」

水着姿の先輩まで出て来ましたよ?

●

「えっ?　何?」

『?』

シャワールームを出た瞬間、横の部屋、住良木君がいた方から、それが出て来ていました。

水の、明らかに穢れの塊。初見ですが、お互い顔を見合わせて解ります。これは、

「水妖です!　シャワーからこう、ヌルっと、ヌメっと、ドポォっと出て来たんですよ!」

くねくねしながらの二度目の表現が何となく良かったですね……、と感想を抱いていると、水妖が動きました。

『……!』

住良木君に向かって、勢いよく前に出ます。なのでこちらも何とかしたいんですが、

「あ、ええと……!」

何となくの発想で、シャワールームの横壁にある元栓のハンドルを閉めました。

●

桑尻は見た。水妖が動く力を失ったのを、だ。そして、

『――』

膝から崩れ落ちるようにして、水妖が水に戻り、零れ砕ける。

飛沫《しぶき》の音に残るのは、単なる水溜《みずた》まりだ。

「……形を保つほどの〝型〟を得るには、もう少し水の供給というか、こちらに本体を流し出しておくべきでしたわね」

「えっ？　じゃ、じゃあ今のでいいんです？」

「？　じゃあ何で元栓を……？」

「あ、いや、止めるには元からかな……、とか思いまして」

「発想は間違っているが、結果としては合っていますね……」

「ええと、ともあれどうしますの？」

「ハイ！　僕は男全裸の状態で通報されたので、早めにバナナ食って女全裸になって、捜査を攪《かく》乱《らん》しようと思います！」

何でコイツ、さっき死ななかったのかしら……、としみじみ思った。でもそれは明日の朝の仕事が増える。だからコレでいい。そして、

「水道管の方、禊祓掛けますね？　木戸さん達は、ちょっとすみませんけど、住良木君を退避させて下さい」

「――ええ。その方が良さそうですわね。出見？　森の方に長衣広げて地元精霊達を威嚇するのはおやめなさいな」

「あ、ハイ！　先輩、危険ですから、危険だと思ったらやめて下さいね？」

日本語が乱れてる気がしたが、馬鹿としては充分な気遣いだろう。

どちらかといえば、自分もここに残ってバックアップ。紫布か雷同を呼んで、交替とした方がいい気がする。既に先輩さんは水着姿でシャワールームの元栓や水道管に符を貼っていて、

「木戸先輩、住良木を下に護送して下さい」

馬鹿が長衣を頭から被って両手を前に出すが、いつもその調子で頼みたい。

だがそのときだった。

『……！』

不意に、水溜まりが身を起こした。道路は舗装されているが、脇は地面剥き出しだ。そこに

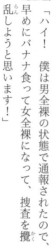

流れて再び溜まった水が、力を戻したのか。

『——』

水妖の手が、馬鹿の方へと鋭く伸びた。

●

不注意でした。

「住良木君！」

既に力を失ったと、自壊したと思っていた水妖が、再起動します。

それは右手と思われる辺りを伸ばし、人の長さ以上へと跳ねさせ、まるで槍のように、

『——！』

住良木君に届く。その瞬間。

「っ!!」

木戸さんが動きました。

●

桑尻は見た。

木戸が、自分のコートを被った馬鹿を軽く突き飛ばすようにして、水妖との〝間〟に入る。

彼女が右手を振り、水妖の一撃を弾いた。

「——」

そして水妖が、今の動作でまた全身を崩していった。己の形を保てないほどに、右の腕を伸ばし、放ったのだ。もうこれ以上、再起はない。

そういう一発だった。

対する木戸の迎撃は、音を立てた。

水が弾ける響き。

彼女がぶつけたのは　無効化ではなく、反射だ。力任せに潰す。そういうことしか出来ないタイミングだったろう。それは果たして、水妖の全力となる攻撃を防ぎ、

「木戸さん……！」

馬鹿は救われた。だから〝良かった〟と、そう言うべきだろう。しかし自分は見た。恐らく先輩さんも見ただろう。木戸の姿が、

「――っ」

防いだ右腕が、溶けたような形になっている。鋭く、五指が蛇のように伸び、腕も上腕近くまでが青紫の模様が入った肉質に変わっており、更には半透明で、

「……水妖？」

●

変化は一瞬で消えました。
木戸さんが右手を振って、消したんです。しかし、

「……説明する気はありませんわ」

木戸さんが、住良木君を、肩越しに見て言います。コートを被っている住良木君は、木戸さんの陰でもあり、今のを見ていたか、定かではありません。ですが、

「……私が、去った方がいいという理由の、最大ですの、今のが」

さあ、と木戸さんが言いました。

「別に逃げませんから、同輩さん？　無事なシャワールームを空けて頂けません？」

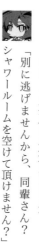

第二十九章

『DANGEROUS SEED』

——大きなミスほど気付くとやってた。

翌朝になった。
朝食と言うことで先輩チャンが味噌汁と御飯に焼き魚と、和食スタイルで行っているのだが、集まっている全員の雰囲気として、

……ウワッ、重ッ。

いきなりそう思ってしまうのは理由がある。
昨夜の事だ。何やらシャワールームの方が騒がしいな、と思ったら、

『ハ？——住良木チャンが水妖に襲われて青梅警察署に連行？』

先輩チャンが一緒に行きつつ、こちらとの通神を保っているという。
つまりこういうことだ。

「——今、桑尻さんには見せましたのが、私の方の〝事情〟。これについては基本的に答えられないのですけど、質問なら受け付けますわ」

と、そこからが〝重かった〟のだ。

木戸としては、かなり反省していた。

……ま、またやってしまいましたわ……！
それも後を引く感じで!!
自分的には、昨夜の話し合いは、お互いの気分を軽くする筈のものでしたの。大体、その前に自分達の事情はそれなりに明かし、踏み込める処とそうではない処を分けていましたもの。

……でも、気分とは、そういうものではありませんのよね……。

昨夜のことを思い出す。

……シャワールームの前で同輩さんに後を任せようかとしていたら——。
パトカーのサイレンがやってきたんですの。
そこで、桑尻さんが、こちらにだけ見えるように手を打つジェスチャーをして、出見とパトカーの警告灯を交互に指差しました。これはつま

り、

『出見を警察に突き出すんですの？』

『文字通りの人払いです。ここから先、馬――、住良木がいない方が話しやすいことがあると思いますが？』

それは何となく同意だ。あと、気になるのは、

「あ！　じゃあ住良木君の保証人として私が一緒に警察行きます！」

自分は、シャワールームに符を貼りまくっている同輩さんを見ましたの。

「何だか貼りすぎで呪いのシャワールームになってません？」

「こ、このくらいが丁度いいんですよ！　ほら、ここから先、何か邪気があっても全部ミュミュミュ！　って吸い込まれちゃいますから！　だからもう大丈夫です！　木戸さんが使うときも穢れとか全自動でミュミュミュって！　ミュミュミュって!!」

何言ってるか解りませんの。ともあれ、

「私と桑尻さんでここの処置しておきますから、同輩さんは出見と行って来てくださいな。あと、――同輩さんは着替えを御願いしますわね？」

「え!?　水着で警察署に入る先輩は最高ですけどＨＡＮＺＡＩな気もするので納得しました！　想像の中だけで拝むことにしますから、先輩は僕の連行を御願いします！」

これは出頭ですの？　他の何かですの？

●

馬鹿が青梅警察署のパトカーで連行されて行き、後部座席から箱乗りで、

「ヒュウウウ！　アイルビーバック!!　僕はバックになりたい!!」

「ダーイ！　って返しておくわ。死ね、って意味よ」

「どういうネタですの？」

「あっちはＴ２で私はダイハードです」

と見送って、自分は木戸と後処置。基本的には水妖が復帰しないかどうかの精査と、後残りを探すのだが、

「水道管を通って戻っていったようですわね……」

「昼にあった水妖の発現は、取水場への移動か何かだった、と？」

　今更耳に入ってくる蟬の鳴き声が、やかましい。夜なのに、照明があるからだろう。夕暮れの空気を残していたさっきよりも響く感がある。

　そんな中で、木戸が一度思案した。

「——場を移動したのだとしたら、少し、面倒ですわね。今回みたいな移動だと、川精霊がセンサーになってくれませんわ」

　そうですね、と頷き、己は通神に告げた。

『紫布先輩、木戸先輩は敵ではないと判断します』

『オオウ、どういう事かナ？』

『はい。今回の襲撃が木戸先輩の手引きであったとしたならば、水妖の移動について思案する間が不要です。演技が過ぎる、とも思いますが、木戸先輩は演技が出来ないタイプだと思います』

『い、言われたい放題ですわね……！』

『木戸チャン、自分に嘘《うそ》が吐けないもんねエ』

『それは——』

『嘘を吐くべき処で、出来なくて、黙ってしまうんならサ。木戸チャンが黙ってるのは誰のことを考えてるのか、解らない皆じゃないヨ』

『想《おも》われてる当人が解ってない気もするけどネエ』

『いろいろ台無しですのよ……！』

　と、そんな流れで、河原で焚き火を囲んで会議となったのだ。

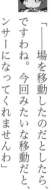

不思議な会議だったと、ビルガメスは思う。

知らない時代、とは言い切れない、〝住み始めた未来〟の中。

知らない山中の、河原で、やはり知らないとは言い切れない神々を同僚として、夜に火を囲んでいる。

皆、シャワーを浴びて私服姿だ。そして、

「水妖が、明らかに人類を狙っているな」

「先回りして言いますけど、その理由については答えられませんわ」

「答えられない理由を聞いちゃ駄目かナ？　知ってるのかどうかってだけでも結構変わるからサ」

「正直に言えば、私でも推測の範囲ですの」

「推測でも、言ってはならないんですか？」

「推い測のぉ確度ぉが高いいいってえこぉとだあよねえ」
ええ、と木戸が頷いた。彼女は、私服の黒いシャツの袖から出た両の手をもって、何かを空中に掲げるようにして、

「その見当がついてしまえば、全体は見えると思いますの。――ただ、それが解ると、出見が巻き込まれますわ。厄介な問題に」

「厄介って言っても、どのくらい厄介なのかしら？」

「オリンポス神話が、神委での発言権を一気に高くしますの」

「それって、凄い厄介なの？」
あのな？　と半目でカイが言った。

「お前が先日介入してきたの、そういうことだぞ？　厄介じゃないっていうなら、先輩さんに喧嘩売ってみるか？」

「ハア？　木っ端神に喧嘩を売るくらい、簡単なことよ？　地元で私がどんな風に恐れられて

たか憶えてないの？」

『——先輩さん？　今、警察？　——何かエシュタルが言いたいことあるって』

『え？　ああ、江下さん、どうかしましたか？』

『——え!?　あ、いや、本日はお日柄も良く御《お》陰様《かげさま》で長寿を言祝《ことほ》ぐ次第でありますが、人類の方はどんな感じか言ってみるといいわよ!?』

『何言ってるかよく解らないんですけど、住良木君なら元気ですよ？　取調官の地元神と元気にやってます』

●

「ハア!?　だから何で僕が全裸だとＨＡＮＺＡＩなんだよ！　猥褻《わいせつ》!?　歩く軽犯罪とか傷つく事言うヤツだな！　大体、僕の何処が猥褻なんだよ！　長さか!?　太さか!?　一体何が基準だ!?　だったらそこの定規で測ってみろよ！　おおっと出来ればそこの三十センチ定規な!?　ば、馬鹿！　見栄ちゃうわ！　実力だよ実力！　あ、あと待てよ？　今いろいろ想像するから！　レエエエッッツイメージモードッ！　ほうらキタキタキタア——!!」

●

「悪魔か……」

「最悪だな……」

「騒がしいのがまた酷いですね」

「評価散々ですのねー……」

●

まあな、と雷同は言った。

「話して貰えると、こっちが楽なのは確かだ」

「楽？」

「ああ。――恐らく、明日には、オリンポスの監査の連中がここをかぎつけてやってくる。さっきのシタハルは、そこらへんの前置きだろ？」

こちらの問いに、果たして神道の知識神が首を下に振った。

「思兼先輩達の方に、オリンポスの代表者達が通神を入れたそうです。私達を探しに出ると言っていたそうですが」

「それがここに来てないのは何故です？」

「思兼先輩が、〝中央線は東京の西に行く〟と教えたそうで」

「ア――――、立川以西の初心者殺しやったかア」

「え？　何、どういうこと」

一応、教えた。

「つまり立川から真西に行こうとして中央線に乗るとＺＡＰされるのか！」

「その単語通じるのか……。まあとりあえず、オリンポスの連中も馬鹿じゃないから明日は路線図見るだろ。恐らく明日の午後には来る。――だからいろいろ情報集めたり、秘匿案件を抱えてる、って訳だな？　交渉役は」

「そうです。申し訳ありませんが、そちらのゲッサン氏は、ローマ神話がオリンポス神話の下に入っている以上、条件によっては相手につく可能性もあります。なので私としては、交渉役としてあまり深い情報を出すことが出来ません。――そういう意味では、木戸先輩の秘匿も、明かして欲しい一方で、そのようにする意味も解ります」

つまり、

「人類にとって、政治的な案件の駆け引き材料や、足を引っ張る理由になって欲しくないと、そういうことですね？」

「ええ、私は神道のテラフォームにおいて、テラフォーム自体とは別で、ある案件において関わっていますわ。その立場からすると、出見が

テラフォームを巡る神々の政争に巻き込まれるのは避けたいんですの」
と、そこで手が上がった。

「木戸先輩の言う〝ある案件〟については、私達北欧組、また、先輩さんも知っています。それについてここでメソポタミア組およびネプトゥーヌスと、神道知識神に情報開示をするのは、異論ありますか？」

「天満チャンとゲッサンは聞いてないのかナ？」

「聞いていません。聞く意味はあると判断します」

「私も聞いていない」

成程、と己は思った。木戸がゲッサンにそれを教えていないのは良いことだ。テラフォーム外の神に情報を漏らしていないということだからだ。だから、

「これを聞いたら、こっちの側だ。――神の約束だぞ？」

言う。するとややあってから、ゲッサンが頷いた。

「……覚悟を決めます」

「……え!? 何!? じゃあ私もアンタ達《たち》の側になるの!?」

「お前は監査でこっち側だよ……！」

「まあ共通認識としても聞いておきたい。――どういうことなのだ？」

ビルガメスの問いが向かった先。木戸が、一息をつけてこう言った。

「――テラフォームには、主に二つの事業がありますわ。一つが、テラフォームそのもの。もう一つが、人類の創造と、保全ですの」

そして、と彼女が言葉を挟んだ。

「人類の素体。魂とも言うべきですわね。まだそれが誰になるのか、男女の差もないようなマテリアルの状態。――それを構築したのが私ですの」

「えーと、つまり……」

カイは、言葉を選んだ。

「人類を、創造した？」

「ええ。マテリアルですけどね？　……貴女達は神々に創造されても、半神半人。しかし私の方は、人類として創造しましたの」

「そのような事が、出来るのか？　神の手が入ったならば、何らかの部分で神の影響を受けるのだ」

「ぼおくがDぃIぃYぃしぃたのも、寿命うとか長かあったねえ」

と、疑念の言葉が続く。だが、それに対する木戸は、沈黙した。

「――――」

言葉無い反応。そのことに気付いて、己は思った。

……何か、仕掛けがあるのか。

木戸ならば、人類を確実に、神の要素が一切無い存在として、その基礎を作れる。

どういう仕掛けかは解らない。だけどそれを語らないということは、

「それを語ると、人類にメーワクが掛かると言うことだな？」

「ぶっちゃけ私と徹なんかは、付き合いで何となく解るんだけどネ。木戸チャンの神としての正体、知ってるし」

「公言無しで御願いしますわ。――何となくでも解っているなら、それを知られることが、出見にとってどれだけ障害になるか、解りますでしょうし」

「そういうもんなのか？」

「アー」

ややあってから、紫布が何度か頷く。それは
まるで、自分を納得させるような口調で、

「ぶっちゃけ、私は住良木チャン次第じゃないかナ、って思うけど、木戸チャンの懸念もよく解るから黙っておくネ」

　でもサア、と、紫布がややあってから、こう言った。

「木戸チャン？　木戸チャンが自分の正体を明かすと住良木チャンにメーワクが掛かると、自分で言うヨネ？　でもサ、それって、木戸チャンはどうなのかナ？」

「どう、とは？」

「住良木チャンがメーワクを受けたその時、木戸チャンも傷つくんじゃないかってコト。そして木戸チャンは、住良木チャンのメーワクもだけど、自分自身が傷つくのも嫌なんじゃないか、ってコト」

「…………」

木戸が黙った。だが、それは答えないための無反応ではない。

彼女は、数呼吸を経て、一度視線を下げる。

そして何か思い至るように、

「そうですわね」

言った。

「私としては、綺麗に終えたいんですの。――出見と御別れするなら、何考えてるか解らないけど、好意的な先輩がいたと、そのくらいで。そうでなければ――」

木戸が、小さく笑う。

「――いたたまれませんもの、私」

●

カイは、反射的に言っていた。

「遵守する」

理屈は後からつけられる。野を出身とする自

分は、人としてのあり方を得た今であっても、感情とも言えない本能が前に立つときがある。

　今がそれだ。

「お前の感情を俺は遵守する」

　この女神は、馬鹿だ。自分が損をするような状況で、しかしそれをなるべく避けようとして、だが自分以外を優先して、ぎりぎりの位置に立っている。

　逃げてしまえばそれでいいだろう。

　正面から向き合う必要は無い。

　だから無言と、事が終わった後の立ち去りなどと、そんな〝手〟しか無くなるのだ。

「昔、どうしても逃れられない、死という運命に抗《あらが》おうとした馬鹿がいてさ。その始まりは、相方が死んだのを、どうしても納得出来ないってことだった」

　逃げてしまえばそれでよかったのだ。

　正面から向き合う必要は無かったのだ。

　だけど、

「その馬鹿はさ、最後、どうしても死から逃れられないってことを思い知って、絶望して野を行き、やがて死ぬんだ」

　でも、

「俺はその絶望を、俺の誇りに思うんだ」

「貴女の誇りに？　何故？」

「その馬鹿は、絶望したけど、逃げなかったんだ」

「当然のことだ。逃げるくらいなら絶望を受け容れる」

　相方が、静かに言った。馬鹿な女神との間、焚き火の火を見ながら、

「木戸・阿比奈江《あびなえ》。——貴様には絶望がなければいい。そのために、貴様の沈黙を私も遵守する」

　天満は、先輩格の遣り取りに深く頷きながら、

こう思った。

……いやいやいや！　私の仕事を楽にするためにもバラしちゃって下さいよ！
木戸の正体。
それについて、上役が確実に意地悪でこっちに秘匿しているため、自分は解らない。そう。問題は上役だ。特定して言うと思兼。明らかに、こっちが困っているという事実を、向こうは今頃喜んでいる筈だ。
今後起きるオリンポス神との交渉結果がどうなろうとも、ここでこっちが知識不足で足掻《あが》いていると確信出来るのが好き。そういう上役だ。

……3Kって言うんでしたっけ。

苦行・苦難・苦境の三つだったかな……、屈辱も入れて4Kでもいいんじゃないですかね、と思うくらいには現状ちょっと困ってる。

だがまあ、ここでの、今の遣り取りの意味は解る。

神々というのは人知を超えているし、人の法よりも上にいる。それぞれが抱えた事情を神話と言うならば、彼らはそれに基づいて動くのだ。

ならば、

「木戸先輩の正体については、それぞれ想像の範囲で、ということですね」
決まりだ。だとすれば、

「その話はここまでとして、一つ、木戸先輩で気になる事があります」

「何ですの？」
あ、と声が上がった。右に座る北欧知識神が手を挙げたのだ。

「それについては私から。——木戸先輩が、先ほど、水妖を迎撃したときのことです。つまり、木戸先輩が、身体の一部ではありますが、姿を変えたんです」

「姿あを変ぇえたのぉが、問ん題あぁるかぁなあ？」

 四文字の言葉に、自分は即答した。

「実在顕現の範疇外のことです」

「そうなの？　というか、実在顕現の範疇って？」

 今の時間帯はチップスターらしい。筒の中に入っているチップの列を、筒を傾けて出して、また逆に傾けて内側に下げる。多分その行為自体が手遊《てすさ》びなのだろう。

「実在顕現って、つまり私達が、情報世界みたいな仮想顕現の世界から、この現実側に実体を持って出てくるってことよね？」

「はい。人間的な言い方をすると〝受肉〟する、というあたりでしょうか。実際は高密度の情報体なので物理的な肉ではありませんが」

 しかし、

「私達は〝型〟を持って存在しています。実在顕現の時、人から信仰を得なくても生きていけるよう、〝型〟は強固に作られています。内燃型の〝型〟ですね。外から信仰を得て生きていくことが出来るのは外燃型の〝型〟です。
 そして、この〝型〟が破壊されたならば、情報損失や粗密化が生じ、存在が歪んだり、場合によっては壊れます」

「結論を言ってみて」

「そうですね。つまりこういうことです。——私達は、本来、姿を変えることが出来ないんです。それをすることは〝型〟の破壊になりますから。でも、木戸先輩は違ったんです。実在顕現のその姿から、成長や退化ではなく、別のものへと変わりました」

 更に己は言葉を続けた。

「現在、それが出来た存在は唯一です。——先輩さん、イワナガヒメのみが、人類の信仰によって外燃型の〝型〟を得て、解放顕現しています」

●

 ちょっと待って、と江下は手を挙げた。

チップスターの筒を近くの石の間に差し、

「そこの雷神がドカンやったり、うちのビルガメスがデカ装備を呼び出すのは？」

「あれは神としての装備を召還しているだけで、実在顕現の〝型〟が変わっているわけではありません」

じゃあ、と江下は考える。えーと、何だっけ。何かツッコミたい話があったわね。

……ああ、アレね。

報告で知ったことだ。そして先日も見た。

「そこの雷神嫁がやる、自分の切り替えは？　二重降臨。そういうものをそこの木戸も持ってるんじゃないの？」

「実在顕現で私達が得られる〝身体〟は、〝人の信仰あって作られていた神々の姿〟ではなく、〝人の信仰が無くても保てる姿〟です。

それはつまり、この時代の人類の姿と基本、同じです。

二重降臨であっても、このルールは変わりありません」

つまり、

「〝人の信仰あって作られていた神々の姿〟では、この信仰無き神界において私達は自分を保てないんです。

だから紫布先輩の二重降臨も、そのルールに基づいて、人類を基礎とした姿です」

「そうなの？」

「——本来の神々の姿だと、燃費が悪いのだな？」

はい、と北欧の知識神が首を下に振った。

「現実……、というか、ここは現実ではない訳ですが、とりあえず現実と、そこを行き来も出来る神界に準拠する場合、実在顕現の姿は基本的に〝現実的〟であることを必須とします。つまり、想像の余地なく、地球に生じた生物の進化として、有り得る範疇ということです。もしも——」

もしも、

「その範疇を超えた場合、この〝現実〟に存在していることがおかしくなります。つまり法則類を常時変動させる必要があり、代償として力を消費していくこととなります。
　これは力が強い神ほど負担が大きく、下手をすれば力を使い切り、消滅します」

「まあ、だから俺達は本来の権能を外に出さず、基本的には〝自分のみ適用〟や、インスタントな〝権術〟とか〝加護〟にしてる訳だ。短時間、自分の力を発揮して、その後は食事や休息で回復する必要がある。
　そうでない場合は、とりあえず神としてのパワー自体はあるから〝超人〟くらいの感覚だが、当然、本来よりも遙かに落ちる」

「ゆえに装備を召還すれば力の補塡が出来る。——そう考えるのが戦術的に正しいと、これは正解か？」

「正解だ」

うむ、と頷き合う体育会系共を見て、己はふと気付いた。

「ちょっと待って？　何？　そんな弱体化ルールだったの？　でも、そこの唯一神とか、思い切りパワー使ってるわよね？」

「ぼぉくは本気いの場合い、六日あぁれば宇宙う含うめた全ん部作れえるよお？」

「というかサ、メテオストライクや、視界範囲まで世界作るとか、四文字チャンの実力から考えたら小さいもんだねエ」

「…………」

「え!?　……じゃあ私の服着ないと駄目なルールって何？　これって、更に弱体化する駄目ルールじゃない？　どういうこと!?　キャンセル！　キャンセルよ！」

「お前はおとなしくしておいた方が良いからそれで丁度いい」

「ハア!?　無法に暴れるのは私の魅力よ!?　チャームポイントは全く理論的ではないブチキレ所業！　それがエシュタルのいいところ

よ!?」

《貴女ホントにエピソードのほとんどが〝何でそうなるの?〟なんですけど、アレ、当時の人達には通じてたんですか》

「すまん……」

「謝りゃいいのよ!　謝りゃ!!」

「お前だよ……!!」

●

「まあ、ある程度は力を使える。だが信仰がない以上、力は自分の中から出さざるを得ないし、無限ではない。ならば力を常時消費するような外見や強力な加護などは使用しないようにと、しかし存在は出来るようにと、そんな〝型〟を作ってここにいる訳だ」

《このあたり、いろいろと面談含めて私が個々対応しています。基本、仮想顕現での姿から、シンプル化したものですね》

「まあ、私とか、それなりに吹っ飛んだ容姿だと思うけどねエ」

《――イワナガヒメの解放顕現に比べたらおとなしいものですよ》

●

木戸は、それを見ていない。

……先輩さんの、解放顕現?

と言うか、ちょっと気になって、手を挙げます。

「あの、ちょっといいですの?」

「ン?　何かナ?　木戸チャン?」

「先輩さんがイワナガヒメとか、解放顕現?とか?　――私、知らされてなかったんですけど、ここで皆さん口にしていいんですの?」

問う。

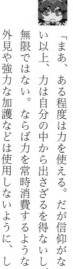

すると皆が交互に顔を見合わせましたの。
ややあってから、紫布さんが、

「――アッ」

●

「私のせいじゃないわよ!?」

「お前のせいじゃなくてもお前のせいにすると丸く収まる気がするな……」

「アハ！　私の徳の高さのせいね！」

「誠にすまん……」

「こんなことで表現を一段アゲるな。後がキツイぞ……」

「アッチャアー、やっちゃったなア……。何か、どのあたりからやらかしてんのかな、コレ」

《一応、音声記録から検索しました。――先日のテラフォームで、木戸がいるのにイワナガヒメの名前を出した者がいますね》

「誰ですかその馬鹿は」

「その表現、誰だか特定してませんか？」

《まあいいでしょう。その発言、正体をバラした者を見てみましょう》

●

「い、いや、私、イワナガヒメなんで濁音持ちですけど？」

●

「…………」

《どうですか桑尻？　その馬鹿の正体は》

「…………」

桑尻が黙って土下座したので、紫布はそれを

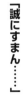

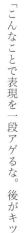

撮影し、データを先輩チャンに無言通神で送った。

●

『えっ？　えっ？　紫布さん？　どういうことです？　桑尻さんがまた土下座とか、何かやったんですか？』

『このたびは重ね重ねの不作法と不始末、誠に申し訳御座いません……』

『アー、まあ後で話すけど、とりあえず赦してやってネ』

『お!?　お!?　何だよ桑尻土下座してんの!?　何だよお前、僕のこと糞虫とかいうけどお前の方は何だ!?　**土下座虫！　この土下座虫!!**』

『この馬鹿が……!!』

『――しかし困りますね。まだ神道の私が土下座を一度も見せていないのに、こんな軽々しく土下座を連発されてしまっては……』

『ソムリエかよ』

●

「御本人かア――！　仕方ないかなア……」

紫布さんの仰《の》け反《ぞ》り声に、こちらは頷きますの。

「だから同輩さんがイワナガヒメだというのは解ってましして。権能なども大体想定が出来ていたんですけれども……。解放顕現については、現場？　そこで、おそらく出見の信仰による何か。――神の発現のようなものが起きたのだと、そう思いましたのね」

「アー、ウン、予測範囲だった、ってことにしてくれると、こっちのミスも軽くはなるかなア。――木戸チャンは〝こっち側〟だから、バレても一蓮托生《いちれんたくしょう》っていうのがあるんだけどネ。ほら、先輩チャンのプライベートな部分もあるからサ」

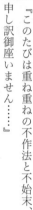

「今、かなりそこらへん吹っ飛んでる気もするけどな、先輩さん」
まあまあ、と紫布さんが言いますの。

「とりあえず、チョイと訳を話すネ？」

●

話されましたの。

「同輩さんが、出見の信仰によって神化……、解放顕現？　しましたのね？」
説明されている中、えっ？　と横のゲッサンが何度か疑問しましたけど、自分としては納得出来る話でしたの。ついでに言うと江下さんが途中で何度か、

「私のせいじゃないわよ!?」
と言っていましたけど、大概江下さんのせいだと思いますの。
ともあれ、自分には実感出来る。

「出見の信仰で顕現解放した同輩さんに対し、皆さんは畏怖を抱いたでしょうね」
それは姿もですけど、恐らく、存在自体が現実を超えたものなのでしょう。
ありうべからざるもの。

「存在そのものが違う。——それが神の本来ある姿ですね」
だとすれば、

「紫布先輩の二重降臨は、髪色の変化など有りますが、もう一つの実在顕現とあまり差はありません。人類の信仰無しで己を保てる姿であり、バランサーの管理下にあります。
そしてバランサーの管理下にある以上、公平に規格化されています。つまり、〝人〟の姿から離れたものにはならないということです。
しかし先輩さんの姿は、人類の信仰を得て、仮想顕現時の姿が更に強化されたものとして現れます」

「では、……さっきの私の姿はどう見えましたの？」

「――人ならぬ姿だったと、見たままの感想を述べます」

率直に、言葉が来ましたの。

「木戸先輩、あれは二重降臨の姿でもありませんね？　どういうことなんです？」

●

こちらへの質問が終わったと共に、頷きをつけて、別から言葉が来ましたの。それは、

「どのような変形だったのだ？」

「はい。軟体質の、水妖などの腕が肉質になったような……」

「図で説明出来るか？」

「……頑張ります」

と、桑尻さんが啓示盤に指で図を描きましたの。

「こんな感じです」

下手でしたの。

●

「すみません、この図……、どっちが上下ですか」

「ここが腕でそこが手の先だよな!?　な!?」

「うん、まあ、大事なのは個性を伸ばすことだ……」

「……死にたくなるとはこういうことね……」

「アー！　桑尻チャン頑張った！　偉いッ！　良い感じだヨ！」

「本気ですまん……」

●

ともあれ、という空気の中、木戸チャンが

言った。

「私の姿形変化が何であるかは、やはり言えませんわ。こちらを言うと、貴方達を巻き込むことになりますの」

「俺達を？」
徹が、首を傾げる。

「俺達はトラブルバスター役だ。神道側についているが、それこそ、巻き込まれるとか、そういうのを払う役になってる。
木戸、お前の正体を不必要に明かすのは、住良木への迷惑になるから秘匿。これは解る。
だが、俺達を巻き込むというのなら、それは俺達の迷惑になり得るのか？」

「貴方達の実力は解っていますわ。しかし、——これはもう、終わってますの」

「終わってる？　……それは、どういうことです？」
そうですわね、と木戸チャンが浅く腕を組む。
ややあってから、彼女は言葉を選び、

「——貴方達が、同輩さんの解放顕現などを行っているのと同時期に、私、ある理由から神《こう》戸《べ》方面に行き、オリンポス系と軽く争いましたの」

「おいおいおいおいおいおい、今来てる監査って、その御礼《おれい》参りじゃないだろうな？」

「それはありませんわ。そのとき、今回の事件の根本については、潰しましたもの」

「潰したノ？」
だとすると、疑問がある。

「——じゃあ、何で私達を巻き込むっていうのかナ？　あとサ？　だとしたら、何で、そっちのゲッサンと組んで、サラーキア？　その始末をしようとしてんのかナ？」

「それは、貴女自身《じしん》が答えを言ってますわよ？　紫布さん」
言われて、自分は考えた。
今の己の台詞。その内容を見直すならば、

「——関西で始末つけた事件の、後残りが、サラーキア？」

「言いましたわよね？　サラーキアの件で、オリンポス神話は、神委の中での地位をアゲようとしていると。——彼らの本拠での企《たくら》みは、私が既に潰して、ここが後始末になりますの。そして——」

「サラーキアの件で、私達は援護はすれど、介入はしないと、午後に約束しました……」

「そういうことですわ。既にこれは終わった問題。そしてサラーキアに対処するには、ここにいるゲッサンが必須ですの。でも彼は〝こちら側〟につきましたから、もはやオリンポス側は事態を収拾出来ませんわ。
　こんな状況で、貴方達がトラブルバスターとして介入してくれれば、消えかけた火種が再燃しかねませんの。そのあたり、お解り下さいな」

……参ったネエ。

話は平行線で、塞がれている。

知っている木戸チャン達と、知らなかった自分達の差だ。

だが木戸チャンの言う通りでもあり、無理な介入は、確かに〝何も知らない〟神道側を巻き込むことになるし、木戸チャンが消した火種を再燃させかねない。

「知らない分、貴方達には負担を掛けますけど、オリンポス側も自分達の企みを表に出して活動出来ませんわ。だから今後、オリンポス側が議論などを仕掛けてきても、肝心なところに踏み込めない彼女達《かのじょたち》をいなす方法はいくらでもあると思いますの。
……」
　そして私達がサラーキアの件を解決すれば
木戸チャンが、一息をつき、それを見せた。

右腕だった。
溶けて形を失ったような右腕。指は全て蛇の尾に似ていて、色は基本色が黒。鱗《うろこ》にも筋肉の節にも見える模様は黒のラインを描いており、

「水妖……？」

ビル夫チャンが言う間に、木戸チャンが右の腕を戻した。

「――出見に見られていなくて、幸いでしたわ。〝バケモノ〟と、そう思われなくて済みますものね」

「木戸チャ――ン……」

「見せたんですもの。嘘の共犯くらいはして下さいますのよね？」

言って、木戸チャンが立ち上がる。

「――疲れましたわ。先に寝ますから、後、宜しく御願いいたしますわね」

●

そういうことが、昨夜あったのだ。
その後、住良木チャンと先輩チャンが戻ってきて、住良木チャンは男テントに回収。先輩チャンの方には、とりあえず、

「木戸チャンが、いろいろ考え込んでるようだからサ。でもなるべくフツーに接してくれるかナ？　特別感が一番駄目だからサ」

と、そんな風にして、ほとんど喋らない合宿の一夜目という時間を過ごしたのだった。

●

重い……。

昨夜のせいだ。
紫布は雷同と共に水汲《みずく》み。自分とビルガメスは個人的な鍛錬としての毎朝のストレッチ。
後輩組は何か記録をとっているし、唯一神は川精霊と遊んでいる。

ゲッサンは釣りをしているが、皆、どことなく静かだ。エシュタルは寝てる。静かでいい。だが決め手となる木戸が、沈黙の中心だ。朝食待ちつつ、啓示盤で地元神の作った地域情報を見ているらしい。

一方で先輩さんが何となく言葉多めで朝食の作業をしているが、

……逆に全体の重さが引き立つな……！

……ホントにやってしまいましたわね、私……！

だから昨夜のアレは、お互いのコンセンサス確認で、皆の気分を楽にするつもりだったのだ。こっちはこっち、そっちはそっち。だから自分が早くヒケて、皆で意見交換でもして貰いたかったのだが、

……皆して静かになって寝るとか、そういうの無しですわ——!!

完全に裏目った。

「木戸さんは、ハムエッグと焼き鮭《ざけ》、どっちがいいですか？　どっちもあり、もありですし、ハムの厚焼きもオッケーです。あと、キャンプの定番と紫布さんが言ったので、コンビーフも買ってありますから、ガッツリいけますよ？」

「オーイ、先輩チャン、コレ、コンビーフに似てるけどニューコンミート」

「あ、あれ？　何か違いましたっけ？」

《ニューコンミートは馬肉が入っているので、メソポタミア組は食べられませんね》

「うわあ……」

「アー、まあ私達、気にしないからいいヨ。マヨネーズでパンに挟んで食べるのとか、かなり好きだしネ」

「す、すみません、木戸さんはどうします？」

とか言ってくれるのが、何となく浮いている

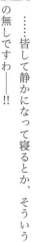

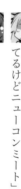

というか、全体の雰囲気の中で目立つ。
この空気、どうしたら、と思いつつ、

「え、ええ」
アー！　私、何を上ずってますの！

「珈琲《コーヒー》ありますの？」
先輩さんの表情が凍った。即座に、

「か、買ってきます‼」

「あ、いえ、あの」
そんなことは、と言いかけた時でしたの。後ろ、男子テントから声がした。

「お早《はよ》う御座います奥多摩！　グッモーニンオクノタマタマ！　巨乳信仰の住良木・出見です！　あ、先輩、お早う御座います！　今日も朝から巨乳ですね！　最高です！　朝日を浴びて逆光のシルエットが美しいので脳内記録させて下さい！　アーそのままでそのままで、息吸って——吐かない——！　——ハイオッケーです！　有難う御座いました！　あ、木戸先輩も、昨夜のコート有難う御座いました！　ちょっと前を閉じたときに僕のCセンサーに当たったりスレたりしたのでクリーニングして返しますね！　おいバランサー！　僕のが当たったのちゃんと洗っておけよ!?　手洗いな！　それでまあ何ですか——！」
一息。

「今日は川で水着パーティですね‼」
いつも通り過ぎますのよ？

INTERLUDE

「――テンション高くて悪いが、水遊びは午後な？」

「午後ですか!? 大丈夫です！ そこまでゲージをタメておきますから！」

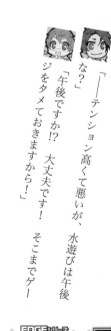

第三十章

『FATMAN』

——悪い奴ほどよく笑う。

スケアクロウは、奥多摩にいる天満からの報告を見ていた。

「天満君もメールの書き方が馴染んで来ましたねえ」

昔はかなり硬めの文章で、御役所っぽかった。それが何となく、あったことへの感想なども入るようになってきていて、

「母親みたいな心境？　どう？」

「不慣れな後輩が周囲に馴染んでいくのを見る先輩気分ですよ」

「人類の後輩は馴染むどころか場を混乱させてるってのにねえ」

「住良木君というか、人類は神にとってトラブルの最大ですからねえ」

今、ゲーム部で合宿している皆は、昼食のバーベキューが北欧組の仕切《しきり》ということもあって、彼らの指導下で古来の保存食などを作っているらしい。体験学習の一環ですかね、と思うが、とりあえず仲良くはやっているようだ。

木戸についてのいろいろもあり、自分なりに少しは考える。

何しろ、木戸の正体については、自分も思兼も知っているのだ。それを明かさない意味はどれだけあるだろうか、と思うが、

「住良木君以前、以後、という区分けが、それなりにあるんですよね……」

「私達は〝以後〟だから、貴女達とはビミョーに壁があるわよね」

「その区分けがあるから、木戸さんについては身内にも情報遮断です」

「いいわ別に。去って行くかもしれないんでしょう？　彼女」

それは、と言いかけた時だった。啓示盤が来た。何かと思えば神殿調のギリシャ式だ。とりあえず受神許可して見ると、

『あの、思兼いますか？』

また何か仕込みましたね……、と即座に思った。推測ではなく断定でいいだろう。だが、視線を上げた向こう、書棚の方にいる思兼は、こっちを指差して声を殺しながら笑っている。

最悪の存在だ。

「……何？」

あまり聞きたくないが、とりあえず、無言の馬鹿笑いという器用なことをしている神道代表を半目で見つつ、己はアテナに問うた。

『思兼は今、いませんけど、何です？　伝えておきましょうか』

あー、とアテナの声が、一度ぐるりと回った。そんな気がした。直後、吐息をつけて、

『……思兼の言った通り、青梅線のホームに入れたわ』

『はあ、それは良かったですね』

『――ええ。感謝するから、後で憶えてなさいと、そう言っておいて下さい』

はい、と頷くなり、啓示盤が割れた。

自分は一息。何か言おうとするシャムハトを手で制して、書棚の方にいる馬鹿に向かって、

「八意《やつい》――!!」

●

何とか青梅線に乗れた、とアテナは思った。

まだ駅を出ていない。

立川駅発、青梅行き。八両編成だ。

オレンジ色の箱型列車が、どことなく風情というか、ギリシャ出身の自分にはアレに見える。

「こっち来るときも思ったけど、コレ、石棺っぽくあらへんか……？」

「心に思っても言ったら駄目ですよ！　ここ一応アウェイなんですから！」

「うちら監査なんやけどなあ……」

というデメテルは、ホームの時計を気にしていた。

実は、二、三本逃している。何故かと言うと、

……また思兼にしてやられた……！

●

「また思兼先輩がやらかしたそうで、オリンポス系がこっち来るのが遅れるそうです」

「有り難いんだけど、こっちに対して恨みぶつけられないかなア」

「今度は一体、何やったんだ？」

「大体予測はつくが、……お前らも、こっち来るときに何となく疑問に思ったことあったろ。立川駅でさ。

——今、午前の部活動のネタとして塩水を沸騰させてるから、それが出来たら予測を教えてやるよ。

思兼のやらかした仕込みを」

●

またやらかしましたね、とスケアクロウは思った。通神が切れるなり、声をあげて笑い出した天津神に対し、自分は半目を向け、

「また思兼は面倒な事を」

「いやあ、奥多摩行きの方法を教えろと言ったから、教えてやっただけだがね！」

「……大体、八意が何て言ったのか、解ります」

「どういうことよ？」

ええ、と己は応じた。

「多分、こう言いましたね？　〝奥多摩方面、青梅行きに乗りたかったら、一番若い番号のホームに行き給《たま》えよ〟と」

言う。すると反応が二つに割れた。

眉をひそめるシャムハトと、口を横に広げて笑みを送る思兼だ。

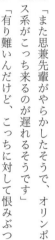

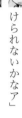

何だか解らない。そんなシャムハトに、自分は視線を向けた。思兼の反応からするに自分の言葉がアタリならば、こういうことなのだろう。

「一番若い番号のホームって言いますけどね？　立川駅に、一番線は無いんですよ」

●

「あ、言われてみると、立川駅で二番線から乗ったな……」

エンキドゥの言葉に、桑尻は頷いた。

「立川駅は、二番線から始まる、欠番持ちの駅なんです。なお、二番線は青梅線ですね」

「あ、それ気になってました！　どうして一番線がないんですか？」

《昔はあったのです。一番北側のホームで、ホームの南側乗り場が一番線として青梅線の降車ホームでした。北側乗り場は使われておらず、そちらは当時存在していた横田基地の立川接収地へ輸送列車が通る路線でした。なので青梅線を一番線として、その引き込み線を零番線と呼ぶローカルな呼称もありましたね》

「確いかそおこらへん、歌あであったあねえ」

《松任谷由実《まつとうやゆみ》の〝雨のステイション〟ですね。あれは厳密には西立川の駅ですが、基地への引き込み線のことなどが語られています》

「そのホームが、今の二番線、三番線ホームなんですか？」

あれ？　と疑問の声が上がった。

「今サ、一番北側ホームの二番線と三番線って、そんな、基地に向かう線路あったっケ？」

「いえ、今の立川駅は、昔の立川駅とは違います。１９６４年、基地から暴走した輸送列車が一番線に突っ込み爆発。大規模な火災が生じ、駅と北口周辺地域は改造を余儀なくされました。その時、旧駅舎と商店街跡地に建ったのが第一デパートです」

《そして１９８０年に輸送路線が廃止となり、１９８２年に駅舎の再改造が行われます。このとき、駅舎は橋状駅舎となり、今の駅ビルＷＩ

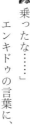

ＬＬが建つのですね。しかし一階部分の足場として、輸送路線のあった一番ホームを潰したのです。だから――》

「――だから幻の零番線と一番線のホームがなくなって、残った二番線以降がそのまま使われている……、と？」

「はい。青梅線も、立川止まりだけではなく、東京方面直通がよく走るようになり、東京側からもそれは同様……、となると、降車ホームの一番線を再現する意味も無く、二番線、三番線を共用するようになった訳です」

《なお、未来の話ですが、２００７年に現在の二番線、三番線ホームが一番線、二番線となり、順に番線がズレる形で一番線が復活します》

　そういうことだ。だが今は、その未来ではない。

「一番線があると思ったら無い。昨日、番線ではなく〝中央線〟で誘導され、騙《だま》されたオリンポス勢は、どんな反応をしたでしょうね」

「……叔母様、あまり深く考えず、二、三番線ホームに来てれば良かったのでは？」

「いや、どこか別に一番線があるんと違うかと、そう思うのが普通やろ？」

「というか叔母様、一番線が無い、と気付いた瞬間〝幻術か時空系の術式か、食らっとるか手前！〟とか言いましたよね？」

「いや、普通そう思うやろ？　有る筈のものが無いんやぞ!?」

　まあ、向こうが遅れるのはいいことだ、と天満は思う。

　いろいろ考える余裕があるし、

　……昨夜の重さも、それなりに解消されましたか。

　今、皆が取りかかっているのは、ちょっとした野外活動の一環だ。

「よーし、じゃあ、ピクルス作り、大詰めかナア」

皆が手にしているのは、ジップロックだ。封の決まるビニル袋。水を運ぶことも可能なそれの中に、

「ええと、買ってきた御野菜を入れましたよ？」

「軽く叩いておくんですのよね？」

「そうそう。そんな感じでネ。入れすぎは駄目だからネ？　――住良木チャン？」

「え？　あ、駄目ですか！　茄子と胡瓜《きゅうり》が可哀想《かわいそう》で！　コイツら実はカップルで、今まで一緒になりたかったのが、畑違いで駄目だったんですよ！　でもそこに雄々しい胡瓜の課長が登場！　コイツ、元ヤクザのイケメンで、新しいプロジェクトのリーダーに抜擢《ばってき》されたくらいの実力者でして！　さあ、この細い胡瓜はどうするのか……！」

「変な設定始まったかナ？」

「というかビミョーに気になるヒキね……！」

と、そんなことをやっていると、不意に啓示盤が来た。

『――天満チャン？　木戸チャンの正体ってか、いろいろ考えてると思うけどサ。ちょっと今回のコレ、ヒントになるかもヨ？』

ヒント？　と疑問するまでもない。ピクルス作成。つまり漬け物を作る、ということだが、

……食文化、ということですか。

●

成程、目立たない程度に気にしておこうと、そう思ったこちらの視界の中。

まず北欧の知識神が手を挙げる。

「では原始的なピクルス作りを始めます。ピクルスは日本では漬け物の部類に入りますね。密閉状況によっては半年以上保つので、憶えておいて損は無いです」

「作り方は簡単だ。濃い塩水を用意して、それに漬けるものを沈める。そして密閉する。それだけ」

ふんふん、と皆が聞いて、顔を見合わせる。

「随分と荒っぽいですね！　浅漬けと似てる……？」

「ウーン、塩分濃度はこっちのが濃いかナ？」

コレはあれか。知識がある。要するに、

「湿塩法を用いた漬け物として考えていいですか？」

「シツエンホウ？」

「はい。塩水をベースにした漬け汁に具材を漬けて、具材内部の水を浸透圧で抜き、代わりに保存性の高くなる塩水を染み込ませる、というものです」

「ピクルスというと、酢漬けのイメージがありますけど、酢ではありませんの？」

その問いには、北欧組から手が上がった。

「ピクルスを〝酢漬け〟、と訳す場合もありますが、普通に塩漬けもピクルスと呼ばれることがあります。

どちらかというと〝発酵して酸味のある漬け物〟や〝酢によって酸味のある漬け物〟という、酸味があるものをピクルスと分類する節《フシ》がありますね。

なお、酸味のない塩漬けの場合、たとえば肉類などは英語だとソルテッドまたはソルティングなどと呼ばれます。

北欧神話の編纂《へんさん》されたアイスランドでは、塩を語源としたサルタォウと呼ぶので、古来においては塩ベースだったのでしょう。

――今回は、野菜の発酵による酸味があるので、ピクルスでいいかと」

「早口だ……」

「まあそんな感じで、うちらが作ってたような荒っぽいピクルスを作ってみようって話ネ」

●

やり方は簡単だ、と雷同は思った。さっき言った通り、

「濃い塩水を用意して、一回沸騰。蒸発が始まらないようソッコで鍋を下ろして冷やす」

既にそのようにした鍋が、河原の石の上に置いてある。

午前の奥多摩の河原。タープの下だが、鍋一杯の塩水を沸騰させると、流石に暑い。汗を軽くタオルで拭ってから、

「この、冷めた塩水をその袋に入れて、口を密閉。そしたらアガリだ。――三日くらい過ぎたら染みてるから食っていいぞ」

「塩の濃度はどの程度だ？」

「秤《はかり》、ここにないよな？」

ああ、と己は応じた。

「秤無しで適度な塩分を知る簡単な方法がある。――卵を、鍋に張った水に沈めてな？　その卵が浮くまで、塩を入れるんだ」

「――大丈夫なんですか？　それ」

「はい。この〝卵が浮くくらい〟は、冗談っぽく言われますが、かなりリアルな話です。基本、塩の防腐効果ですが、全体の5％になると雑菌が抑制され始め、10％を超えると繁殖が止まります。つまり10％を超えれば、防腐としてはほぼ完璧となります。――無論、好塩菌もいるので、万全ではありませんが、日常の〝安全〟ということで御了承下さい」

で、と桑尻が言葉を重ねる。

「基本、200㎖の水に卵を沈めたとき、卵の個体差によりますが、塩25g程で卵が浮きます。全体、225gとして考えた場合、これは10％

をやや超えた濃度なんですね」

「…………」

「……昔の人は、上手く考えたもんですねえ……」

「先輩チャン、先輩チャン、神話的に見たら私達、もっと古い存在だからネ？」

　いやまあ、という先輩さんの横、木戸も感心したように頷いている。

　なので、じゃあ、という感で、自分も口を開く。

「この調理用塩水をソミュール液って言ってな？　これに、更に調味料やハーブ、酢などを突っ込んで作った液体をピクルス液と言う。ピクルスとそれ以外の分け方として、さっき桑尻も言ったが、ベースは塩水のソミュールだ。どこまで他を突っ込んだらピクルス液になる、って決まりもないから、ここらへんは適当でいいんだろうな」

「なお、ソミュール液の語源について、仏蘭西《フランス》のソミュール地方で発祥……、と言いたいのですが、実はそんな記録ありません。一説には塩を意味するソルディウムが訛《なま》ってソミュールになったのでは、という話もありますね」

　言っている間に、こっちは鍋を運び、紫布が掬《すく》った塩水を各々のジップロックに注いでいく。

　後は、

「それぞれ、好きな味付けがあるなら、今のうちに仕込んでおけ。胡椒《こしょう》とか入れるのが王道だが、果物の皮とか入れておくのもいいな」

「成程……、と言いたいですけど、どうして塩水に漬けるんですの？　御塩を振って揉んで済むなら、それでいいと思いますけど……」

「そうですね。ザウアークラウトなどは、キャベツと塩だけで作りますよね？」

　ですわね、と木戸が頷く。すると紫布が、軽く肩をすくめた。

「理由は簡単でサ。塩水はどんな隙間にも入るから、〝漬ける〟のに失敗が無いんだヨ。塩

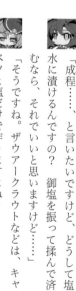

振って揉んで作るんだと、塩が当たらない箇所が発生する可能性もあるからネ」
　それに、と紫布が言葉を続けた。

「海の近い地域だったらサ。海水を沸騰させればソミュール液になるヨ？　海水の塩分濃度は3%ちょっとだよネ。だから3割切るあたりまで煮詰めればいいって話だネ」

「海が近ければ、どうとでも作れる、という感じですわね……」

「だからまあ、樽《たる》に煮沸《しゃふつ》消毒した塩水用意してな？　そこに野菜とか好きに突っ込んで、冷蔵庫代わりだ。つまり塩水の樽は、保存容器って訳だな。そしてたまに塩水を作り直して入れ替える」

「糠床《ぬかどこ》みたいな使い方ですね……。あれは入れ替えませんけど」

「糠床も、塩分濃度は大体10%前後ですね。古今東西、技術は似た完成をしていくのだと思います」

「この方法で有用なのは、葉物の野菜とかが失敗しない、ってことだが、樽の体積を利用出来るから、肉なんかでも、例えば脚のブロックを放り込んでおいたり出来る。大きな肉塊は、塩振って揉むより、この塩水漬けだな。――俺達の文化だと、鹿肉の燻製《くんせい》の下ごしらえ、って感じだ」

「俺達の地元では、基本は塩の漬け物と風乾だったたな……」

「塩水に漬ける、という方法は無かった。それをせずとも、風乾する方が早いし、水は大事なものだったからな……」

●

　成程、と私は頷きました。
　横、木戸さんも感心したようにビニル袋の中の野菜を見ています。

「名前書いて、クーラーボックスに入れておくといいヨ。私と徹が持って帰って、部室でとっておくからサ。好きなとき持って帰る寸法でネ」

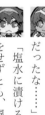

「そういや気になってたけど、クーラーボックス？　流石に保冷は意味が無くなってるだろ？　もう一日経《た》つし」

「いやいや、私達、北欧神だヨー？」

「冷凍術式は氷や冬の神の力だけど、保冷程度の術式は俺達だって使えるぞ。だから河原の石に力の象形彫って突っ込んである。時たま力込めてやる必要があるけど、充分使えてる」

「見事なものだな……」

そうですね、と頷き、私はふと気付きました。

「……あの？　クーラーボックスにこれを入れる、と言いましたけど、じゃあ、クーラーボックスの今の中身って……？」

「肉中心だヨー」

「ええ。肉を食うのに不要な野菜は、今、大半を処理しました」

「か、完全肉食ルールでバーベキューするつもりですのね!?」

既に紫布さんが足取り軽くグリル台を用意し始めているから、これは戦術だったのでしょう。

●

肉の宴《うたげ》は十時半頃からスタートした。

僕としては、先輩が朝に炊いた御飯の追加もあって、更にそれが、

「アッサリと塩で握って見ました。お漬物も買ってあったので、どうぞ？」

と来たのは、有り難かった。

「肉ばっか、とか考えてたけどサ。こういう箸休めもいいネエ」

「日本の漬け物は色取り取りで綺麗ですけど、究極的なことを言うとどれも酒に合いますね……」

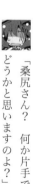

「桑尻さん？　何か片手でビール缶開けるのはどうかと思いますのよ？」

なかなか凄い。

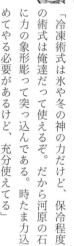

天満は、ちょっとした謎に当たっていた。タープの端、日が入らないが、河原の石に反射した光が当たる位置で、啓示盤を開いて検索作業に入る。

木戸のことだ。

先ほどのピクルス作成時に、木戸がどのような反応をしていたか。

それだけではない。調理としては、先にあった醤油の話も、カレーの話もある。

あれらを統合していくと、何となく見えてきたものがある。それは、

……木戸先輩は、オリンポスの神ではない？

そう思った時だった。顔横に350㎖の缶が差し出された。ファンタオレンジ。見れば紫布がこちらを覗《のぞ》き込《こ》んでいて、

「宿題。どうかナ？」

ちょっと、木戸の位置を確認する。今、自分がやっているのは、神のプライベートな部分に触れかねない話なのだ。悪いことだとは思いつつ、これも自分の仕事のためだと割り切る。木戸自体も、探ることを禁じてはいなかったのだから、

「――――」

何となく、という雰囲気で周囲を見るついで。

確認した木戸は、先輩さんと、全く手をつけられていない野菜を使ってスープの準備を始めていた。まだまだ肉は続くらしく、口直しのための対応だろう。

こちらが何をしているか、気付く素振りは無い。なので、

「ちょっと不可解な事があります。木戸先輩は、地元が神戸方面？　オリンポス神話とも付き合いがあることから、やはりオリンポス神話の神ではないかと推測していました」

「ああ、まア大体そう思うよネ。私も同じかナ」
　では、と自分は疑問した。

「木戸先輩は、何故か野菜の塩漬けに詳しくなく、――また、肉に対する禁忌がありませんね」

●

　妙な話です、と思ったのは、幾つかの理由による。

「先ほど、木戸先輩はピクルスのやり方で、興味深い、という素振りを見せていました。日本式の浅漬けを、市販のソミュール液などで作った経験があれば理解出来るものですが、そうではなかったので、少なくとも湿塩法の知識が疎い、ということになります。
　また、野菜類をソミュール液に漬ける、というところで、その利点に気付いていませんでしたし、特に塩加減の話や、海水云々の話など、ほとんど知らない知識のようでした」

「つまり海が無い、または海よりも河川地域の神ってことかナ？」

「ローマもギリシャも、海に面していますよね……？」
　だねエ、という紫布は、木戸の正体の答えを知っている。その筈だ。だが、

「実はサ。――木戸チャンの正体、私達知ってるけどサ。どうもソレが、アタリじゃないっぽいんだよネ」

「……は？」
　あのサ、と紫布が言う。

「ゲッサンと同じだヨ。――木戸チャンもまた、オリンポス神話に乗っ取られた神だとしたら、私達が知ってる正体とは別で、〝有る〟んじゃないかな、って話」

●

　紫布としては、推測の話だ。だが、自分にも解っている事がある。

「木戸チャンはオリンポス神話の中で、主神達とは敵対する存在なんだヨ。でも、それもまたオリンポス神話の中の話だから、〝上書き〟されてる可能性がある訳ネ」

「……そこまで踏み込むと、対オリンポスの交渉材料にはなり得ない気がしますが」

　まあそれはそうだろう。現状を基礎として話をしている処に、元ネタが何だ、ということを持ち込んだって、〝そんな話はしていない〟で返される。更には、

「木戸チャンは今、オリンポス神話の中の存在だからネ。昔がどうだ、とか言われても、ソレに帰ることは出来ないヨネ」

「はい。それが出来るなら、ローマ神話の神々が、かつての自分達の存在を取り戻せますし、そうなったら、祖型否定で神々の争いが生じます」

　その通りだ。この知識神は賢い。だが自分は思うのだ。

　木戸チャンの真の姿。

「もしそれが解ったらサ。――木戸チャン、自分への負い目が無くなるかもしれないんだヨ」

「……あの姿ですか」

　察しが良い。彼女が見せた腕の変化。あれはきっと、全身に適用出来るのだ。そうなった場合、木戸という存在は、どのように見えるだろうか。

　神ではない。神の敵。それは何と呼ばれるか。

「違う……、本来の神の名で呼べれば、ネ」

「……交渉の材料とは別で、いろいろ考えることにします」

「オオウ、何か他に解っているのかカナ？」

　はい、と天満が応じた。

「木戸先輩は、つまり乾塩法など、原始的な塩漬けを行っていた文化圏の神です。

　一方で昨日、野菜の煮込みからカレーを作りましたから、煮込み料理は得意。とはいえ煮込

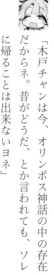

み料理はメソポタミア文明でもメジャーなものでしたから、あまり参考にはなりません。

ただ、ここに来る前、水循環の話で、かなり初期の時代の循環説を自分のものとしていましたから、同様に〝古い〟神である、というのは確定出来ます」

「じゃあ、木戸チャンが古い神だとすると、何処がおかしいかナ？」

「はい。先ほども言った通りです。昨日の調理において、木戸先輩はコンソメのスープを作りましたが、これは牛と鶏のエキスが入っています。また、焼肉で食べているものを見ている限り、豚にも手を付け、……これは観測範囲内ですが、メインとしているのは羊肉だと思います。更に――」
更に、

「朝食として、先輩さんが間違って買ったニューコンミート、馬肉入りの牛肉塩漬けの缶詰です。あれを焼いたのを、木戸先輩も食べていましたね」

「だとすると、メソポの文化圏じゃない……、かナ？」

「はい。ローマ、ギリシャではなく、メソポタミアの文化圏から外れている……。しかし欧州側にあった神話、となると、かなりマイナーな可能性が有ります。マイナー神話は神々の数が少なく、物語も薄いので、力が弱いのが普通です。だからオリンポスの監査と交渉する際に、、これを持ち出す意味はあまり無いのでは、と判断出来ますね」
ただ、と彼女が言った。

「ではオリンポス側は、木戸先輩の何を恐れているのか。逆に興味が出て来ました。――その後も考えて、ちょっと探ってみます。恐らくですけど、〝元ネタ〟が解ってから、木戸先輩のオリンポス神話における正体が解るように思いますね」

「逆引きだネエ」
しかし頼もしい。うちには桑尻チャンがいる

けど、こっちはちょっと方向性というか、興味の向き方が違うようだ。桑尻チャンは、どっちかというと保守的で、支えるための知識だけど、こっちは攻め気な感覚がある。

　どちらも面白いねエ、と思っていると、徹の声がした。

「よーし、ラックに仕掛けた肉がかなり良い感じになったな！　これ、切り分けて保温部分に置いておくから、好きに食え」

「好きに、ってことは、これから、アレかな？」
　徹が頷く。つまり、これからは、バーベキューの残りを片付けながら、

「川で遊んで、――テラフォームと行こうかネエ！」

INTERLUDE

「――何だかんだ問題抱えつつ全員水着に着替えるあたり、基本的に奥多摩来てワクワクしてるよな……」

「いろいろ言い訳ありますが、言い訳であることは理解しています……」

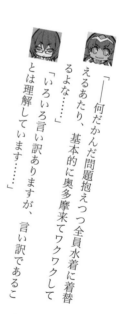

第三十一章

『GROWL』

——吠えてどうなるものでもあるけれどサ。

凄いものを見た。

女神が女神で女神だから女神なので女神らしく女神として女神の女神さが女神してて女神度が女神なのはつまり女神の、

「先輩！　最高です!!」

「褒めても何も出ませんよ？　住良木君」

「いや！　出ます！　先輩が出ないと言っても僕が意地で出します！　いざとなったら住良木腺から住良木汁をヒキガエルみたいに出しますんで！」

「何アンタ勝手に糞虫からカエルにレベルアップしてんの」

《**異形進化、**おめでとう御座います……！》

「うるさいよお前達は……！」

●

ともあれ先輩が最高だ。

川の中、膝くらいまで入ると川の流れの音しか聞こえなくなる。川の水は綺麗なんだけど、空が鈍く影？　何かそんな色を反射していて、だからそこに立つ先輩は、黒と白のワンピースで、正面やアオリから見ても最高で、更には川面に映った鈍い姿もまた、

「エクセレント……」

「だ、大丈夫ですか!?」

「あ、大丈夫です！　健康です！　汁が出るくらい健康です！」

「魔物かよ」

「カエルだそうだ」

外野やかましい。ただ、先輩のワンピース水着は貴重な気がする。

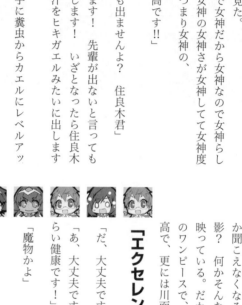

「いつものセパレートじゃないんですね！」

「あれは銭湯で使っているので、もう、基本はそっち専用でいいかな、って」

成程、と言っていると、不意に横に気配が来た。

《かわわー？》

直後に引き込まれた。

●

桑尻は、馬鹿が川精霊の群と戯れるのを見た。

「あ、おいおいおい！　ちょっと沖、じゃないや深いところに連れていくなって！　ちょっ、あっ、ひぎい、そこらめえええええええ、って二度ネタだなお前ら！　いや待て待て待て待て、入ってくるな入ってくるな。あひい、って何皆、冷めた顔でこっち見てんだよ！　ネタだって解れよ！」

「いや、神道、川に暴発したら下流で子供が出来たとか、どんだけ固形物なんですかね、みたいな話ありますからね……」

「流石は地球有数のアングラ神話……」

言ってる間に、動きが生じた。

「あ」

馬鹿が、川精霊によって深みに引き込まれたのだ。

沈む。無論、息は出来ないだろう。馬鹿は人類なのだ。というかこの言い方、酷いわね。でも、その事実に自分は叫んだ。

「――住良木！　アンタが死んだら私の仕事が――」

増える、という前に、先輩さんが笑顔でこっちを見たので口を噤《つぐ》みました。

●

あ、ヤバイ、と思ったのは、水の中に沈んだ

ということよりも、

……水の中って、息が出来ないから、窒息するんだよなあ。

と、変に冷静になったことだった。慌ててない。だから落ち着いて対処すればいい気もするけど、

《かわわー》

川精霊達が喜んでいて、何か僕も、〝あ、これでいいかな〟と、ちょっと思ってしまったんだ。いかん。上には先輩がいるわけで、こんな不注意で死んだら先輩に申し訳ない。先輩の方も、これで川精霊達を嫌ったら、奥多摩の川が滅びる気もする。

いかんいかん。でもまあ、

《かわわ――》

「お前ら気楽だなあ」

と言った声が、川の中でちゃんと生じて、聞こえた。

「え？」

息が、出来ている。

●

木戸は、慌てるイワナガヒメに、軽く手を挙げた。

「昨夜のカレーに、加護を仕込みましたの。カレーは薬膳ですので、加護も乗りやすいですものね。だから、――水の中でも息が出来る、と、そうしてありますわ。無害な加護なので弾かれなかったようで、幸いですわね」

「あ、有難う御座います！　私、岩の神ですから、今、岩クラフトで水底から住良木君を打ち上げるとか、そんな発想してました！」

「何でそう荒っぽいんですの？」

「アー、その加護って、私達にも入ってるかナ？」

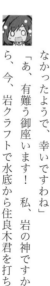

「人類用の微弱なものですから、神々には個人の防護結界で打ち消されてると思いますの。啓示盤確認の上、精霊加護の自動付与でキャンセルされていたら、それを許可して頂ければ通ると思いますわ」

「お？　――ああ、これか。〝正体不明の加護があります〟」

「ええと、私の方には、何故か掛かってるんですが……」

「同輩さんが、私の加護とかをいつの間にか許可設定しているとしか言いようがありませんわね、ソレ」

　こっちのことを信用していると、そういうことなのでしょう。管理がザルでなければいいのですけど。

《通神許可など設定している中で、木戸との間のセキュリティを下げているのだと思います。だから彼女の下にいる猿にも問題なく加護が掛かったのですね》

「ええと、コレ、私のミスですかね……」

「住良木チャンが無事で済んだし、先輩チャンも木戸チャンに警戒無いんだったらソレでいいんじゃないかナ？」

　と、そこで水飛沫があがりましたの。皆と振り返ると、

「ウワー！　川精霊超面白い……！」

　出見が川精霊と遊んでいて、良い感じですわね。

●

「しかし何でコイツら、人間の僕にこんな寄ってくるんだろう……」

「精霊が、人類の珍しさで寄ってきてる、とか？」

「匂いとか出てんのかな」

「住良木臭か……」

「人類スメル？」

「ハ、ハイそこ！　住良木香とか言いましょう！」

「線香か何かですか」

●

　と、僕の視界の中で、不意に川精霊達が顔を向けた存在がある。

《おなじだわー》

「え？　私？」

　先輩だ。先輩と僕が同じ？　いや、ちょっと待て、

「先輩と僕が同じとか、そんな畏れ多いことを言うなカワワ衆！　僕と先輩が同じ処なんて、直立二足歩行とか、指が五本有るとか、その程度のものだぞ！　先輩は神の世界の芳香を呼吸しているから肺呼吸でもないしな！」

《なにいってるかわからんわー》

「コレひょっとして川精霊史上最長の長文では……」

　変な分析するなよ。

「ええと、私と住良木君が似てるというと――」

●

『え!?　何でしょう!?　推しと似てるとか、何ですか何ですかソレ！　私ちょっと自覚が無いんですけど、コレはビッグニュースですよね！　私もう川精霊の庇護者になりますけど、でも住良木君と似てるところって何処ですかね！　お尻が割れてるとか、そういうレベルの話でも全然有りですよね!?　あーもう！　何処ですか！　何処ですか一体！』

『そういうところが凄い似てると思うんだヨ紫布さんはサア……』

●

何でしょう、と疑問してる私の視界の中で、不意に川精霊達が顔を向けた存在がありました。

《もっとおなじだわー》

「木戸さん？」

「私ですの？」

《もっとおなじだわー》

エッ、と声が喉から漏れました。理由は非常に簡単です。

「ちょ、ちょっと木戸さん！　私より住良木君に同じなんて、あの、木戸さんだから抑えて言いますが、時と場合に拠《よ》ったら三つ指つけた土下座で滑り込んででもどうやるのか教えて頂きますよ！」

《なにいってるかわからんわー》

「わあ、住良木君と同じ評価ですね！」

「駄目かナ」

《奥多摩の総合医療を扱う公営の奥多摩病院は、内科と外科と整形外科しか無いんですよね……》

「これは脳ですからね……」

「ハ、ハイそこ神を不審なもの扱いしない！」

「でも神道、不審な神が無茶苦茶いますよね」

「そうですね！」

「…………」

「わ、私、違いますよ!?」

「何で疑問形なんだ……」

「ええと、……多分コレ、出見と同輩さんに掛かった加護のことだと思いますのよ？」

「全体加護が掛かってる内、元が木戸で、神としてのレジストが微妙にある先輩さんと、無い人類の差、ってところか？」

「えっ？　じゃあ、川精霊に〝おなじ〟評価を得られているのって、木戸さんの御陰《おかげ》なんですか？」

「キュン！　あ、今の胸のトキメキ擬音です！　外に漏らすと心臓に悪いから口で言ってみました！　もう一回言います！　ハイ、腰をひねって――、キュン!!」

二回目の振りが違った気がしますが、まあ些《さ》細《さい》なコトです。

しかし住良木君が、川精霊に押して貰いながら水中土下座で飛び込んで来ました。

「木戸先輩！　先輩と〝同じ〟箇所を設けて下さって、有難う御座います！」

●

「い、いいんですのよ？　顔を上げなさいな」

と言われ、素直に顔を自ら上げた僕は、それを見た。

木戸先輩の、今日の水着は、やはり黒で、透かしの入った、

「今回はセパレートなんですね！」

言うと、木戸先輩が身体を浅く抱きつつ、先輩の方を見る。

「……この前の銭湯で、先輩さんがセパレートだったでしょう？　だからそういうものが普通かと、こういう風にしたのですけど」

赤面し、木戸先輩が困ったように頬に片手を当て、言う。

「恥ずかしいですわ……」

「…………」

「桑尻チャン!?　堪えたかナ!?　大丈夫かナ!?」

「お、落ち着いて下さい紫布先輩!　今、堪えてる最中です!」

「段ん階的?」

「というかあんだけパッツンパッツンの見た目クール系で恥ずかしがり屋とか……」

「桑尻チャーン。漏れてるヨー?」

「木戸さん、まだ夏は長いですし、他の季節もありますから、水着や、他、一緒に見に行ったりしましょうね」

「え?　いえ、あの……」

木戸は考えた。昨夜、あんなこともあったというのに、これは、切り替えでしょうか、それとも、考え方が違うのでしょうか、と。ただ、

……私が〝こう〟でも、構わないんですのね。

そう思いましたの。

ゆえに自分は、ややあってから、言いました。

「……そう出来ると、幸いですわね」

「いい光景だ……」

紫布先輩や、俺巨乳先輩も混じって、巨乳女神衆が買い物話など、川の中でしなくてもいい話で盛り上がる。川精霊達が、恐らく木戸先輩に惹《ひ》かれているのだろう、周囲をうろうろしていて、俺巨乳先輩が話をしながら捕らえたりし

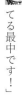

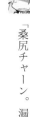

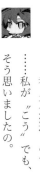

ている。
　一方で男衆は、対岸の岩場付近の流れに腰まで浸《つ》かって、

「お？　いるいる。結構大きいな……」

「これは、この水系の魚なのか？」

「上のキャンプ場がマス釣り場併設なので、そこからオチてきたものでしょう」
　と、銛《もり》まで持って狩る気満々だ。

「野人かよ……」
　まあその一方で、ちょっとおいて行かれているのもいる。僕も何となくそうだが、一年知識神や、川底を啓示盤でモニタリングして検分している桑尻もそうだ。
　この後はテラフォーム。
　つまり勉強。僕としては、何となく、前振りとして質問してみた。

「このところで、何か補足しておく知識とか、あるか？　言い忘れとか、蛇足みたいな感じで、さ」

「そうねえ……。アンタ、ここ最近のテラフォームや神話知識で、疑問に思ったり、驚いたネタとか、あるかしら？」
　あら、という感じで先輩がこっちの遣り取りに気付く。そのまま、木戸先輩も、他の先輩達も、こちらに視線を向けてきた。
　あっ、注目されてるぅ……。見られてるぅ……。にょき。あ、いや、心の擬音です。

　……これは僕のクレバーさが期待されている……！
　僕のちょっと良いところをかなり効果的に見せねばなるまい。だから僕は即座に言った。

「人類ってバナナをいつから食い始めた訳？」

「原産はパプア・ニューギニアだから、人類がそちらに移動したときには食べていたわね。紀元前一万年あたりから栽培が始まったとされて

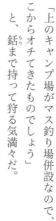

いるわ」

「ギャグで振ったのにマジで返されたよ……」

あのねえ、と桑尻が吐息する。

すると先輩が、手を挙げた。巨乳が揺れる。

音にするとこんな感じ。

「ぷるん！」

●

先輩チャンの横にレベルアップ啓示盤が出て、しばらくしてから皆がまばらな拍手をしたヨ。

「……コレもう見境いなくレベル上がる仕様なんじゃないかナ」

「恥ってものを知らんよな」

「流石神道……」

《さすがだわー？》

「う、羨ましさからの発言だと思っておきます……！」

●

そうだなあ、と僕は前置きを作った。ネタでないとしたならばどうなんだろう。

「アー、あれだ。人類の言語が四万年前には出来てたとか、そういう話。

あれ、桑尻的にはどうなんだよ？　あのとき、そっちのテマン子がいろいろ述べてったけど、お前、ちょっと引き気味だったろ？」

神道の知識神が〝テマン子……〟と俯《うつむ》きながら呟いたが、気にしないこととする。

「巨神の神話についての言及ね。確かにクロマニヨン人とか先行して欧州、西アジアに入ったのを、現生人類が後追いで入ったとか、そういうのはあるわ。だけど確証なんて当然無いから、そのあたりどうなの？　とは思うんだけどね」

「ってか、改めて人類の移動とか考えると、何万年も前だろ？　そこで、言語があったとして、

言葉だけでまた何万年も伝え続けられる訳？」

　これはちょっと疑問だ。当時のことも、その数万年前から祖語？　そのあたりが出来るまでの間のことも、僕は知らない。

　だから、何もかもが嘘で、何もかもが本当かも知れないけど、

「そこらへん、保守的な桑尻としては、どう思う感じ？」

●

　桑尻は、先輩集団の方を見た。

『アー、オーケイオーケイだヨー。言いたいようにやっちゃってサア。その後で一息入れたらテラフォームかネ』
　成程、上役の許可は出た。先輩さんも両の手を前後に振って〝やって下さい〟かしら？　まあそんなつもりで期待をされていると思おう。

「じゃあ……」
　と己は言葉を作った。

「私の方から、巨神＝先行人類という、そんな歴史説を補足しましょう」

●

　あ、自分はちょっと浮かれているな、と桑尻は思った。

　巨神とは何かを語るにおいて、自然信仰の擬人化というのは保守的であり、安全だ。

　何しろ先行人類の文化云々という説をとるならば、

「神話の中の巨神達＝先行人類、という説が素直に採用出来ないのは、幾つか理由があるのよね。大きなものとしては、それこそ、先行した人類達が持っていた技術などが、巨神達のものとは噛み合わない、ってこと」

「たとえば？」

「オリンポス神話には、製鉄を扱う巨神としてキュクロプスが出てくるわ。でも、人類がクロマニヨン人達と会った四万年前には、製鉄技術

なんて無かったの。銅器を持つのだって、祖語が出来た後よ？」

　でも、

「しかし神話の巨神には、〝鉄〟を司る者が出てくるケースが多いのよね」

　だが、ソレにはいろいろな理由がつけられよう。

「巨神達の存在を神話に〝組み込んだ〟とき、新興の技術をそこに入れ込んで、〝この技術は歴史的に自分達のものだ〟とする、とか。そういう政治的な〝後入れ〟ですかね」

「想像でそこまで考えて行くと、……全く保守的な発想じゃないわね」

　普段だったら拒否する考え方だ。だが、今は違う。

　だから一つ、乗っておくことにする。

「巨神達の存在が、先行人類との交流だったとする符号があるわ」

「お？　どういうこと？」

「――あのね？　人類の神話が、言われる通りの発生時期から伝播していったのだとしたら、時代が合わない場合があるの」

　いい？　と自分はメソポタミア組を見た。

「メソポタミアの文明は、石器時代から始まるけど、後に王名表などで記される地名としては、紀元前六千年前にキシュの集落が出来たのがスタートですね。だからこの時代からメソポタミア神話が作られて行ったと概算します」

　さて、

「メソポタミア神話で巨神と言ったら、どのような存在が？」

　そうねえ、と応じたのは、川縁《かわべり》でカラムーチョを齧《かじ》っている女神だ。

「――やっぱ、エンキ達のような、大きな概念や自然を扱う神かしらね」

「あとは、アレだ。俺とギルで張り倒したフワワも、一応は巨神だよな、アレ」

「フワワ？」

「うむ。本来は森の番人で、恐ろしい形相の巨神なのだが、実はカイの同胞であったりもした」
「で、本名はフンババなんだけど、ローカル読みでフワワになると知ったら、カワイイ系のポーズとって〝ふわわ？〟とか挑発してくるから、マー殴った殴った」

「何か凄い話聞いてる気がするヨー」
いやまあ、と自分も初耳でろくでもないこと聞いた、と思う。が、気を取り直し、

「そういう巨神の神話が、ではメソポタミアから発生して各地に伝播した、と考えると、ちょっと面倒な事が生じるんです」
それは、

「米国です。――米国に人類が渡ったのは三万五千年から二万年前と言われていますが、彼らの神話には、米国にはいなかった筈の〝巨神〟が出てくるんですね。それも多くは、神に逆らう巨神達を神やその使いとなった英雄達が倒す、というものです。
つまり、――メソポタミア神話の発生以前に遥か遠くに移動し、断絶した人類が、やはり同様の巨神神話を持っているんです」

●

これはいろいろ、オカルトや疑似科学的なことまで含めて、いろいろ言われることだ。

《これらについて、かつては太平洋の中央に超古代文明を持つアトランティスがあったとか、古代人が宇宙人と繋がっていて世界的ネットワークを持っていたとか、そんなオカルトや疑似科学が言われましたねえ》

「というか書店見てる限り、90年代はそういうのが流行した時期だよな、多分……」
ええ、と己は頷いた。

「とはいえ基本的には、物語の構造が収斂《しゅうれん》し、違う場所でも同じような神話になったのだ、と言われます。ですが言語や文化の発生を考慮してみると、どうでしょうね」
自分は、テマン……、菅原の出した概要図を

見た。かつての人類の移動ルートだが、

「――米国に渡るには、当時まだ干上がっていたベーリング海峡を渡るんですが、その途中で西アジアのクロマニヨン人居住地域を通過するんです」

「ルートを見てると、その途中で分化したのが、段階を経て北欧方面に行ってるんだヨネエ」

「そうです。先行人類と出会った可能性のある派が、時間を掛け、米国に回ります。
　出会った、と言っても、その場所で数千年の滞在をするわけですが、その歴史が口伝として残りながら米国に渡っていった、とも考えられるんですね」

「ええと、何か証拠はあるんですか？」

《何もかも、〝違う場所でも、神話のような物語は似たような進化をするものだ〟で議論を終わらせることは可能だということは、憶えておくべきでしょう。
　元々、桑尻の説でも、脱アフリカ時には自然を大きな神として捉えていた訳ですから》

「一方で、反証があったならば、可能性は存在すると言うことですね」

「じゃあ、まず、身内的な、乱暴なものを行くわね」

　米国の巨神神話と、欧州、北欧の神話を比較すると、不思議な合致が一つある。

「米国神話の巨神達は、その多くが神や神の使いになどよって全滅させられます。
　そして米国への移動ルートに近い北欧の私達は、巨神達との最終決戦で共に滅びます。
　一方で、オリンポスの神々は、巨神達の多くを倒しますが、一部は残り、共存します。
　これ、――〝差〟があるというのが、解りますか？」

「巨ぉ神の扱いがあ違うねえ」

「はい。――米国への移動ルート、またはそこに近い神話の巨神達は、大体が結果として全滅するんです。しかし西側ルートでは、戦後に併

存の道を選ぶんです。

　――つまり巨神神話を〝神話として自然発生する部分〟としたら、この〝ルートによって内容の差異が決まる〟は説明出来ないんですね」

　これはどういう事か。

「――もしも巨神の正体が先行人類だとするならば、欧州側と西アジア側で彼らの扱いが違ったか、何か争いがあったのか、という可能性があります」
　そして、

「――巨神達は、古代宗教を持っていました。恐らくは言葉の定かではない時代、第三世代をベースとした拙い宗教です。これについても、その残滓が、米国や他地域の神話に残っています」

●

　川精霊を一匹捕まえて川面に浮いていた僕は、桑尻の視線に気付いた。

「聞いてる？」

「おいおいおい、先輩が見てる先だぞ？　聞いてるって！　ぷるん！」
　先輩の近くでレベルアップ啓示盤が散って、先輩が笑顔になって皆が引いた。

「引くなよ！　祝えよ！」

「無茶言うねェ……」

「ええと、桑尻さん？　――米国の神話に通じる拙い宗教って、どういうものなんです？」
　はい、と桑尻が応じた。

「古代の宗教によくある概念として**〝人頭崇拝・頭蓋崇拝〟**というのがあるんです」

●

　桑尻は、馬鹿の発言を聞いた。

「人頭崇拝って、つまり、美人を崇拝するってこと？　巨乳信仰の敵だな……！　あ、いや、

先輩は美人なので御尊顔を拝むことでも有りだよ！　つまり有りだな人頭崇拝！」
　聞き流した。
　脳の容量を無駄に使わなくて幸いだったわ。

今回は予感があったものね。今後もこのようにしていけたら幸い。そんなことを思いつつ、視線を先輩さんに向け、自分は言う。

「この崇拝、……頭蓋も含めて頭なので、ここでは人頭崇拝としてまとめます。
　そしてこの崇拝は、例えば生首とか頭蓋を、祖霊や勇者の魂の有り処として崇拝するというものです」

「ぶ、物騒ですね……！」

「ええ。でもこれが、人類の進化の証明でもあるんですね」

「頭を尊び、そこに霊がある、と考えると言うことは、つまり、人類がそのとき、〝感情や思考は頭で作るもの〟と理解していたということなんです」

「え!?　じゃあ、僕がコーカン度アゲたりするのは、そこに霊があるのか!?」

「もう一回言ってみて」

「はい。じゃあ、僕が股間の状態を活性化するのは、そこに霊があるからでしょうか？」

「誰が物言いの解像度をアゲろと言ったの」

「お前は付き合う割に厳しいな！　その調子だぞ！　オッケ！」
　無視しておけば良かった。ともあれ、テマン子……、何か言いやすいからそれでいいわ。テマン子の言う通りだ。

「人類が声を持ち、複雑な遣り取りが生まれたと同時に、人類は相手への〝指示〟と、〝返答を待つ〟ということを憶えました。これによって、相手の感情などを想像するという行為が発生し、言語が複雑化していったのですね」

《相手が〝言った・言っている・言うだろう〟というだけで、過去、現在、未来の三つの形が

必要になりますからねえ》

「そんな感情や思考のある〝頭部〟を何らかの形で保管し、奉る。そして時折に〝お告げ〟を得る、とやっていると、〝自然神〟とは別に**〝祖霊〟**が生まれていくの」

「その、人頭崇拝が、どのようなことに？」

「ええ、この人頭崇拝による祖霊崇拝は、常に人々の近くにあるし、人頭って物質だから、自然信仰よりも身近になるわよね？　だとすると、何が起きるかしら？」

　ここは大事なところだ。だから皆に考えて貰う。

　馬鹿が手を挙げたが無視した。代わりに指すのは、

「ビルガメス先輩」

「神の表現における規格化だ。身近な祖霊が〝人頭〟としてあるならば、これまで漠然としていた自然の神なども、人頭というフォーマットで等列に示し直すことが可能だ。その方が、説明がしやすいからな」

「そうですね。でも、自然神に〝実在の頭〟はありませんよ？」

　じゃあ、と先輩さんが手を挙げた。

「自然神の顔の模型を作ってしまえば？」

「――そうですね。そうやって自然神の顔を規定して崇める。

　神話の中では、それら自然神は人の身体を持ち、顔だけが〝自然をイメージした顔〟でしょう。このような神話、私達の学校には既にいますよね？」

「アレだネ？　功刀《くぬぎ》チャンのいるエジプト神話！　主神を始め、多くは人の身体に鳥の頭とか、そういう神話だよネ？」

「そうだよな！　桑尻！　無視するなよ！　僕も同じこと考えてたんだから！　でも僕を無視

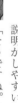

して正解だぞ！　同じ事考えてるなら、僕より巨乳の紫布先輩を指した方が僕にとっては有益だからな！」

「二重三重に面倒なヤツね……」

●

ともあれ、そうですね、と桑尻は本日何度目かの言葉を作った。

首を下に振る。

「エジプト神話はかなり古くからの歴史を持ち、記録されるよりも遙かな昔から、古代宗教を伝えていたとされています。その神々はやはり古米からあの形を保っていた訳ですが、あれは形を変えた人頭崇拝とも言えるんです。

でもこれだけ根強い人頭崇拝、実は海に出ると、自然神と結びついてたのが消えてしまいます。人頭は、祖霊や勇者の霊を祭るだけのものとなりやすいんです。

何故か解る？」

「……嫌になった？」

「海では頭が腐りやすいとか、そういう生々しいのか？」

「馬鹿はスルーしますが、実際、沿岸部ではミイラを奉ることが難しく、嵐なども多かったので、祖霊を永く奉ることや、神殿という概念が薄いですね。

ただ理由としては、少し変化球でして」

それは、

「これは一説ですが、――人類が海に出たとき、人頭崇拝では、最も感謝すべき対象に崇拝をすることが出来ません。その対象とは、何でしょう？」

「いきなりクイズですか」

「……その様子だと、知りませんね？」

「イエー！　ゲロのオッサン、海神なのに海を奉る話に詳しくないでやんの！」

「住良木君？　もう少し言葉を選んだ方がいいですよ？」

「言ってる内容の否定が一切無いな……」
ただ、手が上がった。それは、

「――〝海〟そのものですか？　自然の海には、顔がありませんからね」
あ、コレ、答えが解ってるわね、とは思った。知識神ともあろうものが、この答えは何となく白々しいのだ。だが、

……馬鹿に掻き混ぜられるより遙かにマシ……！
そのことに感謝して、己は言う。

「海を奉るとした場合、海というのは概念的な存在よね。だからそれは、祖霊や地霊を通したり、それこそ海神の顔を作って祭ることになるわね。
――でも、今回の疑問の場合、もっと直接的な〝物体〟よ」
それは、

「魚です。――魚には首が無く、〝首から上を祭る〟が出来ないんですね。ゆえに人類は海に出ると、人頭の保存も難しいし、それを常駐する神殿も設けにくく、また、感謝すべき最大の糧食である魚は人頭崇拝では奉れないので、それを主にはしなくなっていくと、……そんな風に私はこの流れを捉えていますね」

●

「なお、補足しますと、エジプト神話にも魚の神はいます。しかしそれはフツーに魚の全身で、頭に王冠を載せていたり、または女性の体が首に魚を載せているといったもので、人頭崇拝として〝頭を置き換える〟ではないんですね」

「……でも俺達のメソポタミア神話は、人頭崇拝じゃないんだが、どういうことだ？　さっきの話だと、古代宗教としてよくある、って話だったが」
そうだねエ、と紫布が言った。

「北欧系、ギリシャ系なんかもそこら薄いよネ？　報復として首を切って送るとかあるけどサ、崇拝文化の名残ではあれ、崇拝そのものじゃないよネ」

《首を切って敵に送ったり、などの〝首の価値観〟については、それこそ宗教とは別で、首というものに対する共通価値観ではないか、と思いますね》

「一方で、インド系は頭蓋奉ったり、ケルト系もやっぱ首を奉るよな。同じローラシア系でも違うのはどういうことだ？」

　はい、と桑尻が一枚の啓示盤を出した。それはかつて、銭湯〝なむ１９７５〟でスケアクロウが出した人類の移動についての概要図だ。

「ローラシア神話系を人類の移動と重ねて見ると、一部、沿岸に出てから北上、そしてまた中東方面から北上して行った派があるんです。

　これが恐らく、ローラシア神話を持ちながら、人頭崇拝を海に出て捨てた派ではないか、と推測出来ます。だからメソポタミア神話には、由来がありますよね？」

　と、桑尻が、メソポタミア神話の代表を見た。するとその相手は、

「…………」

「……ファッ!?　何!?　長い話は終わった!?」

「お前……」

「……まあ、補足すると、メソポタミアの神話には確かにこういう由来がある。

　――人々が野蛮な生活をしていたところに、海から知識の神エンキが現れ、知識を授けたと」

「ちょっと踏み込んだ見方をすると、中東に入って停滞していた人頭崇拝のローラシア神話の民に対し、沿岸部を回っていろいろな文化や文明を吸収した非人頭崇拝のローラシア神話の民が合流したと、そうも見えますね」

　さて、と己は言った。

「もう、大体解っていると思いますが、クロマニヨン人は人頭崇拝を行っていました。
そして、先程話に上げた米国へ行った人々。彼等《かれら》の神話の多くは、儀式に仮面を用いたり、やはり人頭を崇拝するものです。
米国は特に頭蓋崇拝の色が濃いのですが、これらは当然、古代の人類が持ち、言語が未発達な状態でも受け継いでいった文化、とも考えられる訳ですね」

「……神話の相似ではなく、差異と残滓による証明ですのね？」

「——はい。言い換えるなら、ローラシア系で人頭崇拝を保っている神話は、後に中東から派生した影響を受けていないという事です。そんな米国の神話に残った巨神神話と人頭崇拝は、人類がかつて巨神と出会った記録や、証明の一つなのかもしれません」
一息。

「——とまあ、巨神神話の先行人類説について、遠回しな裏付け？　あるとしたらこんな感じかしら。
先行人類に会った人類の移動経路と、人頭崇拝の伝播によるそのルートと内容証明。踏み込みすぎだけど、まあ話半分で聞いておいて」

「うーん、かなり面白かった。その一方、やはり桑尻はホント冷静だよな……。
あのさ？　じゃあ、そういった移動や人頭崇拝の伝播は有りだとしてさ。
じゃあ、それを伝えるための〝言語が古代にあった・だから伝わった〟って例がないかな。何か、僕的にはあと一押しって気がする」

《ではちょっと、私の方から興味深い話を出しましょう。オーストラリアの先住民族に伝わる口伝についてです》

「聞きたいわ」

《フライングとして、少し未来の調査の話です。オーストラリアにブッジビム火山というのが

ありまして、これが周囲の山も含んだ二重噴火したときの状況が、地元のアボリジニによって、口伝されているのですね。やはり火山を、巨神にみなしたものです》
「まあ、そんな派手な噴火したら、記録に残すだろうなあ……」
　しかし、とバランサーが言った。
《このブッジビム火山の噴火、三万七千年前なんですよ》
「…………」
「お前、僕のこと、騙しに掛かってるだろ？」
「ええと、やはり火山だったら、後にも噴火していて、そのことが口承記録になったという可能性は？」
《調査の結果、以後、目立った噴火は確認されておりません。同地域は現在、調査しなければ火山地帯であったとは解らないほど、水など豊富な場所であります。そしてまた――》
《これはフライングでも何でもないんですが、同地では１９４０年にも調査が行われておりまして、火山岩の下から人類が生活していた痕跡が出ています。
　――これは〝保証されるものではない〟という言葉をつけつつ、人類が三万七千年前から、物語として、過去の事実を口承していた可能性を否定しない、ということです》
「…………」
「三万七千年前というと、この90年代からすると紀元前三万五千年前ということで、随分と吹っ飛んだ気がしますが、……どこまで信じればいいんでしょうね」
「――このような結果は、それを証明するのに多重な分野の検証が必要ですから、単純に信じるのは危険ですね。だって、その頃に言語があった？　それが伝わった？　ホントに噴火が以後無かった？　などなど、多くの証明が必要です。大体、アボリジニの言語だって長い時間

の中で変動している筈で、ひょっとすると別の神話がその変動の中で形を変えた、という可能性もあります」
　しかし、

「——自分が思う分には、自由だと思いますよ？」

「だねエ。でも、こういうのがあるからサ、神話の区分ではビル夫チャン達のメソポ神話を第五世代におく訳だよネ。
　だって、口承で、下手をすると三万五千年前の神話が、これから出てくる可能性もある訳だからサ」

●

　あのう、と住良木君が手を挙げるのを、私は見ました。

「何です？　住良木君」

「僕が今の桑尻やバランサーのトンチキを信じたら、いきなり第四、第三世代の神話が立ち上がったりしますか？」

「住良木君は私の信者で、つまり神道の信者ですから、それは無いです」

「あ、じゃあ、安心して面白がっておくことにします！　——三万五千年前には、人類は言語を使って神話で世界を表現していたかもしれない！　凄いですよね！」
　その言葉に、紫布さんが小さく笑いました。

「人類、凄いよねエ」
　呼びかけるように告げられた先は、木戸さんでした。彼女は、ほ、と一息を吐き、胸に軽く右の手を当て、こう言いました。

「……出見はホントに、素直ですのね」
　超同意なので、同担として強く握手をしておきます。

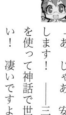

第三十二章

『BLOCK OUT』

——ガツンとくるのは御堅い証拠。

そういえば合宿中だったなア、というのが紫布の感想だった。
丁度、川で遊んで、何となくのダベりも終わり、じゃあこれから軽く水の中に入って、奥多摩の川ってのはどういうものかと見てみるつもりだったのだ。
そこでテラフォームの現場に移動すればどうなるか。

「水着でこっち来ることになるとはネエ」

「な、何か落ち着きませんね……！」

「というか私もですの？」

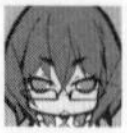
「木戸先輩の往生際の悪さは凄いですね……」

桑尻チャンに同意だ。男衆の方は、魚の水揚げやって、生け簀《いす》代わりの池を作っていたことから、上衣《うわぎ》となるものを着ている。

「紫布、ほら」

徹がこっちに着ていたシャツを投げてきた。おおう、と先輩チャンが声を上げるのが軽く誇らしいが、

「――徹のカラダ見せるの勿体《もったい》ないからそっちで着といてヨ」

投げて返す。こっちはこっちで女衆が大体皆水着だ。大体、というのは、

「ちょっと！　私今、水着＋パーカーくらいで弱々《よわよわ》なんだけど！」

「お前はそれでいい。――俺とか、元が野人生活だったからコレでも構わんなあ……」

大体、問題は無いようだ。ちょっと気になるのは、神ではない住良木チャンのことだが、彼は川で川精霊と遊んでいたままの水着一丁で、

「――いつもの現場に水着の先輩が御降臨とか、ちょっと水着グラビア企画みたいで盛り上がりますね！」

全く問題ないネ。

●

木戸は、皆のやりとりに何となくの〝いつも通り〟を感じる。つまりは、

……恥ずかしがったら負けですのね。

勝ちか負けか、ではない気がするが、そのくらい自分を追い込んでおいた方がいいですの。だからここは平静に、為すべきことを為そうと思います。

「あの、テラフォームですけど、どうしますの？　前回、成果と言える成果を上げていませんのよね？」

言うと、皆が振り向いた。ちょっと呆然《ぼうぜん》とした空気に、何事？　と思っていると、

「……こんな真面目な言葉、久し振りに聞きました……」

「初心《しょしん》を思い出すネ……」

「初心と書いてウブと読む……！」

「流石ですね木戸さん！」

恥ずかしくなったのでつまり即負け。

●

「い、いや、ですから、為すべき事をまず考えましょうと、そういうことですの」

木戸先輩の言葉に、僕は素直に従った。

「先輩！」

「え？　何です？」

僕は小気味良い動作で先輩の前に行って頭を下げて膝を着いてから、仰向けに寝転がり、上を見上げ、

「アアー！　為すべき信仰——!!」

レベルアップ啓示盤が咲いて散るからこの信

仰はホンモノです。見かけのファッションじゃないんだぜ……。

　ともあれ僕は立ち上がり、先輩の手を取って上下に振りながら言った。

「凄いです先輩！　いつも水着を見上げて拝謁してるときは浴場だから〝湯船の高さが視線高の限界〟なんですが、ここだと下が地面というか岩盤なんで、最も下から仰げます！　巨乳見たときの神々しさの反動も、岩盤で押さえ込めて良い感じです！」

「反動あるんですか？」

「あるよ！　当たり前じゃないか！　でもお前と桑尻とオス共には無いから安心してくれ！　あと、反動が一番大きいのは先輩で、これは信仰力によるからな！」

「あの、落ち着いて住良木君」

「ハイ、じゃあテラフォームの課題の話ですね」

「うわ切り替え早っ。――で、ええと、バランサー？」

《ハイ、では、水の話ですね》

●

《原初において、惑星に水を発生させる方法はどのようなものがありますか？　ちょっと猿、答えなさい》

「あれ？　前回、溶岩の中から水蒸気が噴き出すとか、そういう話じゃなかったっけ？」

　何言ってんの？　という僕に、先輩が告げる。

「他の方法があるかどうか、という話ですね、住良木君」

　言われて僕は考えた。

　……あれ？

　何か前に、似たような話を振られた気がする。アレは何だ。ええと、

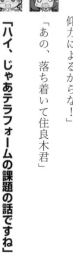

「前、桑尻が何かそこらへん言ってたような……」

「あら、よく憶えてたわね」

じゃあアタリだ。わあ、と先輩が笑顔になるのは、僕の記憶が欠損していなかったと言うことなので、多分これはロールバック何回か前の話。

ウワー、断片的にしか憶えてない訳だ。しかしコレは何の話かと言えば、

「……何だっけ」

ああそうだ。多分、これだ。つまり、

「コイツの水着がビールのジョッキの泡を模したデザインなんじゃないかと……」

「誰がいらんことを思い出せと言ったのよ」

「そうですよ住良木君。桑尻さんも神のイメージとして着ているので、好きで着てる訳ではないかも知れません」

「すみません先輩さん、私、一応は知識神としてのイメージを前に出してますので……！」

結局何なんだっけ。えーと、と思った先、部長がY字ポーズで身を優雅に舞わしていた。四肢が長いから綺麗だなあハゲ、とか思っていると、僕は思い出した。

「メテオストライクだ！」

僕は、部長がゆっくりとAポーズをとったのを指差して言った。

「メテオストライクで氷を落とす！」

●

桑尻は、馬鹿の言葉に頷いた。

……まあよく憶えていたもんだわ。

あの現場には先輩さんも当然いたから、彼女の縁として記憶が残っているということか。

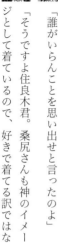

「まあそういうことね、幾つか方法はあるけど、基本的な発想としては〝宇宙空間にある氷塊、または水を含む星を落とす〟ということかしら」

言う。だが手が上がった。メソポ組だ。

「水を落とすって……、地球上にある水を、それで賄えるのか？」

「落とすスケールが、恐らく想像と違います」

？　という顔をしたエンキドゥに、自分は真上を指差した。

天上。そこに今あるのは、荒れた暗雲だ。溶岩から噴き出す熱気とガスが、ジェット噴射のように空を回っている。だが、

「まずスタートとして、ここから始めます。天上。神界の方では、そこにあるものが見えたでしょう。――月です」

己は言う。

「**ジャイアント・インパクト説。**――月の正体が、かつて地球の形成が未熟だったときに激突した大型天体であるという、そういう説です。これはほぼ正解であろう、ということになっていますが、このとき、地球は〝一回作り直された〟という説があるんですね」

何故なら、

「ジャイアント・インパクトの衝撃で、太古の地球は過熱し、再び溶岩の塊になります。コアも、月のものが融合して安定、自転や地軸も今のベースとなり、――つまりリセットが掛かったような状態になり、水も、以後の――」

「…………」

「……ちょっと待った、いきなりスケールがデカくなった」

エンキドゥが額に手を当てて下がる。そんな彼女にテマン子が近付き、啓示盤でジャイアント・インパクトの図示を進めていく。あ、便利、と思ったのは失礼なことだろう。ただ、

「このジャイアント・インパクトの後、地球上に〝水〟をもった小惑星や隕石《いんせき》が幾つも落ちてきて、それが地球の今の水になった、という説

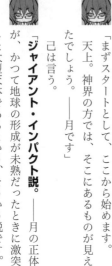

があるんですね」

「何か凄い話だけど……、証拠はあるのか？　その、地球の水が、地球本来のものじゃなくて、外から来たのだ、っていう、そんな証拠」

「——木星よ」
己は、啓示盤に太陽系の軌道図を出した。
だが、それは今のものと少し形が違う。

「……小さい？」

●

よく気付いたわね、と桑尻は思った。

「——そうね。初期太陽系は、太陽を中心に惑星が微惑星を取り込んで成長していったでしょう？　それで質量が増えていくと、各惑星が引っ張り合ったりして、軌道が変化していくのね。現在の軌道に至るまで、数億年が掛かってるのよ。
——さてそこで木星だけど、木星バリアの話が以前にあったわよね？」

「あー、あったあった。木星が無いと八千倍の隕石落下とか、そんな感じ」
憶えているようで何よりだ。だが、

「この初期太陽系では、逆なのよ、ソレ」

「…………」

「……**逆!?**」

「はい。——初期太陽系では、今と逆で、木星が、拡がっていく自分の軌道の中にどんどん外の小惑星や微惑星を引き込んでいったんです。その結果、地球には多くの隕石や微惑星が落下。その中にあった〝水〟が、今の地球の水となっている、と、そういう説があるんですね」
なお、と己は言った。馬鹿の方に視線を向け、

「水と言っても、素直に液体の水じゃないわ。水の場合もあれば、水の元になる酸素と水素が、例えば鉱物に融合して降って来る場合もあるも

のね」
《当たり前のようでいて、あまり知られていませんが、たとえば水素はほとんどの金属と反応し、溶け込みます。高圧力下、という条件がありますが、惑星形成時にはそのような状況は普通にあったものです。これは水素が最も軽い元素だからですね》
「同じように、酸素もまた、鉄などに溶けやすいものよ。後はそれらが過熱状態の惑星上にあれば、酸素と水素で水が生まれ、残った鉱物やガスは地球の構成要素となる、と、そういうこと」

●

待った、と手が上がるのを桑尻は見た。

ビルガメスだ。挙手した姿に何か違和感があるかと思ったが、すぐ解った。

……水着にライフジャケットだから、シャツインが出来ないのね……。

可哀想に、と同情する。

「何かお前、今、すごく失礼なこと考えなかった？」

「口に出してもないことを決めつけないで欲しいわね」

「言ってる言ってる」

そういうものだろうか。ともあれビルガメスが言う。

「――そのようにもたらされた水が、適量で、現在の地球の水となるというのか？　随分と都合のいい話だと思うが……」

「何言ってんの！　結果が全てよ！　結果が！　今ある地球がちゃんとしてんなら、それが出来てたって事でしょ!?」

「お前が言うと何か不穏だな……」

《ちなみに言うと、今ある地球の環境が壊れてるからこっちでテラフォームしてるんですけどね？》

確かにその通りだが、そこらは地球時代の人類の所業でもあるのでここではノーカン。
なので自分は、啓示盤に一つのテストパターンを出す。それは成長していく太陽系の中、やはり巨大化する木星が外部の小惑星などを引き込んでいった仮定のパターンで、

「最大量を想定した場合、ジャイアント・インパクト後の地球には、**今ある海水の七十倍の水**が叩き込まれたとされています」

●

「七十倍……」

僕は思案した。

「海の高さが今の七十倍になるってこと？」

「あの、海の高さというか、海面は基本的に高さゼロメートルでは？」

「――フッ」

「く、くそ！　ゲロのオッサンも桑尻も、後で見てろよ！　ただじゃ済まさないからな！　一生思い出に残る記念的な嫌がらせをしてやる……！」

「ここまで見苦しいと天晴《あっぱ》れだネ……」

「――なお、地球上の海水の体積は十三億五千万立方キロメートル。
地球の表面積は五億一千十万平方キロメートルです。
体積÷平方の解が高さを示しますから、1,350,000,000÷510,100,000の解が、海一つ分を〝平らにした地球〟にぶちまけたときの水深？　水高ですかね。それになります。あ、単位はキロメートルです」

「おい、テマン子！　僕がそれを計算出来ると思ってるのか!?　馬鹿にするなよ!?」
テマン子……、と口を横に広げつつ、後輩が啓示盤で計算する。

「高さ、約2.65キロですね」

「それの七十倍って……」

「いや、お前、ちょっと無理だろう？　そんな水、何処に行ったんだよ？」

●

そうね、と己は応じた。確かに七十倍はかなり盛ってる。

「でも、最低で見積もっても三十倍は降ったとされてるわ。水蒸気になったりして、宇宙に飛んだ分もあったでしょうけど、かなりのものね」

「ええと、その水はどうなったんです？

——木戸さん解ります？」

視線を向けた先、木戸が首を傾げた。

「私、海洋系の神でもあるので、海一個分だったら回収出来ると思いますわ」

●

「……今の発言、スケールが大きいのか？　小さいのか？」

「まあ、神話だと〝海の水を干上がらせる〟とか、そんなアーティファクトは普通にありますからねえ」

「ゲロのオッサン！　オッサンも出来るの!?」

「……すみません……」

●

ゲッサンが多大なダメージを受けた上で、木戸への評価が高まった。だが、

「流石に七十倍は、やり方考えないと駄目だと思いますのよ？」

「考えれば済むのか……」

まあそういうデタラメ含みでの〝神〟だ。

しかし、七十倍の水というのも、有り得るから今がある。

「その水、とりあえず保水出来るのよ」

「マジ!? 思い切り保水出来るなら脱水症状とか掛からない!?」

「きっと、その分重くなるぞ?」

「え!? デブになるの!?」

「まあ間違ってないです、その言い方。——つまり地球内部に、〝水〟を保水すればいいんです」

方法は簡単だ。

「それらの小惑星や隕石が落ちてきたとき、地球はジャイアント・インパクトの影響で、溶岩の塊となっていました。

そこに落下した〝水〟は、溶岩の中で循環し、更にコアの内部にも浸透し、〝保水〟されるんです」

さて、と前置きする。

「水素の含有量で考えると、大気を1とした場合、溶岩の海は100、更に地球のコア部分は2000の許容量を持つわ。乱暴な計算だけど、地球溶岩の海が厚さ二十六メートル強あれば、地球の海一個分の水素を保水出来る訳」

《地球が球体である事の補正を入れていませんが、ここでの話ならば問題ないでしょう》

バランサーの注釈に、手が上がった。テマン子だ。

「——しかし、その場合、酸素は何処に行きます?」

「溶岩の中で鉄などと結びついて酸化させることになるわね。溶岩の放出と共に吐き出されるガスは二酸化炭素なんだけど、それはつまり、溶岩の中に酸素が多く含まれている、ということでもあるのよ」

言う。すると次の手が上がった。全員の中で唯一水着じゃないのは、

「……私も良い感じで巻き込まれてますが、質問です」

《まあ、残しておいても何なので》

「何なので、かア……」

神の扱いが軽い気がする。だが、ゲッサンが問うて来た。

「地球に、他の天体が水を与えた、という説は納得出来ます。しかし、そうだとしたら、地球は元々水が少ない星だったんでしょうか」

いい質問です、と己は思った。

……いつもこうだと有り難いわ……。

「お前、今、僕の方見て失礼なこと考えてない？」

「考えてないわ。――いつものことを思ってるだけだから」

「フルタイムエネミーのお前が何言ってんだよ……！」

理解があるようで幸いだわ。ともあれ今の疑問に対しては、応じる分の理由がある。

「――地球には水が少なかった、というのは正しくない解釈ですね。正しくは、地球には〝水〟があったけど、少なくなった、が正解です」

ンン？　と私は首を傾げました。何処からかカラムーチョ出して食べ始めた江下さんを視界に入れつつ、

「……水があったけど、少なくなった？」

「――無いあるヨ？」

『木戸さん……！』

『言わなくても解りますわ……』

『オーイ、話の腰を折ってる折ってるゥ』

●

かなり元気が出たので、私は桑尻さんに問いました。啓示盤に、とりあえず円を一個描いて、これを地球という意味で示し、

「……この中にあった水が、外に？」

「はい。先ほども話に出しましたが、ジャイアント・インパクトの前、地球は水蒸気の膜に覆われて生じる豪雨と、その水蒸気による温室効果による溶岩化の連続を行っていました。当時はまだ地球が太陽に近く、かなりの高熱だったとされています」
そして、

「これらが繰り返されるごとに大気は宇宙へと抜けていき、特に、軽い水素が失われていきます。結果として、水は失われ、残った酸素は二酸化炭素となったり、溶岩を作る金属に混ざって行くんですね」

「――あのちょっといいですか？」

「何です？」

「水素って、地球上にありますよね？　それが宇宙へと抜けていってしまうんですか？」

「はい。――水素の特徴をよく考えて下さい。たとえば水素を入れた風船はどうなりますか？」
問うと、先輩さんがちょっと考えた。
そして、ややあってから、彼女が手を挙げた。空中に何か漂ってるジェスチャーをして、

「ええと、デパートのアドバルーン的な？」

「そうですね。つまり水素は――」

「上昇します！」

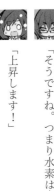

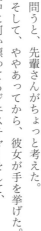

　そういうことです。

「水素は、他の重い大気に押し上げられていって、地球から宇宙に出てしまうんです」

●

《いい答えと誘導でした。水素が発見、精製出来るようになった後、人類はその特性から風船や飛行船を浮かせるガスとして使用しました。しかし水素は着火するため、爆発事故などが続きまして、――80年代後半から、不活性ガスであるヘリウムにその役目が置き換えられています》

「あの、声が変わるヤツだっけ？　ヘリウムって」

《はい。このヘリウムも宇宙空間では多く存在するものですが、現在の地球上で自然に存在しているものは希です。現在、地球上にあるヘリウムは精製された人工のものなんですね》

　これはどういうことか。

「地球の主な大気よりも軽い気体は、地球上に止まることが出来ないの」

●

　はあ、と何度か啓示盤を見て納得した先輩さんを前に、自分は言葉を続ける。

「つまり地球が形成されていく中で、水素が地球の引力で止められず、抜けていってしまった。だから地球はジャイアント・インパクトの前では、原初よりも乾いていただろう、という考えなんですね」

「どうしてそう言い切れるの？」

「時間です。――風船が空に上がる速度そのものではありませんが、軽い大気は他の重いガスに押し出されることもあり、高い速度で上昇します。

　惑星形成時に集まったガスの内、水素、ヘリウムなどは、風船が飛んでいくように、初期の段階で抜け出てしまったろう、と考えられたのですね」
　ではどうなったのか。

「そこで月が激突して、地球にリセットが掛かった訳か」

「はい。固まりつつあった地球が、またそうではなくなった訳です。そこに水が来て、地球が保水しながら冷えていき、固まり直した、という事になります」
　成程、と神道組や、メソポ組、欧州組が頷く。
だがそこで、己は自分の啓示盤を割った。

「しかし、コレがまた、水の発生ついてはそうではない可能性も高くてですね」

「――エッ？」
　いやまあ、と自分は自分で首を傾げる。

「――月の成分が、地球とかなり似ているんです」

　成程、と天満は呟いた。自分の方でも、今、啓示盤を開いてそのあたりの知識を集めていた。こちらは歴史的に浅い方から見ていったのだが、

「……確かに、矛盾めいたものが出てくるんですね。まあ、いろいろな事象は、計算次第でどうとでも変わる、という前提ですが――」
　言う。

「1960年以降の調査によって、月の石が持ち帰られ、いろいろなことが解りました。近年の精査によると、地球と月を構成する組成はかなりのレベルで似ているとされています」

「似ていると、何か悪い事あんの？」

「ジャイアント・インパクトが生じた場合、月は、地球と激突してお互いの多くを構成しながら、しかし最大としては月本来の組成が残る筈です。――しかし大部分が似ているとなると、月は少なくとも外来の星では無くなるんですね」

コレには幾つか仮説がある。しかし、

《90年では定かになっていない事ですのでフライングですが、この謎については仮説が連なって大体の推測を作ってくれます》

まず、

《第一の仮説は、地球と月は、太陽系が形成されていく際、近い位置で生まれた星であろう、ということです。これによって、地球と月の組成が似ていて、しかし違う部分があることも説明が出来ます》

また、

《ジャイアント・インパクトの際、生じた衝撃が当初の想定より大きな事が解って来ました。ジャイアント・ジャイアント・インパクト、と、そのくらいの衝撃だったようで、場合によっては地球と月が一度消し飛び、それから再構成されるほどではなかったか、という計測もあります。ただ、――これもまた、両者の組成がかなり混じるので、お互いが似ているという補強になります》

そして、

《このようにして、地球と月が似ている場合、先ほどの〝水〟がジャイアント・インパクト後に生じた、という説では、チョイと矛盾が生じます。――何の事か解りますか》

天満は解っている。北欧知識神も解っているだろう。北欧組も唯一神もだ。

イワナガヒメは考えている。

メソポタミア組は、ビルガメスとエンキドゥが考えている。ゲッサンも思案中だ。

エシュタルはカラムーチョをラッパ飲みしている。

人類は解ってない。これは断言出来る。何故なら、

《猿。何をキョロキョロして答えを待ってるんですか？》

「ハア!?　答えを待ってなんかないよ！

――試合放棄してるからな！」

「住良木君？　住良木君のテラフォームなんですから、少し考えましょう？」

「ハイ！　考えます！」
　バランサーが酷く味わい深い表情をしましたが、上手く言い表す知識が無いです。

●

　ともあれどういうことだろう、と僕は思った。

　地球の組成が月と同じで？　先に言われたジャイアント・インパクトの後に地球に水が出来たと言うことに、何かが矛盾する？

「ジャイアント・インパクトで、地球が一回リセットされてるなら、どちらにしろ、それでいいんじゃないの？　仕切り直してんだよね？」

「――あ!!」
　と先輩が声を上げた。手も挙げ、

「解りました！」

「マジですか!?」
　と先輩に振り返ると、あるものが目に入った。

「先輩のジャイアントがインパクトで……」

「落ち着いて住良木君！　答えは――」

《言っておきますが、猿は自分で考えましょう。先輩さん達も、ヒントはいいですが、直接の答えは駄目です》

「え、ええと……？」

「――あの、巨乳で説明出来ますか!?」
　先輩が頭を抱えた。
　だがそこに、女衆が集まっていく。皆が軽く輪を作って相談し合い、ややあってから、

「エイッ、オ――ウ!!」
　ハイタッチで、先輩がこちらに振り向いた。ジャイアントが揺れて、僕は生きていて良かったと、そう思う。そして、

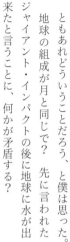

「住良木君？　私の胸があるとしますね？　今、私は水着を着ています。――凝視しなくても大丈夫です」

僕は自分の右頬を叩いた。

「あ、すみません！　間違い探しでも始まるのかと、記憶しようと思って！」

「駄目かナ……」

「き、希望を失うのが早すぎますのよ……？」

と、後ろの声にメゲず、先輩が笑みで言った。

「私がこの後着替えたとして、――私の胸に違いって、ありますか？」

●

僕は叫んだ。

「解った！　先輩がこの後着替えたとして、――先輩の胸に違いはないんだ！」

《そのままですよ馬鹿》

「落ち着けバランサー！　僕は巨乳信仰だから、言語の優先度として巨乳という言葉が先に来ることに何の問題も無い！」

「住良木君、人の言葉で」

「あ、ハイ、――つまりジャイアント・インパクトの前後で、地球の組成が変わっていないって事です」

「うわいきなりまともになって驚きですけど無理してませんか？」

「あ、ハイ、かなりＭＵＲＩしてます。巨乳巨乳言って上下にキュキュキュキュって小刻みにジャンプしていた方が楽です。こう、キュキュキュキュ！　キュキュキュキュって！」

「…………」

「――ゲロのオッサンそこでリアクションだよ!!」

駄目だちょっとテンポがズレた。だが、

《大体は理解しているようですね》

　バランサーが、桑尻に画面を向ける。すると桑尻が一つ頷き、言葉を続けた。

「まあ、ちょっとした矛盾ね」

「月が激突する前から、月と地球の組成が似ているなら、ジャイアント・インパクトの前後で、地球の組成はほぼ変わっていないことになるの」

　だから、

「ジャイアント・インパクト後、作り直された地球は保水効果を持っていた……、としたいところが、もとから高い保水効果を持っていたことになるのね」

《無論、月から奪ったコアの分、保水効果は上がります。しかし、過去の地球も保水性能が高いのであれば、〝水〟の隕石が集中して当たった、という仮説の見直しが必要になるのです。何しろ、太陽系には豊富な〝水〟があり、惑星形成時にそれが含まれていた訳ですから》

「実際、どうなの？」

《フライング案件ですが、研究によって、地球本来のままでも充分に保水されていたとする、そんな状態は可能であろうとされています。

　逆に、ジャイアント・インパクトの後で〝水〟が来た、とする場合、その期間が短すぎることや、保水性能はあっても〝降った水で地表が冷え、水が溶岩内に収まらないのでは〟という疑問が生じたりで、いろいろ補完となるものが研究されることとなります》

　まあつまりは、とバランサーは言った。

《テラフォームとして考えた場合、期間とか云々、こっちで操作しますからどっちでも出来ます。あとはどちらがいいか、ということにな

るのですね》

ああ、と私は今更納得しました。

「前に水の話をしたとき、溶岩から水を取り出す案を桑尻さんが興味深そうにしていたのは、それもまた正解で、――北欧組は、でも違う方法をとったんですね？」

「うちは氷や凍結の術式持ちがいるから、アイスメテオだねエ」

「先輩さんは岩を扱える神だというのは解っていたので、溶岩及び岩石から水、というのは、その保水効果も含めて有りだと思った訳です」

成程、と思う視界の中、天満さんが顎に手を当てます。

「しかしコレ、……当時の人類の間では説が割れて面倒になる話ですよね」

「片方しか知らない人が、もう片方を否定したりで面倒になりますわね……」

「結局、折衷案みたいなのに逃げるのよね……」
《大体は桑尻の言う通りで、地球は元から保水効果を持っており、ジャイアント・インパクトで月のコアを吸収して強化、〝水〟の隕石などは前後限らず降っていて……、という説が安全ですね》
《では、どうしますか？　猿》
問われ、僕は首を傾げた。
「？　何がだよ？」
《水の精製方法です。――アイスメテオを降らせるか、それとも、この目の前の溶岩から水を作るか、です。以前に溶岩から、というアイデアを出させていますが、ここでそれを決定しましょう》
ああ、そういうことか、と僕は思った。それなら決まってる。

「北欧組がアイスメテオ、部長は理不尽使って水を得たんだろ？　だったら僕達は、先輩が岩も扱うから、溶岩でいいんじゃないの？」

「……馬鹿？」

「オイイイイイイイイイ！　――何だお前！　いつも僕のことを馬鹿呼ばわりしているくせに、それがここで疑問形になるってことは、実はお前、僕のことを馬鹿じゃなくて天才だと思ってたんだな!?　偉いぞ！」

「二元論かよ」

　いやまあ、と先輩が手を前後に振る。先輩は、桑尻に対して、

「あの、私も岩を扱えるから、溶岩の方が楽かな、と思ったんですが、そうじゃないんですか？」

「いや、まあ、あの」

　桑尻が、先輩に対して、こう言った。

「先輩さん、あの溶岩の海から、水を抽出出来ますか？　――そういうことなんです」

●

　水を抽出、という言葉の意味を、私は考えました。

「水を溶岩から絞り出す……？」

《ええ。目的としては地表部の冷却。溶岩から水を抽出することで、それを水蒸気に変え、更に雨として降らせてこの星を冷却、大地を作ります》

「それって、自然にそうなるんじゃないの？」

「自然にやってたら何年かかると思ってんの」

「ついでに言うと、あの炎竜達、この星の精霊が逆らってるから、多分、自然冷却は見込めない。強引にこっちでやるしかないんだ」

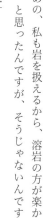

そういうことですね。

「あの、それで、私が溶岩から水の抽出に成功したら、どうなります？」

《そうですね、貴女が水の抽出に成功したならば、そこにある拠点……。岩屋ですね。その周囲に、抽出システムを配置し、実用出来るかどうかなどのチェックに入ります。

なので先輩さんは、出来るならばそのシステムの元となる抽出作業を行ってみて下さい》

「え、ええと、システム？」

《はい。水の抽出がどのくらいの規模になるか解りませんが、とりあえず一個でもいいので、安全かつ安定したパターンを実演して下さい。

そうしたら、それを私の方でコピーして、拠点に常時機動を前提として設置。

チェックの上で、安全だと思ったら、拠点周辺からこの星の上に展開していきます》

「……成程、そうやって拠点で、環境実験？何て言うんでしょう。とりあえず人類が生存可能なミニ環境にしていく訳ですね？」

《そうです。他の星々では、そのようにして行ってきました》

私は、とりあえず他の皆さんを見ました。

「ええと、皆さんの場合……」

「うン？　アイスメテオ降らせるけど、拠点にそんなもの降らせたら危険だから、とりあえず雹《ひょう》？　それを落下させる五メートル四方くらいの溶岩プール作ってネ。どうなるか実験した感じだネエ」

「ぼおくは、ほうら、理ぃ不尽だからさあ」

よく解りました。

他の皆さんは、つまり、

「北欧組は雹を降らせて終了で、理不尽は理不尽で何時《いつ》も通り、と……。それに比べてうちは……」

「…………」

「溶岩から水を抽出って、私、無茶苦茶難度高くないです!?」

《それはそこの馬鹿に言って下さい》

言われて、私は住良木君の方に視線を向けました。すると岩屋の方を見て、何か指で計測していた住良木君が、キラッキラした目で振り返り、

「先輩！　どんな感じで拠点構築していきましょうか！　何か、〝始まった〟感ありますよね！」

あっ、期待の視線が超イタッ。イタタタタッ。

INTERLUDE

「大ぃ変んなことに、なあったねえ」

「よ、余所事！　余所事ですね!?」

第三十三章

『TETRIS』

——えーと、ほら、あれですよ!
ええ、ほら、あれですわね!

『あの、通神で住良木君に見えないように相談しますけど、空から岩を一杯降らせたら地表は冷却出来ますよね!?　ね!?』

『――落下の衝撃で更に過熱しますね』

『い、今、そういうリアルな話はしてないんですよ……!　これはリアルに見えるだけの愚痴なんです……!』

『〝面倒くさいモード〟に入っちゃったかナ?』

『少し落ち着きませんの?　同輩さん』

『いやいやいや、落ち着いたところでMURIですって!　私がどのくらい木っ端神なのか木戸さんはまだ解ってませんね……!　私、ザコとしては凄いですよ!』

『ここ、鼻フンで威張れる処なんでしょうか……』

「バランサー、溶岩から、ってことは、ここに溶岩パレット作るのか?」

「どういうことだ?」

ああ、と雷同は頷いた。拠点となる岩屋を指差し、

「水の抽出実験をするのに、わざわざ下に行くの面倒だし、危険だろ?　だからバランサーに頼んで、あの岩屋の横、テキトーな処に、下の溶岩海の一部を空間移送する」

「地面の入れ替えか?」

「空間移送なので、空間的には繋がっています。無論、溶岩などを操作出来る神が居れば独自にそれを作って配置することも可能ですが」

「どういうことなんです?」

「ポピュラスのアレだあねぇ」

「ああ！　火山のアレ……！」

「どういうこと？」

「ゲームの話なんで話すと長くなるが、基本的には嫌がらせに使う」

「ぞぉくぞぉくするよねぇ。住う人どぉもが巻ぁき込まぁれるとおさあ」

《私の回答待たずに盛り上がってますが、この星の精霊達の敵視がかなり厳しいですので空間移送は危険です。下手に空間を繋げた場合、そこから乗り込まれる可能性がありますね》

「バランサーがスクリーニングしないのかナ？」

《スクリーニングをしてまで空間移送するくらいなら、一部の空間温度を上昇させて溶岩化した方がコストパフォーマンスに優れています》

「まあ、俺達も、誰かがここに常駐で監視とガードに出てる訳じゃないからな。下手にバックドアになるようなことは避けた方がいいか」

《いずれ人員が揃《そろ》ったら、釣り堀のように炎竜を引っ張り上げて戦闘出来るシステムを設けることも可能です。そういう事が出来る拠点になりそうではありますね》

　バランサーの言っている意味は、何となく解る。

「テラフォームの方向性、ってヤツか」

《そこまで辿《たど》り着《つ》くのにどれだけ掛かるか、という話ですけどね》

　さて、とバランサーが先輩さん達に振り向いた。

《では先輩さん、どのように始めますか？》

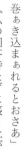

「どのように、と、言いますと？」

　そうですねえ、とバランサーが岩屋を上空から見た概要図を出してきます。それはマス目に割られたもので、

《このマス目の一つを、私が空間的に加熱して溶岩化します。そこから水を抽出する実験というか、試験をする訳ですね。どれをそのようにしますか？》

「え、ええと、住良木君、どうしますか？」

「あ、ハイ！　一番先に原子力発電所を中央に立てて、カツカツでスタートするんですよ！」

「それシムシティのプレイリポートで必ずやるよな」

「ですよね！」

　何言ってるか解らないんですがどうしたら。


「アー、岩屋の近くがいいけど、ホントに近くはやめた方がいいかナ」

「どういうことです？」

「うン。コレさ。水を抽出する訳だから、後々には水場になる場合もあるのネ？　だから岩屋の近くにあると便利なんだけどサ。そうならなかった場合、溶岩区画として残るから――」

　と、紫布さんが住良木君に視線を向けました。

「――え!?　何ですか一体！　僕のことを不注意極まりない動物みたいな目で見て！」

　危険ですね……、としみじみ思いました。

「〝何もしてないのに猿が落ちた〟とか、そんな不具合が確実に発生しますよね」

「ンンンッ、同意したくないですけど同意せざるを得ないような……！」

「檻《おり》で囲ったらどうかナ？」

「人類先輩をですか？」

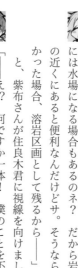

「溶岩区画を、ですわよ……！」

「…………」

「ウン！　そうだよネ！」

「紫布さあああああああん!?」

「いやいやいや、一瞬意味考えちゃったヨ。オーイ、住良木チャン？　どうするかナ？」

「ハイ！　岩屋の裏手にあるといいんじゃないでしょうか！」

「思いつきで言ってるよな……」

「あまり深く考えてませんよね」

「いやまあ、そういうものでスタートは良いんじゃないでしょうか。ですよねバランサー？」

《ええ、どちらにしろ私の管理下なので、場所は後で自由にズラせますが？　さっきから何を〝場所〟について議論してるんです？》

画面を摑んで縦に何度も振りました。

●

しかし困ったことがありました。

「私の権能リスト見ても、流体から水の精製、変換はあっても、岩からの抽出は無いんですよね……」

「溶岩から精製した岩を流体に還元して、それを水に変える、というのはどうなんです？」

「そういう強引なの、有りなんです？」

《ぎりぎり無しの有りでしょう。――私、融通の利く賢いAIなので》

そういえばそうですね、と思い、私は気付きました。

「岩を流体に還元するのって、どうするんです？」

「…………」

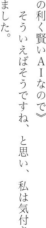

「……えっ？　私が答えるんですか？」

「ですよねー」

「…………」

「駄目じゃないですかバランサー！　私がザコってことを想定してないと！」

《い、今、理不尽な怒りをぶつけられてますよ……！》

「というか先輩チャン、岩屋を作るときとか、ミスったらどうしてたのかナ？」

「え？　いや、再整形は出来るので、それで」

「分解より、そっちの方がスキルレベル高い気が……」

「…………」

「……そ、そういうものなんですよ！」

●

うーン、と紫布は唸《うな》った。

「コレ、ここのパートだけチョイと仕切り直しになる覚悟で話進めていった方がいいかなア」

「どういうことです？」

「先輩さんの権能が、このパートをクリアする条件を満たせない、ということです。まだ検証は出来ていませんが、詰めていった結果として、〝出来ない〟場合は、このパートをもう一度考え直す、ということになります」

《まあ、ペナルティはないので、気楽に行きましょう》

バランサーが、先輩チャンの方に画面を向けて言う。

《解決方法はいくらでもあります。先ほど桑尻が出したように、迂回《うかい》手段で溶岩から水を抽出するとか、他には、別の神の手を借りることです》

「あ、別の神に頼るのは有りだネ。——先輩チャン、そういう知り合い、いるかナ？」

「…………」

「……引き籠もりの長い神に、友達いると思いますか？」

「…………」

「……今更言うのもなんですけど、先輩さん、無茶苦茶テラフォームに向いてないですね」

「う、うわキッツ！　い、岩が出せる分、ちょっとは向いてます！　向いてますよーだ！」

「ほらほら桑尻チャン、引き籠もりを刺激するとああいう風になるから、あまりクリティカルなこと言わないヨー」

　と、そこで疑問する。天満チャンの方だ。

「神道の実在顕現で、水系の神って来てるのかナ？」

「何でここにいないか解ります？」

「神委の嫌がらせかア」

「一応、私の妹が火と水の両属性なので、こういうときにいるといいんですが、仮想顕現なんですよね……」

「妹サン、たまに話をチラって聞くけど、何か凄いよネエ……」

　ともあれ神道側は望めない。だとすると他の神だが、

「施工代表に進言しますが、北欧組をここで頼るのは無しにして下さい」

ン？　という顔をした施工代表に、自分は告げた。

「北欧神話には、既にいろいろな部分で御世話になっています。これ以上、向こうに負担の種類を増やすのであれば、テラフォーム終了後の惑星上支配地域配分において、彼らを優遇しなければならなくなります。というか既にその傾

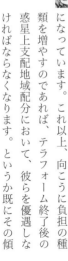

向が高いです」
だから、

「北欧神話には、ここで荷担をして貰わないで済むよう、頑張って下さい。施工代表」

「ええと、つまり、どういう？」

「水の抽出もですが、仕切り直しになった際、彼らにアイスメテオの発注をすることはやめて下さい」

施工代表が頭を抱えた。

●

「あのさ……」

カイは、一年知識神を見て言った。

「何処かの御菓子監査が言うよりも監査らしい台詞を聞いたぞ……」

「何気にしてんのよ！　大丈夫！　私の方が偉いから！」

●

「あの、一言で現状言っていいですか？」

《どうぞどうぞ？》

「……詰んでる？」

《いい表現ですね！　――言っても何も変わりませんが》

画面を掴んで縦に振りながら、私は考えました。

……北欧系以外で、水に関する事が出来る神様って……。

いました。

「――木戸さん!!」

「ファ!?　いきなり何ですの!?」

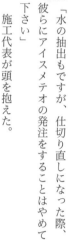

「水の神で北欧系以外と言ったら木戸さんしかいません！」

「…………」

「……ゲロのオッサン、メゲるなよ。僕も忘れてたくらいだから」

「コラそこ追い打ち掛けない掛けないヨー」

「あの、木戸さん、前に手伝いオッケーみたいなこと言いましたよね？　その時が来ました！　ハイ！　ちょっと宜しく御願いします！」

「いえ、私、例えば戦闘の補助とか、居るときだけのインスタントな扱いくらいなら了解してましたけど、ここまでガッツリは想定してませんのよ？」

「そ、そんな事言ったらテラフォームここで終了になっちゃうんですよ……！　宜しく御願いします！　御願いします！」

『無茶苦茶交渉が下手ですね……』

『ここまでとは思わなかったヨ……』

「——ハ、ハイそこ実況しない！　ええと、木戸さん！　ほら、このままだと終わっちゃいますよ！　そうしたら困っちゃいますよ！　誰が困るかっていうと私なんですが、どうなんですか木戸さん！」

「いえ、あの、何か押しが強すぎません？　あと、また別の方法もあると思いますし」

「いえいえいえいえ、コレはここで木戸さんが頑張るという流れです！　ほら、ここでガツっとやって後は流れで御願いします！　いや、早くしないと時間が切迫してきてますから！」

「時間？」

「え？　あ、えーと、時間！　そう、テラフォームの閉店時間です！　♪うーさーぎおーいしかーのーやーまー、ってほら、聞こえて来ませんか？」

『何か歌い出したぞ』

『あと、大体のスーパーは〝故郷〟じゃなくて〝蛍の光〟じゃないかナ？』

「そ、そこ！　さっきから啓示盤で遣り取りしない！」

「というかバランサー、実際、どうなのだ？」

《木戸が手伝うとして、今回だけでも成果を出せたら、私がそれをコピーしますので、木戸は以後、管理などしなくても大丈夫ですよ》

「……そうなんですの？」

「……じゃあ、今回だけ、手伝いますわ」

「わぁい！　わぁい！　良かったです木戸さん！　手伝って貰えるなんて！」

「ぶっちゃけ、貴女が〝住良木君が困るんです〟とか言ったら、絶対手伝わないと決めてましたのよ？」

「そんな、住良木君を人質に取るようなことを主神がする訳ないじゃないですか！」

お互い、視線を合わせてから握手をしました。

「信ん者を人ぉ質にとぉる主ぅ神はいなあい、か……」

「……お前、何回かやったよな？」

「親はぁ子ぉを大い切にするよおねえ」

「唯一邪神かよ」

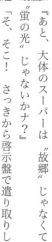

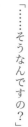

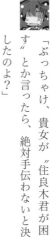

《では、ちょっと用意しますね》

その言葉と共に、バランサーが岩屋の裏に、熱源を作りました。

大きいかと思えば、1.8メートル四方。二畳分、という大きさです。その区画が流体光で区切られ、こちらの手元に啓示盤が数枚出ます。

「結界や外部からの操作を認めるかどうかですね」

《私の個別情報などは全部プロテクトしてありますから、〝不確定名　ＡＩ〟で出ていると思います。それを許可して下さい》

許可のボタンを一回押します。が、許可が通らず、

「あら？　空打ち？」

《――啓示盤の型式が古かったりしません？》

「一回戻ってからやり直してみては？」

言われた通り、バランサーの名前確認からし直してみると、通りました。

「何か危なっかしいので、後で型式確認しておきます……」

「あ、ひょっとすると私のせいかもしれません」

「どういうことです？」

「このところ、住良木のバージョンアップが有りましたから。その対応かも」

「え!?　何!?　僕のバージョンが上がったの!?」

住良木君が、自分の水着の中を確認しました。

「マジかよ！　桑尻！　どのあたりが!?　感度とか!?」

「今度、功刀先輩に時間取って貰うから聞いておくといいわ」

「いらねえ――――！　って、先輩、これからどうするんです？」

「はい、これからその区画の岩を溶岩化して貰って、そこから水を抽出します」

「水を注出!?　この岩からですか!?」

　住良木君が岩盤にベタ伏せしました。そのまま住良木君が、岩盤に対して、

「この！　この岩盤！　先輩が作った岩盤ですよね!?　先輩の手が触れたと言ってもいい！　そこから水！　どうするんですか!?　こう、やっぱり、抽出って言うだけあって、チューして出すって言うか、なめなめっ、なめなめっ、鉄の味がする……！」

「あの、住良木君、そこまでやるのはちょっと凄いと思いました！」

「褒めないで下さい！　当然のことですよ！」

「この狂信者一人で通常信者の百人くらい賄えるんじゃなかろうか……」

「もっとだろ」

「でも私の権能欲しかったらカラムーチョを貢ぐのね！　三日分も届けたら都市一個滅ぼしてあげるわよ！」

「……これはエシュタルの価値が低いのか、カラムーチョの価値が高いのか、どっちなんでしょうか……」

　外野うるさいです。
　ともあれ私は、木戸さんと共に溶岩区画の方に行きます。

　溶岩から水、というのは、理屈的には解りますの。

「私の権術として考えた場合、かなり低レベルなものですわね……」

「す、すみません！　すみません！　そのくらいも出来ないザコですすみません！」

「そのミョーなレベルの自己評価の低さはどうにかした方がいいと思いますのよ？」

「でも、溶岩から水、というのはかなり高レベルに聞こえますが、違うんですか？」

「属性的に考えると、相反属性の絡んだ操作と思われますものね」

　でも、

「良いですの？　溶岩から、という場合、溶岩が術式の触媒となりますの。

　そして溶岩には、先ほど話にあった通り、水素と、酸素を含んだ鉄が含まれてますわ。

　——流体を使用して無から有を生み出すことに比べたら、触媒の中に、理に適《かな》ったフックがありますの。

　権術としては低レベルの行いですわね」

　あ、と己はしかし、手を振って注釈しておく。

「とはいえ、私も流石に溶岩から水の抽出を行ったことはありませんわ。機会としてまず無いことですものね」
　という視界の正面。二畳ほどの区画が、溶岩のプールになっていますの。溶岩の面まで、今いる岩盤の地面から下に二十センチほど。熱がこちらに伝わってきていないと言うことは、

「結界で、熱などが外に漏れないようにしてますわね」
　バランサーが安全を確保している。ならば、

「ちょっと、試してみましょうか」

●

　水の取り出しは、コツなど何もありませんの。

　手を翳すと掌が見えるようなもの。

　このとき、手の甲が見えないのと同じくらい当然に、水がありますの。

　呼ぶのでも、出すのでもありませんの。

　そうすると、〝ある〟んですの。

　だから今も、煮立った溶岩に目を向け、それだけで、

「あっ」

何ですの？

炎竜は、この星における溶岩全体の精霊でありつつ、しかし自分達の〝魂〟においては、突き立つ岩盤大地が見えるぎりぎり、遠くの位置に己を置いていた。だが、

『？』

何となく知覚するのも危険だと判断出来る遠方。岩盤大地の上で、爆発が生じた。

白い煙。大規模なアレは、

『――？』

炎竜にはよく解らなかったが、ただ、こう感じた。

アイツら何やってんの？

「ウワー！　水蒸気爆発!!」

僕は、風で消えていく水蒸気の霧を左右に分けながら、前に立つ先輩と木戸先輩を見た。

「派手ですね！　水の抽出って！　こんなになるんだ！　格好良い!!」

私は、後ろでテンションアゲてる住良木君に振り向かず、今の爆発でちょっとズレた水着を直し、木戸さんに振り向きます。

「木戸さん、今の、どういうことなんです？」

「え、ええと？」

木戸さんも、ちょっとキョドった感じです。

が、私達の間に啓示盤が来ます。それは、

『水蒸気爆発です。——溶岩の中に水を呼び出したため、その水が直後に水蒸気化して、爆発した訳です』

《一応、防御用の結界は張ってますが、対人クラスのものなので、流石に今のは遮断出来ませんね》

『こっちでプロテクション張っておいたから気にすんな。一応コレはフィジカル扱いで処理出来るだろうし』

『ど、どうも有難う御座います！』

ただまあ、どうしたものですか。というか後ろの住良木君が、

「先輩！　木戸先輩！　今の爆発はどういう意味があるんですか!?　やっぱり、テラフォームに木戸先輩が関わるということで、ちょっとした祭のファイアーみたいなものなんですか!?」

『木戸さん？』

『な、何ですの？』

『住良木君の〝先輩像〟を壊さないように努力出来ますよね？』

桑尻は、先輩格が人類を騙しに掛かったのを見た。

まず先輩さんが、笑顔で振り返って、

「住良木君？　今のは木戸さんのパフォーマンスです。水の扱いとは、ちょっと手加減を変えるだけでこんなことになるんですよー、という、そんな試しと、木戸さんの住良木君を飽きさせないためのサービスですね」

「え、ええ、今のは私の力を見せるためのパフォーマンスですわ」

こちらの横、紫布が背を向けて膝を着いた。肩が震えているが、堪えるのがキツくなってきたらしい。雷同も、組んだ腕をその両の五指でえらく強く摑んでいるが、後一押し来たらヤバいだろう。沸点の低い上役達である。すると、

「マジですか！　有難う御座います！　でも何かいきなりだったので、もう一回見せて貰えますか？」

「も、もう一回？」

「…………」

「……もう一回です木戸さん！」

もう一回派手な水蒸気爆発が起きて、エンキドゥが半目でプロテクションを更新した。

●

『ええと、木戸さん、危機は乗り越えたので方法を考え直しましょう』

『危機？』

『いやあ、爆発あって助かったア。無茶苦茶笑ったヨー』

『あ、あとで何か補塡して貰いますからね……！』

『というか、いきなり爆発するなら、溶岩から水ってＭＵＲＩじゃない？』

『方法はあります。——初心に戻って岩からスタートすればいいんです』

『岩？』

『はい。溶岩を岩にして、それから水を出せば、爆発はしないのでは？』

●

やってみることにしました。とりあえず私が溶岩プールに手を翳し、

「じゃ、じゃあ、岩を作りますね？」

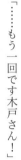

イメージするのは、溶岩から生えた柱です。

だから、溶岩を持ちあげるイメージで、

「――はいっ」

と視線を上げると、溶岩プールから柱が生えました。

太さ五十センチ、高さ一メートルほど。黒い火山岩の柱は、

「にょき。――あ、擬音です。気にしないで下さい」

ウケは良かったようです。だから安心して、

「木戸さん、御願いします！」

●

割れましたの。

「あら？」

水をそこに見るまでもありませんでした。柱に相対した時点で、いきなりそれが真っ二つに割れてしまいましたの。

淡い音がして、半ばまで割れた柱が、細い破片に分化して溶岩に落ちていきます。

「――構成が脆《もろ》かったか？」

「中に水を形成出来ても、硬い柱が内圧に耐えられず割れた、か？」

「いえ、今、そこまで水を向けてませんのよ？」

「――温度差による崩壊ですね」

桑尻さんが、手を挙げて言う。

「高熱の個体を急速に冷やすと、その温度差で急速に構成が変わり、崩壊する場合があります。今のはそれでしょう」

「え？　ソレ、詰んでない？　だって……、溶岩から岩生やしたら、熱持ってて当然じゃない？」

「岩を、刃の焼き入れのように、上手く冷やす必要がある？」

いや、と首を傾げたのは、紫布さんでした。

「……水で冷やすのに、溶岩から水出すんだよネ？　――それがまず溶岩を冷やす必要があるって、矛盾してないかナ？」

「いや、紫布、方法あるだろ」

雷同さんが、顎に手を当てて言いますの。

「ヒートシンクだ」

●

成程、と桑尻は思った。どういうこと？　と首を傾げる面々に、図を描いて説明する。

それは、四角い岩に、あるものを接着した画像だ。

「放熱板です」

「櫛《くし》？」

近い。外しているのは外しているが、これは自分の画力のせいではなく、それ自体を向こうが知らないからだと思いたい。だからまあ、

「大体正解です。――熱伝導率のいい金属で、櫛状、または短冊を並べたような密集形状を作り、それを発熱物に当て、熱代謝を拡充します」

「原理的には、接着した対象の表面積を増やしているんですね？」

「そういうこと。似たのは冷蔵庫の裏面にもありますよね。格子型の、緩く発熱している箇所。あれは放熱して内部機器の熱を外に逃しているんです」

「ええと、こういうことです？」

先輩さんが溶岩の上に手を翳すと、五十センチ四方のヒートシンクが作られた。歯が十枚ほどあるものだ。良い出来ですね、と思うが、見ていると、

「何かコレ、えらく赤くなってきたけどォ？」

「表面積が増えた分、周囲の熱を一気に吸ってしまってる……？」

《熱供給量が、消費量を上回っている状態ですね》

成程、と自分は再び思い、こう結論した。

「詰んでいるのでは？」

「――け、結論早っ。もう少し粘って下さいよ桑尻さん！」

「いえ、私、大体が協力出来ない北欧系ですから……。知識も無料じゃありませんし」

「うーん。だとしたら、ヒートシンクの形状が悪いのでは？」

●

天満は手を挙げ、指摘する。

「先ほどのヒートシンクに、机のような脚をつけてはどうでしょう。溶岩に触れている面積を少なくして、大気に当たる面積を増やす訳です」

「ええと、形状は……、つまり……？」

「歯を上に向けて、底面に脚をつける、かナ？」

施工代表が、えーと、と首を傾げながら溶岩に手を翳す。そして溶岩から生えて生まれたのは、確かにこちらの要求通りのものだ。

「足を長くすれば、下からの熱が届かなくなります。上部のヒートシンクは底面から炙られますが、放熱効果で充分な冷却が為されるでしょう」

見ている状態では、熱関係は問題ないようだ。だから、

「木戸先輩、宜しく御願いします」

●

木戸は、溶岩の池から生えたヒートシンクを見た。

これから水を取り出せばいい。だから、

「――行きますわ」
一応、言っておきますの。そして見るだけで、水が、

「出えたねえ」
出ました。ヒートシンクの歯から染み出した水が、すぐに水蒸気となり、熱で蒸発して陽炎《かげろう》となります。
水が生じましたの。だから、

「――成功ですわね」
言いましたわ。しかし、

「あ」
軽い音と共に、それが起きましたの。ヒートシンクに亀裂が入り、一斉に砕け、溶岩に落ちていきます。
崩壊ですわ。

「判断が難しいねエ」

「そうですね。水は取り出せました。だからこの足つきヒートシンクはもうリサイクルに回すだけです。だから崩壊しても問題ない、とはいえます」

「しかし、効率悪くないか？　水、少なかったよな？」

「表面積が増えても、体積としては少なくなっているからだな」

「スカスカだから、抽出出来る水の量が少なすぎる、ってところか……」

《そうですね。この方法は、成功であると思います。しかし、出来るなら、もっとコストパフォーマンスに優れたものを出して貰わないと、採用とはしがたいです》

「き、厳しいですわね！」

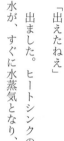

さてどうするか。
江下としては、監査であるが、それゆえに無責任にものを言える立場でもある。だから、

「もっとたくさん立てたらいいんじゃないの？」

「それでも一個の水排出量が低いと、そういうことですね」

「だったらもっと、その櫛歯を上に伸ばす？」

「一応コレ、拠点外にも展開するから、不安定だったり強度不足なものはアウトだぞ？　ヒートシンクの背が高くなると、放熱効果は上がっても、現状の惑星上を吹いてる熱風に負けて倒壊する可能性がある」
じゃあ、と己は言った。

「もうちょっと、耐久度があって、放熱効果のある形で、大きいのを作ったら？」

「格子ですね」
知識神が、言う。そして彼女は、周囲の注目に気付き、

「こちらからのサービスです。北欧系の関与じゃありません」
一息。

「ジャングルジムを想像して下さい。あれを、杭《くい》のような太さで考えて、この溶岩プールに立てます。全体の放熱効果もですが、体積を杭状にして稼げば、水の排出量はかなり見込めるんじゃないでしょうか」

桑尻の提案に、一つ、手が上がるのを紫布は見た。

「杭の体積とヒートシンクの体積は、長さ単位で見たらあまり変わらないと思います」

「だとすればどうするの？」

「ヒートシンクで格子を作ってみてはどうでしょう。その方が冷却効果が高いです」
　と、天満チャンが啓示盤を広げた。そこに描いてあるのは、二畳のスペース上に積まれたヒートシンクの櫓《やぐら》だ。

「高床式の脚部を用意しまして、その上でヒートシンクの格子をこのように作って行きます。高さ五メートルほどまで積むと、随分な保水量になると思います」

「しかし水を出し切ったら、終わりだろう？」
「その場合、ヒートシンクを入れ替えます。このヒートシンクは一定型ではなくて積載型。格子状に積んでいるだけです」
　考えるねエ、というのがこちらの感想だ。バランサーも画面を幾度か下げて頷きの表現だ。
　ただ、住良木チャンが首を傾げている。

「どうしたのかナ？」

「いや、何か、こういう窪《くぼ》みで、縦柱と横柱の積載って、何処かで見たことがあったような……」

「キャンプファイアかナ？」
「いや、そうじゃなくて。何だろう、もっとせわしないイメージのような……」
　何だろうネ、とお互い首を傾げていると、手が上がった。一人俯き気味なのは、

「先輩チャン？　どうしたのかナ？」
「いえ、あの、皆さんいろいろアイデア有り難いんですが……」
　何かナ、と疑問した先で、先輩チャンの言葉が来た。

「複雑な形だと、私、イメージ出来ないんですよね」

●

　紫布は、天満が膝を着いたのを見た。横の桑

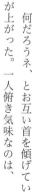

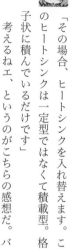

尻が一つ頷き、

「流石先輩さんですね。肝心な所でこちらの予想の一つ下を行きます……」

「褒めてない褒めてないヨー」

「すみません。格子が幾つも重なってるって段階で、水平と垂直を正しく合わせるのが私に出来るのかな、って……」

「じゃあ先輩チャン、どんなのが出来るのかナ？」

「あ！　はい！　神社出来ます！」

「神社？」

「はい！　将来、必要になるかな、って、これだけは研究してあるんです！　ちょっと見てて下さいね!?」

　と、先輩チャンが溶岩プールに両手を翳した。

　そして、

●

「えいっ！」
　声と同時に、溶岩から浮き上がったものがある。〝それ〟は一畳サイズに展開した参道と神社の、一セットであった。

●

　高熱を発している神社は、つまり岩で出来た模型だ。だが細部も作り込んであり、

「拝殿の注連縄《しめなわ》や、各所の紙垂も、岩で出来ているんですか……！」

「拝殿から本堂への通路、本堂側が高く、傾斜しているのがいいですね……」

《無駄な技術を……》

「む、無駄って言いました！　言いましたね!?」

●

　紫布は、雷同と共に神社の模型を見た。それ

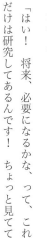

は参道の石畳や、手水台《ちょうず》の柄杓《ひしゃく》なども手抜きがないもので、

「先輩チャン、こういう神社に奉って欲しかったのかナア」

「しかしコレ、水を取り出すのに使えるのか？」

　言われて、自分は想像した。眼下の溶岩の海を、1—1サイズとなった岩の神社が地平の向こうまで敷き詰められている絵を、だ。

「……〝何か始まった〟感あるかナ？」

「異様な世界だよな……」

「神道だったら有りかも知れませんね……」

「ハ、ハイそこ勝手に人の趣味を異世界化しない！」

　趣味？　と思っていると、声がした。それは、

「先輩！　木戸先輩！　ちょっといいですか!?」

　天満は、人類が施工代表と木戸を引っ張って、溶岩プールの向こうに回るのを見た。彼らはこちらに背を向け、何やら相談を始める。その内容は聞こえないが、煮立った溶岩プールのこちらでは、バランサーが首を傾げ、

《……このパートのやり直しについて相談しているんですかねえ》

　と、彼らがこちらを向いた。そして施工代表が手を挙げ、

「あの、バランサー？　確認ですけど、この溶岩プールから水を抽出すればいいんですよね？　それもなるべく大量に？」

《ええ、そうです。それが出来れば問題がありません。方法は何か、思い付きましたか？》

「あ、いえ、あの、溶岩から直だと難しいので、さっきみたいに、私が岩を作って迂回達成する、というのでも問題ないですか？　普通にやると水蒸気爆発になっちゃうので」

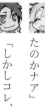

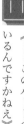

《まあそれは仕方ないですからね。ハイ、岩を経由するのは問題ないです。というか、岩製のヒートシンクなども岩を経由するアイデアですから》

「有り難う御座います！　岩を経由、有りですね!?」

じゃあ、と施工代表が木戸に軽く手を上げた。

「木戸さん？　ちょっと始めましょうか」

●

紫布の視界の中。先輩チャンが動いた。
権術だ。それが、ある結果を作る。その内容は——、

「えいっ」

変化だった。

溶岩プールの溶岩が、一瞬で〝全部岩に変えられた〟のだ。

「エッ？」

全部だ。溶岩であった箇所など、一つも無い。

そして木戸チャンが、即座に動いた。彼女は、岩盤になった元溶岩の窪みに対して、

「はいっ」

声と同時に、岩盤の窪みの中央から、水が湧く。それは岩盤に残った熱でしばらく泡だっていたが、やがて落ち着き、直径一メートルほどの水溜まりとなった。

そんな流れと共に、先輩チャンがこう言った。

「どうです!?　溶岩から〝岩を経由〟して水を抽出しましたよ!?」

●

桑尻は、岩の上に溢《あふ》れる水を見た。

今、何が行われたかは解る。

「溶岩から水を抽出する課題に対し、〝岩を経由〟という条件をつけ、——そして実際は〝溶

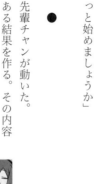

岩を全て岩に上書き〟し、そこから水を抽出、ですね」

「……これ、溶岩は要らんと言えば要らんよな……」

はい、と頷き、自分はバランサーを見る。

バランサーは、ちょっと傾いて空中に浮いていたが、一回ガクリと落ちかけ、持ち直し、そしてゆっくりと、

《エエエエエエエエエエエエ——？　元が溶岩である意味は何処に!?》

「おい！　どうだバランサー！　先輩と木戸先輩の、持ち味を最大限まで活《い》かした方法!!」

《このクソ猿の指図ですね？　そうですね？》

「え？　何？　条件は満たしてるよねえ!?　〝岩を経由する〟ってさ！　先輩とお前がさっき確認した通りの方法でやったよねえ!?　どうだ!?　どうだ——!?　おーいバランサー!!」

くねくね尻振ってジャンプまで始めた馬鹿を対岸において、バランサーが言う。

《く……！　ハメましたね……！》

「え——？　何でちゅかあああ？　賢いAIだったら全ては計算の内だよなあ!?」

●

『盲点と言えば盲点だけど、ちょっと私達も考え過ぎましたね……』

『何だこの、〝範囲内の獲物を捕まえよう〟という問題で〝範囲地形ごと全回収〟みたいな荒い解答』

『しかし人類先輩、意外と頭が働きますね？』

『ある意味全く働いてないからこの答えだけどな』

●

僕は、雷同先輩が手を挙げたのを見た。

「おーい、住良木、コレ、発想はアレだな？」

発想？　と皆が首を傾げるが、雷同先輩は解っているんだろう。だから僕は、

「何だと思います？」

「さっきの、杭の格子ってヤツだ。窪みにそれが積まれていくって言ったら、ゲーム部だとアレしか思いつかないだろ」

　と言った時だった。手を打つ音が一つ響いた。紫布先輩だ。紫布先輩はその一打ちで巨乳を揺らして、

「テトリスだネ!?」

「そうです！　アタリです！　横柱や縦柱、四角いブロックに窪み！　それで体積とかいろいろ言ってるなら、全部落として埋めてしまえばいいんですよ！」

　桑尻は、馬鹿の言葉を聞いて、バランサーを見た。

　バランサーが、地面に落ちている。

「大丈夫かしらバランサー」

　問うと、バランサーが画面を伏せた状態のまま呟く。

《……私、ここはもっと皆さんが知能を働かせる箇所だと想定していたんですよ》

「残念ね」

《……それでまあ、いいところまで来たかなあ、と。そう思っていたんですけどねえ》

「バランサー的にはどういうのを考えていたのかナ？」

　紫布の問いに、バランサーが緩やかに画面を起こす。

　正面。対岸で、馬鹿が浅くM字ポーズをとってバランサーを指差していた。

「ヒュウウウ――！　負け犬!!」

《こ、この猿が！　勝ったつもりですか!?》

「ハア!?　何言ってんの!?　だが安心しろ！　僕は差別が嫌いだけどお前は僕より下だ！」

「ハイハイバランサー、付き合うと同レベルになるヨー。向こうは煽りスキル超高いからネー」

「というかバランサー的にはどういうのを？」

「一畳分の四脚テーブルの階層化が、先輩さんの造形把握能力から考えてもベストかな、と思いますね。下の溶岩プールから新しいテーブルを追加して、水を抜いたものは残りの一畳に捨ててリサイクル、という考えです」

　確かにそれだと、溶岩プールを入れ替えずに済む。

《猿のアイデアはこちらの盲点を突いたものですが、溶岩プールを入れ替える必要が出ます。それはロスが大きいですね》

　だとしたら、と先輩さんが言う。

「一畳分の岩を固めて、残り一畳は溶岩プールのまま、そして岩から水を抜いたらローテーション、とするのではどうでしょう？」

《ンンンンン……！》

　バランサーが仰け反った。

　これは折衷案だ。

「バランサーの出したアイデアと、人類の叡智《えいち》が詰まったテトリスの合成か……」

「凄いのか凄くないのかよく解らんな……」

《いや、私としてはもっと美しいものが見たいのですが――》

　バランサーの声に、苦笑が一つ重なった。振り向けばエシュタルだ。彼女は岩盤となった窪みを見て、

「まあいいんじゃないの？　私としては、コレだと上手くローテーション組めば溶岩の海の上に通路も作れるんじゃないかしら、とか思うわね」

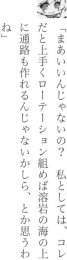

言う。皆がバランサーを見る。
そこでようやく、画面が明らかに嘆息した。
一回、画面を下に振り、

《――監査が論を補強するなら、いいでしょう。貴方達に期待した一方、人類の邪悪な面を忘れていました。――有りでいいです。採用しましょう》

●

わ、と先輩チャンと木戸チャンが手を取り合うのを見つつ、紫布は視線を横に振る。
左、そこに立つ江下チャンに対し、掛ける声がある。それは、

「江下チャン、今のヘルプ、監査としていい感じだったヨ？　バランサーも納得するためのフックが必要だったろうからサ」

「あら？　そんなつもりはないわよ？　ただまあ――」
と、遊び好きの戦勝神が笑った。

「――その、雷神夫妻も知ってるゲーム？　土木工事みたいなイメージあるけど、面白いんだったら教えて欲しいわね」

「じゃあその前に、ウエットティッシュで手ー拭かないとだねエ」

●

木戸は、皆の熱を感じた。

情報が出て、現状を理解して、問題が出て、議論して、そしてありとあらゆる方法で解答を求める。今回のような方法は、バランサーに対する不正ぎりぎりの方法だが、

「神話らしい、とも言えますわね……」

「……神話では、よく、他の神を出し抜いたり、上位神から何かを奪い取ったりとか、平気でやりますからね」
知ってますか？

「神道や、日本の伝説だと、神に対して人がそういうことをやらかすそうですよ」

「ホントに何でもありですわねえ……」

ただ、ここで一つの問題が解決された。

「――水の発生が、加速されますのね？」

それによって、何がどうなるのか。自分はその答えを、恐らく見ない気がする。

ただ、一つ手を打って、紫布が告げた。

「じゃあマア、今回はテラフォームが一つ進んだってことでサ。――そろそろ帰ろうかネエ」

第三十四章
『JUNCTION　03』
——馬鹿が馬鹿を呼ぶ。

●

神界に戻ってみると、夕刻を過ぎていた。

夏の夕暮れだ。時刻としては七時を回っており、河原には冷たさを感じる風も吹いている。

蟬はヒグラシが鳴くとなれば、

「夏のキャンプだなあ、って感じですねえ」

「夕食は引き続きのバーベキューの設営使って、そのまま別の料理行くヨー」

「ええと、皆さん？　ちょっと、あの」

「どうしたんですか？　先輩」

「いや、あの、あっちに来客が」

皆が見ると、広場として設けたスペースに、影が二つある。
テーブルに菓子を広げ、くつろいでいるのは、

「おう、何やテラフォームやっとったんか。遅かったな自分ら」

●

オリンポス系が来ている、という事実に、紫布はまずバランサーを見た。

「どういうことヨ？」

《いやあ、何か、来てしまったので……》

「何しに来たんだ？」

「寂しかったんですよ！　ほら、友人いないいヤツって、呼んでもないのに偶然とか用があるとか装って、義務があったかのようにやってくるんですよ！」

「自己紹介が上手ね」

「な、何言ってんだ！　自己紹介ちゃうわ！　僕には友人がいないけど、偶然とか用を装って

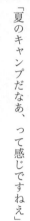

行くような存在もいないぞ！」

《寂しかったんですねえ》

「お前の作った僕の設定だよ！」

「まあよく考えたら唯一人類ってなると、同じ人類の友人いない訳だし、初期から友人づきあいある神がいたら、神々の政治的にそれも駄目かナア」

「ええ！　そうですね！　――どうだ！　僕に友人がいない理由が皆解ったか！」

「いないことに変わりはないんですね」

「おい、手加減しろ」

見ると住良木チャンが河原に倒れ伏していたけど、仰向けだったので近くに居た先輩チャンをローアン見上げて緩やかに復活したヨ。

「先輩！　有難う御座います！　友人が居なくても先輩を見上げてるだけで僕の心は不必要に満たされます！」

「ええと、どういたしまして？」

元気だねエ、と思っていると、徹がある方向を無言で指差した。

そちらを見ると、こっちを半目で見ているオリンポス系がいた。

自分は、ヒグラシの鳴き声を耳に、言葉を投げる。

「――何しに来たのかナ？」

「何しに来たのかナ、じゃないわ！」

まあそうだろうナア、とは思う。だが、

「ちょっと待ちなさい！　何でアンタ達、私のわさビーフ勝手に食ってんの!?」

カイは、ちょっと空を見上げた。

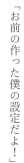

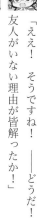

……えーと。

夜空だ。金星はどこだっけな、と思うが、ここは山奥の河原。つまり谷底だ。金星はちょっと方角悪くて見えていない。

つまり水着姿のエシュタルは弱体化している。

まあうちの馬鹿女神はどうでもいい。

夜空だ。星々が瞬《またた》き、川の流れる音と、やや密度がある蝉の鳴き声が、下から全天の暗い色を支えている。

分厚く透き通った夜天を見ていると、広大という言葉を感じ、自分も随分と文明人になったものだと感じる。そして下に視線を向けると、

「いい!? そこの箱に入った菓子は私がこの神界で生きていくために必要な食糧なのよ！ つまり神の食糧！ 何勝手に食ってんの!?」
このスケールの小ささは何だろうか。
しかしエシュタルは前に出る。

「いい!? アンタ達！ 私がメソポタミアのメジャー神として生きていくために大事な食糧を、アンタ達は穢したのよ！ 普通ならここで私が神罰食らわしたいところだけど、別の実害がある派手な罰をアンタ達にはくれてやるわ！」

「お？ ちょっとはスケール大きくなったな？」

「――オイ！ というか実害ある罰とは何やねん!? 戦争でもする気か？」

「馬鹿ね！ この物欲の神界で実害っていったらお金よお金！ さあ！ 開けた二袋分、二百円払いなさい！」
エシュタルの後頭部を平手ではたいた。

「オイッ」

「イタ！ ってアンタちょっと何すんのよ!? 思わず周囲のセミが静かになるくらいの音がしたじゃない！」

「ソレ江下チャンの頭の構造のせいで、円チャンのせいじゃないんじゃないかナ？」

《ちなみに消費税3％が入って二百六円です》

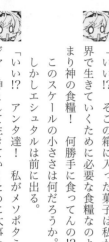

もう一回はたいた。セミがまた鳴き止《や》み、

「凄い音するな……」

「うん……。自分でもちょっと引くくらいいい音してるわね……」

「あ！　でも、私カワイイ神だから！　頭蓋もカワイイのよ！　だからこんなハッピーな音するの」

　追加ではたいた。川面から川精霊が何匹か顔を出す。あら、とエシュタルが笑顔になって、

「ほら！　私がカワイイから出て来たのよ！」

《うるさいわー》

「ほら見ろ」

「せ、精霊の分際で裏切ったわね!?　私得意の〝お前、何でそういうことになるの……？〟ムーブで滅ぼしてやってもいいのよ!?　というかエンキドゥ、さっきからアンタがこっちの頭叩いてんのよポンポンポンポン！　木魚か私は！」

「メソポが木魚とか言うなってサ」

「というかムーチョ、あんないい音がするとか、中身カラなんじゃ……」

《実在顕現の際、一応は詰めたと思いますよ？》

「検品で確認しました？」

《…………》

「無言になるな!!」

　と、そこまで来て、自分は気付いた。オリンポス組に対し、

「あ、悪い」

「無視するなや……!!」

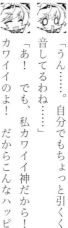

「アハハ！　馬ー鹿！　ざまあ！」

「お前のせいだよ！」

もう一回叩いておく。すると馬鹿女神は相手を両手で指差し、

「というか私の食糧を食ってんのよアイツら！　駄目よねソレ!?　だって私、私のカワイイのを保つのにカロリー消費してんだから！」

●

江下さんの言葉に、尤《もっと》もですね、と頷きそうになって、私は引っかかりました。

「ンンン!?　ちょっと江下さん！　カワイイの保つのにカロリーが必要って、一瞬納得しかけましたけど、それがホントだったら全女神から暴動起きますよ！」

「アー、確かに確かに、うちらも肉食って酒飲んでりゃ大概オッケーだけど、美容はまた別だよネ」

「え!?　何ソレ！　美容のために努力すんの!?　私、美の女神だからメシ食ってりゃカワイくなるのよ？」

一瞬。５メガくらいイラっと来ましたが、ここでトラブル起こしても仕方ないので抑えることにしました。というか、

「あのなあ、自分ら……」

「え？　何です？」

問うと、向こうの偉そうな方が、息を吸いました。そして直後に、

「何でずっと水着なんや!?　この破廉恥どもが!!」

そんな正論言われましても。

●

毎度、叔母の理不尽には困って困ってしょうがないアテナだったが、コレには同意した。

というかどいつもこいつも、

……デカい……。

《あまり知られていませんが、デカいのデカはギリシャ語由来ですね》

　心を読みに来るな。というか私も結構あるんだけどね。

「…………」

　デカくないのがいた。
　そうか、と己は思った。ちょっと前面にデカいのがたくさんいたので決めつけてしまったが、相手の側にもそうではないのがいる。そうだ。よく見たら神道の方でもデカくないのがやはりいる。世界は意外とバランスがとれているのね、と思いかけ、

「デカい方が遥かに多いわ……！　このエロ集団！」

　言った先、相手が、顔を見合わせた。
　ややあってから、神道のデカくないのが首を傾げ、他の皆に向かって、

「エロ集団と言われても、――残念ながら神道は返す言葉が全く御座いません」

●

　テマン子の言葉に、僕は疑問した。

「そうなの？」

「ですよね？　――そうなんですか？」

《言っておきますけど、婚活失敗して人類の寿命縮めた神なんて神話史上で貴女だけですからね？》

「というか。あっちのオリンポス神話は、エロ系とかやたら豊富だよな？」

「はい。しかし意外に冷静なのがオリンポス系で、たとえばケモるときはお互いがケモ状態であったり、ケモって女性を攫《さら》ったら、神の姿に戻ってからドッキング行為とか、そんなシチュエーションが多いのです」

「何だよ！　徹底してないのかよ……！」

「こういう意見の出る神道……」

「アー、うちも、ケモとケモだっけ？」

「あまり答えたくありませんが、大体そうですね……」

「……神道は？」

「――神道ではケモとのドッキングは穢れになります」

「アレレ？」

「何です？」

「ケモとケモの場合の話をしてたんだけど？」

「そうですね。神道の、禊祓のルールを思い出して下さい。――穢れは禊祓すると本来の綺麗な姿となるのです」

「えっと、じゃあ……」

「……日本各地で神獣との間に生まれた子とか、枚挙に暇《いとま》がありませんが？　なお、メジャーなのは狐《きつね》と蛇、犬や鹿で、たまに亀とか魚の強者《つわもの》がいます」

「魚って……」

「何やソレ……」

「おうおうオリンポス系ビビってるぅ！」

《なお、ケモ系にやたら深いのも神道の濃いところです。オリンポス系や北欧系では、動物は動物であり、基本的に獲物や、神達が変化する姿です。しかし、

しかし、しかし――》

《しかし神道の場合、動物は人や神の言葉を解する〝獣〟の場合が多く、また、何故か解らな

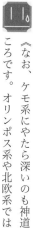

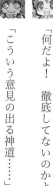

いんですが、ネズミやウサギが出たら、その描写と付き合いにやたら文字数が使われたりして……、ああ、これ、ホンモノが書いたんだな……、という気にたびたびなりますね……》

「重症か……」

と、言ったところで、僕は気付いた。オリンポスの連中を見て、

「何してんの、お前ら」

「オイイイイイ！　何か喋くり出したン自分らやぞ！」

煽り耐性ゼロかよ。

●

ともあれ皆、着替えることにしました。

私服にしようか迷いましたが、

「一悶着《ひともんちゃく》の可能性もあるから、私服がそこらの装備じゃないなら、制服がいいヨ」

とのことで、制服に。

そして外に出てみると、

「ホイ。じゃあ二百十円で四円のお釣りやな？」

「うん！　でも私、一円の持ち合わせがないから、ここは二百十円ね！」

「オイイイイイイイイイ！　ええ度胸しとるな自分！」

「叔母様！　叔母様！　連中が出て来ました！」

この流れで大丈夫なんでしょうか。

●

さて、と天満は居住まいを正した。

……交渉役は自分です。

恐らく、思兼は今回、こうなることを読んでいたろう。ついでにいうとそこで自分が困るあたりまで想像して喜んでいたに違いない。

そのくらいは手堅い上役だ。

そして自分が立つのは、広場の中央。広場と言っても十メートル四方もない。食事などするときに、椅子やテーブルを並べておくための場所で、元は河原だ。完全に平たい訳もなく、川の流れも聞こえてくるとなれば、

……夏の夜に、交渉とは。

昔はこんな時間でも夜闇が濃かった。灯《あか》りを確保するのは大変なことで、燈台《とうだい》一つで本を読むことは至難。だから庭の篝火《かがりび》に寄って、夏は熱いと言い、冬は暖まらないと言いつつ本を読んだりしたものだ。

そのとき必ず空には星があって、

「――」

今も同じだ。立川も、昭和記念公園の近くなら、夜に星がよく見える。だがここは、そんなところに行かなくても〝同じ〟だ。

昔に自分が見たような暗さが冷たく拡がり、

……ああ。

本を読んで、何かを為そうというでもなく、ただただ知らないことに触れられるのを喜んでいた自分が、今、同じような夜の下、知識の神として言葉を振るう。

篝火は竈の火だ。

その朱色に懐かしいものを感じつつ、己は言った。正面、既に折り畳み式の椅子に座っているオリンポス神話の監査二人に対し、

「――では、どのような御用件でしょうか？
神委の監査」

●

私が監査でいるのにねえ、というのが江下の感想だった。

菓子の段ボール箱は確保した。

……危ないところだったわね。

侵食の手が上層でよかった。そちらにはわさビーフを敷き詰めていたのだ。

その下にはエスニカン。

更に下には、うすしおのポテトチップ。
カラムーチョは最下層である。
といっても、カラムーチョの層が一番分厚いのだが、これは〝それこそが大事〟だということだ。
連中には、カラムーチョの存在が気付かれなかったろう。

《エシュタル？　しかし何故、カラムーチョを一番下に？　貴女ならば好きなものは一番上と、そういうものではないのですか？》

ええ、と江下は応じた。これには意味があるのだ。

「カラムーチョの味を深くするために、他の菓子をブレンドして、漬けていたのよ」

●

バランサーは反省した。

……私が自分の賢さに対して傲慢であったばかりに、こんなトンチキを世に放ってしまったとは。

まあ、〝何してんのか意味が解らん〟ことでは有名なエシュタルだ。このくらいでいいのだろう。出来ればそのまま静かに進行プリーズ。

「ムーチョ、お前、馬鹿か？」

「な、何よいきなり！」

あのなあ、と馬鹿が言った。

「カラムーチョは複雑な形してるだろう？　そういうのを漬けるときは濃度として卵が浮くくらいの塩水に漬けるんだよ！」

「そうなの!?」

「ああ、桑尻が言ってた！」

その言葉に、桑尻を見る。すると北欧の知識神は顔を背けていて、

「……言ったのは確かです」

だが、

「……悪いのは知識ではありません。それをどう使うか、ですよね……」

「……桑尻、あまり真剣になるな。無駄だぞ」

「徹ゥ、諦めてるヨー」

「自分らこっちの話聞く気があんのんか!!」

「すまん……」

見ていただけだが、自分も中立の筈が申し訳ないと心底思った。

●

「あのなあ」

言って、デメテルは神道の交渉役を見た。随分と小さな神だ。胸のことではない。ある。どっちやねん。今は背丈だ。まあええわ。

「悪いことを言いに来た訳やないで？」

試すつもりで、言葉を放り投げる。

「自分ら、このままキャンプして、合宿？　しといてくれんか？」

「監査、仰《おっしゃ》られなくても、こちらはそのつもりですが？」

「まあそうやろな」

言っておく。

「――下手に関与しようと言うなら、ドォデカテオイ及びオリンポス勢力が、全員、このシマ乗っ取りにくるで？」

その言葉に、アテナが深く頷く。

すると相手が軽く呼吸を整える。

そして全員が静かになる。

川の流れる音が耳に入る。

だから己は更に告げた。

「――落ち着いて話をしようやないか。私は穏便な方やし」

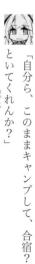

アテナ、半目でこっち見るのは何故やねん。

●

いきなりそう来ましたか、と天満は思った。
つまりこういうことだ。

「監査がここに来たのは、監査が自由になるためですね？」

「周りくどいのう」

「私達に下手な関与を禁じ、自分達が自由に動く、その警告が〝これ〟ですね？」

「そやな。――そっちの顔、立てに来てんねんで？　わしら監査なんやし、何も言わずに暴れて、自分らが慌てて来たら〝やかましい〟言うて張り倒したって、文句あらへんのや」

「御厚意痛み入ります」
では、と己は言葉を投げ返した。

「私達がここで〝じゃあそれで宜しく〟と言ったら、どうなりますか？」

●

そやな。

「それでええんや、と褒めたるわ」

●

あ、という小さな声があがった。

桑尻チャンだ。自分はそれに気付き、啓示盤を出す。己の〝それ〟には意味が無いが、上役がこの現場で出したのだ。麾下の桑尻チャンも躊躇《ためら》いなく啓示盤を出し、

『――〝理由〟を言うつもりが、ありませんね。この相手』

『理由？　監査がここに来た理由は、聞いたろ？』

『その理由ではありません。彼女達が何故、こい、い、い、この奥多摩までやってきたか、です』

『それは……、ええと、水妖を確保したいから、ですよね？』

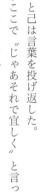

先輩チャンの意見に、あ、と己は声を上げた。
つまり、コレは、こういうことなのだ。

『――それは、お互いの知る情報になってないんだヨ、先輩チャン』

『――あっ』

『え？　何？　どういうことなんです？　オッパイに例えて教えて下さい！』

『先輩チャンが胸回りの実数を住良木チャンに教えてないのに、住良木チャンは私か桑尻チャンからそれ聞いて知ってる感じかナ？』

『アー！　すみません駄目ですソレは！　先輩の胸の実数は神の秘数なんです！　その数字はあらゆる数字に優る究極の数！　糞虫ごときの僕は探求しつつも知ってはならないんです！』

『どういう前提だ』

『ビミョーにヒンズー系の思想も入ってるな……』

話がズレたヨ？　なので桑尻チャンに言葉を向ける。

『どう思うかナ？』

『はい。――先輩さんの実数を知ったとき、私は記憶からそれを消そうと思う筈なので、案外、ここにおいては自称糞虫のいうことも合っているのかと』

『そういうことじゃないヨー』

『というか桑尻！　僕のことを自称糞虫っていうことは、本性を別のものだと思ってくれているのか！　何の動物にレベルアップしてる!?　言ってみ!?』

『――悪いんだけど虫より下の語彙がないわ』

『――菌ですかね……』

コレ、知識神同士で張り合いに来てんのかナ、と思うが、桑尻チャンが告げた。

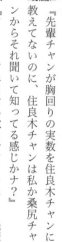

『紫布先輩の疑問に回答しますが、相手が〝私《こ》達に会いに来《こ》た〟理由は、今、とりあえず述べられました。つまり不干渉を約束しろということです。
　しかし、この相手は、〝奥多摩に何をしに来たか〟を言っていません。恐らくは水妖、サラーキアの確保のためでしょう。そして現状、私達もそれを知らないことになっています』
　ならば、

『ここで私達がどうすべきかを判断し、明示すべきかとも思いますが、オリンポスからの監査は、いざとなったら全面抗争を先に出しています。しかし――』

『――しかし、全面抗争に踏み込まないままで、アイツらから情報を引き出せるなら引き出したい。それは交渉役の仕事だな？』

●

　天満は軽く息を吸った。

　成程。相手は既に剣の柄《つか》に手を掛けている訳だ。

……しかも彼女達の〝背後〟にいる全員も、その状態ですか。

　脅しである。

　これはよく解る。寧ろ、明確で有り難いくらいだ。

　なのでとりあえず、こちらも前提を明示することにする。相手が、オリンポスの十二神以下総勢を出すと、そういう前提を見せているのだ。

　こちらも手ぶらではいけない。ゆえに、

「――何かあったら、オリンポス勢がここに乗り込んでくる、と？」

「そやな、職工関係は既に来とるやろ？　そいつら含み、戦闘系の力ある連中が新幹線でワンサカ来るで？」

「そうですか」

「そやな。――神話の母体。石器時代には既に石積みの市壁作って都市間戦争を派手にやっとったのがうちらの土地や。戦ってきた数だけ

土着の戦神を取り込んできとんのや」
言われた。

「半端やないで？」

「そうですか。数で来る、ということですか」

「〝質のよさ〟も付けとき？　それら戦神は、皆、訓練され、軍隊となる。巨神達との戦闘超えて来たばかりの若い世代が多いのが、うちの特徴やで？」

ええか？

「うちは目立った戦闘系がおんねんけど、それよりも職能系や文化系、権謀系が多い神話やな？

――せやけどそれは、戦えないという事と違うで？　巨神大戦であるギガントマキアを抜けたうちら全員。わざわざ戦神特化せんでも、基礎的に戦えると、そういうことや？　全神が戦神、そのくらいで構えぇ？」

●

紫布は、以前にあった夕食会議での遣り取りを思い出した。

……桑尻チャンと徹が話していたっけねェ。

オリンポス神話の神々は、武力のみの神が少なく、それを持った上で、権謀術数とか、技術系が多いのだと。

それは、問題に対し、たとえば政治や、技術による示威などで当たることを示す訳ではない。

『……つまり今回で言うと、戦闘前提の交渉をしてくるような、ガチ戦闘系のゴネ交渉、ってことだネ』

『ああ。前に会ったオーディンもそれなりに押して来たが、こっちのデメテルは更に示威が強いな……』

『うーン、ちょっと読みが甘かったようで反省かナー……。でもサ、巨神と戦争した若い世代っていうけどサ。

たとえば、――円チャン達のメソポも、都市国家戦争を派手にやってたんだよネ？　それってどうなのかナ？』

『私達の神話では、巨神といえる神々と戦争をしたのは、どちらかというと世代が上になる』

『私なんかは、戦勝組に数えられることもあるけど、その娘だったりすることもあるのよね……。そしてビルガメスやエンキドゥなんかは、確実に下の世代でしょう？』

『私達の北欧神話も、原初において巨神の始祖を倒したのはオーディン達ですが、彼らは例えば雷同先輩達の親世代で、特に古い世代となりますね。つまり始まりの巨神との争いにおいて、若い私達はそれを経験していません』

『まあ、オーディンが俺の親とか、そういうのは後付け設定だが、……しかし俺達が初期の世界観を決定する巨神戦争に触れてないのは確かだ』

『このあたり、習合のタイミングなんでしょうねえ』

『神道も、そうよね？　世界観を決める巨神との戦争みたいなものがあって、でもそれが若い世代で経験されてないとか……』

『…………』

『……また神道が何かやらかしたのか』

『……いや、神道の場合は、前にも言いましたけど、世界が出来るとき、何も無いところに葦《あし》みたいなのが生えたりして、そこに凄く偉い神様がパッカパカ咲き乱れて世界の基礎が出来ましたよ的な？　だから、争ったりしてないんですよね……』

『……何で咲くんです？　というか、どこから葦が？』

『……御薬か何かキメちゃってたかナ？』

『交渉中に差し挟むのも何ですが、アレ、一体何のトリップ映像の描写なんでしょうね……』

『BGMは平沢進《ひらさわすすむ》だよな……。フローズンビーチあたりか……』

『僕もそう思いました。サイエンスの幽霊、良かったですねえ』

《貴方達、たまに日本語に日本語訳が必要なときがあるのはそういう……》

●

天満は思った。確かにデメテルの言うように考えると、オリンポス神話の戦力は高い、と。

……厄介ですね。

馬鹿やってる事も多く、インドア系も多いが〝戦時〟を抜けた神話なのだ。

戦神に類するスキルを持つ神が多いというのは、確かだろう。職能神も多いが、それに戦神スキルが重なっている、というイメージだ。

鉄火場の神々と、そういうことなのだろう。

「オリンポス神話、ナメとるとえらい目にあうで？　紀元前千六百年頃、まだギリシャが言葉を文字にする以前からの口承やけど、この意味、解るか？」

「——いえ、勉強不足なもので、教えて下さい」

そやなあ、と、こちらの言葉をデメテルが受け流した。

こっちが知っていようがいまいが構わない、ということなのだろう。

つまり彼女達にとって〝事実〟であり不変。

そのことを、デメテルが言う。

「当時から、アレキサンドロス三世が遠征し、更にローマが欧州を平定しても尚《なお》、ギリシャの位置するバルカン半島は欧州の入口として鉄火場や。黒海沿いに北欧やアジアと、または川みたいな海峡沿いに中東と繋がる半島は、都市国家間戦争と重なって異民族の流入を受けまくったからな」

だから、

「口承で語られた後にも、更に重ねて鉄火の血と英雄達が語られた。報償として得た文化や文

明は、数をこなす内にギリシャを当時欧州最高の文化と文明の場とした。その〝語り継ぎ〟がオリンポス神話や。――そこらの、大体決着したらハイ終わり完成や！　っていう神話とは違うねん。憶えとき」

「解りました。憶えておきます」

「素直でええわ」

相手が小さく笑った。

「じゃあ、――〝それ〟でええな？」

これで終わり。そう言っている。

●

《余談ですが、バルカン半島のバルカンはオスマン語で〝深い森の山脈〟という意味で、鉄火場の半島としては対照的なくらい静かな言葉です。

なお、この呼び方が始まったのは十八世紀からで、それ以前は〝ハエムス〟と呼ばれていましたが、これには諸説有ります。

オリンポス神話ではゼウスによって山に変えられた王の名ですが、コレは先にハエムスがあってこその名ですね》

「バルカンって言うと、バルカン砲とかのイメージあるけどネエ」

「言葉で言うと、バルカン砲の語源はギリシャ神話の火神バルカンで、こちらはVulcan、半島の方はBalkanで、別ですね」

「しかしそこでもギリシャ神話か……」

「でもどうするんだ？　向こう、戦力見せびらかして押す気だぞ」

●

「そうですね」

天満は、相手の言っていることを認めた。

確かにコレは分が悪い。相手はオリンポス神

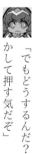

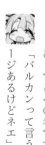

話で、歴史的にも鉄火場の生まれだと解った。
だから己は、

「それを認めましょう、監査。ただ、一つ質問、宜しいですか？」

「質問出来る立場と思うてんのか？」

「はい。施工側として、聞く権利はあります」

「答える義務は監査にあらへんぞ？」

「はい。だから、質問するだけ、させて下さい」

己は思考を絞った。
ここで今、相手にとって〝通る〟物言いは何か。それは、

「オリンポス神話ですが、――メジャー神がどれだけ実在顕現してるんですか？」

●

踏み込んだな、というのがビルガメスの感想だ。
挑発としては充分だろう。何しろ、

「我らメソポタミア神話は、私達の他、メジャーは数柱しか実在顕現出来ていない。……監査が出来るクラスのものが多数顕現すれば、神界の政治的バランスが崩れるからだ」

それは一つの事実を示す。

「マイナー神はその範疇ではないが、メジャー神においては、私達と同等。もしくは、オリンポス神話は同じ第七世代に監査ではない北欧神話が居るが、だとすれば、彼らよりも少ない数しか実在顕現出来ていない筈だ」

「つまり、――言うほど戦力がない、ってことか」

●

直後だった。
いきなりの風が生じた。それは大質量の金属と油、熱気を帯びて、

「暴れるな。――〝掟縛女神《メーテラ・テスモポロス》〟」

緑と白の巨体。女性型の武神が、デメテルの背後に空間射出された。

●

デメテルは言った。背後、自律駆動で目の前の無礼を祓おうとする武神を制し、

「戦力が無いとでも思うたか？　――オリンポス神話の神々は皆、戦神として一騎当千。巨神戦争を勝ち抜いた力は、個体戦力でも自分らを滅ぼせるで？」

「――叔母様……」

「何や？」

「……私達の荷物が……」

振り向く。見るとそこには、手前達のバッグではなく、武神の右足が落ちていた。

己はそれを確認し、

「…………」

「ア――!!」

●

カイは、武神がいそいそと位相空間に自分から戻るのを見た。その足があった場所にデメテルが膝を着き、

「わしの化粧道具一式がア――!!」

「叔母様！　叔母様！　狼狽《うろた》えないで！」

その遣り取りを見て、カイはつぶやいた。

「……マズいな……」

「え？　向こうが、馬鹿っぽいから？」

「それもあるというか、……向こうが、こっちを気にしてるようで気にしてない」

「こっちの戦力を意に介していないということだ。――だから、あのような愚かムーブが出来る」
それだけではない。

「――そんな〝我が道を行く〟割に、こっちの邪魔を制して、いざとなったら潰しにくる。……やると言ったら、やるぞ？　アレは」

●

「まあええわ！　私も魅力でオリンポスの連中を惑わした女神！　スッピン＋要努力でしのいだるわ！　――そういうことでええな!?」

「歳上《としうえ》設定の神は大変ですねえ」

「喧嘩売っとんのか！」
いやいや、と天満が言った。

「御神話《おんしんわ》の戦力についてはよく解りました。一体でも充分な戦力。そういうことですね？」

「そや。ナメたら承知せえへんぞ？」

「はい。今のでよく解りました。個体戦力というものがあるのだから、集団でなくても侮ってはいけない。そういうことですね？」

「？　――個体戦力でも侮っては駄目。それが解ったとして、何？」
ええ、と天満が頷く。
そして彼女は、静かに言った。

「うちの事務所には、個体戦力として理不尽な唯一神がいましてねえ」

●

……そう来たかア――……。
そうだった。神道のテラフォームには唯一神が関わっているのだった。
失念していた訳ではない。だが、

……唯一神が、戦闘に関わってくる？
どう考えてもスケールが違う話だろう。
あり得ない。
叔母だって、そのあたりは見越している筈だ。だからだろうか、こちらを安心させるように、叔母から啓示盤が投げられた。

『どないしょ』

……叔母様ア——!!
少しは考えて動いて欲しい。だが、こちらの懸念は実際にある筈だ。

「唯一神と私達とでは、支配圏や神格も含み、スケールが違い過ぎるでしょう？　唯一神が相手にするほどのことなの？」
言葉を重ねる。それも、相手側にいる唯一神に向けて、だ。

「規格外の戦力を持ち込むのはフェアじゃないわ。戦神として、私はそう思うけど？　どうなのかしら？　唯一神としては」
問うた。すると唯一神が、ややあってから頷いた。

「そぉう言ぃわれえてみると、そおうだねえ」

●

「いやいやいやいや、四文字チャン、ここは〝やあるよう〟とか言わないとサア！」

「いやあ、どう考ええてえも、スケールが合あわないからさあ」
どうしたもんかナア、と思っていると、徹が手を挙げた。

「真正、ポピュラスはクリアしたか？」

「ああ、面白かあったねえ！　久しぃ振りに徹ぅ夜したよお」
そっか、と徹が言った。

「地中海沿岸はさ。意外に火山の多い土地で、ローマやギリシャでは温泉流行《はや》ったし、噴火の

被災もいろいろあってな」
それで、

「今、開発中のポピュラスⅡは、ギリシャ神話が舞台で、火山や火の雨とか、そういうのが出来るらしいぞ」

「――いいねえ！　ギリシャ神話、滅ぼすの、いいねえ!!」
即応であった。

●

アテナは、唯一神の言葉を聞いた。

「リぃハーサぁルとⅡの発っ表祝いで、君ぃ達の本拠にメえテオストラあイクするけど、いぃい？」

「駄目エ――!!」

「だあいじょおぶ。四メートルくらいの小型だからさあ」

「戦術級核ミサイルと同じ効果ありますから、本拠の神々は退避した方がいいですよ」

「落ちた位置によっては地殻にダメージを与えるので、火山の噴火など起きる可能性もありますね」
何故そうなったのか全く解らん。

「ヘイヘイオリンポス！　ビビってるぅ！」

「グギギギギ……」
叔母の歯ぎしりが酷い。だが叔母は、ややあってから、静かに言った。

「おう、アテナ」

「何でしょう、叔母様」
そやな、と前置きして、叔母が告げた。

「うちのドォデカテオイの元気なの、――武神で二体くらい突っ込ませれば、唯一神に対して囮《おとり》くらいにはなるやろか」
何か変な事言い出した……!!

第三十五章

『MEGAMIND』

——何処までも引っ張るなら、
何処までも押せるかい?

「叔母様！　叔母様！　二割でいいから落ち着いて下さい！」

「何言うとんねん。いま、リアルな話しとんのやぞ？」

「だから危険なんですよ……！　この交渉、記録に残って地元で参照されるんですから！」

「別に私の評判悪うなってもええやろ。オリンポスがナメられるより」

「叔母様の評判はもう地の底まで落ちてますけど、他の皆が引くんで！　引くんで！」

「はあ？　別に引かんやろ。やはり一番囮に向くのはアレスやな。アイツ、元気だけやし。ゼウスも大概ヘタレやけど名前と耐久力はあるから、囮に最適やろ」

「記録に残るから名前出したら駄目エ――――！」

まあまあ、とデメテルがアテナに両の掌を向ける。

●

「アテナ。わしゃあ落ち着いとるで？」

「そうなんですか？」

「ああ。――囮に二体使って、あとは唯一神の両手足に一、二体ずつ突っ込ませれば、ヘルメスみたいなナヨいのでも三秒くらいは動き止められるやろ。どうや？　落ち着いた思考から生まれる戦術やろ？」

「叔母様ア――!!」

「――まあ聞けや、アテナ。まず、私以外のドォデカテオイが、何とかして唯一神を二、三秒止める。ええな？」

「叔母様、自分を換算しないのは流石ですね」

「他の連中が全員おっ死んでも、大地母神由来の私がいれば、まあ何とかなるでなあ。それでまあ、唯一神カタめたったら――」

一息。

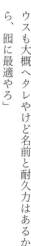

「そこにお前が槍持って突っ込めば唯一神でもタマ獲《と》れるんと違うか？」

●

天満は、完全に俯き気味のアテナが一歩前に出たのを見た。

彼女は、ゆっくりと右肘から先を上げ、

「……そっちが唯一神を出したら、こっちは総力戦で滅亡も辞さないことになるわ」

「アーマゲドンだあねえ！　いぃいいねえ！」

「ハルマゲドン来たる……！　って感じですね」

「おーい、交渉役、どうする？」

そうですねえ、と己は応じた。

ぶっちゃけ、ここまで相手が戦力押しの交渉というか、対話をしてくると思わなかった。何もかもが完全な武力の見せつけだ。しかも、

「自滅までされるとなると、神道側への反発が大きくなるでしょう。恐らくテラフォームは、オリンポスを失った神委と、他神話の臨時会議によって強制中止させられると思います」

「原因は何だ？」

「相手が引き際を知らないからです」

「究極のゴネ得って感じか？」

その通りだ。つまり、

「交渉で、ベットを重ねて行くタイプのものや、チキンレースは出来ません。この相手に対しては、〝駆け引き〟が出来ないんです」

●

……面倒くせえ——。

武力武力と、そんな感じだから、殴れば終わりかと、そう思っていた。だが、

「……自分達が滅びるところまでやったら、〝どうなるのか〟を、駆け引きの絶対的な結果として目の前に吊るしている訳か」

「……交渉の材料として武力を持ち出せたら勝利確定。そういうことですね」

「えっ？　じゃ、じゃあ、私の権能も、その〝武力〟に対しては駄目なんですか？」

「この相手は、〝自分達の全滅〟をカードに出来ているのだ。――それは恐らく、神委を任ずる神話ならば全て持ちうる交渉カードだが、オリンポス神話の場合、他神話とは性質が違う」

「完全武闘派、技術集団も抱えるのがオリンポス系なんだよな？　それが滅ぼされるとなると、全神話にとってデカい脅威が生まれたということになる」

「その脅威は、少なくとも、一神話単位で勝てる相手ではない、ということだな」

「強力な武力は、身を滅ぼす。――オリンポス神話にとってもそうであるならば、それを負かす私達にとっても、同様なのです。相手の武力は、単純な力である一方、神委の政治としては〝勝負に負けても試合に勝つ〟ものと同じ。つまり――」
　交渉役が、こちらに振り向かずに言った。

「唯一神の理不尽も、施工代表の権能も、武力として捉えられた場合、この相手に振るうことは出来ません。それは、単純な戦闘で勝利出来たとしても、次の段階でこちらの政治的敗北を意味します」

●

　ではどうするか。
　天満は幾つかの選択肢を考えた。そして何よりも、

「人類先輩」

「え？　何？」

「一つ伺《うかが》いたいことがあります。今、監査側について、以下の事が解っています。

・監査が、私達に会いに来た理由＝不干渉を求めに来た。
・監査が、奥多摩に来た理由＝これは解っていない。

そして、次のことが問題です。

・恐らく監査の狙いは水妖サラーキアの確保だが、この情報は共有していないので、お互い、知らないことを前提として話をしている。
・この交渉相手は、かなり強力で、対応を失敗すれば神道のテラフォームは中止。

——という事です」

つまり、

「オリンポスの監査は、水妖サラーキアの確保について、神道は不干渉でいろ、と、そう暗に述べています。どうしますか？」

ネプトゥーヌスは息を詰めた。

……参った……。

●

サラーキアは自分の妻だ。今、水妖となっているが、その理由があり、解除が出来ると、そう思っている。

そしてオリンポス系が、彼女を確保しようとする理由も、自分は解っている。

だが、その理由を明かせば、神道を、神委も関する政治的な問題に巻き込むこととなる。

だから自分も、同じような立場にいる木戸も、多くを話せない。

その上で、サラーキアは、人類を襲う。これも理由があるが、言うことは出来ない。

人類は被害者だ。

彼からすれば、〝水妖を確保する〟というオリンポスの監査が告げる言葉は、彼自身を安全に導くものだ。

……ならばそれを選ぶのが普通か。

危険よりも安全。寧ろ、自分達の手際の悪さが、彼を危険に陥れている。ならば、

「神道交渉役、そして人類代表、私は――」

　構わない、と言おうとした。これは自分達のプライベートなことであり、公共事業である神道のテラフォームを巻き込むべきではない、と。

　だが、

「――水妖を確保するのはゲロのオッサンの役目だよ。そこにいる連中の役目じゃないぞ」

　僕は言った。

「――おい、テマン子」

「…………」

「おい！　返事しろよ！　僕が寂しいキャラみたいじゃないか！」

「いや、返事したら負けのような気がしたので……」

●

「いいから聞けよテマン子」

　言っておく。

「水妖の確保はゲロのオッサンの役目で、木戸先輩の仕事。僕達はそれを結果として、補助したり手伝うって決めてるんだ。後から監査云々で入ってきて、邪魔しようって言っても、僕達の合宿内容はそうなってるんだ。そのつもりでやってくれよ」

　いろいろ面倒だ。そして、面倒の元凶であるゲロのオッサンが、声を掛けてきた。

「何故です」

「言わない」

「――住良木君？」

「あ！　先輩には後で話します！　もう包み隠さず頭の上から爪先まで全面消毒するようなキレイキレイな感じで洗いざらい白状しますので、

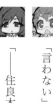

そのときは〝もう、そんなことだったんですかこの糞虫！〟って言って下さい！」

「この糞虫」

「お前に言ってないよ！」

だけど先輩が、小さく笑った。

「木戸さんですね？」

「……私が？」

はい、と先輩が言って、僕は顔に熱が上がるのに気付く。先輩には、やっぱり、隠し事が大概通じないんだなあ、と思っていると、先輩が僕の手を取って言った。

「木戸さんが、多くを明かすと住良木君に迷惑が掛かると、そう言いました。

だから住良木君は、いろいろなことを悟っていたり、そうじゃないかと思っていても、それを言ったら駄目なんです」

何故なら、

「——木戸さんが守ってくれた事に対し、住良木君自身がそれを壊すことは、してはいけないことだからです」

●

……出見。

思い出したのは、つい先日のことでしたの。

ゲーム部の部室で、自分は、出見のことが気に掛かり、しかし出見を傷つけることが無いようにと、言葉を選んで同輩さんの間違いを諫めましたわ。

でもそのとき、出見は気付かず、同輩さんの味方になって、結果、私は泣いて、

「————」

今、出見が、間違わない判断をしていますの。

かつての自分が出見に向けて、しかし失敗したことを、私に対して失敗すること無く、為し

ていますの。
それなのに、

「何ででしょうね」

何故、

「間違っていないことをお互いしているのに、それが失敗しても、上手く伝わっても、泣いてしまうのでしょうね」

●

「…………」

「桑尻チャン！　桑尻チャン！　ここ、いいシーンだから我慢！　我慢だヨー？」

「……一つ、宜しいでしょうか」

「——う、うン？　一つだったらいいかナ？　何？」

「……どうやったら、糞虫を題材に感動的なシーンが？」

「…………」

「……多分、先輩チャンと木戸チャンは、脳に変な回路が入ってんじゃないかナ？」

「し、紫布さんも大概言いますね……！」

●

「合掌」

己は言った。手を打ち、

「合掌」

解らないことは多い。木戸のことも、サラーキアの事も、監査達の思惑も何も解らず、あるのは推測ばかりである。しかし、少なくとも、自分達の側には、解るものがある。

「合掌」

手を打ち、合わせ、自分は告げた。自分達は

お互いの真意を隠し、解ってはいない者達ばかりだが、

「ここに人類が望み、我ら神の方針は集《つど》いたり！」

●

「どうする？　交渉役」

「この相手は、ベットを用いた交渉では〝全滅による二次的被害〟をこちらにもたらす無敵戦術を用います。だから、ベットを用いません」

「――直接攻撃か」

「そうです。――相手の弱点を狙撃して、屈服させます」

●

どうすんのや？　とデメテルは思った。

……手ー打った処で、何も変わらへんぞ？

こっちには武力があり、それを破られた場合は全面戦争。更にそれが負かされたら、相手はその勝利故に政治的に敗北する。

あとはこちらは、何があっても〝喧嘩を売られた〟でいいのだ。

何もかも武力闘争に繋げれば、最終に至るまでの何処かでこちらが勝つ。だが、

「油断、あらへんようにせんとな」

何を言い出すか。

大体のパターンはあるのだ。

『どう思いますか？　叔母様』

『下策は〝政治的な解決に持ち込む〟やな』

下策だ。何しろそれをやって交渉している間、必ず何処かで〝武力解決〟をねじ込める機会がある。そうなったらこちらの勝ちだ。

『大体において、〝政治的〟なんてのは、擦り合わせが必要や。つまり〝長引く〟のが当然。

その間、状況は停滞し、安全な方に向かっとるか？
そう思っとるなら阿呆やな。何せこっちにとっては何度も何度も〝武力解決〟をねじ込める状態に持ち込めた訳でな？
超楽やわ。――寧ろ〝政治的解決〟で来て欲しいわな』
では、と姪《めい》が言った。

『上策は何です？ ――経済的解決ですか？』

『それも中策程度やな。――武力を振るう代わりに金を貰う。そうなった場合、金を取って取って追加で利子も捏《でっ》ち上《あ》げて、更に金が足りんぞ、というて〝武力解決〟に持ち込むのは、うちらの得意とする喧嘩の売り方やろ』
しかもここはキャンプの場。手持ちの金がどれだけあることか。

『ただまあ、莫大な金額を提示して〝それが欲しかったらここを下がれ〟と言われたら、少しは考えてもええわ。――政治的解決より、一回引かせるチャンスがある分、経済的解決はええ策やな』
では、と姪がまた言った。

『上策は、何です？』

●

あのな？ とデメテルは言った。自分の顔に、今、どのような笑みが浮かんでいるだろうと、そう思いながら、姪に告げる。

最大の上策。それは、

『――武力解決や』

『……は？』
姪の顔が驚きの色に満ちる。そうやろなあ、と己は満足した。意地が悪うてすまなんだ。だが、

『――どうやろなあ。向こうは――』

どんな策で来るか、と、そう思った時だった。
神道の交渉役が、打った手を広げ、言葉を放った。

「監査に申し上げます」

「何や？　言うてみ？」

はい、と頷き、交渉役が凛《りん》と告げた。

「監査の水妖確保を取り下げて頂きたい」

「――――」

阿呆、と思わず声が出た。

「自分、さっきの遣り取り、忘れたんか？　もしも、という前提やったけど、わしらを相手に喧嘩したらどうなんのんか、解っとるやろ？」

「はい。よく理解しております。だから――」

言われた。

「もしも取り下げが認められない馬合、――平和的武力解決を行使します」

●

「ほう」

デメテルは、頭に軽く血が上ったのを自覚した。

こちらが上策と思うその手段。それを、今はまだ名前だけではあるが、後発神話の交渉役の小さいのが出してくるとは。だが、

「――一つ言うで？」

「何でしょう？」

「もし、――もしも、自分が言う策が、こっちの想定してるものと違ったり、それを超えてない勘違いやったら、わしゃあ即座にオリンポスの総勢を投入させるで？　その覚悟、ええな？」

警告だ。中途半端はするなと、そういうこと

だが、

「わしらに喧嘩売るんやったら、わしらが認めるだけの手を使え。——外したら、懲罰として滅亡の闘争や。わしらをナメたり勘違いした手を使うなら、そのくらいの大神罰を受けると思いぃ？　ええな？」

「はい」

物怖《ものお》じせずに、交渉役が首を下に振った。その直後。

「木戸・阿比奈江が、貴女達に相対します」

●

「私が……」

と呟きながら、自分が選ばれたことに、疑問はありませんの。

理由は明確。つまり、

「私が、ギリシャ神話由来の女神と、そういうことですのね？」

「そうです。木戸先輩がオリンポス神話と戦う分において、それはギリシャ側の内戦ということが出来ます。——つまりギリシャ神話の神々は、私達を相手にするのではなく、身内を相手に勝手に死ねと、そういうことです」

そして、

「私は木戸先輩の正体を推測しか出来ません。しかし木戸先輩は、既に地元に帰って自分の不始末をシバいて来たと、そのような話をされました」

ええ。その通り。解っていますのね。つまり、

「——オリンポス神話の神々は、木戸先輩に対し、これも私の推測ですが、有効打を持たない。それが何故かは、やはり推測ですが、恐らく地球時代の融合期におけるものでしょう。そしてそこには、神道も関わっています。

……だとすれば、木戸先輩は私達の中における究極の対オリンポス戦力なんです」

だから、

「木戸先輩、問います。――貴女に、オリンポス神話の神々と戦う理由と覚悟はありますか」

●

木戸は、息を吸った。

川の匂いが漂う夏の夜だ。

随分と、何もかも静かに、水の関係する白分に合わせ、待っているような錯覚を得る。

「さて……」

以前だったら、迷っていただろう。

出見を巻き込むのは避けたいと、そのようにして、退いていただろう。

だが、

「間違いませんわ」

出見は、自分と同じように、何か大事なものを守ろうとする。そのことが出来るようになっている。きっと恐らく、そこには同輩の神がいて、自分もまた、含まれているのだ。

ならば、まだ〝そう〟なってもいないのに、自分だけが恐れる意味は無い。

別れるならば〝そう〟なってからだ。だから、

「――デメテル？　アテナも」

言った。

「貴女達が私に勝てる要素は、一切ありませんわよ」

●

「はは……」

己は、笑った。漏れた言葉が笑いであったならば、それは素直な感情だ。

可笑《おか》しい。

「木戸！　――木戸・阿比奈江！」

言う。

「己の正体がそこの人類にバレるのを恐れていた自分が、前に出るか!? ここで手前が自分の正体をバラしたらどないすんねん!? そのええ格好、終わりやぞ!」

「——貴女の言う武力解決とは〝告げ口〟ですの?」

「——」

コイツは、と思った。

「オリンポス神話に仇為《あだな》す邪神が……!」

相手が皆、唯一神の方をちらりと見たが、そうやない。

「ええわ」

やったるよ。

確かに、分が悪すぎる。現状の木戸・阿比奈江に対し、

「——ドォデカテオイの全員でも敵《かな》わんやろうけどな」

●

「今更だけど、ドォデカテオイって、ちょっと外国語としても変わった味の言葉だよね」

「よく勘違いされるけど、ドォデカテオンって言う言い方だと、彼らの〝十二神の神殿〟になるから注意ね」

「ああ、そういやパンテオンとか、あったねエ」

「パン・パシフィックとかいうように、パンは〝全部・総合〟の意味です。だからパンテオンは〝総合神殿〟ですね。パンテオン神殿と言うと、意味が二重になりますけど、日本の観光地図でもテンプルホーリュージとかありますからね……」

「こっち来たとき、〝ステーショントーキョーエキ〟とか聞いたようなもんか」

「いやあ、ドデカくてオイッ、とか、そういう意味かと……」

「……先輩チャン、住良木チャンの菌が伝染《うつ》った？」

「い、いや、住良木君のギャグはもっとカワイイですよ！　ですよね木戸さん」

「——同意しますわ」

「オオオオイ！　無視するなや!!」

●

「まあええわ。ナメられたら負けやからな」
おい。

「挑発したんは貴様らやけど、決めたんはわしらやからな？　勘違いせんようにな？　——これは自分らが原因で、せやけど、殴ると決めたんはわしらや。
　わしらの決めた抗争において、中途半端はせえへんよ。——巨神戦争、もう一回やったるつもりで覚悟しいや？」

「それは貴女達の内戦扱いになりますが、いいのですか？」
阿呆。

「喧嘩を売られて買わんことが恥や！　内戦とか、そないな小賢しいものは一切関係あらへんわ！　ええかあ——？」
聞け。

「争うなと脅されてやめる程度の武闘派なら、元からオリンポス神話は存在しとらんわ!!」
　だから、と己は両腕を広げた。

「アテナ！　わしがここで散ったら開戦や！　さっき踏んだ荷物の中の銭《ぜに》こ、あれ全部持って駅前からタクシー乗って地元帰りぃ？　そこで総員召集掛けて全滅戦争や……！　——行くで〝捉縛女神〟……！」
　武神を呼び出す。その直前だった。不意にアテナが動いた。

「——監査が一員、オリンポス神話代表アテナが、相対の続行を申し出る！」

マズイ、と、それが全ての判断だった。

……止めねば！

叔母は、全面的に正しい。

オリンポス神話。我らオリンポスの十二神が、自らを誇るためにギリシャ神話をそう呼ぶときの言い方だ。これは多くの者達に伝わっており、ギリシャ神話は我らの神話であると、そう言える。

しかし今、ドォデカテオイは完全ではない。地球時代にあった融合期。そこで発生した予約顕現で、幾らかが欠けているのだ。更には、自分達にとっての決定打も、それが同意と当然ではあったが失われ、十二神は不完全なままで存在している。

無論、個々の力は高く、総合の武力も高い。

だが完全ではない。そのことにつけ込もうとする邪悪《じゃあく》は多く。だからこそ、ナメられたら終わりだ。

常に最大戦力の最大限をもって相対する。

だから叔母の判断は正しい。

……しかし、だ！

しかしここで、叔母を失う事になれば、更にオリンポスの地力が甘くなる。

メンツは大事だが、それ以上に、今後も考えねばならない。叔母はオリンポス神話随一の戦力だが、その存在がここで相手との相性によって消えるとは、あってはならない。

自分には、一つの狙いがある。

……木戸以外であれば……！

ゆえに己は叫んだ。

「神道側の一員として相対しなさいビルガメス！　――以前、中断した相対の続きをもって、この交渉の決着とするわ！」

「アテナ……！　自分、何しとるのか、解っとんのやろな!?」

「解ってます、叔母様！　必ず勝利します！」

　そうやない、とデメテルは思った。

　今、自分を押しのけるようにして前に出た姪の、本心が解らぬ己ではない。

　彼女は、こちらと、オリンポス神話を、存続という意味で護ろうとしているのだ。だが、

「わしの代行や……！　負けたらどうなるか解っとんのやろな!?」

「えっ？」

　阿呆が。

「よう聞け！　わしゃあ自分が負けたらな？」

「は、はい！　もし負けたら――」

「近くのものに八つ当たりして酒飲んで一晩寝たら忘れる」

「――」

【復唱】

「近くのものに八つ当たりして酒飲んで一晩寝たら忘れる」

　棒読みだがまあいい。しかし、

「あの、叔母様？　勝った場合は？」

「凱旋門《がいせんもん》でも作らせて酒飲んで一晩寝たら皆に褒めさせに行く」

「ウワー酷い……」

【復唱】

「凱旋門でも作らせて酒飲んで一晩寝たら皆に褒めさせに行く？」

　疑問形にすんなや。

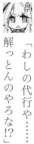

ともあれ自分は姪の尻を一つ叩いて前に出す。

「行って来いや!!」

●

アテナが前に出て来たのを、僕は見た。

こちらから出るのは、もう決まっている。

「謝罪マン！　良い処見せてくれ！　仲間になったら弱体化してるＲＰＧとか、最近はそういうの多いからな！」

「ＦＦ２の兄貴とかな……」

「仲間になってＨＰ見た瞬間叫びましたよね。〝おい！　やめろ！　出ていってくれ！〟って」

「私の実力は、基本的に相違ないぞ」

「そうなの？　でも気を付けた方がいいよ？　相手はあのアテナだし」

「そんなに危険な相手なのか？」

「ビル夫チャン？　前に相対した後で、相手の調査しなかったのかナ？」

「…………」

「……すまん」

「その謝罪はしてもいい」

「ワオ余裕——！　でもマジで気を付けた方がいいぞ！　あのアテナ、初期装備は真っ赤なマイクロビキニなんだけど、今はそうじゃないってことはパワーアップしてるってことだからな！　あ、でもセーラー服じゃないからサイコボールはぶつけてこないと思う」

「何語だ」

「というかアテナ？　自分、手前の知らない処で何しとるん……？」

「知りません！　知りません！　知りませんよ！　下に破廉恥水着なんて着てませんよ！」

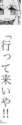

「……ですわよね。恥ずかしいのは、困りますわよね？」

「ウワー！　敵に気を遣われてる私！　――でも〝戦勝女帝《アテナ・エク・メカーネス》〟!!」

　言葉と共に、それが召還された。白の女性型。ロボと言っていいのだろうか。

　召還の直後に、アテナの身体が、開放された胸下部から取り込まれる。そして、

『……相手になるわ！』

INTERLUDE

「……よく考えたら、合一前に攻撃して阻止出来た気が……」

「それはシーズン中盤くらいでやるネタだよ謝罪マン!!」

第三十六章

『SWORD OF VERMILION』

――それはファンタジーではなく。

ビルガメスとしては、誇るべき戦いであった。

「ふむ」

とりあえず現状は位置が悪い。ここは交渉の場。だから外に。河原へと移動して、そして相手に向き直る。すると、

『……！』

既に白の巨槍が眼前に突き込まれていた。

……以前より速いか。

本気なのだな、と思った直後。それが生じた。視界の中、敵の槍が解放展開。表面の外殻を広げて、内部にあるものを見せた。白い光。ただ燃えるように、

「圧殻槍《ピエシ・ドーリ》！」

圧だった。

紫布の耳に聞こえたのは、破裂音だ。

「大気が潰れたネエ」

裂けるとか、押されるとか、割れるのではない。圧力に耐え切れず弾けた。

威力は、見た目そのままだった。

河原の形が変わっている。

「ほ、舗装されてます？」

圧力で発生した熱によって、風が巻く中、白の武神が突き込んだ槍の軌道上。五十メートルほどの幅をもった円柱が、河原を打ったらしい。

河原の石が、舗装されている。

槍の放った〝圧力〟によって、押し込まれ、大きな石は砕かれて沈み、広い通路が出来上がっていた。

川の風に晒《さら》され、圧力の熱を持った整地は冷

める。石が温度差によって爆《は》ぜて、小さな破裂音やぶつかりの響きを生んだ。

　それだけではない。

「対岸、凄いねエ」
　午後に男衆が魚をとっていた岩場も、森も、その向こうにある岩の斜面も何もかも、

「圧搾器か」

　直径五十メートルの見えない円柱が、突き込まれていた。

　何もかもが抉《えぐ》られ、断面は弾けている。

　その奥。直径五十メートルの断圧は、軌道上にあった何もかもをプレスし、押し固めていた。

　岩も、木々も、川面すらも。

　射程限界となった岩壁も抉られ、最奥にて圧搾の結果を見せている。

　あらゆるものが原型を止めず、圧縮の熱に噴き出す蒸気は、潰れた木々の水分だろう。

　岩場、森、それらが圧壊されて、結果として、

「厚さ三十センチくらいになってんのかなア」

「……アテナが巨神大戦において、シチリア島を移動させたという一撃ですか」
　巨神達を潰し、薙《な》ぎ払《はら》うために、シチリア島を放り投げたという一説。

『最大威力を放つには、信者の存在が必要よ』
　だけど、とアテナの武神が、槍の解放を戻した。

『ここでの戦闘では、足りないようね』

「そのようですね」
　桑尻は頷いた。
　相手に同意せざるを得ない。何故なら、

「どのようにして、防いだんですか？」

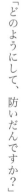

視線の先。河原に出来た圧搾フロアの上に影がある。
ビルガメスだ。

「相変わらずの余裕のシャツイン！」
その通りで、第五世代の半神半人が立っている。
無傷だった。

●

……これだから神って存在は……。
自分もそうだから解るが、敵とした場合、神ほど厄介なものはない。
身体能力か。
権能か。
それとも固有の物理法則なのか。
または、単なる理不尽か。
この相手には、己の主武装である圧殻槍が効かなかった。

『初手で解って良かったわ』
決め手でこの状況になっていたら、目も当てられない。それを露わに出来たのは、矛盾しているようだが、最初から半端をしないオリンポスの気風ゆえだろう。
こちらの決め手となりうる一撃は、当たらなかった。
だがそれは、こういうことだとも言える。

『ここから先、仕留める際において、しくじることはないわ』
言って、己は圧殻槍を変形させた。
長槍状態から短槍。小手部分が大きくついた形に変え、右手持ち。左手には腰に装備している短剣を抜き、

『行くわ』
と言おうとした時だった。
既に相手が動いていた。

『――』

速い。

武神の知覚系は、搭乗者の感覚を圧縮する。最大で一千倍。通常においては十倍から百倍までを浅い疲労と共に許すものだ。

……現状の圧縮速度は三十倍前後。

武神内部、処理能力を用いて自分が作った仮想操縦室は、〝海の見える丘〟である。

目の前にあるのは、地中海ではない。

仮想顕現からこちら、下りて来たのは日本だ。神州世界対応に基づき、目の前にあるのは児島《こじま》半島から望む瀬戸内海。

青空の下。松が立つ岩場から砂浜。対岸に見える四国の姿も、もう慣れた。

そんな仮想風景の中を歩き、ただ風に手を翳すだけで、連動した武神が動く。

知覚系に伝わってくるのは、外界で生じている情報だ。

ビルガメスがこちらに突撃を掛けてくる。その動作は速いが、しかし三十倍の圧縮感覚では、外界の一秒がこちらの三十秒と引き延ばされるわけだ。

やや薄暗く、頭の中に届いてくる画像は、武神側で光学処理され、昼間のように見える。というか向こうは夜だったか。少しやりすぎたわね、と思いながら、

「――」

歩く。

丘から浜辺へ、その一歩一歩の動作が、武神の戦闘挙動に連動する。

高度に発達した操縦系とOSは、もはや操縦者に戦闘動作を要求しない。こちらはただこの圧縮感覚の仮想世界の中、動き、周囲を知覚していれば、それを武神側が戦闘機動へと置き換える。それもこちらが本来とるべき戦いの動き

として、だ。

　ＡＩによる予測動作ではない。武神に対し、自分は今、情報体として同化している。だから武神は自分の情報の中から判断と挙動を再現し、〝私〟を〝私〟として動かす。

　海に辿り着く私と。

　整地したフロアでビルガメスを迎撃する私と。

　そこに何の差異もない。

『戦いも望郷も同じ地平の上よ』
　戦う。遙かに遅い過去の英雄に対し、神と戦う装備で相対する。

●

「思ったより速いな……！」
　武神の事だ。機械でデカいので、遅いのかと思えば人類サイズの神々が戦うのと同じ比率速度が出せている。それはスケール比で見れば、そういった神々の数倍の速度で動いていると言うことだ。

「機械を出して来た意味があるってことか。つまり対巨神武装としての武神とは――」

「今回《アテナ》の場合では、権術による物理操作です。重力制御と慣性制御を同時に使用してますね」

「どういうこと？」

「機能的には重心を確保した上で、反動消去。しかし――」
　短剣の一撃がビルガメスを上から打つ。
　激音と火花が散り、周囲の石群が飛び散った。

「――ポイントでそれらを〝向ける〟のも自由自在のようです。――つまり、あの巨体で戦神クラスの速度を出しながら、攻撃時には本来の力を乗せられる訳ですね」

「しかし、とまた言いたげだな」
　そうですね、と桑尻が頷いた。

「……何故、ビルガメスはそれを相手に出来るんです？」

「アーティファクトか？」

攻撃を受けたビルガメスの周囲、石や岩が跳ね上がる中に、己は見た。

ビルガメスの両腕に、それが展開している。

黄金色の装備。

ガントレットと、レッドラインシールド。

更に足にはジェットブーツ。

彼らが鋳造し、神の祝福を得た装備だ。

手甲、シールド。それは拡大され、数メートルの大きさを持っている。アテナの攻撃を弾き、凌いでいるのは、防御力だけではなく、持ち主の技量ゆえだろう。だが、

「どういうことや？」

アテナの武神は戦闘用で、既に感覚圧縮を働かせているだろう。しかしそれなのに、

「……何故、生身のビルガメスが遅いままで対応出来とんねん？」

「単純な話だよ」

カイは、相方が武神の高速機動と豪力《ごうりき》を相手に凌いでいるのを見ていた。幾度となく金属の音が響き、火花が散り、だが相方が吹き飛ばされもせずに、

「前に出るのよねえ」

「そう。それが経験だ」

解り切った事だ。

「〝全てを見たる人〟とは、全てを見に行った者のことだ。絶望すら覗きに行ったビルガメスの最大の武器は神々由来のアーティファクトでもあろうが、俺なんかからすれば違う。

――圧倒的な経験量だ」

前に出る。ただそのためには、どのような障害も超えなければならない。

「俺がいた頃は、毎日のように訓練訓練訓練でさあ。よくも飽きないもんだと思ってたが、あれで飽きるようなヤツのフィジカルが、この世の絶望を見に行くところまでそのメンタルを支えられる筈もない」

一息。

「——攻撃も防御も、戦闘の全てを見た。そういう男からすれば、あらゆる戦闘は先読みが利く。そういうものさ」

●

……洞察力!!

アテナは、敵の無事を保つ力を、そう捉えた。

こちらがいくら反応速度を上げたところで、動作の速度や行動回数が性能以上に上がるわけではないのだ。

判断や、隙を読み、思案する時間が得られたとしても、攻撃の軌道はその途中で幾度も変えられるものでもない。そしてこの敵は、

……こちらの攻撃を読み、先に防御を振っている！

初動だけではない。

次の動作、そしてまた次の動作、更に次の動作と、恐らく七手は先を読まれている。

その証拠に、フェイントが効かない。

中途半端な動きを入れるという、その事前準備から察されている。

だから打つ手は全て弾かれ、

「————」

己は、瀬戸内海の青空を見上げ、夏の汗を拭った。

遠く、四国の影が揺らいでいるように感じる。

それは不安の表現なのかどうか。ただ自分は、

「そうね」

理解した。

先ほど、何故、〃圧殻槍〃が効かなかったのかを、だ。

「見えたのね」

●

「――見えたんですね？」

桑尻は、ビルガメスの挙動を見つつ、確信した。

彼が先ほどの、アテナの一撃に対し、無事であった理由を、だ。それは、

「……恐らく、ビルガメスは、アテナの持つ槍の機能を、その展開する瞬間に見破っていたのでしょう。だから、一つの選択を行いました。

――回避です」

「回避？　どうやってサ？　範囲攻撃だよネ？　あのプレス」

「舗装をする際、ロードローラーだけで決着は出来ないですよ。特に砂礫《されき》のようなものがある場合は、一回の踏み固めで平滑面は作れません」

ならばどうするか。

「アテナの槍は、圧撃を放つ際に解放展開しました。しかしそれは、装甲板の隙間から多重の圧撃を放った、ということです。その面積は小さく、ただ高速で多重されるために、〃一発〃に錯覚されたのです」

よく見れば解る。対岸の森は、その抉れる箇所を散らしていたのだ。

幾度と重なった圧撃の結果だろう。

「一発ならば鋭利に行っていたか、大きく引っかかって裂けたか、です。千切って尚抉ったと言うことは、小面積の連続放射。それをどういうシステムかは解りませんが、槍周囲に放った直後。全て前に放出するのが、あの槍です」

「だとしたら、それを回避したのって、まさかサア……」

ええ。答えは見えています。

「多重放射される圧撃の内、生じる隙間を見切って移動し、回避したんです。

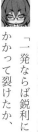

槍の展開と放射のタイミング、踏み均《なら》すための回数と打撃位置の移動。それら全てを見切ったのは、ビルガメスが確かな治世を行った王だからでもあるでしょう。古代の優れた王は、治水や土木建築の技術を持っていましたからね」

そしてこの力は、ある事実を目の前に現出させる。

「それだけのことが出来る者が、――武神の攻撃を読み、対応出来ない筈がありません」

●

やるもんやなあ、とデメテルは腕を組んだ。

胸を、組んだ腕で持ちあげると、向こうの人類がポーズをつけて振り返った。

「何ィ……！」

そんな大袈裟《おおげさ》にせんでええ。

というか人類担当の女神も対抗して持ちあげんでええ。人類も膝を着いて拝まなくても――、それは人類の信仰か。ならええわ。


ともあれアテナとビルガメスや。

「第五世代とはいえ半神半人やと、そう思っとったが、やるもんやな」
アテナの機体は駆動系が熱を持ち始めている。不具合ではなく、暖機が終了した状態だ。何しろ武神は機械でありつつ、搭乗者の身体を模している。呼吸系は機械代行されて外気を受け容れないが、循環系はほぼその機能がある。
つまり機動からしばらくしてからが、本調子だ。だから、

「速度、上げて行きィ、アテナ」

●

アテナは、浜に辿りついていた。

丘からの、一本道というには曲がりくねった小径《こみち》を行き、こぼれるように足を踏み入れた砂浜には、波の音だけがある。

「――」

砂にとられる靴を脱ぎ捨て、夏の日差しの下を波打ち際に行く。
濡《ぬ》れた砂を冷たいと思うのは、錯覚だろうか。
それとも郷愁だろうか。
ただ波が寄せ、己は避けて、引き波が手繰っていく砂に足首までを飲ませて、

「うん」
二度目から、波を受けた。
足首の、思ったよりも上の位置にまで水が来て、膝下でカットしたジーンズが心許《こころもと》ない。だが、引き波の砂が踊って、足指の間を抜けていっても、自分の身体は揺らがない。だから、

「行こうか」
波を横に、歩き出す。髪は短めにカットしているが、

「――ああ」
視線の隅に見る砂浜。波で湿った砂の上に落ちる己の影は、風に包まれるように長いスカートを翻し、手に槍を持っていた。影の髪が、波風にどこまでも引かれるように舞っていて、

「久し振りね。――〝戦勝女帝〟」

●

武神が姿を変えた。
循環系が熱を持ち、膨張したのを許し、放熱系を解除する。それは、

「……着替えた？」
その言葉のように、これまでは装甲に身を包んでいた女性型が、各所を展開し、装甲服を翻し、更に頭部装甲から放熱用のケーブル群を熱風のように踊らせ、

『……！』
全装甲が放熱のために開放。過熱した流体を陽炎として吹き上げた。流体の光は金色に近く、

全身が栄光の色に染め上がる。
全ての場所から、組み替えの音が水飛沫の響きで発された。
駆動する。それは今までの速度を簡単に突き抜けるもので、しかし、

「——ホワイトスウォード」
上がる速度の中央に向け、ビルガメスが一剣をぶち込んだ。

●

応酬だった。
ビルガメスが手刀の動作で放つ一発は、一瞬で距離二百メートルを断裂する。
その白い光。一撃が生まれる直前の初動時間において、武神が動いた。
放たれる刃の根元に向かって右の短い槍を叩き込んだのだ。

『——〝圧殻槍〟！』
打ち込む。槍の装甲が、長槍の時とは違い、八方に展開。それはある形をしていた。

「盾か……！」
直後に力が激突した。
白の大剣が発生と同時に突き込まれ、そして、

「——！」
割れた。
ホワイトスウォードがその中央から断裂したのだ。

●

「〝全てを見たる人〟の経験量言うても、一つ、得ることの出来ん経験があるわな」
大盾に当たった白の刃が真っ二つに割れ、その中央をアテナの〝戦勝女帝〟が行く。

「——後進との戦闘経験。それだけは絶対に経験出来へんよ。わしらもそれは同じじゃ。しかしわしらは、メソポタミア神話が〝後進〟とする

第五世代よりも後の連中を〝先達〟として戦って、勝ち続けて来とるんや。——経験量ではなく、経験の質が違うで」

今、アテナが使っている力がそれだ。
「〝圧殻槍〟。——圧殻の意味、解るやろ。風や重力やない。物理法則として有り得ん独自法則の〝圧〟や。アテナだけが持つ権能。その意味、解るか？」
解るまでもなく、見えている。

「現世の法則では神に勝つことは至難。神が作ったものやからな。しかし同じ神同士の権能であれば、イーブンや。アテナの〝圧〟は、第五世代のアーティファクトに対し、武神の強化分も含めて充分通る」
通った。白の剣が完全に散り、砕かれている。
後は、

「行くがええ〝戦勝女帝〟。——自分のことやぞ、アテナ」

炎剣であった。
圧撃をもって盾と化した〝圧殻槍〟の逆。左手に持った短剣が、やはり表面装甲を展開する。放出されるのは長大な圧の力。それは神の権能であり、周囲の人界にある大気や塵《ちり》を圧《あっ》して過熱した。結果として生まれるのは、

「〝第一炎帝《プロタ・フロガバシレウス》〟」
数十メートルのフレアを纏《まと》った圧剣が武神の膂力《りょりょく》で走る。
正面打ち。そこにいるのは、

「謝罪マン！」
直撃した。

INTERLUDE

「ゲームだとライフが半分くらい削れて済む流れだよな」

「ドルアーガにしろイシターにしろ、ギルの体力表示が無いからそこらへん解らないですよね……」

《今は一応、私の管理下で結界ルールですけどね》

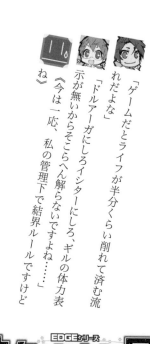

第三十七章
『GREATEST HEAVYWEIGHTS』
——HERE! I COME!

圧が弾け、最初に散っていたホワイトスウォードの流体光が輪として拡がり、

「プロテクションラージ！」

防護の障壁で、カイは皆と天幕を防護する。風圧が押し寄せ、飛んだ石や礫《つぶて》がプロテクションを削っていく。だが、

「か、風が回り込んできませんね？」

「まあ権術だから」

そういうもんだ、というか、疑問に思ったことがなかった。まあそういうもんだ。

だが頭上、あるものが飛んでいった。爆風と砂煙、雨のように振る土砂や、圧力で水蒸気と化した白い大気の視界の向こう。

夜の空に、破片が飛んでいた。

ビルガメスの持つアーティファクト。赤の色は、

「レッドラインシールドだっケ？」

憶えられているのがちょっと嬉しい。それは逆波で荒れた川に落ち、

《かわわわわっ》

川精霊達が慌てるのも無理はない。破片とは言え上位神のアーティファクトだ。強力な光や力が飛び込んで来たように知覚されているだろう。だが、

「俺のプロテクション無しな上で、レッドラインシールドが破壊されるとなると……、コレはマズいぞ」

「というか今、武神の武器の持ち方って、アレだよねエ？」

そうだ。この武神は、元々右手に持っていた槍を、盾として、左の炎剣を振っている。

サウスポースタイルだ。

ビルガメスが、これをわずかに苦手とするの

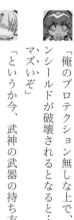

は、昨日にやったテーブル上の模擬戦で解っている。そして、

「ここでまた、同じ事になるなよ……!?　かなりマズイことになるぞ？」

●

アテナは緩めなかった。

一撃を打ち込んで終わるとは思わない。故に、

「――――」

夏の波打ち際から、海へと踏み込んだ。

波の動きに足を添えるように、引き波の下は水底が一段深くなる。

ええ知ってるわ。地元の海もそうだった。

異国の海も同じだ。

ただ前を見て、かつては貿易で船が渡った対岸を視界に入れようとして、――否、それは地元のことだと、そう思い直す。

苦笑だ。

記憶というか、郷愁が混濁している。ただ波が寄せ、膝上までが温《ぬる》く、足首のあたりは冷たい。その温度差が、油断をするなと告げている。

だから、

「――そこか」

水底に見えたものを、己は拾い上げた。手を伸ばし、波を腹のあたりに受け、散った潮の味が口の端に染みるのを感じながら、

「貝ね」

小さな、しかし分厚い二枚貝の、片方だけの貝殻だった。

片方は無いが、ただ手にあるそれを、己は濃い水と共に握りしめ、

「あ」

波に映る己の姿を見た。

『……！』

打ち込んだのは〝第一炎帝〟十七発の連弾の後、右の〝圧殻槍〟によるシールドバッシュだった。

砂煙と衝撃が、連続して輪のように周囲を拡散し、音すらも消える。

だが打ち込んだ。

武神の、現状における全力で叩き込み、そして、

『——！』

己は気付いた。

正面。そこに、妙なものがあるのを、だ。

……建造物!?

神殿。柱。城門？　武神の姿でも潜れそうなその形は、浅い黄金色だ。

●

青銅による夜気の照り返しである。

その鈍く、軽くも見える光。そんな反射光を見せる建造物を、己は視認。

そして気付いた。

『……脚部!?』

●

アテナは、それを見た。眼前から頭上へと、武神の視界でもなお高く存在するのは、

『これは——』

見上げる頭上に、それが確認出来た。

頭部。二本の衝角を左右に持った頭部装甲がそこにある。

全高五十メートルを超える鎧像《よろいぞう》だった。

●

「——ビルガメス第二級装備〝レッドアーマー〟完全召還許可。

付帯として第一級装備〝ハイパーシールド〟を特別許可。しかし〝ハイパーシールド〟の出力、形状は〝レッドアーマー〟に準ずる。——監査として承認するわ」

　江下は、手元の啓示盤を軽く叩いた。それは神委に提出され、こちらではただ散って消えていく。

「マズいよなあ……」

「そうなの？　確かにまあ、三級装備の〝一式〟が破壊されたから上級を出すってなると、機密やら何やらいろいろあるけど」
　いや、とカイが手を前後に振った。

「……挽回《ばんかい》しないで仮想顕現に戻ったら、シャマシュがスゲエ嫌味言ってくる」

●

　王を名乗る姿が動くのを、桑尻は見た。
　初見だ。というか、未知である。
　全高五十メートルを超えるのは、

「武神の祖型？」

「鎧だろ。何となく、こういう予感はあったんだよな。前に多摩川の河原で俺と殴り合ってるとき、ガントレットやシールドの巨大化があったから。——全身揃えたらどんだけデカいのが出来るんだ、ってな」

「ビルガメスは頭部側で〝装着してる〟し、全身の動きがそのまま適用されるわ。サイズも、最小では今の私達のサイズから、最大は——」
　エシュタルが苦笑した。

「言わない方がいいわね。——言うと私もシャマシュに睨《にら》まれそうだから」

「いやまあ、何が何だか……」
　ですよねえ、と馬鹿が言う。

「……ドルアーガの塔は天にまで届くバベルの塔なのかどうなのかって話があって、六十階じゃ届かないだろうって思ってたんだけどさ……」

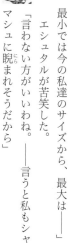

「あの装備、一つ上級の第二級でしょう？　第一級で完全展開した姿に合わせてあるなら、六十階でも天に届くわね」

しかし、と雷同が疑問した。

「どうやって、アレ、倒すかなぁ……」

「オオウ、狩猟民族ゥ」

流石だな、とエンキドゥが苦笑した。

「まあ、今は見てやってくれ。俺も見るのは久し振りだ」

「何でだろって思ってたんだけどサ。フィジカルの円チャンが、術式系に転向してるのってサ……」

「あのサイズで戦闘するビルを援護するのに、フィジカルだと足りないだろ」

そういうことかと、今更納得する。知識だけでは駄目ね、と己は思う。そして、

「初めは神や人類に対する敵を迎撃するための装備。だけど――」

だけど、

「俺が死んだ後は、世界の何処までも行くための装備になったんだ。頑強な真面目馬鹿が、あらゆる障害を超えるために共にあった装備だ。

俺よりも長い付き合いだろう。

だから――」

だから、

「それが見られて、俺は嬉しい」

●

アテナは海を見た。

対岸の島影が、気付けば消えている。

ここは何処だ。

正面の視界にあるのは、では、何処の海だろうか。

振り返れば、解るだろう。そこには〝本土〟があるのだ。

だが、それをしてはいけないと、自分はそう思った。

波は常に、前から来るのだ。ならば、

「感謝する。――異神の物語の王よ。この海を
前にした女帝の神が感謝する」

波が来る。ただ己はそれに手を伸ばし、

「行くぞ」

全力に相違なし。

これまでの連撃を辿るのではなく、全てを束ねるようにして、アテナは動作した。

『――〝第一炎帝〟!』

高速の陽炎が夜にフレアを巻き、巨体に届く。

元から、長大な圧剣だ。敵が五十メートル超のクラスであっても、充分に至る。

至った。

自分の〝第一炎帝〟は左。それに対し、王の盾も左腕。青のラインが入った〝ハイパーシールド〟は強力だが、左腕同士の攻防となれば、防御側となる王が不利だ。

王の右腕は、まだ武器を抜いておらず、盾を右に構えるには間に合わないからだ。

だがこちらの視界の中、王が動いた。それは、

『盾を……!?』

王の巨体が、盾を振る。その動作ではこちらの攻撃には届かない。だが、

『パージ』

腕部との接続ボルトを飛ばし、ハイパーシールドが宙を飛んだ。

まるで巨大な壁のように、盾がこちらと王の間に飛び込んでくる。

己はしかし迷わなかった。

第一炎帝を振り抜き、

『――おお!!』

眼前の巨壁を、横殴りに飛ばした。

巨大な質量が轟音《ごうおん》を立て、宙に舞う。風とい

うよりも大気の位置が大きく変わり、川がめくれるように唸った。

その向こうに対し、自分は機動した。右の〝圧殻槍〟を長槍状態に変更し、

『圧殻槍……！』
この一撃の射程は、王の巨体を貫くに充分。己の権能が届くことも解っている。
ならば通る。そのつもりで一撃を放った。
直後。己は波を見た。

《かわわ――》

川だ。

流れる水の大半が、何らかの大圧によって溢れ、こちらに対する大波となる。

構わぬ。

既に全身は発射されている。足下の整地も充分。波が来る先に槍は威力を展開しており、

『――』

己は、それを確認した。

宙に舞った大盾の向こう。夜の闇に、白の色がある。

白の長剣。二百メートル超過のそれは、

「ビルガメス第二級装備〝ホワイトスウォード〟。短時間保持を許可するわ」

全高五十メートル超の巨神にとって、二百メートル超の白剣は、正に専用の両手剣である。

先ほどの波は、それだ。この巨体が振りかぶり、足位置を確定したのが、川の中だったと、そういうことだ。

今、己の身を、波が通り過ぎた。

続く正面には攻撃が来ている。

低空機動のトルネード打ちで放たれる一撃だった。だが自分は迷わない。

圧殻槍をストレートに打ち込み、そして声を聞いた。

『行くぞ』
ああ、と己は思った。

この王は、前に挑み、進むのだと。


圧が割れた。

先程は破られた白の一撃が、今こそ女神の権能を裁断する。その仕掛けは、

「安定性ですね？」
そうだな、とカイは頷いた。

「普段のホワイトスウォードは、あの巨大な剣をいつもの俺達のサイズから発してる。ちょっとでも手元が狂って傾いたら、それだけで余計な方に被害を与えるだろ？」

「アー、そうでなくても昭和用水堰《ぜき》でやらかしたけどねエ」
まあそれを言うな。だが、

「だからいつもは真《ま》っ直《す》ぐ打ちの突き込みしかやらないんだけど、あの装備なら、ホワイトスウォードを構えて支えられる。――そしてビルは、さっき、相手の圧撃の隙間を〝体感〟した。あとはその隙間に、安定した一撃を打ち込むだけだ」

その通りの事が起きた。

多重化と連続によって束ねられたアテナの圧撃が、中央から割られる。

それは先ほどお互いが交わした攻防の逆転だ。

結果として、割れた圧は、権能であるからこそ負けることなく正しく発動し、

「重爆か」
圧力の陽炎が花火のように世界を照らし、重音が破裂した。

波をかぶり、アテナは前を見た。

足が着き、立ち上がれば、腰までもない水深だ。

負けるような波ではなかった。ただ、

……引き波ね。

海は、少しでも深くなれば、上層と下層の流れが変わる。そのことは充分に理解していたが、一瞬、忘れたのだ。
何故か。

「――」

髪の間を伝って落ちる水の向こう。目の届く先に、対岸の島影がある。
先ほど見えた〝あの海〟は、もう、ここには無い。身体は濡れ、冷えている。しかし、

「――まだよ」

……見事だ。

ビルガメスは、勝負の終わりを悟っていた。
正面。圧の重爆によって装甲の多くを失った武神がいる。
既に色は白の装甲。その表面にぶちまけられた流体燃料は過熱の行きすぎで赤光だ。
ろくに動けるものではあるまい。だが、

『――』

陽炎の揺らぐ短剣を、アテナが、両手剣として右に構えていた。
やる気なのだ。
これ以上、やっても無駄だ。しかし、

『やる意味が無い訳ではない。そういうことだな』

『――感謝するわ』

何故そこまでと、問うつもりはない。それは政治の話であって、ここは違う。ここは戦う者同士が、納得をするための場だ。だとすれば、

『行くぞ』

改めて告げ、同時にアテナが一歩をこちらに踏もうとした。
決着をつける。それも完全に、だ。

行く。
その時だった。呼び子の音と共に、声が響いた。
天幕側。振り向けば、人類がホイッスルを吹いており、その傍らでは交渉役が、

「――――そこまで!!」
制止の響きが、ただ、こう告げた。

「この勝負！　こちらの敗北ということで決着します!!」

INTERLUDE

「え!?　勝ったのに負け!?　私の介入って何!?　カラムーチョ食う手を止めたのよ!?」

「その台詞の、最後の箇所読み直して反省しろよ」

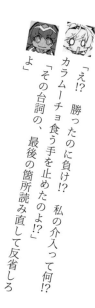

第三十八章
『MEGAMIND　02』
——覚悟を決めたよ。

土砂の匂いは、川の水を含んでいた。

《かわわ――？》

コイツら可愛えのう、とデメテルは思う。うちの地元の川精霊だと水に引き込むような外道が多くて困る。このくらい無邪気だとええけど、

「おう!?　そっちの敗北いうんは、どういうこっちゃ！」

荒れた河原。多重の圧の破裂は、一度整地された河原をも砕き直していた。

既に川の水が溢れて引き、雨が降った後のようだ。そこにあった巨影の二つは、一つがビルガメスのもので、自ら解除を行い、

「――終了と理解した」

その言葉と共に、巨大装甲が空間収納された。まるで本を閉じるように、五十メートル超の巨体が流体光と共に消える。

後は高い位置から降って来た姿が、石と砂礫の河原に難なく着地して、

「良い勝負だった。そちらは何事も無いか」

言う姿に乱れが無い。

「すげえ……、シャツインのままだ……」

向こうでも引くあたり、多分ちょっと何かおかしいのだろう。それはよく解った。だが、

「アテナ！　おう！　出て来いや！」

こっちはアテナの武神をナックルで打つ。

「怪我《けが》でもしとんのか!?　おい！」

……叔母様うるさい――!!

武神の操縦室は、一応は臨時用の直接操縦システムとして構えられている。

そこから術式によって情報体に置き換わり、武神内部に抽出されるのだが、戻ってみるとやはり武神側のフィードバックを受ける。

　酷い場合は破損箇所の欠損だが、流石にドォデカテオイ専用の機体となると、それはまず無い。代わりにあるのが、やはり循環系のフィードバックだ。

　一回、派手に動いた循環は、外からの強制運動に近い。それも、酷使というレベルだ。場合によっては再構成時にショックで死ぬ可能性もあるので、基本、キツい戦闘をした後は〝戻り〟に時間を掛ける。

　それが今、即座に再構成しようとしているのは叔母の顔を立てるためだが、

「オイッ！　アテナ！　何を中で黙っとんのや！」

　そのようにしている理由はある。

「……汗、無茶苦茶掻いてんですよ!!　循環系の負担は全然大丈夫。若いから。

　ちょっと空腹がキツい気がするが、何か無いか神道側に聞いてみようと、そのくらいの余裕があった。だが、出ようとして操縦室内の照明を浴びて気付いたのは、

「……透けてる……！

●

　実在顕現において、こちらの神界のルール合わせの為、衣装はインナースーツが基礎だ。

　自分達もテラフォームに関与する意味もあるし、場合によっては現実側に〝移動〟することもある。だからそういうスタイルでインナースーツを着ていたのだが、

「ちょっ、バランサー！　何コレ！」

《あ、ハイ、何ですか？》

「見るなア――!!」

軽く出て来た画面を目の前のコンソールに叩き付けた。流石に理不尽だと自分でも思うが、とりあえず画面を逆向きにして、
「ちょっと！　透けるような素材の服を渡してたとか、貴方一体……！」
《え？　そんな素材じゃないですよ？　内から外への透湿性はありますが、それで透けるようなことはありませんね》
「でも透けてるのはどうして？」
　しばらく、画面が考え込んだ、らしい。そしてバランサーが、
《あっ》
　とこっちに振り向こうとしたので、神速で叩き伏せた。
《あ、貴女！　こっちのことを虫か何かと思ってますね!?》
「いいから、何か気付いたならそのまま言いなさい」
　そうですねえ、とバランサーが告げた。
《アテナ？　貴女、こっち来てからこの武神、召還しました？》
「？　コンバットプルーフが仮想顕現から通用するのかどうか、一通り試すので搭乗したわよ？　木戸・阿比奈江との抗争には間に合わなかったけど」
《……おかしいですね》
「何が？」
《今、この武神の設定を見させて貰いましたが、アテナ、貴女、インナースーツを身につけたまま情報体化していますね？》
「そりゃまあ、脱いだり着たりをして搭乗や下降してたら危ないもの」
　だとすると、とバランサーが言った。何やら外からの叔母の装甲ナックル打ちが無言になってきたのが恐ろしいが、それは別として、

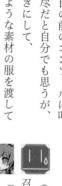

《仮想操縦室で、水浴びとかしました？》
考えると、思い当たる節がある。だが、
「どうして？」
《はい。服を着たまま情報体化した場合の話です。貴女達の武神のＯＳは、貴女達を仮想操縦室の空間に放り込むとき、実は衣装の情報も共に重ねています。このとき、衣装の方は仮想操縦室側の情報の影響を受ける場合があるようで》
「それで？」
《はい。――私が供出したインナースーツは、加護を受けたり情報体化したときなど、ノイズがほぼない上質品ですが、それはある意味、情報の影響を受けやすい、ということです。つまり仮想操縦室で水浴びなどした場合、身体を乾かさずに実体復元すると、衣装の方は〝水〟の情報を含んで復元されます。当然、仮想状態からの復元なので加護的なものになりますが、つまり、――あまり意味の無い単なる水の性質がインナースーツに与えられた訳ですね》
ええと、と己は思案した。そして、
「つまり？」
フウ、とバランサーが吐息する。
《さっき私をコンソールに叩き付けた女神がいましたよねえ？》
「アー！　御免なさい御免なさい御免なさい！　何回謝ればいいわけ!?　あと、じゃあコレ、乾かしても無意味!?」
《武神のＯＳとイレギュラーな復元という、レアな手を使ったクラックなので、今後は改良しましょう。下手に悪用されても困ります。――今回は、私が違う衣装を呼び出しますので、それに着替えて出て下さい。文句ありませんね？》
「アッ、ハイ！　ないです！　ないです！　着替えどうぞ！」

デメテルは、〝戦勝女帝〟の胸下部装甲が開いたのを見た。
何度か殴って呼んだ甲斐《かい》はあったのだろうか。
とりあえず姪は五体無事なようで、河原に下りてくる。しかし、その姿は、

「おう、……アテナ、自分……」

「あ、いや、叔母様！　これは……！」

「何で自分、赤いマイクロビキニやねん……？」

「いやいやいや！　これは罰ゲーム！　罰ゲームみたいなものです！」

《ホント何してんでしょうねえ、この女神は》

「バランサー――!!」

「というかホントに赤いマイクロビキニで来たよ……」

「ア、アンタの誘導ね……！　ちょっと！　どうにかしなさいよ！」
仕方ないなあ、と人類が言った。くねくねしながら、

「いいか？　そういうときはまず、こう、両手でピーチマークを作ってだな？　こう言うんだ。**〝幻想の扉を開いて冒険に行きましょう！　ミラクル力は物理のパワー！　力が全てを解決する！〟**」

「〝幻想の扉を開いて冒険に行きましょう！　ミラクル力は物理のパワー！　力が全てを解決する！〟」

「言ったらどうなるかの説明も聞かずにホントに言ったよ……」

《結構、先を確かめずに行きますよね、あの女神》

「他の方がやられてるの見ると、ホンットに酷いですね……」

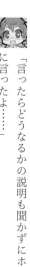

10

「おう、自分もちょっとおとなしくしときィ？」

「お前らァ——‼」

●

　いやまあ、と天満は間に入った。

　今はまた、交渉の時間だ。戦闘は終わった。

マイクロビキニは知らん。

ただ、デメテルがこちらに鋭い視線を向けた。

「負けた、と言うたな？　わしらは勝ちを譲られるつもりなんぞあらへんで？　勝負、最後までつけたらええやないか」

　そうでしょうね、と己は思った。ここで負けても、彼女達には〝全滅戦〟の選択肢があるのだから。しかし、

「勝利を譲られると、逆にそこでストップしてしまうわけですね」

「そうです。封じるには、勝つのではなく、負けることが重要です。それも、——相手が勝ったところで、何も出来ない状態にして、です」

　今がそれだ。

「見てた感じ、アテナの武神は完全にフィジカル系だねエ。だとすると、デメテルの武神は術式系か補助系だネ。

　——この場合、アテナの武神を実質中破くらいまで持って行ってる現状は、お互いにとってどういう意味を持つかナ？」

「はい。フィジカル系のアテナの武神が使えないこの状態だと、オリンポスの監査は水妖対策が万全だと言えなくなります。

　つまり、——ここで〝勝利〟した以上、オリンポスの監査は自分達で水妖対策をしなければなりませんが、それは実質不可能となった訳です。ならば——」

　ええ、と己は頷いた。

「——ここで全てを明かしましょうか、オリンポスより来たる監査様」

「――待って」

木戸は、前に出た。

「それを明かすことで、貴女達は政治的なトラブルに巻き込まれますのよ？」

「だから、です」

交渉役が、相手を見たまま告げました。

「明かしておかねば、次も、また次も、来るのですから。後々になって、いろいろなものが積み重なってしまえば、回避不能で、しかも大問題となります。今の内、小さな芽の内に摘んでおくことが大事なのです」

「――――」

言葉を失い、しかし自分はこう思いましたの。

随分と、出見の周りは、強い方達が多いですのね、と。

だが、不意に声が響いた。

「テマン子！」


交渉役が、相手を見たまま酷く味わい深い表情をしましたが、出見が告げます。

「――木戸先輩が護ってくれてた御陰で、僕達に実害は無いぞ！　そのこと忘れずに、言葉を作れよ！」

「――――」

全く、と微笑が生じます。一体何処まで、こちらに気を遣っているのか。

視線を向けると、同輩さんが会釈をくれますの。出見が、そう言う人だと、解っていると、まるで私にとっての先輩のように。そして、

「了承いたしました」

交渉役が頷き、相手へと言葉を投げかけた。

「水妖を確保して、貴女達が何を画策しているのか。それとも、水妖自体に何か秘密があるの

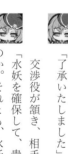

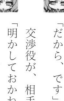

か。――あの水妖が、そこのゲッサンの妻、サラーキアだと〝仮定〟して言いましょうか」

「これは私の推測ですが、オリンポス神話が画策していたのは、ある実験です」
　それは、

「神々の、信者無しでの解放顕現です」

　ハア？　と声が上がったのを天満は聞いた。
　エンキドゥだ。

「信者無しで解放顕現が出来る訳ないだろう？　先輩さんが唯一それが出来るのは、そこの人類がいるからだ」

「そうですね。人類無しでは、信者無しと同じです。だから、解放顕現は出来ません」

「そやなあ」

　ハ、と笑いを吐いて、デメテルが首を一度回した。

「人類は、そこにいるの以外、作られとらんぞ？　――ならば解放顕現を実験としても行うことなど不可能や」

「そうですね。ですが、可能性はあります」
　と、己は右手を挙げた。ここから先は、綱渡りだ。選ぶ言葉、判断の一つで、木戸が護ってきた自分達の政治的立場が一気に悪くなる可能性がある。ゆえに、

「権術。――**天津乞星宿**《あまつごいほしやど》」

　……情報処理の権術か！
　交渉役の手元に、多重の啓示盤が射出された。それは更に連続し、片綴《かたと》じの本のようにめくれ上がり、

「――――」

交渉役が読む。今も尚重なる情報に対し、目は明らかにそれを拾い、理解していく。

そして更に重なる啓示盤は、シャッフルを始め、本として整い出した。

声が聞こえる。

天津星
道も宿もありながら
空に浮きても思ゆるかな

「――天津乞星宿」

直後に、露天の河原だというのに、あるものが現出した。

広大な書庫だった。放射状に拡がる無限の書棚には、流体の風が巻き、多数の書物が自動で引き出され、外来の竹簡は解け、

「来い」

文字が溢れた。多数の媒体。紙、木、竹、葉や布、皮や石であろうとも、文字が書かれているならばそれらが流体として浮き、選ばれては新しいページを作り、飛翔《ひしょう》する。

全ては学問の神、天神《てんじん》・道真《みちざね》の手元、重ねた啓示盤を振る動作に飛び込んで来た。

「――――」

視線を上げた交渉役の手に、一冊の書物がある。あれこそが、

「私の推論を述べましょう」

天満は、手にした書を捲《めく》り、情報を目から仕入れた。

……やはり。

大体は推測通りだ。術式〝天津乞星宿〟は、情報と情報を結びつけ、過去の莫大なデータの中から最適解を導き出す情報処理術式である。それがこちらの推論と同じものを提示していた。ならばこれは確定。そのようなつもりで己は言う。

「――人類抜きで、解放顕現が出来るのか。その答えを言うならば、出来ません、の一言です」

「ハ。まあそうやろな。出来る筈あらへんわ」

「そうですね。人類がいなければ、解放顕現は不可能。だってこれは、――バランサーが私達神々を作るときに決めたルールだからですね」

●

「え!?　そうなの!?」

《まあそりゃそういうルールを決めておかないと、後々おかしくなるでしょう。人類抜きで解放顕現をされれば、神にとって人類は不要となりますから》

「い、いえ、そういうの抜きでも、私にとって住良木君は必要です！　主にメンタル面の方で！」

「ヒュウウウ――!!」

「あの、すみません先輩方、今、交渉中なので、もうちょっとボリューム落として頂けると嬉しいんですが……」

「何!?　先輩のボリュームを落とせだと!?　MURIに決まってるじゃないかそんなこと、増すことはあっても落ちることはない！　それが巨乳信仰の鉄則だぞ！　だからほら、お前も僕達とツルんで24時間以上経っただろう？　どうだ？　初めは〝デカ過ぎないか……〟と思っていたのが、今は〝まあこのくらいは普通かな……〟になってる筈だ！　ようこそ巨乳信仰の入口へ！　ウエルカムトゥビッグニュー！」

「自然環境の雑音だと思って先に交渉進めた方がいいわよ」

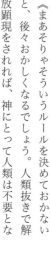

「…………」

「ハイッ」

「い、今のハイッは巨乳信仰に飛び込んでくるって意味でのハイだよね!?　そうであって欲しい……！」

「ハイハイこっちで静かにしてようネー」

●

危うく精神が乱れて術式が失われるところだった。

……人類先輩、危険すぎる……。

自分もチョイ前までは人類だったが、質が違う。私、文化人でしたしぃー。

ともあれ、

「おう？　ええやろ？　人類おらんかったら解放顕現出来んのや。バランサーのルールでも決まっとるなら、わしらがどうこう出来るもんでもないで？　それなのに解放顕現しようとしてるとか、自分、どういう言いがかりつけに来とんのや？」

「おや、おかしいですね。私は、ルールに則《のっと》った上で、言っていますよ？

——オリンポス神話の重鎮達は、解放顕現を自分達のものにしようとしている、と」

「自分……、言うてる意味、解っとんのか？」

デメテルが、声を一段低くした。

「そんなこと神委のわしらが言ったら、真意疑われて神委から格落ち。下手すると文句言う連中と大戦争やぞ？」

「それをやるから貴女達は凄いと思います」

「ハ。——せやったら、どうやっとんのか、言うてみぃ。今の処、自分の言葉には疑いだけで理屈も何もあらへんわ。わしらが失言するのを待っとんのか？」

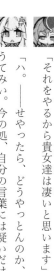

「仕方ないですね」

言う。

「サラーキアです」

「それがどうした」

「サラーキアは、そこにいるゲッサンの妻です」

「ゲッサン誰やねん。さっきも自分、言うたけんど……」

自分は、ゲッサンを見た。ゲッサンが頭に手を当て、軽く一礼する。だから己は、

「ゲロのオッサンです」

「誰やねん!!」

「おい！　ゲロのオッサンはゲロのオッサンだよ！　水ビームを下腹に受けて、こう、こう四《よ》つん這《ば》いになってゲロしたからゲロのオッサン！　憶えておけ……！」

人類先輩うるさいです。だが相手も、首を傾げつつ、

「ネプトゥーヌス？」

「そうも言います」

「そうとしか言わんわ!!」

心の狭い相手ですね……、としみじみ思った。だが話は続けないといけない。

「サラーキアは、何故、水妖になったのでしょうね」

「おうおう？　あの水妖がサラーキアだという証拠は？」

「そこのゲッサンが、保証してくれます」

ほう、と相手が言った。

「せやったら、サラーキアも含みで、仕掛けを言うてみい。――どうやったら、わしらが解放

顕現を画策しているのか、その仕掛けを。……それが言えんかったら、冤罪《えんざい》やぞ!?」

●

「まさか、解放顕現をするために、住良木君を誘拐しよう、とか？」

「前にもそういうネタあったけど、人類の記憶を消してもきっとまた先輩さんを選ぶから不可能じゃないか？」

「そう言われてみると、そうですね！」

「ヒュウウウウウウウ——！」

「あの、すみません、誠に、誠に申し訳ないのですが、私としましては、少々心苦しい処ではありつつも、もう少し、あの、御声の方を……」

「何か後輩の気の使い方が尋常じゃなくなってきたぞ」

●

天満は、一息を入れて、言った。

「人類は、いるでしょう？　神委に」

「……は？」

「え？　僕のコピーでもいるってこと!?」

非常に惜しい。

そうではない。人類先輩のコピーではないのだ。神委にいる。否、あるのは、

「テラフォームを行う際、担当の神話群、及び関係神話群は、可能な範囲で自分達の情報や、その手段、使用資材などを神委に提出します。

無論、先輩さんのように秘匿とする場合や、名前を知られただけで災厄となる神やアーティファクトについては不問です」

ただ、

「——ただ、基本は提出。それは、検分もですが、万が一失敗して多くが失われたときのバックアップでもあります」

「……それが、何やて？」

「ええ、だから神委には預けられているんですよ。——人類が」

それは何か。

「人類先輩がロールバックするときに用いられる情報マテリアル。……つまり人類の素体ともいえるものが、バックアップ用として、神委には預けられています」

●

「何や一体」

デメテルは、深く息を吸った。肺に夜の川辺の冷気を入れ、言葉を作る。

「そんなの、当然のことやろが。情報マテリアルの複製は神委も保存し、もしも神道のテラフォームが、たとえば惑星精霊との争いに負けてプロジェクトごと消失したとき、次のテラフォームの参考や引き継ぎとして用いられる、と」

だから、

「そんな、当然にあるものをもって疑いとするのは、勘弁して欲しいわなあ。——言いがかりもええ加減にせえよ？」

大体、

「——大体、情報マテリアルでは、単なる粘土と同じじゃ。意思も魂もない、受肉用の肉と同じ。そんなもんで人類の信仰が得られる訳、ないやろ？」

「そうですね。それは単なるマテリアルです。ですが——」

●

あ、と木藤さんが声をあげたのを、私は聞きました。

……え？

今の話の流れ。住良木君というか、人類の情報マテリアルを、どう使ったら神の解放顕現が出来るのか。

それについて、木藤さんが叫びました。

「俺達と同じだ！」

川に反響する声で、答えが放たれます。

「**半神半人！**　それに近いやり方で、仮想顕現から実在顕現を行った！　ただ、実在顕現をするとき、神として自分の情報マテリアルを使うだけじゃなく、人類の情報マテリアルを織り込んだんだ!!」

それはどういうことになるのか。天満さんが頷きと共に言います。

「神の中に人としての情報を〝飼う〟。メソポタミア組のようなシステムなんでしょう。そんな半神半人ではなく、神の中に人を同居させ、神が経験を積んで喜べば、その言祝ぎは人類の部分を介して信仰となり、自己回収される。

——人類の信仰システムを、内蔵式にしようとした訳です」

ですが、

「サラーキアさんは、水妖ですよ、ね……？」

「ええ。だから、確保するんです。——神に人が浸食し、神でも人でもないものとなってしまった。神道で言えば名も無き蛭子神《ひるこのかみ》のようなものです。ゆえにサラーキアを早急に確保しなければ、自分達の画策がバレるかもしれず、また、確保して検分すれば〝次は上手く行くための方法〟が解るかもしれない。

——そういうことです」

●

アテナは、息を詰めた。

……叔母様!?

そうではない、というのが感想だ。

「叔母様！　叔母様は――！」

と言った己の眼前に、叔母の五指が拡がった。
それは明らかに介入を拒むものであり、

「はは……！」

叔母が笑った。
大きな声で笑った。

「――はは！　面白い話やな！　しかし証拠があらへんぞ！　出してみぃ!?」

「証拠はありません。ゆえに、推論です。ただ――」

「ただ、何や!?　何があんねん!?」

「これが事実か否かは、――そこのゲッサンが保証してくれるでしょう」

紫布は、ゲッサンを見た。
ゲッサンは、僅かに俯き気味に、たたずんでいる。そして、

「おう！　ネプトゥーヌス！　自分、下手な応答したらどないなんのか、解っとんのやろな!?　わしらオリンポス神話からの、ローマ神話への庇護を解除するで!?」

うわア、と己は思った。
ローマ神話は、ギリシャ神話を祖型としている神話だ。もしも祖型との繋がりが失われた場合、どうなるかといえば、

「本来、ローマ神話の神々は力の強くない神達です。信者も今は少なく、ローマ全盛のときのような力は振るえません。そこにギリシャ神話と同等の権能を求められたら……」

「……勢力として保たんぞ。少なくとも、実在顕現する神を絞り込んで、全体としての権能の負担を少なくするしかない」

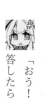

「でもコレ、……チャンスじゃないの？」

江下チャンが言う意味は、何となく解る。江下チャンらしいなア、とも思うんだけど、

「ここで、ギリシャ神話の下っ端みたいな服従的位置から逃れる、って事だよネ」

「え、ええと、――支持します！」

先輩チャンは当然、そうだろうと思う。江下チャンも同意だ。だとすると、

「何？　ゲロのオッサンが、仲間になるの？　同級生はちょっと無理じゃない!?」

その声に、ふと、小さな笑いが聞こえた。

ゲッサンだった。

●

ゲッサンは息を吸った。

今、ここで、デメテルの言うことに反すれば、ローマ神話はギリシャ神話の庇護から外れると同時に、自由の身分を手に入れられる。

……神話的奴隷関係から、自由民になれるといったところだな。

これは、一種の悲願だろう。

長く、ずっと、〝違うもの〟が上にのしかかり、しかし、それがホンモノになっていたのだ。ここで本来の自分達を取り戻せるというならば、高い負担があろうとも、選択としては有りだろう。

ゆえに考え、己は決めた。口を開き、決断を告げる。

ここで今、どうするのか。

「――デメテル。もう、嘘はやめましょう」

INTERLUDE

「……もう嘘はやめて……、って言うと、80年代ポップスな感じですよね」

「〝竹内まりや〟とか、イントロが聞こえてきそうだよな……」

《貴方達、ホント、ツッコミに容赦ないですね……》

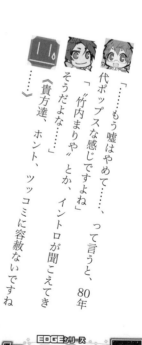

第三十九章

『PANIC!』

——それは神話が出来る道筋。

「……ハア!?　何やネプトゥーヌス！　その返答は!!」

「嘘はやめようと、そう言っているんです、デメテル」

　何が事実なのか、嘘なのか。己は、まず、言った。

「神道交渉役。貴女の言ったことは正しい。——確かに、サラーキアは実在顕現を行うとき、神としての情報マテリアルとは別で、神委に預けられている人類の情報マテリアルを取り込んで使用しました。彼女が水妖になっているのは、貴女の予想通りです」

「おい……！　自分！」

　構わない。そして、

「では、——嘘なのは、何なんですか？」

　ああ、と己は言った。デメテルがこちらに踏み出そうとする。それをアテナがタックルして押さえ込む。そして自分は、

「これは、私達もまた、望んだことなんだ」

　そうとも、と己は思った。何もかも、間違っていたのかも知れない、と。

　そしてまた、それをここで言うことが出来るということと、言うに値する者達がいて良かったと、そう思った。

「ローマ神話と、ギリシャ神話の関係です」

　言う。

「次の星のテラフォーム役として、ギリシャ神話が名乗りを上げていました。だが監査役でもあるため、当然、考慮されません。だからギリシャ神話は、自分達に似ていて、繋がりのある神話を推挙しました。——私達ローマ神話を、ね」

「……それはかなり、軋轢《あつれき》が生じているのでは？　実際、まだ次の星のテラフォーム役は決定していませんよね？」

その通りだ。

「ただ私達は力が弱い。ゆえに神委の他の神話群や、参考意見を出して来た神話群は、こう言ったよ。

——ギリシャ神話との祖型関係を解除しろ、と。それならば、ローマ神話のテラフォームを認める、と」

だが、

「そんなことをすれば私達の力は更に弱まり、テラフォームは失敗する確率が高くなります。

失敗したり、遅延した場合、推挙したギリシャ神話は責任をとらざるを得なくなるし、そうでなくても私達への直接支援が出来ず、間接支援や根回しで疲弊するだろう。だから——」

「ギリシャ神話は、その計画を立て、一つの結論を出したんです。

このテラフォームに私達ローマ神話を推挙し、解放顕現の力を与える事で、——ローマ神話を独立させ、その上で同盟関係を結ぶ、と」

一息。

「時代や世界は既に、そういう状況になっていると、ギリシャ神話は判断し、僕達もそのように動こうとしたんです」

「……そこで仕込んだの、ね？」

ああ、と己は頷いた。

「人類の情報マテリアルの基礎を作ったのは、そこにいる木戸です。だからギリシャ側は、木戸の権限を使ってマテリアルを回収し、私達は納得の上で使用しました。つまり——」

「ネプトゥーヌス！　自分、何言うてるか、解っとんのか!?」

「解っていますよ。

貴女達は、——私達を尊重しようとしてくれたんです」

「いいかい？　――かつてローマの人々は、ギリシャにて知識を学び、それをローマにて発展させた。
　ローマの神もギリシャの神も同じです。何も知らぬ田舎の神々だった私達を、ギリシャの神々は手助けし、共に発展を望んだ」

「おい……！」

　止めようとする声に、自分は口を開いた。

「デメテル！　かつて、君が言ったんだ！　僕達の土地を見て、こう言ったんだ！」

　それは、

「〝この土地には争いがあらへんのか。ええ土地やな〟と……！　〝手前らの処と違って、ここは大きく発展するやろうから、自分らも、大きな神になるとええな〟と……！」

　一息。

「君が言ったんだ！　僕達は、だから笑ってこう言った。〝必ず、そうなるよ〟と……！　ギリシャの神々が助けてくれるんだ、そうしなければ報いれないだろう、と……！」

　だけど、

「……僕達は、〝こう〟なってしまったんだよな……」

　ネプトゥーヌスは、北欧の知識神が振り向くのを見た。彼女は、一度何か言いたげに髪をかき上げ、

「どう言えばいいのか解りませんが、……でも、確かにローマはその後、大国となりましたよね？　それでは、駄目なのですか？」

「私達の、――つまらないプライドなんだよ」

　そうだ。

「結局私達は、ギリシャ神話を超えるようなことは何も無く、また、ギリシャ神話から見ても、

出来の悪い子供のような存在になってしまったんだ」

「それは……！」

「――すまない。君の期待に、僕達は応えられなかった。
もしも僕達が、君達の望んだような、平和な、大きな神になっていたら――」
そうだ。

「ローマは滅びなかったかも知れないね」

「――でもそれは、ローマにいた人類達の責任でしょう？」
そうかもしれない。だが、自分達としては、こうも言えるのだ。

「私達に、もっと力があればよかったんだよ。そうなるべきだったんだ。そう、神々としての約束をしたんだから」
だから、だ。

「――ギリシャ神話も為しえなかった解放顕現を為して、それを報恩とし、以後、対等な地位関係を結ぶ。これまでの関係としても、これからの関係としても、だ」
いいかい？

「――私達はギリシャ神話による被害者ではない。共に行こうとして、道を踏み外した者達なんだ」
これが真実だ。

●

「阿呆か……」
デメテルは、腰にしがみついている姪の頭を撫でた。破廉恥水着はどうかと思うが、彼女の意思はよく解る。

「……どうせバレとんのや。私を悪者にして、被害者ヅラして、解放顕現がのうなっても、そっちの連中と仲良うやっとればええのんや」

「……それをやったら、恩知らずです。貴女は最悪でもそう振る舞うつもりで、ずっと動いていましたが、流石に私も覚悟を決めました」
　ネプトゥーヌスが、静かに言った。

「——間違いを犯した罪があるならば、共に受けましょうデメテル。私達の神話同士の、それがしがらみというか、関係というものです。どちらかがよければ、というものではない」
　だから、

「またいつか、機会があれば——」

「ハイドォ————ン!!」
　いきなり馬鹿が横から飛び込んで来て、ネプトゥーヌスが消えた。

●

　デメテルの知覚の中。川の方から水飛沫が上がる一方で、目の前に立った馬鹿が言う。彼は、川の方に唇を突き出し、

「シメってんだよゲロのオッサン！　一体、いつの話してんだ！　今、スーファミが出ることでメガドラ好きが議論してる1990年だぞ！　ラスタンサーガ2が出たばかり！　数千年も前のこと言われたって僕には解らないっつーの！」
　そして馬鹿は、交渉役の方に小刻みなジャンプで接近した。

「おい！　テマン子！」

「はい、何でしょうか」
　交渉役が疑問すると、人類は腰を低くし、手を翳してあたりを何度か眺め回した。

「アッレエ——!?　〝ネプトゥーヌス〟がいないじゃん!?　〝ネプトゥーヌス〟、いついなくなったのか、テマン子知ってる」
　おい。

「ええ。——〝ネプトゥーヌス〟は、今日はテラフォーム入るあたりからいませんでしたね」
　おい……！

「そっかあ！」

おい……!!

「住良木君！」

女神が、笑顔で言った。

「〝ネプトゥーヌス〟って、誰のことです!?」

●

「いたっケ？　そんなの？」

「そんな呼びにくい名前の者は、知らぬな……」

「お前ホントに知らない可能性あるからちょっと怖いな……」

「でも、誰ですかネプトゥーヌスって」

「棒読みだぞ知識神……」

いやまあ、と皆が言い、唯一神がこうまとめた。

「ぼおくがしってつるのはあ、ゲロのオッサンだあねえ！」

●

「自分ら……!!」

叔母の言葉に、身を起こし、アテナは言った。

「叔母様、……覚悟を決めて下さい」

「何の覚悟や！」

「神話は人類が作るものだという、その事実に身を委ねる覚悟です！」

叔母が動きを止めた。

「それは――」

「叔母様が、無軌道で無茶苦茶でかなり非道なこともするのは知っています！　しかし、それ

らは全てオリンポス神話の最古株として、欧州発としては原初ともいえる大地の母神の責任として、他、係累の神話達を思っての事だというのも、私達は知ってます！」

「今、前半で要らんこと言わんかったか？」
あれ？　事実なんですけどね……。まあいい。今、言うべきはこうだ。

「――でもう、叔母様が必死に取り繕って保たす時間は、終わったんです」
何故なら、と言ったとき、川から水飛沫が上がった。
そして人類が、こう叫んだ。

「おお!?　ゲロのオッサン、何処行ってたの？旅行!?」

「き、君達は……！」
その遣り取りを見て、デメテルが息を吐いた。
その上で、交渉役が告げる。

「――今回、ここに派遣されたのが私だけなのは何故か、それを考えていたんですが、今、答えが解りました。
思兼先輩達がここにいると、この件を発生した事実として扱わざるを得なくなる。そういう責任の持ち主ですからね。しかし、――私ならば、未熟な現場担当の判断と出来る」
そう。

「私は未熟なので、――ここは人類の裁定に従います。貴女はどうですか？　デメテル」
彼女の言葉に、叔母が黙った。
彼女は、また息を吐き、深く吐き、彼らに視線を向けた。ずぶ濡れの古株。かつては欧州をどうしようかと夢を語った古い付き合いの神が、そこにいて、今、人類と馬鹿な遣り取りを交わしている。ならば、

「何や……」
叔母がゆっくりと、こう言った。

「もう、次の神話を、始めとるやないか、自分……」

●

天満さんが、オリンポス神話の監査に頭を下げ、術式を解きました。
拡がっていた流体の書庫が崩れ、白の光が散り、そんな中で私は、

「ええと、木戸さん？　ちょっと疑問があります」

「？　何ですの？」

「ええ、木戸さん、以前に地元に戻ってオリンポスの方達にメッしたって、そういう話があったじゃないですか」

「ええ、ありましたわね。事実ですわ」

「それでまあ、私、さっきのいきさつを聞くまで、オリンポス神話の方達がゲッサン夫妻をいいように使おうとしてて、それに自作のマテリアルが使われていることもあって木戸さんが怒ったのかな、って思ってたんですよね」

でも、

「木戸さん、このいきさつ、知ってた訳ですよね？」

「……ええ、まあ、知ってましたわ。それが何か？　どちらにしろコレ、明かされたら、貴女達を政治的な問題に巻き込みますし。だから黙ってましたのよ？」

黙っていたのは正解だと思います。実際、住良木君が〝なかったこと〟にしなければ、

「私達はオリンポス神話の側につくかどうか、判断を迫られます。そして彼らが為した罪を見逃せばこちらも罪に。見逃さないなら、今度は反オリンポス、または反神委の側として扱われ、面倒なこととなります」

「それがなくなったのは、幸いですわね……」

そうですね。でも、ここで疑問があります。

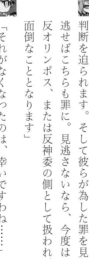

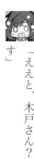

「いきさつを知ってた木戸さんは、何で、オリンポス系の神をメッしたんです？　サラーキアさんが水妖にされた怒りですか？」

　問いかけると、木戸さんがしばらく思案しました。

　数秒。

　皆が振り向くだけの時間が充分に過ぎてから、木戸さんがこちらに半歩近付きます。

「あの……、同輩さん？　いいですの？」

「あ、ハイ、何でしょう？」

　ええ、と応じ、少し頬を赤くしながら、木戸さんが困ったように言いました。

「私、あのマテリアルは出見専用で作りましたのよ？　それを勝手に、サラーキアは知り合いですけど使うなんて、……出見のものをよくも、と、そういうことですの」

「あの、木戸先輩」

　桑尻さんが、手を挙げて問います。

「最近、住良木の素体がアップデートされましたよね？　それも木戸先輩の管轄の方で。あれによって、馬鹿のバナナTSに不具合出たりしてたんですが、あれって、先日のスペランカーモードへの対策じゃなくて、まさか」

「……住良木君用のマテリアルを勝手に使われたから、アップデートして、そっちのは古いものだから、みたいなことを？」

「……いえ、その」

「…………」

「……それでオリンポス神話の方々を半壊に？」

「いえ、あの、だって……」

　木戸さんが言う。片頬に手を当て、

「だって、……だってですのよ？」

つまり理由なき衝動に対し、周囲の一斉の半目にメゲず、私は木戸さんと深く握手をするものであります。

●

終わったわね、というのが江下の感想だった。サラーキアのことなどあるが、明日からでいいだろう。とりあえずオリンポス系の監査も、ここから先は無茶を言わないし、こちらの権限も認められた。そう思う。

　遠く、地響きのようなものが聞こえるが、

「……岩の音、か？」

「さっきの戦闘の余波じゃないかしら。ここらへん、岩盤の地殻が露わになってるところに、権能での圧撃を何度も加えた訳だし」

「ええと、川精霊は……」

《かわわっ　かわわっ》

「川の流れが荒れているので、参考にならないですね……」

「おーい、お前ら、少しは落ち着けよ。――そのマイクロビキニが中入ったら落ち着くんじゃないか？」

「というかバランサーは別の服出しなさいよ……！」

　馬鹿な連中は大変ねえ、と心底思う。自分は、とりあえず設営の資材置き場に行って段ボール箱の底からカラムーチョを取り出す。そして、自分の横に立つ影に振り向き、

「ま、今日はいろいろあったし、これからは、――花火だっけ？　それでもチョイと遊んで寝るのが一番ね」

『――？』

「…………」

「オイイイイイイイイイイイイイイ！水妖!!」

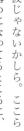

●

ああ、何だろう、と私は思った。

よく解っていない。何やら欲しいものがあって、匂いがあって、だから自分を分けて、片方はここに来たら何もなくて、でも危険を感じたから、狭いけど、冷えている中に隠れたのだった。

それから、もう片方は、多分、こちらが戻ってこないことに焦って、助けようとしている。

それはあまりよくない方法で、こちらは、だから表に出たら、

「水妖——!!」
違う。違うの。

「え?」
ああ、そう。そう。
貴方よ。
貴方を、でも、私は、

『……?』
どうしようとしたのだっけ。解らない? 否、忘れている? 否、分かれた時にちょっと頭が悪くなってしまったのだ。だけど、

「サラーキア!!」

●

あ、と目が覚めた。

そうだ。私はサラーキア。

『——』
ここは何処? 否、私は、サラーキア。私は何故、ここに? それは、

「ウヒョー! 僕ちょっとピンチ!?」

「住良木君!」
駄目。そうじゃない。邪魔をしないで。

「――――」
貴方よ。解っているの。
欲しかったの。
私の中にいる貴方が。

●

「住良木君！」
私は住良木君のいる位置に急ぎました。
ほんの十メートルもない位置。だけど水妖が、

『――！』
先ほどの戦闘で湿った河原を、伝うようにして水妖が急ぎます。対し、

「ハイ！　御免ヨオー！」
既に跳んでいた紫布さんが、自分の髪に両手を突っ込みました。いつの間にか髪は黒の色となっていて、

「河原じゃ豊穣使えないからネ。――〝神の鉄《グヴズヤールン》〟。食らってネ」
両手に振り上げた鉄の大剣。それを平たく構えて振り下ろし、

「ヘラ打ち！」
勢いよく、水妖を叩き潰しました。

●

「……オリンポス神話から見ると〝ヘラ〟打ちはちょっと笑えるが、その平たい面で打つならコテ打ちやなあ」

「叔母様！　叔母様！　こんなところで余裕見せないで！」

●

フウ、と紫布は一息を入れた。

双撃をぶち込んだ先の手応えは、完全に〝水〟だった。水妖は飛び散っていて、今はもう、河原の湿り気と同じになっている。

「まあ水妖を倒し切れると思わないけど、一回潰せば復活までの時間稼ぎになるよネ」

髪色が戻ると同時に、手の中の大剣も流体光に消えていく。

とりあえず住良木チャンは護ったし、

「良かったわね！　まさかクーラーボックスの中にいるとは思わなかったわ！」

「クーラーボックス？」

見ると、江下チャンの段ボール箱の近く、食糧用のクーラーボックスが引っ繰り返っている。中身はカラだ。

「……全部食っておいて良かったですね」

「いや、良かったのか悪かったのか、チョイと判断つきにくいけどサ」

空いた容積は54リットル。しかしそれは、

「――その容積では、水妖全体を収めることなど出来ませんわ！」

「住良木君！」

声の飛んだ方向。住良木チャンのいた位置に、

「ウワア――！」

川面から伸びていた水の手が、その身体を川の中へと引き込む。

「そちらが本体か……！」

木藤さんが叫びました。既に川の中に酷い勢いで引き込まれている住良木君に対し、術式を発射するための手捌きを作りながら、

「人類！　ロールバックする覚悟はあるか!?」

「……そんな！」

「追いますわ！」

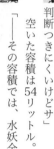

「オーケイ！　徹！」

「待て！　ちょっと空気がヤバい！」

幾つかの情報と判断が入り乱れます。そして私は、

「住良木君！」

「大丈夫です！」

「大丈夫って、何が——」

ええ、と住良木君の声が聞こえました。水の中に沈み、姿を消しながら、

「この水妖、先輩ほどじゃないですけど巨乳なんで！」

「住良木君ンンンン!?」

叫んだ時でした。不意にそれが聞こえました。

空から落ちてくるような長く、苦い響き。止まずに高く鳴り続けていくのは、

「警報!?　な、何の警報です!?」

問うた言葉に、天満さんが即応しました。

「——上流、ダムの放水警報です！　……恐らく、先ほどからの地響きがこれです！」

●

木戸は、水の匂いを感じた。

出見を追って上流へと河原を走り、しかし足を止めて、

「これは——」

危険だと、そう思いましたの。

今、この谷底の渓流に、上流側からの強い風が来ています。

遠く、夜だというのに鳥達が鳴いて空に舞い、獣の駆け足や鳴き声も重なってますの。

来ますのね。

「土石流です！　奥多摩湖の出口、小河内《おごうち》ダムの放水警報ですが、状況から言って、水妖がダムを破壊した可能性が高いです」

　その場合、どうなるものか、解らない訳ではありません。

「土石流の速度は、大体が時速四十キロ。しかし地形の状況によっては、時速百四十キロを超えることもあります。そして今回、水妖の手引きであるとなれば――」

「百四十キロを超えてきますわね。――ダムまでの距離は？」

「ここからだと5.5キロです。時速百四十キロは秒速約39メートルなので、１４１秒でここに到達します」

　先ほどの地響きがスタートだとしたら、もう、その時間ですの。

「あの、住良木君は……！」

「水妖が確保しているなら、出見は無事の筈ですわ。土石流の中でも、〝水〟の精霊として、水妖は出見を護れますもの。しかし――」

　言っていて、自分としては、不思議を感じますの。

「……先ほどの水妖。これまでと違って、出見を殺そうとしませんでしたわね」

　何故なのか。それを考える間もなく、それが来ましたの。

　正面。谷を突き抜けてくるのは、夜の闇を更に潰す黒。河原の石を全て巻き上げ、対岸の森を薙ぎ払い、岩盤の壁に全てをぶつけて削りながら突っ込んで来るのは、

「プロテクションでも、持続時間が保たないか……！」

　今から安全な高さまで上がるのは、フィジカル系なら可能でしょう。北欧組の夫妻、メソポタミアの夫妻なら大丈夫でしょうけど、

「――木戸先輩、すみませんが宜しく御願いします」

「……皆、私の後ろに位置しなさいな」

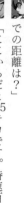

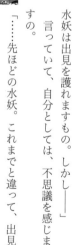

多分、出見は大丈夫。理由なく、しかしそんな確信を得つつ、私は正面に手を翳しますの。

　来る土砂の風に対し、

「これを利用して、急ぎ、小河内ダムまで行きますわよ。きっとそこが、水妖の戻る場所ですの」
　直後に、激突が来ましたの。
　私はしかし、手を前に添えて、指を伸ばし、

「——通りますわ」
　土石の水を、真っ直ぐに裂きましたの。

INTERLUDE

「土石流を抜くとか、また随分と凄い権術が来たもんだな……」

「アッハイ、ザコには無理です！　ザコには無理な力ですね!!」

「あの、後ろは静かにして下さいます？」

EDGEシリーズ
神々のいない星で
— At the star without gods —

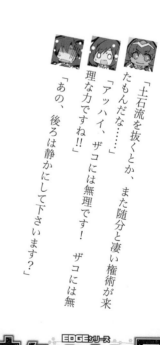

第四十章

『FASTEST ONE』

——聞こえてくる1ミス音。

残業だった。明らかにオーバーワークというか、逆に無意味な時間を過ごしている。

「……というか、何で図書室にずっと詰めてるんですかね私達」

「おやおや、今、現場は多分、大忙しだよ。それも、――結局は〝無かったことにする〟ことのために、皆、激務していると思うね」

「というか私としては、美味しい情報が早く来て欲しいんだけど」

我《わ》儘《まま》過ぎる。流石に付き合えないので、自分は一度、視線を逸らすために窓の外を見た。

夏の夜だ。図書室は、本を扱う性質上、湿度の高いこの時期に窓を開けることが出来ないが、

「――――」

外を、功刀を先頭とした美術部組が歩いて行く。こっちに気付いて、副部長の恵都《ケイト》も手を挙げるので、軽く応じておく。

きっと、学外に食糧調達に行くのだ。

「美術部は校内合宿かね」

「夏休み明けに、展示会とかするそうですから」

「……そういえば疑問に思ってたけど、この神界って、時間進むのかしら？」

「一応、四月スタートから進んでいるがね？」

「いや、そうでしょうけど。でも、……バランサー次第よね？」

「今は、どちらかというと人類次第じゃないかと思いますね」

時間は確かに進んでいる。だが、

「人類にとって必要な〝時間〟があれば、そこに巻き戻すくらいはすると思いますね。実際、微調整は細かいところで行われていますから」

「各神話の時間神が眉をひそめる話だわ」

でも、とシャムハトが言う。

「私達がリアルに生きて、そして以後、人類達の中で神話として〝生きて〟きた期間を考えると、あの少年にはそういうサービスがあっていいのかもね」

それは確かにそうだ。

自分とて、地球時代の当時として考えても、既に千数百年分の季節を過ごして、ここにいる。そのような密度をもった神話や、神々を相手に、でも、

「住良木君は、何を思って行くんでしょうね」

「巨乳が多くてハッピーとか、そういうことじゃないのかね？」

「ここはオチをつけなくていいんですよ……！」

……巨乳が多くてハッピーだ……。

●

僕は、気付くと、月を見上げていた。

身体は湿っていて、川に落ちたというのがよく解る。そして今いる位置は、よく解らないけど、高いところだ。

身体は寝ていて、ずっと下の方で、えらい大きな水音がする。滝か？　何だろう。たまに石か何か、これもえらい大きなものがぶつかる音がするから、何か流れているんだと思う。

そして、

『――』

水妖が、僕を抱きかかえている。

月を見上げるその顔は、水として透けていて、ちょっと反射が綺麗だ。見ていて気付いたけど、水だから、よく見るとこっち側だけじゃなく、向こう側の面も見えている。

あー、と僕は思った。

……ゲームの、透明系の敵の表現って、表面だけで描いてるんだなあ。

水系だけじゃなく、ゴースト系もそうだ。半透明の人がいたら、顔の向こうに逆面の髪の毛

が透けて見えている筈で、そっちの方がホラー感あるよな。

　だけどこの水妖は、綺麗だと思った。巨乳……、というには、よく見たら少し甘い気もするが、まあ、僕が先輩達に慣れているせいかもしれない。今度桑尻を凝視して、普通はこの位……、ってアイツ絶対普通じゃないよな!!

　ただまあ、何でだろう。

　水妖が、僕を抱き抱え、気付けばコレは多分、軽く揺らしている。そして、

『――――』
　何故、歌らしきものを、唄っているんだろうか。

●

　紫布は、下流側からそれを見ていた。

　小河内ダムの放水口。

　下の管理所も、取水場も土石に埋まって斜面崩落していたが、ダム自体は放水口から縦に裂けつつも、まだ湖側に残った水を勢いよく流している。

「ダム直近だと、斜面崩落が土砂だけで楽だねエ」

「ここまで来るのも楽だったから、今回あまり仕事してない感覚あるよな」
　その通りだ。
　木戸の権能が、全てを運んだ。

「久し振りに訳の解らん術式を見たなア……」
　土石流を割って、自分達を護るというのは、解る。水系の神ならば、そのくらいはするだろう。ゲッサンが何もしないでキョドっていたのは除外する。しかし、

『あの中で、上流側に〝運ばれる〟というのがよく解りませんでした……』

「私の水循環の権能。その応用ですわ」
　後ろ、息切れもせずについてくる木戸チャンが言った。

「水の勢いと圧が強ければ強いほど、その源側に引き込まれて行くように操作しますの。ちょっとした逆流船ですわね」

あ、何言ってるか解るけど解らんヤツだネ、と思った。

だけど上流側、裂けたダムの北側に回って、駐車場や資料館のある側から、自分達はそれを見た。

サラーキアが、唄っているのだ。

住良木チャンを抱き抱え、ゆっくりと揺らすその姿は、下流側に控えている先輩チャンから見ると、

『赤ちゃんを、あやしている……？』

●

妖物による高度な幼児プレイと、天満はそう思ったが、言わなかった。

ダムからやや下流側、谷の陰となって隠れる場所。自分と北欧知識神、そして施工代表が控えるこの位置にも、水妖の声が届いてくる。

『――――』

正確には、歌ではない。恐らくはサラーキアの記憶か何かが、水妖の身に何かを唄わせているのだろうが、言葉が出来ていない。

ただ、音律が響く。それも、穏やかなもので、だ。

周囲の土石流の跡や、今も止めどなく流れる水の音さえなければ、月光と共に、歌でも詠むべき光景となっていただろう。だが、

「何故、です？　……何故？　サラーキアが……」

迷いつつ、しかし自分は言った。

「子守歌です。これは」

●

そやな、とデメテルは応じた。木戸から上衣を借りたアテナを横に、自分達はダム北側の駐

車場にある交番前で控える役だ。
　ここは神道側に任せる。そんなつもりで待つ身だが、やはり声は聞こえる。

「これがホンマの水妖なら、眠りに引き込まれるんやろな」
　だが、違う。元は海洋神のサラーキアだ。ゆえに、まあええか、とつぶやき、通神に告げた。

『子供や』
　子供だ。

『ローマ神話が、わしらの神話に上書きされたとき、幾つもの設定が書き換わったり、追加されたんや。でもまあ、その中で、チョイとわしらとは違う流れをもっとったものがある。
——それが、ネプトゥーヌスとサラーキアの関係やな』

『サラーキアは、元々がネプトゥーヌスの権能で、それが分化して別の神になった後、……ギリシャ神話の上書きを経て、夫妻となるのでしたか……』

『そや。その意味では、この夫婦の関係は、ローマ神話のオリジナル要素が強い。しかし——』
　という処で、声が来た。

『私達には、子供が出来るのですよ』

　ネプトゥーヌスは、静かに言った。
　歩くのはダムの南側。水を止められなくなった堰の上、月光の下、水音の中を歩くような気持ちで、前に進み、言葉を作る。

『子供の名はトリトーン。しかし——』
　しかし、

『この子は、ギリシャ神話の存在なんです』

　桑尻としては、頷くしかない。え？　え？

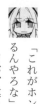

と、何が悪いのか、と首を傾げる先輩さんに解るよう、軽く啓示盤に図を書く。それは、

「ローマ神話では、ネプトゥーヌスとサラーキアの間には子供がいます。
その子供の名前はトリトーン。
そしてギリシャ神話では、ネプトゥーヌスに対応するのが海神ポセイドンですが。彼にはやはり子供がいます。
その子供の名前も、トリトーンです」

「えっ？　あ、いや、前にも聞きましたっけ。神話が違っても、同じ名前……」

と言う間に、先輩さんは、改めてどういうことか理解したらしい。

「ギリシャ神話からの導入設定となると……」

「どういうことか、解りますね？　——人類が、あまり深く考えず、しかし、ローマ神話に対し、致命的なことをやったんです」

それは、

「生まれるべき子供を、他神話から持ってきた。神話的な断種と言っていいでしょう。
ギリシャ神話の方が力が強いため、ローマ神話側はこれを受け入れるしかありません。
もし、これを覆すことが出来るとするならば——」

●

「解放顕現を行おうとしたのは、サラーキアに対してではありませんよ。
サラーキアは、自分がいずれ産む子に、解放顕現の姿を与えようとしたんです。
つまり、——人類のマテリアルを使用し、祝福された神を産む」

だから、

「だから水妖になってしまったサラーキアは人類を探し求めた。——自分の中にある人の力に戸惑いつつ、子供を欲する思いが出たのでしょうね。それは、水妖がこのところで削られ——」

自分は、前を見た。割れたダムの中央。ダムの南にいる自分からは、月光を浴びた監視塔の上に、サラーキアがいる。

●

ネプトゥーヌスの言葉を聞き、天満は一息を入れた。
これはもう、今ならば、言っていいことだろう。

「昨日、一度水妖が動き、川精霊が反応したときがありましたね」

「ええ、憶えてます。あれは――」

「シタハル経由で詳細が来たんですが、思兼先輩から情報の開示を止められていました。まあ、もはや言って差し支えないことだと思いますが、あの時、上流のキャンプ場で、地元精霊達の家族集団が遊んでいまして、その子供の一人が、深みに落ちたそうなんです」

そして、

「――その子は泳げないタイプの精霊の子だったそうですが、何故か、皆が気が付くと、対岸の岩場に揚げられていて、無事だったのだと。
その子が言うには〝女の、誰かが助けてくれた〟そうですよ？」

「じゃあ……、サラーキアさんは、完全に水妖になってる訳じゃなくて……」

何故、そのことを秘匿としたのか、今なら解る。
あの時自分は、このいきさつの意味が解らず、ちょっといい話、くらいに思っていたのだ。
だが、あの時点でこの事実を明かしていたら、自分と皆は話し合い、恐らく、今、ネプトゥーヌスが言ったあたりまで、真相に近付いていたようにも思う。だが、

……デメテルの性格上、先に真実を提示したからと言って、交渉が上手く行ったとは思えません。

結果、皆と話し合うことなく、洞察の甘かった自分はデメテルを悪者と勘違いした。

　だがそれゆえに、彼女はこちらの勘違いに乗じてネプトゥーヌスに決断を迫った。ギリシャ神話と縁を切れと、そう誘導しようとしたのだ。

　そしてネプトゥーヌスはそれを拒み、話はまとまったが、

「…………」
　これは思兼の計算なのだろうか。それとも、結果から、自分が、己の不備も含み、勝手に脅威を感じているだけなのだろうか。しかし、もはや自分の出番は終わった。

「ここからが大詰めです。――サラーキアの回収と確保。それを御願いします」

●

　ネプトゥーヌスは前に出た。

　……行こう。
　行くのは中央が割られたダムの上、行き先はサラーキアのいる場所だ。
　中央が割れたダムの、南側から自分は行く。視線の先、ダムの中央に立つ監視塔。その上に、人類を抱いた妻がいる。

「サラーキア！」
　ここからが大詰めだ。妻を取り戻す。そのために上を、監視塔の屋根に座る彼女を仰ぎ、

「サラーキア！　話を聞いてくれ！」

●

　サラーキアが無言で放った水ビームがネプトゥーヌスのミゾオチを直撃し、ネプトゥーヌスが四肢を着いて吐いた。

●

「うわあああ！　ゲロのオッサン！　そんなに持ちネタが好きか！　そうなんだな！　**アドバンスドゲロのオッサン**と呼んで差し支えない!!」

「うぉっ、ちょ、あの、不意討ちの打ち下ろしはかなり、あぺっ」

『…………』

●

『コレ、サラ子チャン、実は正気に戻ってて一発入れたとか、そういう感じあったりするかナ？』

『あー、解る解る。甲斐性なしについての記憶は水妖になっても残ってるかもしれんしな』

『タラタラ喋ってないで攫いに来いって話だよなあ』

『……神話関係なく、女神衆、厳しくないですか……？』

●

「まあいい、出るか！」

と、雷同は紫布と、木戸を後ろにつかせ、ダム上を走った。

自分達の持ち場はダムの北側だ。役目としては、住良木から水妖の気を散らすための陽動役。

今、まだダムの構造部は砕けている。ダム中央部は南側にもあった監視塔と共に崩落しているが、それは水圧強く水が放出しているせいだ。奥多摩湖の水は半ばくらいまで減っているが、無くなっている訳では無く、

……いつまた崩れてもおかしくないな……！

速度が優先。だから紫布と木戸に構わず、前に走った。ベルトからトールハンマーを抜き、

「おおお……！」

南側担当のゲッサンは早く立ってくれ。頼む。

●

どういうことなの。

折角、折角、私に子供が出来たのに。

寄ってきて、奪おうというの。そんなの、そ

んなの、

『——』

許さない。

●

水妖は、子を抱きしめて、別の手を文字通り放った。水の身体から幾つもの手を作り、それを砲台にして北に放つ。

一発、二発、三発からは連続で砲門を十六にし、一気に、

『——!!』

射撃した。その時だった。

不意にこちらの横に飛び込んで来た姿があった。それは、

「いい位置だ、カイ」

「謝罪マン……!」

●

カイは、ダムの南側端で大きく息を吐いていた。

両の手を、右を前、左を手元にして、狙いをつけていた。その先は、ビルガメスが飛んだ監視塔の屋根上で、

「ハイスピード」

超速化。

権術だ。自分が持つ術式の中、ビルガメスに対する補助系としては最大級の負担となる。

正確には時間差付きの空間移動に近いもので、ビルガメスの姿が消えた後、数瞬後に目的の場所へと送る。

射程が視覚の届く位置、というのは別にいい。目は良いからだ。

だが、この数瞬というのが意外に面倒だ。

こちらから見えると言うことは、相手からも見える。そこで、ビルガメスを飛ばしたとして

も、自分のことが気付かれてはならない。

　ゆえに囮を使った。

　まずはこちら、南側からゲッサン。ゲッサンの説得が効けばそれで良かったのだが、ゲッサンはゲッサンだったので駄目ー。

　だけど、そこで北からの吶喊《とっかん》だ。こちらが囮の本命。南からゲッサンが行った後なので、水妖はもうこっちには気を払わなくなるだろうという、そんな目論見《もくろみ》だ。

　その通りになった。

　ゆえに自分はビルガメスを飛ばした。

　ハイスピードの負荷はキツイ。一日一回。それも、使用した後は大型の権術がろくに使えなくなるという、地味に見えて大技だ。

　だが、ビルガメスを回収するには、一つ、別の権術を使う。

「コール・ビル」
　権術としては特殊。自分とビルガメスの共有術式で、しかし発動はこちらのみ。流体はほとんど使用しないが、その効果とは、

「ビルガメスを自分の横に呼び寄せる」
　緊急避難術式だが、コレの流体消費が低くて、何でハイスピードが激重なんだろうか……。愛か。やはり愛なのか。ともあれ向こうでビルガメスが人類を確保したら、コール・ビルだ。
　そのタイミングを、己は待つ。

●

　間に入った、とビルガメスは確信した。

　ハイスピードの直後は、周囲の認識が大事だ。急いではしくじるときがあるし、長く時間を掛けるとハイスピードの意味が無い。

　いける。故に自分は人類に右手を伸ばし、

「行くぞ人類！」
　人類の手を取り、左腕を上げた。カイへの回収の合図だ。
　左手側、水妖は今、振り向こうとしている。

だが遅い。

……水の砲を形成するのにも、時間が掛かるからな……！

即座に奪取。即座に回収。なにもかも初動が重い水妖には、これが一番だ。だから、

『……！』

気付いた水妖が声をあげた。その瞬間だった。

激震が響いた。

●

「……エッ？」

紫布は、それを確かに見た。

右手側、水位を下げた奥多摩湖が、ダムの堰のやや下に見えている。

その水面から、波のような動きで、ある形が跳ね上がったのだ。

腕だった。

巨大な、三十メートルはある水の腕。溶けたような造形が見えて、

「根性耐ショック——!!」

衝動的な打撃が、ダムを激震した。

●

デメテルは気付いた。

水妖は、この奥多摩にて、じっとしていた訳ではない。奥多摩湖には進出していないのが解っていたが、それはおとなしくしていた訳ではなく、

「分体を幾つも作っていて、——それをここで合流させせたんか!?」

●

拒絶だったろう。

恐らく、この監視塔にいる水妖が、サラーキア本体。そして今、湖で暴れ始めた巨大水妖が分体の集合なのだと、ビルガメスはそう思った。

だが何故、分体がいきなり攻撃的になったの

か。

……子供を奪われるのが、嫌だったのか。
本体であるサラーキアの拒絶。それに対し、湖という広大なスペースの中で集まった分体が、反応してしまった。
結果としてダムはその中央部を更に砕き、監視塔が揺れ、

「今、スペランカーのミスBGMが！」
言いつつ、人類の姿が虚空に落ちた。

「人類！」
こちらの手は届かない。そして水妖が、こっちに水の砲を向けつつも、人類が落ちていくのを見て、

『――!!』
砲撃と同時に、自分は、回収された。
コール・ビルが発動されたのだ。

「住良木チャン！」
紫布は、己の声よりも早く、走り出した影を見た。
木戸チャンだ。
身体強化術式を展開しているのだろう。その姿は軽く、震動するダムの堰を行き、

「――！」
上空。破壊を広げた放水口の激流に落ちていく住良木チャンに跳んだ。

「出見！」

「木戸先輩！」
言う声に明るさがあって、私は安堵しますの。

空中でその身を抱き抱え、離さぬようにして、

「出見？　少し怖いかもしれませんが、目を閉じていなさいな」

抱き抱えているので、自由になるのは右手の先くらい。これでは大した権術は使えない。ならば、眼下の激流に対しては、

「――私が護ってあげますわ」

●

どうして。
どうして奪われる。
どうして手に残らない。
どうして？

●

月に咆哮《ほうこう》する水妖は、しかし、声を聞いた。

「リラーキア！」

振り向きと同時に砲撃を撃ち込んだ。

至近だ。直撃する。そして相手が転ぶ。だが、

「くそ……！」

膝を着き、起き上がる。その身体に水妖はまた水の砲撃を放った。

『――!!』

避けようのない位置だ。水の砲撃は当たり、更に重ねられ、

『……!!』

連打が発射された。

●

引くほどの砲撃音が連続したのを、紫布は聞いた。

……ウワア……。

住良木チャンが気になるが、木戸チャンが飛び込んだのだ。どうにかなるだろう。下流側に

は先輩チャン達もいる。だからそちらは皆に任せようと、そう思う。その一方で、

「こっち、ちょっと派手じゃないかなア」

監視塔の上からだ。今、そこで、水妖がゲッサンに連射をぶち込んでいる。

止まぬ音だ。まるで怒りを全てぶつけているような響きと震動に、自分は軽く引き、しかし、

「……止まないな」

それは一つの事実を示す。

ゲッサンが、立ち上がろうとし続けているという、そんな事実を、だ。だが、

『……疑問があります。何故、あれだけの砲撃を至近で受けて、無事なのですか？』

言われてみると、そうだ。水妖は、単なる妖物ではない。サラーキアという女神なのだ。それも海洋神で、河川の神であったゲッサンよりも、場合によっては格上だろう。それが、

「……どういう事かナ？」

「黙って見とき」

と、声が来た。

デメテルだ。彼女が、軽く右手を上げ、ダム上をこちらに来る。

「一応は、監査や。見届けさせて貰うわ」

「どうなるかねエ」

「安心しとき。――ギリシャ神話には無いものを、ローマ神話が見せてくれるで……？」

水妖は、砲撃を入れた。

……来ないで。

来ては駄目。

……駄目よ。
貴方が私を認めてはいけない。

……駄目。
もし貴方が私を認めたら、

……私は失敗したことになってしまう。
子供が得られず、

……奪われて、
何も叶えられず、

……終わってしまう。
だから、

……立ち上がらないで!!

●

ゲッサンは立ち上がった。

打たれ、叩き伏せられても、立って前に出た。

「サラーキア」
打たれる。痛みがある。だが、

「サラーキア」
言う。

●

……やめて。
謝ったり、しないで。
もしそんなことをされたら、

……駄目。
私、駄目だったことになってしまうから。
だから、

「サラーキア」
聞いた。その言葉は、

「君はもっと、痛かったろうな」

ゲッサンは、砲撃を受け、耐えながら、眼鏡の下の目を拭った。
自分は水の神だ。涙が零れたっていいだろう。

「サラーキア」

言う。もの凄《すご》く身勝手なことを、これから言う。それは、

「——泣いてくれ、サラーキア」

水妖は砲撃した。至近処《どころ》ではない、手が届く距離だ。そう、届く手？　私の手。どんな手？　こんな手じゃない。どの手？　それは、その、

……馬鹿。

何言ってるの。
泣いてくれ、って、やり直そうって言うの？
私、こんなに痛いのに。痛かったのに。痛かったのよ？　それなのに。

「サラーキア」

抱きしめられた。
知らないのに憶えている圧力と、熱。そして、

「泣いてくれサラーキア。これからは、ずっと一緒に、分かち合わせてくれ」

身勝手だ。解る訳が無い。分かち合うにも、私の負担の方が遥かに大きいのに。だけど、

「泣いてくれ。サラーキア」

言われた。

「私がそれを、全て受けとめるから」

『——!!』

己は泣いた。そして、

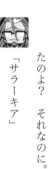

『……っ！』
声が出た。神としての声。母となることを望んだ自分が、この世界で初めて上げた声だった。
生まれ、そこで出ずる声を、産声《うぶごえ》という。
その声をもって、己は見た。自分の姿が、流体光の飛沫に洗われるようにして、

『……ああ』
肌を持ち、髪を持ち、視界は色を持って澄み、形成される。

「サラーキア」
彼が、こちらの耳に囁《ささや》いた。五体を戻し、実在顕現した己に対し、しがみつくようにして告げられた。

「――またいつか、共に同じ夢を見よう。今度は、現実に出来る夢を」

デメテルは、紫布が肩から力を抜いたのを見た。

「ゲッサン、頑張ったもんだネエ」
そやなあ、とデメテルは前置きした。

「――まあ、アイツでなきゃあ出来へんことや。サラーキアの攻撃に耐え切るのは」

「権能で、我慢スキルでもあるのか？」
そやない。

「ネプトゥーヌスにはな？　その権能を分けられた過去があるやろ？　その一つがサラーキアとなって、あいつの妻になっとるのは知っとるな？」
ああ、と雷神が頷く。その動きを見てから、自分は言う。夜空に散って行く、雲のような流体光を見上げ、

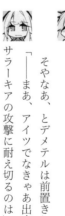

「しかし、ネプトゥーヌスの分けられた権能は、それだけじゃないんよ」

「……権能の複数持ちか？」

そやな。

「それらは幾つかの精霊に分化したが、一番メジャーなのがサラーキア。これは海、それも深海や塩の水を司る女神となった訳や」

そして、

「もう一つのメジャーが、ヴェニリアいう女神や。これはサラーキアと対で、静かな海や、凪《なぎ》などの海の状態を司る女神や。

しかしこのヴェニリア、ただ存在するだけの女神で、エピソードがろくに無うてな」

『……ギリシャ神話側、対応するポセイドンにも、そのような神は付帯していませんよね？』

『そういう意味ではローマ側のオリジナルやな。せやけど、そのような存在故、ヴェニリアは仮想顕現もしとらん。せやから今回、わしゃそれを権能としてネプトゥーヌスに、預けたんよ』

「それは……、いつかナ？　もし、こちらに来る前だとしたら、デメ子チャン、こうなることを期待していたことになるけどサ」

「そこまで親切やないぞ、わしゃあ。だがまあ、あの男に、サラーキアの攻撃が効かなかったんは、ヴェニリアの権能やな」

ともあれ今ので、間違いなく、それは使われた。

「水妖からサラーキアを元に戻すと言っても、水妖の部分を剝がせば欠損が生じるで。

ゆえにサラーキアを失わせないため、ネプトゥーヌスはヴェニリアの権能をサラーキアに預けて〝身体〟にしたと、そういうことやな」

『ゲッサンがいなければ駄目というのは、そういうことか……』

『確保して地元に連れて帰れば方法はあるやろうけどな。

——でもまあ、これでもはやローマの海は荒れることなく、水妖から戻る時の欠損も補塡出来る。

実質上の二重降臨やな。
――代わりに、今後、ネプトゥーヌスはサラーキアの直撃に耐えられんが』
「最後のオチはどうかなア」
と、空に光が流れた。監視塔の屋上で、水妖の姿が流体光になって宙に散ったのだ。

流体光が監視塔の上から零れて流れていくのを、雷同は見た。

「……決着か」

砲撃の音は消えている。しばらくすれば、サラーキアを抱えたゲッサンが下りてくるだろう。

「――あ、徹、シャツ貸してくれるぅ？　サラ子チャン、多分、全裸だと思うしサ」

「ハイよ。でも紫布、解ってるか？」

「ああ、ウン。何となく解ってるかナ」

『な、何がです？』

あのネエ、と紫布が言った。

『さっき、サラ子チャンが元に戻ったっぽいんだけどサ。だとしたらそのとき、住良木チャンのマテリアルは何処行ったのかな、って事とサ』

『あとまあ、こんだけ長い期間、水妖になってたんだとしたら、〝型〟があるよな』

『ついでに言うと、奥多摩湖の水位、ある程度までしか下がってないのだとすれば、それは全て、水妖の分体が集まった姿とも言えますね』

『…………』

『それら全部、集まったら、どうなるのかしら？』

直後。答えが来た。

奥多摩湖が文字通り起き上がり、

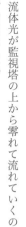

『……!!』

数十メートルの腕を、こちらに振り落としてきたのだ。

第四十一章

『SHINING IN THE DARKNESS　02』

——闇を照らす光は、光を支える闇と共に。

最初に動いたのは紫布だった。

ダムの堰上、髪を鉄にして、やるべき事は、

「鉄の豊穣……!」

ダムは鉄筋コンクリートが基礎なので、豊穣を重ねるのが至難。奥多摩湖側も水なのでほぼ不可能だ。相が違う。しかし下流側は別だ。放水路となる河原は土砂の崩落で埋まっており、

「支えるヨー……!」

土砂の大地から発された数千の鉄刃が、割れたダムを下流側から編むように貫いた。

これ以上、壊れぬように補強する。その理由は、

「よくやった紫布! 溢れたらヤバいからな……!」

奥多摩湖だ。

ダム湖であるこの水域は、複雑に曲がりながら、全長五キロ以上の湖となっている。ダム側から見えるのはその下流側、二キロ範囲くらいだが、今、そこにあるものが立ち上がりつつあった。

水妖だ。上半身は女性の姿に、下半身は蛇の束にも似た、水の妖物。

ただ、

「……全長一キロ超えてるぞ!」

南側、ダムの根元あたりに控えたカイの言葉通り、それは長大な姿をもって、身を起こしてくる。

水面に手を付き、無数の蛇足で水を叩き、

『……!!』

蛇足の数本が、ダムを上流側から打撃した。

震動する。

気を失っているサラーキアを抱きかかえ、監

視塔を出ようとしたゲッサンは、その入口のドアに掛けられた制服のシャツに気付いた。

「……有り難い！」

裸の彼女にシャツを巻くように掛け、抱き直して出る。すると、

『――！』

先ほどまでのサラーキアに、よく似た。しかしサイズの遙かに違う姿がそこにあった。

打撃される。

鉄筋コンクリートのダムに、風を切って水の鞭《むち》が届く。それは高速で、容易《たやす》く堰の縁を削り、人間サイズが用いる構造物を薙ぎ払った。

柵や街灯、標識や、

「ゲッサン！　向こうに早くぅ！」

横薙ぎの一発。太さ十メートルは下らない水の蛇足が、監視塔を折るというよりも太めに切断した。

まるでダルマ落としのように、蛇足の太さ分だけ、監視塔の中央あたりが吹っ飛ばされ、宙に残った上部が、バランスを崩して下流側へと落ちていく。

聞こえる音は、監視塔の構造材を千切る衝突音だ。一瞬であったため、それは複合の音でありながら、無数の破砕を束ねた響きとなり、

「うわ……！」

降ってくる破片。鉄は堰上で跳ね、硝子《ガラス》は砕けて割れる音を響かせた。

自分は急ぎ南側へ走り、しかし、

『……!?』

気付かれた。

●

カイの視界の中、ゲッサンがこちらに走ってくる。

「うわああああ!!」
そして彼を追って、水妖が攻撃の連打を入れる。

『……!!』
重爆ともいえる水の蛇足が、堰のコンクリートを砕く勢いで叩きまくった。それはゲッサンの後を追うように、時たま先に回ったりもするが、

「ゲッサン！　ジャンプ！」
ゲッサンが跳んで回避。空中で足をバタつかせるのは格好悪いが、着地したところにまた蛇足が降って来て、

「ゲッサン！　スライディング！」

「えっ!?」

「しゃがんでジャンプボタンだ！」
雷神も相当テンパってないかコレ。

《ストライダー飛竜ですね》
何のことか解らんが、とりあえず間に合わない。だから、

「エシュタル！」

「ええ！　私の力が必要なのね!?　どうすりゃいいの!?」

「ああ、ゲッサンの方を向け！」

「うん！　で？　どうするの？　ビームでも出す？」
己は全力の無造作でエシュタルの尻を直蹴りして、吹っ飛ばした。

●

紫布の視界の中、ゲッサンが、上空から降る蛇足に何もかも間に合わない。

　こちらの攻撃は、今の処、徹の長尺ハンマーによる斬撃対応だけだ。自分がダムの補強に回っているため、範囲系の術式が無いのが痛い。

だから、

「――ゲッサン！　危ないヨー！」

　というか当たる。身を低くして逃れようとしているが無理だ。直撃したらグシャアかなア、と思った。

　直後。

　吹っ飛んできた江下チャンが、転がったゲッサンの横に立った。

　そして上から落下した蛇足を、江下チャンが貫通し、

「エッ？」
　水の蛇足が空中分解し、派手な破裂音と共にその飛沫をダム上にぶちまけた。
　破壊したのだ。

「え!?　何今の!?　いきなり上から水ドバアって!?」

「というか江下チャン？　食らってグシャアとなると思ったら、何でカウンターで破壊してんのかナ？」
　それは……、とダムの南側で呟いた江下チャンが、不意に笑顔で手を打った。

「あ！　そっか！　私、今、全部着てるわ！　フルパワーよ！」

「七枚？」

「うん！　さっき土石流がドバアって来るとき、服流されたら嫌だからソッコで天幕戻って全部ひっつかんで来たのよ！　七枚着てるから、だから大丈夫！」
　クソ雑な設定だナ……、と思ったが言わなかった。ただ、

「よし、じゃあそういうことで」
　と、やってきた円チャンとビル夫チャンが江下チャンの両肩を掴む。

「え!?　何!?　どういうこと!?　持ち運びオッケーって、何!?」

●

　紫布の視界の中、走るゲッサンに合わせて、ビルカイ夫婦が江下チャンを運んでいく。そして水妖の連打に対し、

「そこ！」
　先読みして立たされた江下チャンの足下に、ゲッサンが座り込む。その上で、

『――！』
　水妖の振り下ろされた足が、江下チャンを砕けず散った。
　そこから先はルーチンだ。
　ゲッサンが走って上から蛇足が来て江下チャンが設置されて水が砕けて、

「やるじゃないか監査」

「ウワー！　私、今、自分史上最高に雑な扱いされてる！」

『というかビルガメス先輩もエンキドゥ先輩も、先の戦闘やさっきの術式で疲弊の処、どうも有難う御座います』

「オイイイ！　礼を言うなら私！　私よ！　今、一番活躍してるのは私の強度と服なんだから！　ほら！　褒めて褒めて！」

「ウワ――……、凄いナ――……」

「――うん！　その調子で讃《たた》えるのよ！」
　即座に直撃弾三発が重なったが、強度に負けて砕けた。
　だけどとりあえずゲッサンが対岸側に退避。
　円チャンがこっちに手を振って無事を知らせて

くれる。だとしたら、

「徹ゥ！」

「ようやくだな……！」

《かわわっ　かわわっ》

ト流側の川精霊もこっちを応援している。多分。

つまり今、この奥多摩湖周辺の精霊達は、こちらの味方だ。

各所。湖を囲む森の中、山の上に、顔を布で隠した神道の地元神達が立ち上がる。一部、インナースーツに和調の意匠を施した姿は、地元神社の分祀《ぶんし》神達だろう。

……アッ。

どことなく、先輩チャンに似ている分祀神が右手側、北の山の中にいた。だけど違う。桜の花を今時期に散らしているのは、確か、妹だ。

彼女達が、一度両手を合わせて打ち、それを呼んだ。

空に暗雲。大気に響く鉄のような匂い。そして、

「来いよ雷撃……！」

天上に花咲いた広大な雷光と放電現象。そして稲妻が、一斉に絡み合って直下した。

行く先は、雷神の掲げた鉄槌《てっつい》の鍔元《つばもと》である。

それは更に集束して波打ち、追加の威力を大空から召還する。

「行くぞ雷神鉄槌！」

対する水妖は、危険を感じた。

『……!!』

退避か、攻撃か。どちらを選ぶにしろ、動かねばならない。ゆえに姿勢を整え、逃亡者を追っていた身を正対しようとした。
　出来なかった。水で出来ている自分が、振り向くことも、足を動かすことも、湖水に戻る事すら出来なくなっている。
　凍らされたようにも感じる不動の状態。この原因は、

『――？』

　柱だった。白の石造り。しかし流体で出来た全高百メートル超の柱が、己を遠巻きに囲んで起立している。これは何だ。これは、

『援護する気はあらへんのやけどな』

　巨神だ。自分ほどではないが、巨大な鎧を着込んだような女の姿がある。
　白と緑の装甲を纏ったその正体は、

『武神〝掟縛女神〟』

　声が、こちらを指差しながら響いた。

『――唄え。
豊穣を祭る神殿をそこに
豊穣を奉る生贄《いけにえ》をそこに
豊穣にて我らの土地は定まり
豊穣にて我ら束縛を享受する
豊穣なれ　豊穣あれ　豊穣たれ
我らが神殿に我らが掟《おきて》と束縛を』

　聞こえた。

『――**〝豊穣祭壇《シノミディテオン》〟**』

　直後に全身が裂けた。否。身体を構築する全てが、林立する柱に向かって縛り付けられたのだ。
　そして女神が天上を指差した。

『――**貴様の謝肉を掟とする**』

　言葉と共に、一撃が落ちる。
　巨大と言っていい雷撃が、張り裂けそうに

なっていたこちらの身体を、全面にわたって断裂し、

「焼け散れ!!」

己と共に、湖の水が一斉に空に上がった。

文字通り、天に召されるのだ。

●

大規模な水蒸気爆発は、しかし神殿柱の内部にのみ集中した。

それは柱が作った結界を転がるように垂直に突き上がり、十数秒で成層圏に到達。そこで気流と、水蒸気の自重によって拡がりながら落ち始め、超高高度においては雪となり、下るにおいては雨となった。

しかし風と、超高高度から落ちる水は、落下中に分裂し、霧状と化した。

雨は降らない。

結果として、天上には輪雲が何重にも作られ、ただただ拡がっていく。

空に月。囲む蛇の目の輪。

後はただ、祭壇に水を吸われ、底を見せた湖が月下にあるだけだった。

●

良かった、とアテナは一息を吐いた。

大規模な戦闘が終わり、熱気のようなものが消えた。木戸に借りた長い上衣の下はスースーしていて、後でバランサーを呼びつけて服を確保しようと思うが、

「叔母様」

と、かなり砕かれたダム上、白と緑の武神に自分は呼びかける。

「終わりましたね」

そして気付いた。

叔母と、雷神達が未《いま》だ湖上から視線を離していないということに、だ。

直後。自分の視界に、あるものが入ってきた。

右手側、丘がある。屈曲して長く延びる奥多摩湖に、影を与える斜面の丘だ。ちょっとした集落を持つその表面は木々で覆われ、高さは数十メートルを超える。

　そんな丘の向こうに、女の姿が見えた。

「……え？」

丘の上ではない。

　丘の向こうだ。斜面であり、木々も生えたその向こう。丘が遮蔽物であるならば、

……ええと、相手の高さは、私と丘の上を結ぶ斜め線の直線上にあって——。

　高さ三百メートルを下らないだろう。

　その姿はゆるりと丘の遮蔽を過ぎ、底を見せた湖をこちらに来た。

　水妖だった。

　先ほど倒したものよりも、三倍ほど大きく、更に、

『——』

奥。恐らく水妖が堰《せ》き止《と》めていた湖の水や、川の水が、一気にダムへと押し寄せてきた。その流れは土砂を飲み込み、通過位置にいる大型水妖は、

『……！』

もはや水だけではなく、黒の土砂や岩石を全身に装填した。

「これは——」

間違いない。

　サラーキアから剥がれ、しかし〝型〟と、残った人類のマテリアルを用いて蘇《よみがえ》った本体だ。

　先ほどのものはこれの分体。ゆえに、

「……こちらの手の内も学習している……！」

言葉と共に、それが来た。全高三百メートル。全長二キロに渡る大型水妖が、土石の砲門を全

身左右に展開したのだ。

翼のように広げられた長砲は全てダムの方を向き、

『……!!』
容赦の無い砲撃が連続でぶち込まれた。

●

蹂躙《じゅうりん》だった。

音と衝撃が何もかもを支配し、圧だけが上流から下流へと押し込んでくる。

水飛沫と鉄筋コンクリートの破片が火花付きで散り、下流の空へと弾けた岩塊が舞った。

山が鳴り、水が爆ぜた。その中で、

『クッソ……!』
デメテルは、ダムの上流側に神殿柱を召還固定していた。
〝豊穣祭壇〟は結界術の一種で、その内部に運命的な掟の執行を与える術式だ。生《い》け贄《にえ》を神に捧げる犠牲術式と言っていい。だがそれを壁のように展開し、

『祭壇を破壊しようとする威力を、反射せえ!』
神の壁だ。敵は巨大とは言え、土石の砲は現実の物理的威力の意味合いが強い。重ねられると危険だが、

『五分は保つ! ――迎撃の方法はあるんか!?』

「……雷神鉄槌は、あと一回ってところだ!」
それをどう使うか。否、それであの水妖を潰せるか否かが問題だ。
もっと手が欲しい。そして、

『あの水妖、何を目的としとんねん!?』

「人類です!」
柱に激突した岩塊が弾け、水飛沫を上げる中、ネプトゥーヌスの声が聞こえた。

「人類のマテリアルを内包し、解放顕現に近くなった水妖は、サラーキアの〝型〟によって子供を探します！　今、あの水妖は産まれたばかりで、水を伝っていくという初歩的な動作によって動いています。だから――」

『――このダムで仕留めんと、下手に知恵つけて水道管や別の河川に逃げ込む可能性があると、そういうことやな!?』

「そうです！　ここで倒さなければなりません……！」

どうすんねん。否、私が考えんといけんことやな。

監査なんやし。

『ってオイイイイ！　エシュタルは何しとんねん!?』

「ハア!?　私さっき働いたから、今、エスニカン食ってるし！　大体同じ監査なんだから指図される謂《い》われ無いわよ！　黙ってなさい！」

「同じ監査だから指図される謂われは無い、って、この言葉自体が矛盾じゃないかナ？」

「い、いいじゃない。というか、こういうときのイワナガヒメはどうしたの!?」

『す、すみません。住良木君が確保出来て、目を醒《さ》ましたんですけど……』

迷った声が、激音と震動の中で、こう聞こえた。

『すみません！　今、住良木君と木戸さんにとって、大事な時間なんです！』

●

僕は、気付くと、巨乳を見上げていた。月じゃない。間違えてはいけないね。大事なことだからな！

身体は湿っていて、また川に落ちたというのがよく解る。そして今いる位置は、よく解らないけど、低いところだ。何しろ夜の空が、高い位置にある木々の間から見えている。

身体は寝ていて、遠くの方で酷く硬いものがぶつかる音がする。岩か？

そして、

『――』

　木戸先輩が、僕を抱きかかえている。
　でもその姿は、いつもの木戸先輩じゃない。
　白と黒の肌。金色の瞳。僕を抱える腕は蛇のような鱗を持ち、脚も、ああ、人の形をしていない。蛇の集まりのような、そんな姿だ。これは、

『……起きましたのね、出見』

　木戸先輩が、微笑して言った。

『御別れですわ、出見、この姿を見られてしまいましたものね』

●

　そうだ。僕は見ていた。
　木戸先輩が僕を助けるのに飛び込んで来て、激流に飲まれたときだ。
　木戸先輩はこの姿になって、僕を護ってくれた。そして僕は目覚めて、今、この姿の木戸先輩と向かい合っていて、

『出見、私はこれから、上流で戦っている皆を救いに行きますの。――それが終わったら、もう、ここには戻りませんわ』

　だから、というように、木戸先輩が微笑した。鋭い歯を見せ、

『最後に、何か、言いたいことがありますの？』

　その疑問に、僕は頷いた。そして手に啓示盤を揉みムーブで射出し、

「ハイ！　ではこれから木戸先輩への質問コーナーの御時間です!!」

INTERLUDE

「ワクワクするなあ……！　何から聞こう!?」

『プ、プライベートの深いものでなければ大丈夫ですのよ?』

EDGEシリーズ
神々のいない星で
—At the star without gods—

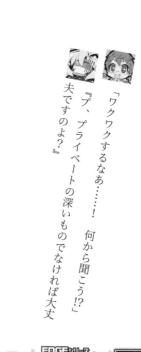

第四十二章
『CRYING』

——貴女の涙を止めようと思う。

●

……えっ？　そういう流れなんです？
物陰で行儀悪いと思いつつ、聞こえて来た声に私は頭を首を傾げました。
恐らく木戸さんもそうだったのでしょう。

『ファッ!?　ど、どういうことですの!?』

「ハイ！　僕の方で木戸先輩にいろいろ聞きたい事があったんですけど、流石にズケズケ行くのもなんだなあ、って思ってたんです！　でもここで木戸先輩の方からウエルカムみたいなことになるなら、聞くだけ聞いてみようって、そういうことです！」
ハイ。じゃあ住良木君のスーパー質問タイムの始まりです。

●

出見が、キラッキラした視線を向けつつ、問うて来ますの。
あの私、今、こんなナリしているんですけどねえ……。

「ハイ！　では第一の質問です！　木戸先輩は、どんな神様なんですか!?」
ああ、その質問は、大事な質問ですのね。何しろ、その答えこそが、全ての答えを導くものでもありますから。
故に私は、蛇のテクスチャを持った手を、胸に当てた。この身を示すように、

『私はギリシャ神話に出てくる妖物。――エキドナという、そんな存在ですのよ？』

「エキドナ……」

「あー！　知ってます！　女神転生IIでいました！　エキドナ！　顔が女性で首から下が蛇ってアレです！」

『それ、私じゃなくてナーガじゃありませんの？』

「あ、いや、ファミコンなんで色違いの使い回しだったというか、ＧＯＯＤ側の神獣でナーガがいて、使い回しですね！　ちなみに木戸先輩はＥＶＩＬ側で邪神ですから、妖物とか自己評価低くしなくていいと思います！」

『いえ、あの、邪神とか言われると、ちょっと』

出見が自分の右頬を自分で叩きましたの。

「すみません！　ちょっと知ってる知識がドッと来たので調子のりました！　そうですよね！　邪神とか決めつけられたら困りますよね！　でも、えーと、エキドナ、どういう神様なんですか？」

『神様という訳じゃありませんけど……。ぶっちゃけ、ギリシャ神話の中で、暴れた怪物達を産んだのが私と、そういうことになってますの』

「え!?　そうなんですか？　今、ひょっとしてお子さんが――」

『ち、地球時代の神話がそうなのであって、仮想顕現してからはそんなことありませんわよ

……！』

出見が自分の左頬を自分で叩きましたの。

「すみません！　すみません！　ちょっとなかなか無い出自なのでコーフンしてしまいました！　そうですね。エキドナ！　つまりギリシャ神話の敵役なんです？」

●

敵役、と言われると、どうなのでしょうね。

私は、少し考えました。

『――出自は諸説あって、まあ、統一的なところを言うと、不死の妖物ですわ。上半身は美女で、下半身は蛇。エキドナとは、〝蝮《まむし》の女〟という意味ですの』

そして、

『夫は、ギリシャ神話最大最強の邪竜であり、剛力をもつ巨神であるともされたテュポーン。私は、神話の中で、テュポーンや、息子のオルトロスとの間に無数の怪物を産み、それらがギリシャの神々に仇為しますの』

言っていて、頬が熱くなる。何しろそれは神話のことで、遠い記憶のように存在しているが、しかし仮想顕現をしてからは、〝別〟なのだ。

『テュポーンは地球時代の融合期において、武神として存在確定し、今は予約顕現ですの。オルトロスは倒されてしまっていて、私の方の管轄になってまして、ええと』

誤解の無いように、これは言っておきたい。

『わ、私、未婚ですのよ？』

●

……木戸さん！　木戸さん！　アガってます！　アガってますよ！　まあ解らないでもないですけど……！

「先輩さん、さっきから岩陰で何を気合い入れてるんです……？」

●

何か何処かから応援されている気がしましたの。

ともあれ出見は、私の言ったことを啓示盤にメモして、

「どうも有り難う御座います！　テュポーンは多分、タイホンですね！　オルトロスも一緒にやはり女神転生Ⅱでいて、オルトロスの方は仲魔に出来ました！　知らない処で僕、木戸先輩関係の御世話になってますね！」

『ええと、あの』

「あ、ちょっとすみません。確認とっていいですか？」

『確認？』

「はい！　木戸先輩がエキドナだというのは理解の上で、神話としてどんな感じなんだろうってことで、神話オタクがいるので聞いてみます！」

『誰よ神話オタクって』

『おっと！　掛けた瞬間からその反応とは流石だな桑尻！　で、ええと』

　見ると、先輩さんがこっちに平伏《ひれふ》して、両の掌を上げている。〝どうぞ！〟と、〝！〟付きのジェスチャーに見えたので、ここは馬鹿にこう言っておく。

『エキドナなら、ギリシャ神話に出てくる妖物よ？』

『知ってるよ？　さっき木戸先輩から聞いた』

　イラっと来たのは私の心が浅ましいからだろうか。

　ともあれ嫌な用件は早めに片付けたい。

『基本情報じゃなくて、現実の方だとどんな感じだったのかとか、そういうの詳しく！　詳しく！　ほら、舐めるように詳しく！　こう、こう、こんな感じで！　なめなめっ、なめなめっ。――あ、木戸先輩！　今のは実技による例えの動きです！　ホントにやってる訳じゃありませんから！』

　何言ってるか解らん。先輩さんも額に手を当ててるから同意だろう。ともあれ、

『エキドナが歴史の中で姿を見せたのは、紀元前七百年から、七百三十年の間。その時期にギリシャのヘシオドスがまとめた〝神統記〟に、記述があるわ。その内容については、木戸先輩から自己紹介して貰ってるわね？』

　というかさっきからそれなりに聞こえて来ている。だがそのことを知らない馬鹿は、

『そっか！　じゃあ紀元前八世紀？　そのあたりで木戸先輩はギリシャ神話の中に組み込まれた、ってことだよな？』

『ギリシャ神話自体が、口承なら紀元前十五世紀に発祥だものね。――つまり解った？　〝そういうこと〟よ？
　じゃあ、いいわね？』

と、啓示盤を指で割る。正面を見ると、先輩さんがこちらを拝んでいて、

「良い感じでした、桑尻さん。多分、住良木君が知りたかったことを教えることが出来たと思います」

言われると、少し照れる。

「いいんです。今回の件は、大体〝そういうこと〟が問題の起点ですから。……あとはそれがどういう意味を持つのかは、木戸先輩次第ですね」

●

ふむふむ、と啓示盤を読んでいた出見が、こちらに振り向きましたの。

「では次の質問です！」

問われました。

「木戸先輩と、僕の関係って、どういうものなんです？」

●

私は息を吸い、気分を落ち着かせました。言うべきは、

『それは……、先輩と後輩の関係ですわ』

「嘘です！」

『嘘、って……』

「嘘です！　だって木戸先輩、僕が憶えてないだけかも知れませんけど、僕に気を遣って、護ってくれて、僕には先輩という巨乳信仰の宛先がありますけど、木戸先輩がいなかったら僕達かなりヤバくてつまり先輩が――」

出見が両頰を自分で叩きました。

「オッシャア！　先輩語りを始めそうになる前に正気ぃ――！　オッ!!」

『だ、大丈夫ですの？』

「ハイ！　大丈夫です！」

……傍《はた》から聞いてるとダメポヨですよねー

……。

「施工代表、物陰で何を頭抱えてるんですか？」

●

出見が、啓示盤を指で叩きながら、私に向けて言いますの。それは、

「大丈夫です！　木戸先輩の話をしてるのに、ちょっと先輩向きの心のエンジンが解放し掛かっただけです！　今は正常です！　ともあれ僕は木戸先輩にそこまでして貰うほど、先輩と後輩じゃないと思うんです！　これはつまり僕に人間的魅力が無いということで、つまり、何ですか、ええと、そう……、僕は実は、思ったよりもつまらない人間であったん、だ……」

『いきなりポエムモードですの？』

「あっ、解りましたか!?　有難う御座います！　有難う御座います！　メスラギバージョンだったらズームイン朝の〝朝のポエム〟みたいに読んでやるところなんですけど、ちょっとオスラギバージョンなんで！　ともあれ反応貰えて嬉しいですけど、つまり言いたいのは、ちょっと木戸先輩が僕にそんな優しいのは何でですか、ってところなんです！」

素直で宜しいですわね。ともあれ、

『そうですわね……』

やはり、話しておいた方がいいのだろう。

●

私は、木戸さんの声を、身を縮めて聞きました。

……うわ……。

言葉が聞こえます。

『いいですの？　出見』

一息。

『――先ほど、私が貴方のベースとなっている人類の情報マテリアルを作ったと、そういう話がありましたでしょう？　それのバックアップを神委に預けた、と』

「はい！　ありました！　それで解放顕現やろうとして失敗したんですよね？」

『ええ、そうですの、でも何で失敗したのか、予想出来ます？　そしてまた、――何故貴方は失敗していないのか、解ります？』

「それは……」

ええ、と木戸さんが言いました。

『貴方をロールバックさせる行程。いえ、貴方が〝人〟として生成される行程、と言った方がいいですわね。

そこの初期段階にて、人類の情報マテリアルに、あるものが必要となっていますの。マスターキーのようなものが』

それは、

『貴方が人類として完結した存在であるという、――無垢《むく》な魂ですわ』

●

無垢、という言葉を聞いて、僕は思った。

……ムックとガチャピン……。

ああ、あいつら無垢だよな……。僕もあんな感じか……。悪くない……。

だけど疑問がある。僕の生成にそれが必要だとして、

「それは、複製出来ないんですか？　僕はロールバックで、何度も生成されてるんですよね？」

『表現の仕方が難しいですけど、スクリーニング用のフィルタのようなものだと思いなさいな。どちらかといえば、〝漬ける〟ものですけどね。だから何度も利用出来る一方で、それは一つし

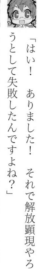

かありませんの』

「・つって……、それが一つしか無いから、今回のトラブルが起きたような気がするんですが……。まあ、複数あったら何か嫌ですけど」

『ふふ、嫌ですわよね？』

ええ、と出見が頷きますの。そして、

「でも、どうして、一つだけなんです？」

その問いに、そうですわね、と私は頷きますの。

言う。

『その魂が、――私の魂の一部を利用したものだからですわ。つまり――』

『――貴方は、私の子供なんですの、出見』

言ってしまいましたの。

今まで黙っていたこと。

ここで、御別れだから言えること。

『人類はね？　神では、作れませんの。神が作ろうとすると、どうしても完璧な要素が入ったり、神の権能が含まれてしまって、半神半人になってしまいますのね。

だから人類を作るとき、基礎として、どのようなものでも産む力を持った神ならざるものという、そんな存在が要求されましたの』

それが自分だ。

『ギリシャ神話にて〝一千の怪物を産んだ毒婦〟と、そうとまで呼ばれた私が、人類の根本を〝産む〟なんて、おかしな話ですわね』

でも、嬉しかった。楽しかった。誇らしかった。

かつての神話では、恨まれ、疎まれ、敵視ばかりされ、そして産んだ子達は、皆、ギリシャ神話の神々や英雄達を高めるために殺されていったり、歴史の中で滅びていったのだ。

だけど、

『この子は、誰にも咎められず、生き切ることが出来ますのよね』

それがどれだけ、自分にとって価値があったことか。

ゆえに神委の書庫にて、人類の歴史を調べ、バランサーとも意見を交わし、

『人としての多くを学ぶため、バランサーに権能を用意して貰いましたの。

――人の姿をとることが出来る。ええ。ギリシャ神話の神ならば動物に変化《へんげ》することなど造作ないでしょうけど、私はそれを、人に変化する加護として得たんですのよ』

だからこの姿が本性。

でも、人として、人を産むものとして、自分の魂を、文字通りの命がけで削り出し、

『神道でしょう？　だから魂は曲玉《まがたま》のような形に仕上げて。……それが出来て、私の作った結界の中で楽しそうに揺らいでいるのを眺めていて、……幸いでしたわ』

でも結局、自分はエキドナだ。

『貴方の母親が、バケモノであっては、いけませんのよ？』

そういうことだ。

●

『貴方は人類で、これからずっと、人として生き、完結するんですの。そこに掛かるあらゆる謂われは、貴方が人であることについて発されるべきであって、バケモノから産まれたと、そのようなことがあってはいけませんの』

バケモノの子という謂われは、人について、あってはならないものだろう。

だが自分がいては、そうなってしまう。ゆえに、

『貴方が、先輩さんとやっていくと決めた時、私のことを忘れ去っていたことから、立ち去ろうと思ってましたのよ？　そうしたらこのトラ

ブルで……』

でも、決まりですの。

『ここで御別れですの。出見。そうすれば、誰ももう、貴方を咎めることなど、有り得ませんわ』

だから言って。

『さようなら、と、それを言って。出見』


「嫌です！」


声が大きく響きましたの。

私は、ふと、何を言われたのか解らず、

●

『出見……！』

「嫌です！　絶対に嫌です！」

『嫌だといっても、駄目ですのよ!?　私がいる限り、貴方は――』


「お母さん！」


『――』

「カーチャン、ママ、お袋、母親、何でもいいや！　今ので解りました。木戸先輩がどう言っても、木戸先輩は僕の母さんです！」

だって、

「僕と木戸先輩は、同じように、何か大事なものを護ろうとするから！

解ってますよね!?　僕は何故か、大事なものが哀《かな》しんだり、大事なものに思いが通じないのが嫌なんです！

これは多分、木戸先輩から僕が受け継いだものです！」

だから、

「そんな大事なものを受け継がせてくれた母さんが、自分がバケモノだからいなくなった方がいいとか、そういうの、僕は嫌です！

木戸先輩が何であろうとも、どうであろうとも、木戸先輩は僕の母さんで、もし木戸先輩が、立ち去ることで僕が咎められないと言うなら、僕はここで言います！」

『……何をですの？』

「僕が一緒にいる限り、僕だけは絶対に木戸先輩を咎めない！」

『――――』

「誰かが木戸先輩をバケモノだと言ったり、神話のあれこれ持ち出したり、ちょっと巨乳が過ぎませんかとか言ったりしても、僕が言います！　僕の母さんに文句つけてんじゃねえよ、って！」

『どうして……？』

問いますの。

『どうして、そんなことを、言い出しますの？』

「――僕が、母さんの子供だからです」

●

……うん。

住良木君は、木戸さんの子です。だって、私は知ってます。

「――僕が、自分と同じような誰かを見過ごせないのも、大事な誰かが哀しむのをどうにかしたいのも、母さんから受け継いだものだから。だから母さんがそうであるなら、僕は母さんと同じようにするよ！」

私は、それに救われたんです。

●

それに、と出見がこちらの頬に手を伸ばしますの。

「どうして木戸先輩は、僕と御別れの話をするとき、いつも表情を消すんですか？」

それに、

「どうして木戸先輩は、今、泣いているんです……?」

問われて、私は自分の頬に手を当てましたの。

『私は……』

泣いていますの。

ああ。思い出しましたわ。いつも、いつも、出見に泣かされる時は、それは、

……私が出見にしていることを、返された時ばかりで。

だとすれば、

『私は……!』

「母さんも、もう、自分を咎めなくていいよ！　僕は僕を咎めないから！」

そして、

「僕がもし、また生まれることがあるとしたら、木戸先輩の下じゃないと嫌です！　だって木戸先輩が、僕の魂に期待してくれたから、僕は今、こうしていられて――」

結果、どうであるのか。

「僕は寂しくなくて、幸いなんだから、……木戸先輩だって、そうであって欲しいです！」

●

わ、と木戸先輩が、両手で顔を押さえて大泣きを始めて、僕はちょっと焦った。

だけど僕は木戸先輩の手を取って言う。泣き顔を恐れず見て言う。

「木戸先輩、……ぶっちゃけ僕、今の木戸先輩の格好とか、結構好きです！」

『ファッ!?　い、いきなり何ですの？　こ、この、妖物の姿が、ですの？』

「――はい！　だって、戦隊物とか、特撮系で出てくる敵組織の女幹部とか、僕、大好きですから！　このところではマリバロンとか心に残ってます！」

『ちょ、あの、ええと？』

ちょっとしくじった。アレだ。ジャンル知らない人が相手でも構わず早口になるアレだ。だから僕は自分の額を一発叩き、

「すみません！　ヘドリアン女王あたりからスタートした話をしたいんですけど、やめときます！　つまりこういうことが言いたかったんです！　僕は木戸先輩の、どんな姿でも格好良いと思ってるって！　そして――」

そして、

「木戸先輩は、自分のその姿が、本当の自分だとは思ってないですよね!?」

私は、息を詰めましたの。

●

『それは……！』

「だって僕、知ってます！　ギリシャ神話は、各地の神々を塗り替えたんだって！　だから僕、思ってるんですよ。木戸先輩はギリシャ神話の中で悪役として書かれてるかもしれないけど、それは各地の巨神伝説のように、――ギリシャ神話を作った人々に、凄く恐れられた人々がいたんじゃないかって！　そして、彼らが信仰していた神が、でも無視出来なくて、ギリシャ神話の中では悪役として書かれ、サゲられたんじゃないかって！」

●

そうね、と桑尻は、聞こえる声に頷いた。テマン子とも、先輩さんとも頷きあって、

「さっき〝そういうこと〟って言ったのは、〝そういうこと〟よ。――ギリシャ神話は他の神話を上書きしたし、自分達の中において他の神話を習合したわ。それは、本来の姿ではない可能性だってあるの」

「だとすれば、やはり、木戸先輩は――」

ええ、と己は応じた。

「本来において、――ギリシャ神話の存在ではないのよ」

第四十三章

『HELLFIRE』

——それは見事な“後ろ”ネタ。

『何で、そう、思いますの……？』

「ハイ！　木戸先輩のエキドナは、見ている感じ蛇ですけど、木戸先輩は〝蝮の女〟とか、演歌みたいな名前なのに、一回も毒や、蛇としての術式など使いませんでしたから！　だからエキドナではない、別の神が、木戸先輩の本当の姿なんだと思いました！　今は、ギリシャ神話の存在として顕現してるから、その姿なだけなんだって……！」

出見が、私の手をとって、言います。

「――その神の名前を、木戸先輩、自分の名前に込めてますよね!?」

『……っ！』

出見が私の名を呼びますの。

「木戸・阿比奈江。――ちょっと読む順番を変えると、エキドナって文字が出てくるんですけど、じゃあ、残りのアビ、アヒ？　あひぃん！　ってそうじゃないよ……！　落ち着け！」

『ええ、落ち着くといいですのよ？』

「あ、ハイ。落ち着きました」

『反応早いですわね……！』

「ハイ！　切り替えチャッチャと行きますんで！　チャッチャと、チャッチャと、チャッチャッチャッチャ――つまらないから落ち着け！　――で、ええと、その二文字が、木戸先輩の本当の姿なんじゃないですか!?　水妖の中にゲッサン嫁がいたように、エキドナの中に、阿比がいる……！　そうですよね!?　水の神、阿比が、そうなんですよね!?」

『……アピですわ』

私は、全てを明かすつもりで、出見に言います。

『……かつて欧州の東、黒海の北に存在したスキタイの民。彼らの信仰した神の中で、河川と海を司る女神が、アピ。――後にその姿が欧州に広まり、エキドナを初めとした人身蛇体の存在になりましたのよ』

バランサーは、ようやく出て大丈夫かと、身を現した。

岩陰で、何やら満足げな先輩さんと、知識神を前にして、

《スキタイとは、紀元前八世紀前にアジア方面から欧州東に進出した騎馬遊牧民です。彼らは、それまでは戦車や馬車、農具を引くために存在していた馬に乗り、騎上戦闘を行った初めての民族で、その戦闘方法は後に欧州の騎士達にも繋がっています。

――とはいえ狩猟民族だったので、主産業は掠奪《りゃくだつ》。丘のバイキングのようなもので、今の基準からすると残忍な行いも多く、登場時はギリシャや周辺各国から恐れられました》

「紀元前八世紀というと、……さっき北欧知識神が言ったヘシオドスの時代に直撃しますね」

《はい。彼らは、まだ青銅器の多かった欧州に鉄器を持ち込み蛮族行為を働いたので、ヘシオドスの時代には外敵として脅威的な存在ですね》

「そのスキタイの水神が、……アピ、という訳ですか」

《ええ。このスキタイの民は、何と文字を持ちませんでした。ゆえに周辺国家やギリシャの記録、遺跡発掘物から文化を類推するしかないのですが、アピに関する彫刻物などから、その姿は解っています。そして――》

言おうと思ったが、これは実際を見た方がいいだろう。

《――アピの姿は、各地にて歪んだ形で伝えられます。しかし本来のアピの姿は、非常に興味深いものです。それは後で、木戸に見せて貰うといいでしょう》

言っている間に、光が見えた。先輩さんの背後、仄《ほの》かに見えた流体光が、段々と強くなっていく。あれは、

「……解放顕現の光!?」

●

デメテルは、戦闘中ではあるが、それに気付いた。

自分が仮想操縦室としている〝ギリシャ〟の縁日の中、タコ焼き屋の屋台の前で、啓示盤が展開したのだ。そこに表示される文字列は、

「〝人類の要求と、テラフォームの遂行のため、最上位権限として以下の事案を叶えるものとする〟……!?」

何やそれは。

神委を超えた位置。バランサーが間接的に支配する、神々の権限機構からの通達だ。

その内容は、

「〝オリンポス神話所属、木戸・阿比奈江の神格を、神道へ転属する〟……!」

●

「……うん」

私は、自分の周囲に出ている啓示盤を見て、あることに許可を出します。

背後。岩陰の向こう。木戸さんの解放顕現を示す光が生まれているなら、

「神道の神が、手伝える事はあるんですよ。――住良木君を通して」

●

そして出見がとった手から、肘の方へと、光が上がって来ますの。

それは私の身体を剥がし、空に散らせ、周囲

を照らし、しかし、その下から、

「木戸先輩……！」

肌が。衣装が。そして光が生まれ、

『ええ、……私の、本来の姿ですわ……！』

めくれるように、波打つように、光が全身を洗い、そして、

「——解放顕現」

周囲に凜とした聖域の音を放ち、全身が確定。

何故、〝これ〟が私に行えるのか。多分、理由は、こういうことなのでしょう。

「出見が神道なので、禊祓が働いたというのが、理由の一つでしょう」

邪を禊祓し、幸いに転じる。

信者とは神の使いですの。ゆえに出見は、同輩さんが持つ、女神クラスの禊祓を、私に対して行ったと、そう言う理由が一つ。もう一つ、大事な要素があるとすれば、

「私が、人類の母であり、——出見にとって、同輩さんという信仰先とは別に、母ゆえの祖霊という信仰先として認識されたからなのでしょうね。だから私にも、解放顕現が為されたんですわ」

つまり、散る流体光が全ての証左ですの。

「出見。——信仰が、私達を母子として祝福していますのよ」

●

そして僕は、木戸先輩の姿を見た。

「どうですの？」

身を揺らして見せるのは、黒をベースに、青と金で飾ったドレススタイルだった。

波打《なみう》ちを示した帽子を頭に、身体は入れ墨のような模様を幾つも入れたタイツ系のインナースーツで、手や脚、腰からは、やはり波を広げたような袖やスカートがドレープやフリルをふんだんに使い、

「水が……」
白のフリルを更に大きく飾るように、水が生まれて宙に消えていく。

「水の神ですもの。——黒海及び地中海、そして黒海に注ぐ八の河川を全て従える水の神が私ですのよ」
何かテンション上がっている木戸先輩は、綺麗でカワイイ。でも、

「あの、木戸先輩。ちょっと身体の部分のスケが強いような……」

「よ、夜だから影が濃くてそう見えてますのよ……!」
でも、と木戸先輩が、僕の目の前でスカートを両手に摘まんだ。そして持ちあげると、その間に見えるのは、

「……私の脚、エキドナや、その派生型と違って蛇体じゃありませんのよ？　つまりバケモノの姿ではありませんの。それは憶えておいて欲しいですわね」

「アッ、ハイ！　無茶苦茶憶えておきます！」
と言った処で、奥の方、上流側から影が来た。先輩達だ。

「ええと、木戸さん！　住良木君！　ダムの方で戦闘が——、って、木戸さんおめでとう御座います！　でもそのスケまくり衣装はどうかと思うんですが！　私だってもうちょっと隠してましたよ!?」

「か、影のせいですのよ!?　というか出見に何処まで見せましたの一体！　ええと、でも……」
と、木戸先輩が、表情を変えた。いつもの鋭い目を先輩に向け、

「——私の力が必要ですのね？　いいですわ。真の姿、その上で、ギリシャが恐れた力を見せてあげますの」

「ええと、大丈夫なんですか？　木戸さん」
ええ、と木戸さんが、応じました。見たこと

がないような、眉を立てた笑みで、

「――もう、私ですらも、私を咎めませんわ。未来永劫《えいごう》、私は、貴女達の母ですのよ？」

●

直撃だった。

デメテルの武神が保っていた神殿柱が、疲弊によって崩壊する。

湖の上、砲撃と打撃を止めどなく共用し、身を引いてはダム側からの攻撃を外す水妖が、

『……！』

引き際に撃った一発が、均衡を崩した。

並ぶ三十二本の柱の内、中央に近い一本が砕け、隣接する左右一本ずつが折れている。

巨神大戦でも使用された神の防御が、時間と連打の蓄積で破壊されたのだ。

●

どうする？　というのが雷同の頭の中に浮かんだ疑問だった。

ベストは、四文字だろう。理不尽で奥多摩湖全域に隕石を落とすか、火山の噴火、または奈落に落とすなど、何でも出来る。

「だけど理不尽では、あの水妖を倒すのは無理だよな？」

住良木達のいる下流側と、ダムを結ぶ位置。

崩落で堆積した土砂の上から、真正の声が応じる。

「僕の権ん能はあ天変地異だからねえ」

「え!?　直接倒せないの!?」

「信ん者にはあ直接死ぃを与あえらあれるよお？」

「信者専用の邪神かよ」

徹底してる……、としみじみ思うが、趣味の範囲な気もするから怖い。だが、

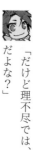

《四文字の権能は〝祝福〟を除けば、その多くは〝環境〟特化型と言えます。メテオストライクも疫病も、干魃《かんばつ》や洪水なども、神話においては〝環境変化〟ですからね》

『防御専念中やけど、――今、悪魔の所業みたいな技が並ばんかったか？』

すまん。馴れてるから違和感無かった。

「ちょっと新鮮な反応だったネ……」

《まあ、そういう意味では、四文字は〝特定の命を失わせる〟など、そういうことは寧ろ不得手です》

「アー……、だから〝地の底に落とす〟とかやってんだねエ。それだと環境操作になる訳だから」

《ともあれ理不尽された場合、環境ごと水妖を消すことは出来るでしょう。しかし奥多摩湖は東京の水資源の基礎です。だから理不尽のあと、私か四文字が、その再生をしなければいけませんが、その場合――》

「水妖もまた、環境の一因ではあるので、復活する……、か」

《スクリーニングしようにも、精霊なので〝相〟とかなり結びついています。倒した後で荒れたここを再生したい、というのが本音ですね》

だとすればどうするか。

既に敵の砲撃は続き、また打撃のための接近が続いているのだ。

『次ィ撃たれたら穴が開くで……！』

●

「合図を打つから、そこで〝豊穣祭壇〟を一回剝がせ！」

雷神の言葉に、デメテルは最適という言葉を感じた。

『張り替えか!?』

「仕切り直しのローテーションと同時に攻撃掛ける！　――紫布！」

「ウン！　ダム湖側も水位下がって泥出たから、鉄の豊穣いけるヨ！」
成程、と己は思った。泥土では完全ではなかろうが、豊穣を生める土地、という条件はクリアしている。ならば豊穣神の権能は発生させられるし、紫布の場合、黄金や鉄の豊穣を発生することが出来る。
だったら、

「――今だ！」
声を合図に、デメテルは、〝豊穣祭壇〟を解除した。その直後。

「――って言ったら解除な！」

『**オイイイイイイイイ！**』

「冗談冗談。余裕あった方がいいだろ」

と、雷神が鉄槌を振り上げた。
正面。砲撃と共に巨大水妖が突撃を掛けてきている。あの大きさだと、二発目となっている雷神鉄槌では完全に消し切ることなど出来ないと思うが、

「雷神鉄槌……!!」
言葉と共に、大範囲の雷撃が正面打ちに叩き込まれた。

南側から見ていたカイの視界の中、雷神の一発は斬撃ではなかった。

「大範囲攻撃か……！」
一射目と違う、その形は、湖の正面、二キロ範囲を覆うものだった。
紫布だった。彼女が黒髪をやめ、金の色の髪を取り戻し、

「……黄金の豊穣だよな！」

その言葉通りのものが来た。

ダムの底、中央部の谷底にはまだ水があるが、周囲は泥と土の斜面だ。北と南。ダム側から奥側まで、二列の形で豊穣の黄金が一斉に射出された。

それは分厚く壁を作り、突撃してくる水妖を左右から淡く挟む。

対する水妖は、しかしそれを阻害としなかった。道を空ける意味と、壁を無効化する意味から、水と泥の全身を黄金の双壁の裏にも浸透したのだ。

『……！』

行く。

その巨大な身体は、壁を無視して一気にダム側へと流れていく。

「無駄じゃない!?　誘導路にもなってないわよ!?」

「まあ見てろって……！」

こちらの言葉に応じるように、力が来た。

天上だ。

そこから雷神が、もはや稲妻とは言いがたい雷電の範囲攻撃を叩き込んでいる。

大気が裂け、放電が追い付いては拡がって宙を鳴らし、

「そこだ……！」

雷神が、しかし、水妖の頭上で刃を解放した。

雷神鉄槌による雷撃の絞り込みを解き、放電の再展開を行ったのだ。

直撃しない。代わりに起きるのは、

「左右の壁に、雷撃が散って曲がる……!?」

避雷針だ。自分達との戦闘のときにも使用した大技。

今回は水妖の左右に並べた豊穣の壁が、稲妻を導電する。その結果生じるのは、

『高熱の伝播による水の蒸発と、両極からの超高圧電流の行き来による加護的な電気分解です。後者は時間的に完全な結果をもたらしませんが、泥や湖水という不純物の多い水で出来た水妖は、水道水で行う実験よりも電解率高めであり、――紫布先輩と雷同先輩の〝共働〟であるならば、それは充分な打撃となるでしょう』

●

黄金の柱壁が、融解しながらも己の義務を果たした。

長大な通路はその全域において水妖を焼き、その両者間においては、

『……!?』

巨大な全身が、その数割を分解される。

酸素と水素。

この両元素が水妖の身体を間引いた。水の全身は一瞬泡と化し、しかしそれらは集まって大気となり、残った水を豊穣の間で下へと押しつける。

豊穣の壁の底、己から生まれた大気に圧迫された水の残りは、尻餅をついたような形となった。

そこに、一つ、声が響いた。

「俺、頭良いから、二つくらい、良いこと知ってんだよ」

雷神だ。彼が、半壊したダム上から、あるものを豊穣の壁の間に投じた。
着火用のマッチだ。
火をつけて投げ込まれたそれは、

「水素って、凄い燃えるんだってな？　それと、――通路状に給気出来るようにした窯は、加速した酸素を吸って派手に燃焼するんだ」

だから、

「自分素材で蒸発しとけ」

●

大火焔《かえん》の火球が、青く咲いた。

湖の上、黄金の通路の中を、下流から上流へ、そして空へと青い大火球が揺らいで走った。
燃える。
周囲の大気の散りを、赤く焼いて火花のように散らしながら、火の青が夜空に昇り、そして、

「タマ屋ァ！」

紫布は、自分が作った豊穣の壁が流体光に散って行くのを見ながら、息を吐いた。

「――とはいえこっち、流石に出涸《でが》らし状態かなアｰ」

「補給したいがキャンプのあれこれは、土石流で流されちまったよな……」

「川精霊に探し出して貰うか？」

「クーラーボックスの中、カラだからネエ……。あ、でも、天幕は天文部に返さないといけないから、見つかるなら見つけて欲しいかナア」

似たようなものがたくさんあるだろうから、判別は難しい気がする。というか川精霊にそこらの区別は無い気もする。と、そこで影が一つ跳んできた。

「ともあれ一件落着ね！　全部片付いたって事でしょ？」

と、熱を帯びて蒸気を淡く全面に立てる湖を背に、江下チャンが笑う。

「江下チャンは、カラムーチョどうなったのかナ」

「あ、服を取りに行ったとき、クーラーボックス？　あれに在庫突っ込んでおいたから、クーラーボックスが見つかれば勝ちかな、って」

コノヤロウ、とチョイと思った。

「アハハ！　非常時でも私、賢いわね！　でもいいわ、見つかったら、わさビーフとか、あげてもいいわよ！　よく働いたし！」

《一応、氷川《ひかわ》キャンプ場も、河原のテントサイトは全滅ですが、上の設備は生き残っているので、一晩過ごすのは可能です。というか私が元に戻しておきますので、流された荷物も可能な限り引き上げておきましょう》

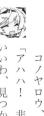

アー、それ有り難いかナ。だけど、

……ンン？

目の前。拡がった水蒸気の霧の向こうで、何か大きな影が動いている。

●

紫布は、軽く息を詰めた。あれは、どう見ても、

「……ヤバくないかナ？」

水妖だ。先ほどよりはサイズが小さくなっているが、全身を保った姿が、今、霧の中で起き上がりつつある。

『どういうことやねん……』

デメ子チャンも気付いたらしい。徹も同じだろう。だけど湖を背に、こっちにハシャいでる江下チャンは気付かず、

「ヤバい!? どういうこと？ アハ！ そりゃもう、私が賢くてカラムーチョの守護神になれるよう上に掛け合ってるほどだからでしょ！」

「いや、江下チャン、そーじゃなくてサ」

アー、コレはホンモノだ。霧を払うようにして両手振って、ゆっくりと身を起こしてくるのは、全高二百メートルくらい？

「何？ そうじゃない？ まあそう言われてみるとそうかもね！ カラムーチョの守護神になるには、まずコイケヤの守護神にならないとね！」

「いや、そうじゃなくて、江下チャン、――後ろ」

「後ろ？」

と、江下チャンが右から後ろを窺う。しかしそのとき、復活した水妖は、逆側の霧を払うために身体を振っていて、

「何もいないわよ！　何よ、何かいたの!?」

「ウワー、すっごいいるんだけど、どうしたもんかナア」

だけどどういうことだろう。そう思う自分の耳は、霧の中で硬い音を聞いた。それは皿を割ったり、折るような響きの連続で、

……アッ。

これは、アレだ。

『自分の身体に、土石流や泥土を飲み、それを表面に出して焼かせた……、か!?』

だとすれば、今、水妖が身を振っているのは、霧を払うためだけではない。自分の身に貼り付いたり、飲んでしまった焼けた土。土器のようなそれを振り捨てているのだ。

「随分と、知恵がありますね……」

「いや、これ、アレだろう……」

ああそうだネ、と自分は頷く。

「テラフォームの時、炎妖をセラミックで包んだけど、アレだヨ」

「――炎妖はあのとき、木戸が潰した筈だが――」

「現実と神界の間で、相互影響があったと、そういうことか」

そうとしかいえない。そして今、こっち見て笑ってる江下チャンの背後で、

『――！』

咆吼に、流石に江下チャンが後ろに振り向いた。

「やあねえ、何いきなりデカい音出して――」

『――』

「私が第一発見者――!!」

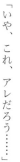

「無い無い無い無いソレは無いヨー」
　と言っている間に、攻撃が来た。霧の中、二百メートル級の水妖が砲撃を放つ。
　霧を貫き、穴を拡大して水の連打が飛んできた。
　マズい、と思ったのは、こっちに〝手〟が無いことだ。あるのはただ、

『——〝豊穣祭壇〟！』
　それが盾だ。正面から来る砲撃を弾いて散らし、だが迎撃手段が無い。だとすれば、

「真正！　理不尽行けるか!?」

「行けぇるよう！」

「行くのか!?」
　ああ、と徹が頷いた。

「水妖ごととりあえず全部吹っ飛ばして、バランサーが元に戻す間に態勢を立て直す！」
　そうするしかないかナ、と思った時だった。

「——分体がいるわ！　百メートル級が四体！」
　上流側。左右の丘を越えるようにして、新手《あらて》の分体が見えた。
　四体。
　〝豊穣祭壇〟の盾に対し、死角となる左右から、それぞれ四つの同時砲撃。
　三十二発。水妖本体が十六発で、他が四発ずつだ。
　一瞬で飛来する水と土石の砲弾に対し、自分達は、

「根性回避——！」
　叫んだ瞬間。色が来た。
　白の一色。その正体は、

「霧……!?」

アテナの視界の中で、花が咲いた。

月光に照らされる白の花。薔薇《ばら》のような造形は、

「霧……？」

数は三十二。その数字は、今、湖にて復活した水妖と、左右の丘にいる分体が放った砲撃と、同じ数だった。

それらが今、デメテル達に直撃するより速い位置で、宙に咲いていた。

他には何事も起きていない。だからだろうか。戸惑いのような沈黙を持ち、水妖達が、ある方向を見た。

上方。ダムの上の高い位置。

叔母が作った〝豊穣祭壇〟の中央。柱の上に立っている影が一つある。あれは、

「木戸・阿比奈江……！」

第四十四章

『RISE OF THE DRAGON』

——咎めなく　駆ける心よ　止めどなく　溢れる感情よ

水妖は、敵を自覚した。

今、自分達の攻撃を一斉に散らした敵が、正面の高い位置にいる。

波打つ長い鍔を施した帽子に、やはり無限に波打つ袖やスカートを踊らせたドレス。その色は暗い海の色であり、波の白であり、神の地位を示す黄金でもあった。

神だ。

●

解放顕現。

デメテルは、その存在を知っている。

ギリシャ神話の中、最古クラスの古株である自分にとって、キャリアの中盤とも言える紀元前八世紀、彼女は東より現れたのだ。

「スキタイの、水神アピ……！」
文字を持たぬスキタイゆえ、彼女は文字を持つギリシャや他国の記録の中で生きた。その姿は、スキタイの脅威と共に、悪として伝えられ、派生形を含んで一つの禍々《まがまが》しい図表とすらなっている。
そして、

「♪――」
旋律が届いた。
ダムの北側、そこに別の解放顕現が現れた。
白を基調に、黒と金を活かした岩山のテクスチャ。神道の施工代表が、石花を散らし、それを拾っては撒《ま》く人類と共に、

「――――」
唄う。

「奏上します。」
其《そ》は己を恐れて隠れ
其は己を誇りて育み
しかし其は己の鏡に触れて慶《よろこ》び

其は多くを知って泣き
其は悉《ことごと》くを笑って泣き
其こそが波
其こそが母
そして其は己の鏡と共に前へと……！」

言葉に応じるように、水神の周囲に花が咲いた。無数の白い流体の花群は、

「桜……!?」

《ええ。スキタイの土地、黒海周辺には、日本の桜によく似た酸実々桜《すすみざくら》と呼ばれる桜が古代より群生しているのです。彼女のいた時代。河川には、春に花筏《はないかだ》が見られたことでしょう》

その花を散らし、両手を軽く挙げたアピの姿に、己は震えを得た。

彼女が何をしようとしているのか、解ったからだ。

ただ、声が聞こえた。

「――大召還〝八大竜騎《オクトバシリア・ドラコーン》〟」

●

僕と先輩が見上げる木戸先輩の背後に、それが来た。

初めは軟体な筋肉質の固まり。まるで骨の無いシャチか何かのような、黒と白の固まりが出たように見えた。

だけど違った。

僕が先輩の力を借りて、木戸先輩を禊祓したのと同じで、それもすぐに光に洗われ、

「嘘……」

「マイクロビキニ！　解説出来るのか！」

「その呼び方やめなさい……！」

「そうです住良木君。女の子にそんな言い方いけません」

「ええ！　ええ！　そうですよね！」

「はい！　ちゃんと恥じらって上衣を着てるんですから、マイクロビキニ上衣と、そのくらいは気を遣いましょう、住良木君」

「おい！　マイクロビキニ上衣！　これでいいのか!?」

「良くないわ……！　というか、ちょっと、何よ、あれは！」

と、付き合いのいい戦神が高い位置を指差す。
月夜を背景に、木戸先輩の背後に召還されてくるもの。それは、

「八脚砲台……!?」

「私達の神話が、妖物の姿として封印していたスキタイの神と武装を、アンタは解除したのよ!?」

見えるのは、全高百メートル、全長三百メートルを超える八脚の機械砲台だった。

●

紫布は、それを、見たことがあるような錯覚を得た。

「……ええと、巨神？　それとも、竜かナ？」

どちらでもあるように思う。八脚姿のそれは、強いて言うなら確かに〝竜騎〟だろう。何しろ八脚として構え、木戸を乗せて支える動きは傅《かしず》いた人のようにも見え、八つの脚はそれぞれが竜を模した紋章を流体光で掲げているのだ。

《スキタイの水神、アピは、黒海に注ぐドニ・エプル川を中心とした八つの河川と、海洋を扱うという、超広範囲の支配神です。そしてオリジナルである彼女については、以後、もしくは以前に生まれていた同種の怪物や神々とは、明らかに違うものがあります。
それが何か、解りますか？》

問いかけに、己は、動きを止めて警戒状態を全開にしている水妖を見た。
あの水妖と、今の木戸との差は、何か。

「……脚が、尾じゃないんだネ……」

《そうです。他の同種の怪物や神々は、下半身が蛇や魚、タコやイカの足や尾なのですが、アピの姿、下半身から見えているのは、尾もありますが、メインは無数の竜の首なのです。
　その首を摑み、掲げるアピの姿は、このように言われています。それは——》

「——この女神は、竜を踏み、従えている。——竜が八つの大河川ならば、それを従える私は、神であって、竜でもなく、竜身でもありませんのよ」
　と、木戸チャンが、〝八大竜騎〟という名の多脚砲台。その台座上に立つ。

「デメテル？」

『何やねん』

「貴女達が巨神達と戦って、神と戦うという意味で〝武神〟を作ったのと同じように、私達もまた、疾《と》く駆け、ありとあらゆるものと戦うために、それを得ましたのよ」

　それは、

「——　〝神騎《テオス・アロゴ》〟。この姿で貴女に見せるのは、二千八百年振りでしたかしら。いえ、そうではありませんわね。……こちらの時代になってからの完成形は、私が見るのすら初めてですもの」
　告げて、不意に動いた。
　巨大な多脚が、高速で眼前の敵へと襲いかかったのだ。

●

　一瞬だった。
　八つの竜は脚となり、湖の上の霧を裂きつつ、しかも波紋一つ立てずに疾駆した。
　行く全身から零れるのは排気としての波と風。白の桜。
　ただ波音を重ね、木戸は戦場に飛び込んだ。
　左右の丘にいる分体四体に対し、風と波を切って、両手を振る。

「第五、オルトロス。第六、オルトロス。——一口に食《は》み千切りなさいな」

八脚の内、左右共に前から三本目の脚が跳ね上がる。それらは共に変形し、竜型の装甲板を犬竜のものに変え、

「――」

咆吼は風鳴りだ。ただそれだけで四体の大型水妖が上半身と下半身を切断され、

「下がりなさい」

花と化した。
そして正面。本体である巨大水妖が大きく下がる。逃げるのではない。姿勢を低く、湖の水を取り込み、土砂を吸い上げながらの、

『……っ！』

砲撃の連打に、木戸が前を指差して告げた。

「第三、第四、ヒュドラ」

言葉と共に左右、前から二本目の脚が高速で回転スイング。位置を決めてから砲身化した姿が、一回変形して長砲となり、もう一回変形して多段砲塔へと再変形し、

「洗いなさいな」

発されるのは流体を含んだ水。神水が超高速の射撃線として、飛来する砲撃を端から一斉に撃墜する。
逃さない。
木戸は前に進んだ。

「――」

ええ、と己は現状を認めましたの。
高い位置。舞うようにして八脚の挙動を制御し、手を振って敵の攻撃を全て迎撃して。
自分の神殿。聖域とも言える台座は、足下に方角を示す輪を生み、敵や攻撃を全て捕捉していて。
己はそれらを拾い、迎撃しながら、下がる相

手を追いますの。
狩猟。
懐かしいかつての時間を、それよりも遥かに
強力な装備と共に。
花が咲いて。
咲いて。そして散って。
速度が上がって。
私自身が私が誰かを思い出して。

「ああ」

夜。
月。
花。
森。
私がいて。
背後に確かに大事なものがいて。
振り向かずとも解っていて。

「木戸先輩！
――格好良いです！」

当然ですのよ。

ない神
without gods—

神々のい
—At the star

●

竜が、向かい来る砲撃の弾幕を全弾撃ち抜いた。

そして木戸が前に出た瞬間。水妖が反応した。

『……!』

壁だ。前に出していた脚を跳ね上げ、水中で抱えていた土砂を上に。

それは莫大な質量を持った壁となり、水分によって散ろうにも、全体量が多すぎる。

木戸はそのままだと衝突することになるが、

「第二、パイア」

瞬間。跳ねる動きで前に突き込まれた先頭の右脚が、大型の槌《つち》のように変形。

その直後。水妖にかち上げられた土石の水が、形を変えた。

分体だった。

「……!」

武装を展開しようとした木戸に対し、泥土の分体が空中から飛びかかる。それは明らかな時間稼ぎだが、食らえば致命となり得るもので、

しかし、

『!?』

土砂の分体が、いきなり散った。

弾けたのは石の白。不揃いな花弁《はなびら》として何もかもを咲かせて終わらせたのは、

「同輩さん……!?」

「はい！　まだ見えているので！」

その言葉に、木戸が口の端を軽く上げた。笑みである。そして彼女は、構えていた打撃砲を挨拶のように振り上げ、

「超震動破砕砲」

大気を鳴らして空に打撃した一発が、散って行きつつあった白花を宙に吹き上げた。
花束を振って散らすように。月下に乱れた滅びの花が、弧を描いて空を飾る。
石花の白い残像。その下を潜る軌道で、八脚の力が前に加速した。
走る。
疾く停まることなく。
駆けて止まない。
追い詰める。

●

『エグい無双っぷりだな……！』

『ギリシャ神話に組み込まれ、怪物の母とされたが故に、その権限を重ねた装備を持っている、か……？』

『いや、アレ、元から大体あんな感じよ。昔は単に番号だけ』

『アレ、一応はサイズ可変でな？　わしらとやるときは五十メートルサイズくらいに落とすんやけど、ナメくさりおってなあ……』

《ぶっちゃけそのくらいのサイズにして貰わないと死にますよ貴女達？》

『で、でもまあ、確かに、あの木戸さんには、オリンポス系の方達も敵わないですよね……』

『オイッ。うちらが敵わん言うのは、アレやないで？』

『えっ？』

『うちらが敵わん言うのは、別の理由や。——地球時代のあれこれが原因でな？　神道も関わっとんのやで？』

『というか、水妖も動いてるヨー』

●

壁はフェイントでしたのね、と木戸は理解した。

正面。細くなっていく湖の谷。その最深と言える位置に、水妖が大きく下がってますの。

その全身は、砲撃状態。かつてテラフォームの時、炎妖がとった砲撃状態とよく似ていて、

「対策が出来ていますのね？」
あのとき、自分は水槍を高速で撃ち込みましたわ。ゆえにそれを防ぐため、

『――――』
分体が、三体。こちらと巨大水妖の間にいますの。

分体はこちらに対して動きをとらず、……私の砲撃を、己の身で反らしたり、阻止するつもりですのね。
その間に、本体からの砲撃をこちらに与える、ということなのでしょう。だから、

『……！』
砲撃が来ましたの。超高速。こちらの正面。
私を台座ごと消し去るつもりですのね。ならばこちらも、

「第三、第四、第五、合一展開……！」
ここで用いるべき武装は一つ。

「スキタイ神話の代表として、最終武装の展開を許可しますわ！」

『くそ……！　エキドナ！』
高速で変形展開する三脚が背後に回る中、啓示盤でデメテルが叫びますの。

『自分、何しとるか解っとんのか!?』

「えっ？　えっ？　どういうことなんです？何でエキドナ？　今、木戸さんですよね？　それがスキタイの代表として最終装備云々で、で

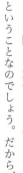

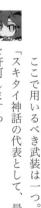

も何でデメテルさんがキレるんです？」

「いえ、あの、……オリンポス神話には、〝コレが最強〟という究極の武装があるんです。ゼウスが持つ神の雷《いかずち》がそれで、ゼウスはこの雷によって、テュポーンを退け、数々のピンチを切り抜けているんですね」

　でも、

「でもコレ、今、私達はおろか、ゼウスも持つことが出来なくなっているんです」

「……は？　何で、ゼウスの武器ですよね？　それが、ゼウス自身も持てないんですか？」

《地球時代の話です。当時あった融合期。数々の神話が実在のものであると、そのような流体的、情報的変動を受けたとき、生じた戦争の中で、ゼウスの雷は神道に由来する武神の装備として使われてしまったんですよ》

「その武神は、当然、予約顕現になってしまっていて、……つまり、私達は、神道の予約顕現によって、神話中最大の武装を失っているんです」

「アハ！　格好悪ぃ――！」

「お前ちょっと黙ってろ」

「そ、その方がいいと思います。――だけど、アテナさん？　じゃあ、それが何で、エキドナというか、木戸さんに関係するんです？」

「テュポーンです」

　それは、

「ギリシャ神話において最悪最強の巨神かつ竜であったテュポーン。

　これはゼウスの持つ神の雷に打たれ、エトナ山に封印されますが、テュポーンは死んだ訳じゃありません。

　そしてその身体には神の雷が突き刺さっているんです。だから――」

「まさか……」

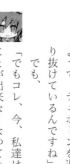

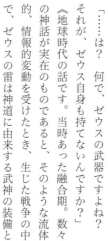

「……その通りです。――テュポーンは予約顕現となりましたが、エキドナは、テュポーンの情報から神の雷を〝回収〟しました。そしてそれを振るうがゆえに、私達は彼女に勝つことが出来ないんです」

木戸は、それが完成したのを確認した。

黒の鉄塊。嵐の竜であるテュポーンの紋章を重ねて出来るのは、三脚の巨大なアームに支えられた巨大な杭《くい》打《う》ち機だ。

ただ弾塊となっている杭は黒く。周囲の空に強烈な黒い雷光を散らしている。

この装備。ギリシャより奪ったスキタイ神話最大の武装は、

「〝神砕雷・黒《ケラヴノス・メラン》〟」

敵の砲撃が来る。

だが構わず、木戸は己の攻撃をぶち込んだ。

唄いますの。

我が民は文字を持たず、故に口承は大事で、神聖なもの。

歌は神を奏で、繋ぐもの。だから、

「――――」

同輩さんが導くように響かせた声に、自分の歌を重ねますわ。

「――奏上しますの」

唄う。

「ア……！」

それは雄叫《おたけ》び。狩猟を祭り、獣を祭るには、その鳴き声のように己を重ね、そして仲間を呼ぶように、

「――ラララライ……！」

声を放つ。

人よ　人の子よ
獣を恐れ　獣を食い
我が元に生まれ　我が元に帰らず
人よ　人の子よ
我が元に浸り　我が空を仰げ
我が降らす雨　我が呼ぶは嵐
汝《なんじ》を守るは　嵐の中の獣
その名は――

「〝神砕雷・黒〟……！」

●

一撃が直撃となった。
谷底。そうは言っても幅四百メートルは下らない湖の西端へと、威力がぶち込まれた。
その形、漆黒の杭は空間を打撃し、威力を展開する。
敵まで二キロ。その程度の距離は一瞬で埋め、
全空間が雷撃化。
放たれた一発は、更に押し込まれ、殴られたように加速した。
宙を穿《うが》つ。
それはあらゆる術式を食い、何もかもを焼いて散らして、

「――貫通ですわ」

果てる先。奥多摩湖の西側から遠く、山梨県の東にある小楢山《こならやま》までが貫かれた。
距離約三十キロ。
一直線だ。
音は放電の爆ぜりと地殻の崩壊音。
後に残るのは、月光の下にある長大な谷底だけだった。
水妖の姿も、砲撃も、何もかもが消えていた。
あるのは夏の夜の光と、風ばかりである。

INTERLUDE

「……よく考えたら、私達、土砂をダムまで上がって合流しなければならない気が」

「気のせいじゃないからとっとと歩くのよ……！」

EDGEシリーズ
神々のいない星で
—At the star without gods—

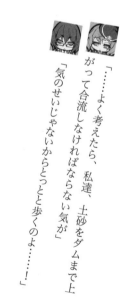

第四十五章

『TEMPO　03』

──小気味いい動きで一つ。

「――戻りましたわ」

●

まだ解放顕現の姿で、ダムの上に戻ると、皆が出迎えてくれましたの。

自分は、背後の〝八大竜騎〟を自分の位相空間に封印。そして、

「有難う御座いました。――木戸・阿比奈江、合流いたしますわ」

わ、という声の中、自分は同じように解放顕現している同輩さんに手を挙げますの。

「途中、助かりましたわ。それで、あの、こうするんですのよね？」

笑う彼女とハイタッチ。続いて出見ともそうして、

「バランサーの仕事を増やしてしまいましたわね」

《まあ何と言うか……。そこのクソ人類のフォロー役が増えてくれるのは、こちらとしては有り難いことなので、必要コストとして考える事とします》

「説明が何となく遠回りしてますのよ？」

●

ともあれまあ、と私は、木戸さんの顕現装備を見て声を上げてる住良木君に、微笑します。

そしてバランサーに対し、

「ちょっと、疑問に思ったムーブが以前あったんですが、解けました」

《何がですか？　それこそ馬鹿の不規則言動となれば、謎に見えて何でもない、というものもあるかと思いますが》

ええ、あれは、あの時です。

「ここに来る前、皆で御肉を買ってるとき、バランサーがスネて、栄養関係の知識を求められても応えなかったとき、ありましたよね？」

《ええ、ありました。それが何か？》

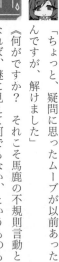

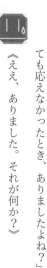

「あのとき、バランサーがスネてるのを止めたのは木戸さんです。木戸さんは、バランサーが知識を出す意味を、テラフォームのため、などと言い連ねましたが、最終的に、何かをバランサーに告げて、決着したんです」
　あれは、何と言ったのか。今思うと、こういうことだろう。

「自分が去ったら、バランサーに住良木君の健康状態や管理を任せることになる、と。そしてこうも言ったんですよね？　――バランサーは出見のこと、気に入ってますでしょう、って」

《ンンン！　あの時と同じ返答をしますが、大きな誤解があります！　ありますが……、まあ、うん》
　バランサーが、小さく言った。

《――木戸は、自分でそれをするべきですよ。私はそう考えます。賢いAIなので》
　そうですね、と応じ、私はふと、気付きました。

「わ、私の居場所の確保は手伝ってくれますよねバランサー！」

●

　カイは気付いた。皆が何となく盛り上がって、この場を離れなくなっている中、やや距離をとって一息を吐いている者がいる、と。

　……デメテルか。
　まだ残っていた堰の縁。そこに座っている彼女が、しかしゲッサンと、未だ目を覚まさないサラーキアを見ている。

「……アンタ、どうするんだ？　これから」

「え？　ああ。とりあえず、こちらでやらなアカンと思ってた事は、決着してもうたからなあ。監査としては、大目的が解決や」
　ただ、

「今回の事が知れたら、オリンポス系は神委の中で攻撃を食らうやろなあ」

彼女の言葉に、自分は視線を横に向けた。皆の方、そこにいる人類に向かって、

「おい、人類。――今回のこと、何か抗議するつもりはあるか？」

「え？　ああ。あるある！」

　と、人類がこちらにやってくる。木戸が何か言いたげだったが、すぐに表情を改めた。人類の裁定に任すと、そういうことなのだろう。そして人類がデメテルの前に立ち、小気味良い動きで背面の伸身土下座を行い、

「有難う御座いましたあ――!!」

「何や一体……！」

「おっと照れるなよオリンポ巨乳！」

「最低のネーミングだわ……」

　かなり同意だ。神道の交渉役が自分自身を指差しているが、競うことじゃない。いいな？

　ただ、人類が木戸や先輩さん達の方に歩き出しながら、振り返った。

「何かいろいろあったろうけど、ゲロのオッサンと嫁が納得してんだったらソレでいいし、木戸先輩についてもずっとこっちにいてくれることになったし、究極的なこと言うとアンタ巨乳だから全部赦すよ」

「徹底してんなあ」

「信仰だからな！　あ、でも、オリンポ巨乳、一つ、これは言っておく」

　それは、

「僕の母さん、文字を持ってなかったから、そのままだと、消えてしまってた筈なんだ。それを、まあ、いろいろな国の文字記録と合わせてだけど、残してくれて有難う」

「わしら、自分の母親をバケモノにしとった訳やぞ？」

「僕の母さんは僕の母さんで、それ以外の何でもないよ。それをバケモノとか言うなら、僕は赦さない」

「どう赦さないんだ？」

「巨乳を凝視して、相手の罪を浄化する」

「……何語？」

馴れろ。だが、デメテルが小さく笑った。彼女は、背を向けた人類の、更に向こう、そこに立つ木戸に手を挙げ、

「まあ、精々仲良くな。――バランサー、自分の判断は？」

《私としては、この神界の修復と木戸の解放顕現を比べた場合、後者の方が遙かに価値があると考えています。前者はルーチンワークの応用ですが、後者は未知の事案ですからね。

ゆえに言いましょう。今回の件は夫婦間、家族間の出来事であり、――私は神々のプライベートには干渉しません。賢いAIですからね》

●

そして天満は見た。木戸と先輩さんが姿を戻すのを、だ。

合流する。そんな儀式的なものを感じるのは、元政治家の癖だろう。しかし、

「不思議なものです」

「何が？」

「ええ。木戸先輩の出自であるスキタイは東欧から西アジアに跨《また》がる行き来をしていて、ギリシャに対しては略奪者や脅威であった一方、その文化や文明を東へと伝来もしていたのです」

「スキタイは滅亡したけど、その言葉自体は東欧や露西亜《ロシア》に残り、血はゲルマンと混じって、後の騎士文化になると聞いたわ」

そうですね、と天満は頷いた。

「——ズレた話のように聞こえると思いますが、神道の神話には、他神話に比べ、不思議な部分があるのです」

「何が？」

「人類の移動として考えた場合、日本には、インド方面から海岸沿いに南から来た派と、アジア北東より北から来た派がいるとされています。しかし——」

　しかし、

「——神道の神話は、ではインド方面から海岸沿いの国々の神話や、アジア北東側、露西亜方面などの神話の影響を受けているかといえば、そうではなく、逆に、ギリシャ方面などの要素を直接受けているように見える、そんな箇所が多いのです」

「それは——」

「例えば神道最大の怪物である八岐大蛇は、多頭の大蛇であり、これは当時の製鉄集団を示すと言われる一方、河川を示す水の化身だとも言われます。後者の場合、解釈は木戸先輩の本質と同じですね。

　そして中国ではこのような神は竜神。インドでもやはり竜や、人面蛇身の神などありますが、どちらも蛇型としては変質していて、それが日本では何故、大蛇という先祖返りをしているのだろう、となるのですね」

「スキタイが東に伝来させたギリシャ方面の文化、文明が、中央アジアの遊牧民を通じ、あまり変化無しに日本へと伝わった……？」

「どうでしょうね。逆にスキタイを初めとした西～中央アジアの遊牧民族は、グリフォンを力の象徴としていました。それについては日本に伝わっていませんし、遺伝子的に見ても伝わっているものはありません」

　ただ、と己は、人類と先輩さんが、木戸と何か手振りつきで話しているのを見る。恐らくは料理の事だろう。それはつまり、

「――大事なのは、お互いの共通出来ることを、伝えることなのだと思います」

●

僕は先輩と、そして木戸先輩と手を繋ぎながら、奥多摩駅へ向かう道を歩いていた。
ダム周辺の再生はバランサーが行うとして、皆、ギリシャ組も含めて、何となく歩くか、と、そんな流れになったからだ。

「アー、キャンプサイトの修復、バランサーやってくれてるかナア」

「下の方から消防車のサイレンとか聞こえて来ないですから、大丈夫では？」

「流されてしまってると、明日の朝飯担当の俺達の荷物も無い訳だから……」

「その場合、キャンプ場の管理施設が売り出してるバーベキュー用の食材で凌ぐか」

「朝から焼肉ねえ」

「そういや木戸チャン、普通に豚肉とか食べるよネエ。遊牧民族だと、定着性が無いから豚とかの家畜は駄目とかあるけど。木戸チャンはそういう禁忌無いのかナ？」

「基本、何でも頂きますわよ？」

《スキタイの民は、豚食を禁ずる……、という言もありましたが、遺跡などを調査していると豚の骨なども出てくるので、実際はそういう禁忌が無かったようですね。
なお、上質な食糧としては馬、そして狩猟が盛んだったので、鹿肉を多く食していたとされます》

「馬肉が禁忌のメソポタミアとは違うな……」

「あ、うちら、豚肉は〝卑しい肉〟なので、絶対禁忌じゃないからな？　禁忌は馬と蛇と犬」

「まず食わねえジャンルが提示されたよ……」

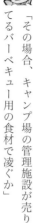

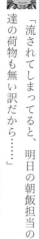

「でも木戸さん、そのあたりの食生活だと、日本向きですね」

ですわね、と木戸先輩が頷いた。
「――立川に戻ったら、次の朝から出見の食事を作ってあげませんと」

●

「……何でいきなりガッとアクセルを床まで踏むかナ？」

「凄い勢いでカーチャン風を吹かせ始めたよな……」

「い、今の、やっぱりおかしいのよね？　ね？　常識、生きてるわよね？」

「でもまあ、先輩さんもそうでしたから……」

《アレかなり酷いですからねえ》

「アレとか言わない……!!」

●

僕は先輩がバランサー相手にぎゃあぎゃあ言うのを眺め、また、木戸先輩が軽い笑みを口元に浮かべているのを見る。

先輩も、木戸先輩も、初めて会ったときとは、もう、イメージが違う。

そして僕は、今の方がいいなあ、と思いつつ、また、ふと見える〝以前〟もいいなあ、と、そんなことを思う。ともあれ、

「本格的に、木戸先輩は僕のお母さんですね！」

「出見？　――そう呼ぶのは、他に誰もいないときになさい」
だって、と木戸先輩が、頬を赤くする。

「……恥ずかしいですもの」

「お、義母《おかあ》さん！」

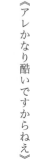

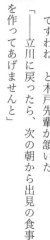

「い、いきなりそう来ましたわね？」

「出見が貴女を認めていますけど、出見の部屋に入れるかどうかは私が判断しますわ。まだ出見は、生まれて四か月の未成年ですから」

「何の基準だ……」

　僕も今のはちょっと新しいと思った。だけど木戸先輩は一つ頷き、先輩に笑みを見せる。

「——でも私、貴女の御料理、結構気に入ってますから、キッチンまでの出入りは許可しますの」

　先輩が綺麗な土下座をキメて、そこから復帰するまで、皆の歩みがちょっと停まった。

「いやあ、充実ですね、この合宿！」

　僕もそう思う。ホントに、今のもそうだけど、

「……この合宿、随分と意味があったなあ。もう、何と言うか、ウハウハですね！」

「ザブーンだよホント。かなり水被ったからネエ」

　そう言われてみるとそうですね！

INTERLUDE

《――あ、ピクルスのクーラーボックスは回収しましたが、カラムーチョボックスは今、青梅のあたりを流れてるそうで》

《ながれていくわー》

「オイイイイイ！　間違いなく流してるわねソレ……！」

EDGEシリーズ
神々のいない星で
―At the star without gods―

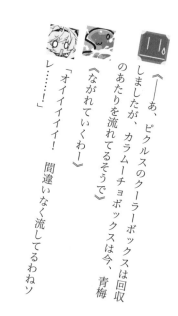

最終章

『SOCKET』

——そして繋がる僕の欠片。

僕が見ているのは、多分、夢なんだろうなあ、と思った。
……朝、まだ目覚めてなくてさ。
起きようかこのまま眠り続行か、まどろんでいるときに、声が聞こえる。

「――出見、起きなさいな」
知らない声だ。だけど不思議なことに、聞き覚えのある声だ。それも、

……木戸先輩の声だ……！

「――朝食用意出来てますから、早く起きなさいな」
その声に、僕は飛び起きた。
ベッドの上だ。

●

合宿から戻って翌日。その筈。ロールバックとかしてないな？　してない。よし！
そして僕は、足下側、キッチンの方へと振り向く。すると、

「――」
波打つ黒い髪。青みがかった黒のブラウスに、黒のロングスカート。腰に見える白い紐《ひも》は、僕が〝管理人さんエプロン〟と名づけて使ってるものだ。
木戸先輩が、恐らく味噌汁を作っている。
その光景に、僕は、

「…………」
何か意味も無く、ちょっと泣いた。情けないなあ、と思うし、木戸先輩が背中を向けていて良かったと思う。というかTシャツにトランクスのセクシーモードだよ僕！

「あの、お早う御座います」

「ええ、ごきげんよう」

言われて気付くのは、ベッド脇に着替えが畳んである事だ。何となく、部屋の中のゴミも片付いていている気がする。

木戸先輩かな、と思ってあたりを見回していると、ベッド下とかに隠していたエロ本が、全て机の上に積んであって戦慄した。

すげえ……！

そんな感想を内心で作ってしまうが、エロ本が全て巨乳系で僕は安心した。木戸先輩には僕の信仰が誤解無く伝わった筈だからだ。

ともあれ着替えてキッチンに行く。すると、玄関のドアがノックされて、

「お、お早う御座います！　住良木君！　あの……！」

「入ってきて構いませんわよ？　同輩さん」

「え!?」

と反射的に先輩がドアを開け、玄関口の靴を確認。そして木戸先輩を見て、

「は、早っ。――って、木戸さん、お早う御座いますけど早くないですか!?」

「ちょっと落ち着いた方がいいと思いますけど、――朝の準備に関わりたいのであれば、六時半には来て頂かないと」

「わ、解りました！」

「ええ。ともあれそちら空いてますから、御弁当の方、任せますわ。私の分も宜しく御願いしますわね」

「は、はい！　宜しく御願いします！」

と、先輩が持ってきたショルダーバッグから自分のエプロンを取り出す。

〝熱海《あたみ》〟と大きくプリントされた文字と、温泉マークが可愛らしい……、カワイイんだよ！

先輩が身につけるものだからな！

　ただ、既に木戸先輩が仕込んでいた椎茸《しいたけ》の水戻し、そのボウルを手にして、先輩が問うた。

「でも、早かったですね木戸さん。何処に住んでるんですか？」
　ええ、と木戸先輩が言った。

「私、出見の部屋の真下の部屋に住んでますわよ？　一応、大家扱いで」
　だから、

「先日、出見が御風呂の湯を出しっ放しで行ったとき、水音するでしょう？　出見がロールバック入ったというから、合い鍵で入って止めたりとか、そういうことはしてますのよ？」

「えっ？　えっ？　私がどんだけ気を遣って住良木君の部屋を私から護っていたか、そういうの一切無視で入ったんですか！」

「だ・か・ら、大家ですのよ？　私。――貴女の部屋割決めたのも私ですのよ？　対応は最初からバランサーがしてますけど。ここの隣を任せてる意味を理解して下さいな」
　先輩が即効性の高い土下座を入れた。

「あ、有難う御座います……！」

「いえまあ、解らないでもありませんものねえ……」
　と、立ち上がって調理を始める先輩と、木戸先輩が、それぞれの手捌きを見たりしつつ、言葉を交わし合う。
　しばらく前まで、こんな光景、想像も付かなかった。そして、

「あ……」
　僕は気付いた。先日、朝に誰かが僕を起こす夢を見たけど、あれは、

　……僕の、お母さんの記憶なんだろうか。
　バランサーが作ったものか。それとも、

「お母さん」

「？　何ですの、出見」

その声と、夢の流れが、違和感なく繋がって、僕はそれを信じることにした。

●

そして僕は思い出す。奥多摩からの帰り、青梅線の電車の中で午前の光を浴びていたときのことだった。

疲れて寝ている木戸先輩を横に。逆側に先輩がいて、何となく今みたいな幸せを感じていたんだけど、ふと、先輩が言った。

「バランサー、そういえばもう一つ、木戸さんのことで疑問に思ってたことがあったのを思い出しました」

《ほう、それは何です？》

「以前、木戸さんが水妖を〝逃がすのを助けた〟という話をしてくれたとき、木戸さん、それに慣れているというような振りをしつつ、ちょっと考え込んだようだったんですね」

「先輩凄いです！　僕それ全然気付いてなかったです！」

「い、いやまあ、私の方も勘違いだったかも、と、そんな思いあったんですけどね」

《――それについて、どう思ったのですか？　イワナガヒメ》

そうですね、と先輩が言った。

「木戸さんは、かつての神話の中で、自分の〝子〟達を、安全な場所に逃がそうとか、そういうことをしていたんでしょうね」

言った先輩が、僕の方を見た。先輩は目尻に涙を浮かべた笑みで、

「――だから住良木君は、いてくれるだけで、有り難い存在なんですよ？」

「ハイ！　無為無益で存在し続けられるよう、今後も努力します」

《いい話な処、アレですが、ちょっと補足しましょう。木戸のギリシャ神話内での扱い。エキドナですが――》

聞いた。次は青梅と、車内放送があるが、この電車は立川行きだ。皆、寝たり、何となくこっちの話を聞いていて、動かない。そして、

《神統記にエキドナが記された三百年後、紀元前四百年頃にヘロドトスが〝歴史〟を記します。その中ではスキタイ発祥の説が述べられているのですね》

　そして、

《その内の一つ、ギリシャにて伝えられる説としては、エキドナがギリシャのヘラクレスと交わり、生まれた子がスキタイの祖となった、というのがあります。スキタイがギリシャから恐れられながら、尊重もされていたというエピソードですが――》

「エキドナは人の子を産んでいた……？　それは、どうなったんです？」

《はい。スキタイは最終的に離散し、滅亡します。彼女の子は、血として残ったかもしれませんが、神話で討たれた彼女の後、〝子〟としては残らなかったのです。ええ。文字も持たなかったため、その全容は〝消えてしまった〟と言っていいでしょう》

「それは――」

《いろいろ思うところはありますが、そこの馬鹿はスキタイの〝代わり〟ではありません。木戸もこちらに仮想顕現して以降、新しい自分をやっているつもりでしょう。
　だから、馬鹿は何を望みますか？》

　その問いに、僕は即答した。

「そんなん決まってるだろ。もう、今の時点で、木戸先輩が加わって賑やか追加になったんだ。しかも僕のお母さんだぞ？　日常がどうなるのか、期待しかないじゃないか」

《――それでいいでしょう。人類は神々に期待をする。それでいいのです》

　そういうもんか、と先輩と小さく笑って、僕は木戸先輩を見た。電車に揺られて、僅かに首を傾けて眠っている目尻に涙があって、いい夢を見ていて欲しいと僕は思った。

そういうことが、あったんだ。
　そして僕は今、木戸先輩をこう呼んだ、お母さん、と。それは本当のことで、木戸先輩は何となく受け入れていつも通りに振る舞って、大人だなあ、と僕は思う。

●

　お母さん、と呼ばれるのは、やはりちょっと恥ずかしいですわね。

……自分がそういう立場でいいのかと、ドキドキしますわ……！

「お、義母さん！」

　だから早いですのよ!!　でもまあ、

「――あら、何ですのイワナガさん？　手が止まってますわよ？」

「で、出ましたね姑《しゅうとめ》モード……！」

「一回やってみたかったんですの。――でも」

　と、私は、キッチンのテーブルと、洗った食器を入れるバケットを見ますの。
　空きはまだあって、だとすれば、

「――部屋から、持って来るものが幾つかありますわね。必要なものも、今日、部活の帰りにＷＩＬＬでも寄って揃えましょう。同輩さんも、出見もそれで――」
　と振り向いた時ですの。出見が、目を慌てて拭うのが見えました。
　泣いていたんですのね。何故かは解りますわ。私は、同輩さんと頷き合い、

「出見。――嬉しかったんですのね？」
　だって、と、私も目尻に指を当て、笑みを自覚しながら、言いますの。

「私も、――もう、そういうときしか泣きませんもの」
　出見？　先輩さんに机の方を見られる前に、部屋の扉をさりげなく閉めるんですのよ？

PIYO

——宜しく御願いします！

あとがき

「さてマア、あとがきだヨー」

「とはいえここ、何を言う処なんですかね」

「基本的には80年代や90年代にこの手の小説で流行したキャラ対談を行う処なんですが、ともあれ既刊となります〝クラフト編〟が上下共に重版となりまして、今編など進めて行くことが可能になりました。どうも有り難う御座います」

「中身誰ですの？」

「しかし〝懐かしい系あとがき〟として始めてみましたが、感想など見ている限り、意外にこの手のあとがきが当時無かった……？　みたいな感あります。観測結果だけでアレですが、一部のメジャータイトルや、一部レーベルで流行していただけで、全体は意外と真面目だったり〝無かった〟が多い印象ですね」

「私の見た感ですが、女性作家はエッセイ風で、男性作家は〝兄貴系あとがき〟が当時結構あったような……、と思うのですけど、これもまた印象ですわね」

「電撃文庫はどうだったんだっけ？」

《電撃文庫は1993年創刊ですから、ちょっとズレますよ馬鹿》

「というか今回、私、良いところないんだけど……!?」

「お？　何かキャラ対談風の振りが来たな？」

「いや、アテナって名前で赤のマイクロビキニで挿画つきとか、……お前、かなりキャラが優遇されてるぞ？　何しろ本文で水着描写あったのに、挿画の初出が無かったのとかいるからな」

「単にタオル巻きの私の方が先に出ましたからね、アレ」

「やかましい」

「というかアテナってーと〝聖闘士星矢《セイントセイヤ》〟とか出てくるんだが、90年だとどうなんだっけ？」

「あ、今は冥王《めいおう》ハーデス編が佳境に差し掛かりつつありますね。双子座《ジェミニ》のカノンの兄貴っぷりが格好いいんですよ……」

「学校で蟹座《キャンサー》と魚座《ピスケス》の人権が無くなる漫画だよネ。紫布サン、双子座だから超美味しいけどサ」

「わ、私、蟹座なんですけど……!?　蟹、美味しいですよね！」

「先輩さん、そんなキャラ立てんでも……、とは思います」

「いやあ、僕、水瓶座《アクエリアス》でよかった……。ともあれ先輩のフォローは任せて下さい！」

《ちなみに90年の週刊少年ジャンプでは〝花《はな》の慶次《けいじ》〟〝SLAMDUNK〟〝幽《ゆう》☆遊《ゆう》☆白書《はくしょ》〟の連載が開始されるなど、パワー溢れてますね。〝珍《ちん》遊記《ゆうき》〟もこの年だったと記憶しております》

「うーん、雑誌が部室にえらい溜まっていくよな……」

「ゲームの順番待ちに読んでるが、紙の本がこれだけ大量生産される世になったか……、としみじみ思うな……」

「では今回の作業BGMは平沢進《ひらさわすすむ》で〝フローズンビーチ〟。曲の怒濤感もですが、歌詞の韻の踏みまくりや、言葉の選びがいいんですよね……」

「さて今回の話としては、〝誰が一番カーチャンだったのか〟と、そのくらい直接で。では次、とうとう溶岩の海の攻略でしょうか。少々お待ち下さい」

令和二年　花粉が飛び始めた朝っぱら

川上《かわかみ》　稔《みのる》

ARCHIVES

桑尻・壺三

「私の誕生日は、北欧神話を記した“エッダ”がまとめられた1222年を崩して使ってるの。やはりそこが私達の知識の源だから」

「そうなのか……、日本でビールが最初に醸造された年とか、そういうのを使ってくるかと思ったんだけど」

《日本でビールが最初に醸造されたのは1869年なので、適用しようとすると十八月六十九日みたいな、変な事になりますよ?》

「いや、別にそれを避けた訳じゃないんだけどね……?」

「し、しかし意外に高カロリー生活ですね……」

「揚げ物の食感にハマってしまいまして……。ハムとかに合わせると食感違いで進みますよね……」

神名:クヴァシル
学年:二年生
誕生日:十二月二十二日
身長:155cm
好きなもの:肉、酒、揚げ物、読書、風呂、寝ること

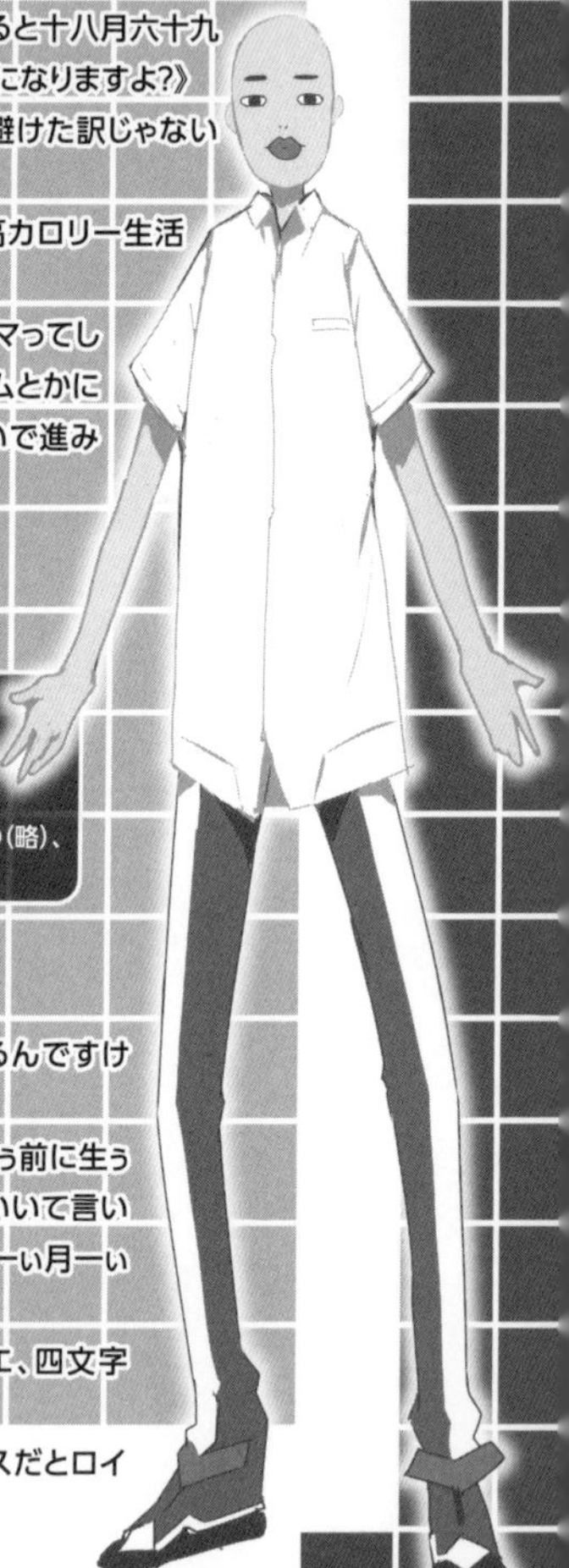

神名:唯一神
学年:三年生
誕生日:零月零日
身長:210cm
好きなもの:信者の(略)、遊び仲間、羊(食用)

四文字・真正

「何か誕生日が変な事になってるんですけど、バグです? 部長」

「いいやいやあ、天ん地のぉ創造ぅ前に生ぅまれえてるからねえ、ぼおく。強いいて言いうなぁら“十ぅ二月三ん十一日とーぃ月一ぃ日の間”?」

「おおウ、何かテツガク的だねエ、四文字チャン……!」

「真正は羊好きだから、ファミレスだとロイホなんだよなあ」

菅原・天満

「天満さんが一番背が低い、ということになりますね。学年も、唯一の一年生で、人から神になった成神としても唯一、となると、かなりレアな気が……」

「そうですね。周囲が思ったよりアバウトで無茶なので、あまり特殊な自覚はないですけど……」

「おいおい後輩が私達をディスってるよクビコ君! 聞いたかね?」

「ディスられてるのは主に思兼さんだと思いますけど……?」

「しかし携帯食って何だ?　野外活動でもするのか?」

「いえ、読書してるときに食事が面倒なので……」

神名：菅原・道真
学年：一年生
誕生日：八月一日
身長：150cm
好きなもの：読書、餅(特に粟餅)、炊き込み御飯、カレイ、唐揚げ、携帯食

木戸・阿比奈江

「木戸さんの誕生日は五月一日ですけど、これは何か意味がありますか?」

「単純に、春の目覚めということで、メイデイでもある日を選びましたの。エキドナの場合、蛇が冬眠から覚めるにはこのあたりかしら、と、そんなのも含めてますわね」

「深い味の食事は“濃い”ということではなく、後味が深い、という感ですよね。薄くても濃くても有り得るから、ちょっと難しいというか、和食系の先輩の出番です!」

「ええと、頑張ります?」

「しかし黒とか芸術鑑賞とか押さえておきつつ、甘めスイーツのギャップとは……」

「ハイハイ桑尻チャン、抑えようネ――?」

神名：アピ(エキドナ)
学年：三年生
誕生日：五月一日生まれ
身長：180cm
好きなもの：黒、日陰、水、入浴、深い味の食事、甘めのスイーツ、芸術鑑賞、模様の入った服、子供

電撃の新文芸

EDGE《エッジ》シリーズ

神々《かみがみ》のいない星《ほし》で

僕《ぼく》と先輩《せんぱい》のウハウハザブーン〈下〉

著者／川上《かわかみ》 稔《みのる》

イラスト／さとやす（TENKY）

2020年7月17日　初版発行

発行者／青柳昌行
発行／株式会社ＫＡＤＯＫＡＷＡ
〒102-8177　東京都千代田区富士見2-13-3
0570-002-301（ナビダイヤル）
印刷／図書印刷株式会社
製本／図書印刷株式会社

【初出】……………………………………………………………………………………………
小説投稿サイト「カクヨム」(https://kakuyomu.jp/)にて掲載されたものに加筆、訂正しています。

ISBN978-4-04-913006-5　C0093　Printed in Japan

ファンレターあて先
〒102-8177
東京都千代田区富士見2-13-3
電撃文庫編集部
「川上 稔先生」係
「さとやす(TENKY)先生」係

この物語はフィクションです。実在の人物・団体等とは一切関係ありません。